VERENA BACHMANN

THE WITCH QUEEN

ENTFESSELTE MAGIE

IMPRESS

© privat

Verena Bachmann, geb.1987 in Aschaffenburg, lebt mit Hund und Katzen in einem kleinen Dorf im schönen Spessart. Nach einem freiwilligen ökologischen Jahr absolvierte sie eine Ausbildung zur Industriekauffrau und arbeitet heute in einem Unternehmen für Modeaccessoires. Die Liebe zu Büchern weckte im Grundschulalter Enid Blyton und inzwischen stapeln sich die vielseitigsten Romane in ihren Regalen. Doch trotz bunter Auswahl reichte lesen allein irgendwann nicht mehr aus und so beschloss sie ihre eigenen Gedanken ebenfalls einmal zu Papier zu bringen.

Für meine Familie.
Egal wie viel einfacher die Namen auch auszusprechen wären, ich werde meine Charaktere trotzdem nicht Karl-Gustav, Elfriede oder Kunigunde nennen.

KAPITEL 1
Rot wie Blut

Wenn es nach mir ginge, würde ich meinen Samstagabend wie folgt verbringen:

Zuerst würde ich ein langes entspannendes Schaumbad nehmen und mich danach mit einer großen Tasse heißer Schokolade und einem Buch gemütlich auf mein Sofa lümmeln.

Leider war das Leben ja bekanntlich kein Wunschkonzert und meins verlief definitiv nicht nach meinen Wünschen.

Daher stand ich wie üblich am Samstagabend hinter der Theke der Bar meiner Tante und sah gelangweilt der Stripperin dabei zu, wie sie einer Horde Bürohengste in ihren Vierzigern den Schweiß auf die hochrote Stirn trieb.

Da der Bräutigam in spe wirkte, als würde er keine Sekunde länger ohne Herztabletten überstehen, beobachtete ich mit wachsendem Unbehagen, wie sich die Stripperin auf seinem Schoß niederließ und die Hüften rhythmisch vor und zurück bewegte. Wenigstens hatte ich die Nummer des Rettungsdienstes auf Kurzwahl.

Unter dem Gejohle seiner Freunde erhob sich die Tänzerin und ließ einen dümmlich grinsenden Leopold mit einer sichtbaren Beule im Schritt sitzen.

Ach wie nett. Da konnte sich seine Zukünftige ja auf die Hochzeitsnacht freuen.

Mit einem tiefen Seufzen stützte ich mich auf der Theke ab und ließ den Kopf hängen. Ich wollte nach Hause.

Die laute Musik, das Gejohle und diese unangenehme Duftmischung von Alkohol und Männerschweiß gingen mir tierisch auf die Nerven. Schlimmer wurde es eigentlich nur noch dadurch, dass Leopold zu den Männern gehörte, die sich von recht netten, etwas schüchternen Versicherungsangestellten zu aufdringlichen Typen wandelten, die ihre Hände nicht bei sich behalten konnten, sobald sie Alkohol getrunken hatten. Als würde ihnen das einen Freifahrtschein fürs Grapschen verschaffen.

Tat es bei mir in jedem Fall nicht und dies hatte Leopold auch bereits mehrfach deutlich zu spüren bekommen. Allerdings schwand seine Gedächtnisleistung grundsätzlich mit der steigenden Anzahl von Drinks.

So auch am heutigen Abend. Denn den so wachsamen, fast schon ängstlichen Blick, welchen er sonst in meiner Gegenwart zur Schau trug, ließ er jetzt missen, als er auf die Theke und damit auf mich zuwankte.

»Hey Mäuschen, gib mir noch einen Doppelten. Und schenk dir doch auch gleich einen ein. Du weißt doch, bei Feuer auf dem Dach musst du den Keller schön feucht halten.«

Sein Blick wanderte vielsagend von meinem Gesicht nach unten und verharrte dabei deutlich zu lange auf meinem Busen.

Zählte »etwas Blaues« auf der Hochzeit eigentlich auch, wenn es sich dabei um das Auge des zukünftigen Bräutigams handelte?

»Danke. Verzichte«, antwortete ich und zwang mich, einen neutralen Ton beizubehalten. Was mir alles andere als leichtfiel.

Zur Unterstützung meiner schwächlichen inneren Ruhe schloss ich die Augen und ließ meinen Nacken ein paar Mal knacken, während ich unter der Theke eine weitere Flasche Korn hervorzog.

»Ach, sei doch nicht immer so eine Spaßbremse, Enju. So wird dir hier nie jemand den Hof machen.«

In Anbetracht meines Klientels ein Umstand, welcher mir keine schlaflosen Nächte bereiten würde. Außerdem … den Hof machen? Der noch netteste Anmachspruch, den ich hier je gehört hatte, war: »Siehst 'n bisschen zerknittert aus. Soll ich mal über dich drüber bügeln?«

Schon an guten Tagen ging es mir tierisch auf die Nerven, von den Typen hier auf solch billige Art und Weise angemacht zu werden. Gefolgt von ach so gut gemeinten Ratschlägen, damit ich mein Leben nicht im Single-Dasein vergeudete. Denn jeder wusste ja, eine Frau ohne einen Mann an ihrer Seite hatte ihr Lebensziel eindeutig verfehlt. Schließlich gab es für das weibliche

Geschlecht keinen besseren Lebenssinn, als Kinder zu werfen und den Ehemann treu zu umsorgen. Wie gesagt, es überspannte meinen Geduldsfaden schon an guten Tagen. Heute war keiner der guten Tage.

Daher spürte ich schon ein Zucken in meiner Wange, noch bevor Leopold die Hand ausstreckte.

»Und bei so einem leckeren Ding wie dir, wäre es so eine Verschwendung, Mäuschen ...« hauchte Leopold mit einem verklärten Grinsen, während seine Hand sich auf die meine zuschlich. An seinem Ziel angekommen, begann er, meinen Unterarm zu streicheln, was mir, aufgrund des Ekels, der in mir aufstieg, eine Gänsehaut verursachte.

»Mit einer gebrochenen Hand ist es sehr umständlich, in seine Anzugjacke zu kommen. Lass deine Finger also besser bei dir«, drohte ich und zog in derselben Bewegung meine Hand zurück, wie ich ihm mit der anderen seinen Drink entgegen schob.

Leopold verzog aufgrund der ruppigen Geste trotzig den Mund. Dabei schob er sein Kinn soweit zurück, dass er nicht einfach nur ein Doppelkinn hatte, sondern eher schon ein Dreifaches.

»Immer so abweisend. Weißt du, frigide kommt bei Männern auch nicht gut an, Mäuschen.«

Ruhig, schön ruhig bleiben. Nüchtern war er ja tatsächlich ein recht netter Kerl. Seine Verlobte hatte ich auch schon mal gesehen und musste sagen, die beiden hatten sich zwar spät gefunden, aber sie passten ausgesprochen gut zusammen. Sie verdienten eine schöne Hochzeit, bei der man Leopolds Gesicht auch noch als solches erkennen konnte.

Ich atmete erneut schwer aus und rief mir in Erinnerung, dass Gewalt keine Lösung war. Die kleine Stimme in meinem Kopf, welche allerdings »aber eine gute Alternative« hinzufügte, ignorierte ich.

Doch offensichtlich ermutigt dadurch, dass ich ihm bis jetzt noch keine geknallt hatte, schnappte sich Leopold das Schnapsglas, verschüttet dabei die Hälfte auf der Theke und leerte den Rest in einem Zug, ehe er weitersprach.

»Wirklich, Füchsin. Wie lange sehe ich dich jetzt schon hier? Drei Jahre? Und weder mit deinen neunzehn noch jetzt mit ... zweiundzwanzig ...«

Hatte er jetzt ernsthaft rechnen müssen?

»... habe ich jemals einen Mann hier gesehen, der was mit dir anfangen wollte. Du gehörst doch nicht etwa zu diesen ... die Frauen bevorzugen, oder?«

Er schaute mich an, als hätte er soeben erfahren, dass ich in meinem Keller kleine Hundewelpen quälte.

Es war doch immer wieder drollig, homophobe Aussagen von jemandem zu hören, der sich etwa zweimal die Woche während eines Lesbenpornos einen runterholte.

Woher ich das wusste? Leopold hatte es volltrunken schon hier auf der Toilette versucht.

Wenn ich so darüber nachdachte, war ich die letzten drei Jahre seinem betrunkenen Ich gegenüber wirklich sehr tolerant gewesen. Das würde jetzt ein Ende haben und damit hatte ich auch das perfekte Hochzeitsgeschenk für ihn und seine Zukünftige.

Er konnte gar nicht so schnell reagieren, wie ich seinen Unterarm packte und meine Fingernägel in das weiche Fleisch bohrte. Leopold gab einen Schmerzenslaut von sich, den ich aber im Keim erstickte.

Seine vor Schreck geweiteten Augen offenbarten mir, dass er es deutlich spürte. Fühlte, wie ich in sein Innerstes vordrang, mich in seinen Verstand wühlte, um mich seines Geistes zu bemächtigen.

Ja, ganz recht, Leopold. Das war nicht normal. Das war keine Fähigkeit, über die ein normaler Mensch verfügte.

Überraschung! Ich war auch kein gewöhnlicher Mensch!

»Erstens: Ich kann es überhaupt nicht leiden, Füchsin oder Mäuschen oder sonst wie genannt zu werden. Zweitens: Ja, was gerade passiert, ist alles andere als normal. Ich bin nicht normal. Was ich eigentlich nicht öffentlich zeige. Zumindest nicht hier. Aber in deinem Fall mache ich eine Ausnahme. Weil ich so ein liebreizendes Schätzchen bin ... Schätzchen mag ich übrigens auch nicht.«

Ich zwang Leopold, sich nach vorne zu beugen, damit ich noch leiser sprechen konnte und er mit seiner zentnerschweren Gestalt die Blicke der anderen abschirmte, welchen eventuell die Stripperin zu langweilig wurde.

Seine Augen verrieten, dass er nichts lieber als einen ganzen Ozean zwischen uns bringen würde, aber ich verhinderte seinen Fluchtreflex. Genauso wie das unkontrollierte Wasserlassen. Ich wollte nachher schließlich keine Sauerei aufwischen müssen, nur weil er gerade Todesängste ausstand.

Meine Augen bohrten sich in seine kleinen schwarzen Knopfaugen und ich spürte das Zittern seines massigen Körpers. Wie Wackelpudding.

Ich wusste, was er sah. Was ihm, abgesehen davon, dass ich sein Gehirn gerade wie in einem Schraubstock hielt, solche Angst machte. Meine sonst karamellfarbenen Augen hatten sich eisblau verfärbt und ein purpurfarbener dünner Ring drehte sich unaufhörlich um meine schwarzen Pupillen.

Was ihn nun noch zusätzlich in Panik versetzte, war das Gefühl, das ich in ihm auslöste. Meine Hand um sein Gehirn, mit der Macht, es zu Brei zu zerquetschen und ihn als sabberndes, kleines Häuflein Elend sein restliches Dasein fristen zu lassen.

Zu seinem Glück hatte ich das gar nicht vor, aber es schadete nicht, ihn wissen zu lassen, dass ich das jederzeit tun konnte.

»Du wirst mir jetzt sehr gut zuhören!«

Ein Nicken. Er war ganz aufmerksam trotz seines vorherigen Alkoholkonsums. Aber gut. Ich ließ ihm gerade auch nicht wirklich eine andere Wahl, beziehungsweise hatte ich ihn in Rekordgeschwindigkeit nüchtern werden lassen.

»Ich weiß, dass du eigentlich ein recht netter Kerl bist. Das ist nebenbei bemerkt der einzige Grund, warum ich dir in den letzten drei Jahren noch kein Hausverbot erteilt habe. Das, und weil ich wusste, dass du etwas einsam warst. Aber das bist du jetzt nicht mehr. Du hast jetzt eine nette Frau, die ihr restliches Leben mit dir verbringen möchte. Daraus kann wirklich etwas Gutes werden. Aber mein Lieber, du hast ein echtes Alkoholproblem.«

Ich wartete und verstärkte den Druck auf seinen Geist, um meine Worte tief in sein Bewusstsein sacken zu lassen.

»Daher mein Hochzeitsgeschenk an dich und deine Frau:

Ab dem heutigen Tag rührst du keinen Tropfen Alkohol mehr an. Du brauchst ihn nicht mehr. Du hast kein Verlangen mehr danach. Du willst deine Abende nie mehr hier in dieser Bar verbringen. Du bist von nun an fest entschlossen, deine Probleme auf anderem Wege zu lösen statt mit Alkohol.«

Er nickte langsam, aber ich brauchte keine Bestätigung.

Es waren keine gutgemeinten Ratschläge, die ich ihm gab. Ich manipulierte ihn. Zwang Leopold meinen Willen auf und würde ihn hier herausschicken mit meinen Gedanken, in dem Glauben, es wären seine eigenen.

»Und damit das dann auch in Zukunft so bleibt, besuchst du regelmäßig die Treffen der Anonymen Alkoholiker. Geh am besten gleich noch in dich und überleg dir, weitere Hilfe in Anspruch zu nehmen, um etwaige ungelöste Probleme aufzuarbeiten«, fügte ich nach kurzer Überlegung hinzu, denn diese Charakterwandlung, die er durch das Trinken herbeiführte, musste ja irgendeinen Ursprung haben.

»Und bevor ich es vergesse … Was mein Leben betrifft: Das geht dich einen Scheiß an! Sobald du heute Abend diese Bar verlässt, werde ich und alles, was mit mir zu tun hat, aus deinem Gedächtnis gelöscht sein. Du wirst dich nicht einmal mehr an meinen Namen erinnern. Geschweige denn an das, was hier gerade passiert ist.«

Wieder ein Nicken. Damit zog ich meine Hand zurück und löste die Verbindung.

Leopold blieb noch eine Weile mit verwaschen wirkendem Blick sitzen. Ich wusste, dass er die Nachwirkung meiner Gedankenkontrolle verarbeiten musste. Ein schwacher Geist wie Leopolds war leicht zu manipulieren. Aber die Nachwirkungen waren für die Betroffenen dann doppelt so schlimm, gerade weil sie so schwach waren.

Ich konnte förmlich sehen, wie sich sein Gehirn in neue Bahnen lenkte. Nachdem es sich gefestigt hatte, erhob sich Leopold und verschwand auf Nimmerwiedersehen aus der Bar.

Seine alkoholisierten Freunde bemerkten seinen Abgang nicht einmal.

Ich jedoch blickte noch eine Weile auf die Tür. Und ich fragte mich, warum ich diese gute Tat nicht schon vor drei Jahren geleistet hatte.

Gute Tat natürlich auf mich bezogen. Ich war schließlich nicht Jesus.

***

Um halb drei war auch endlich der letzte Gast verschwunden und ich konnte Feierabend machen. Während ich die letzten Barhocker auf den Tresen verfrachtete, schwang erneut die schwere Eingangstür auf.

»Wir haben geschlossen«, verkündete ich ohne aufzusehen.

Ich musste mir unbedingt angewöhnen gleich abzuschließen, sobald ich den letzten Säufer vor die Tür gesetzt hatte.

»Süße, ich bin jetzt seit gut zwölf Stunden ununterbrochen unterwegs. Wenn du mir meinen wohlverdienten Gute-Nacht-Drink verwehrst, muss ich leider den nächsten Schnapsladen ausrauben. Dann musst du mich zur Strafe jeden Tag im Gefängnis besuchen, um dein schlechtes Gewissen zu beruhigen.«

Ich schaute noch immer nicht zur Tür, konnte aber das Grinsen nicht unterdrücken, das sich auf mein Gesicht schlich.

»Du glaubst wirklich, ich könnte ein schlechtes Gewissen bekommen, wenn ich mich zwischen deinem Seelenheil und meinem Bett entscheiden muss? Dann unterschätzt du maßlos, wie sehr mein Bett und ich uns lieben, James.«

»Dann appelliere ich an dein gutes Herz.«

Damit trat der gut zwei Meter große Hüne näher, zog einen der Hocker wieder vom Tresen und ließ seinen massigen Körper darauf nieder. Mit einer Bewegung, die mir verriet, dass James offensichtlich Schmerzen hatte, hob er den Arm und ließ einen dunkelgrauen Leinensack auf den Tresen knallen.

»Ich weiß nicht, was es ist, aber es blutet mir den Tresen voll«, kommentierte ich, während ich diesen umrundete.

»Tut mir leid. Ich mach es nachher sauber«, antwortete James und klang dabei so müde, dass ich daran zweifelte.

Während ich ihm das Bourbon-Whiskey-Gesöff vor die Nase stellte, das er so liebte, sanken seine breiten Schultern stetig nach unten. Er wirkte, als hielten ihn einzig und allein seine verschränkten Arme, welche er auf dem Tresen abgestützt hatte, noch an Ort und Stelle.

»Harter Auftrag?«, fragte ich und hoffte inständig, dass James mir nicht noch vom Hocker fiel.

Ich war zwar alles andere als schwächlich, aber James würde ich keinen Millimeter bewegen können. Zumindest nicht auf normalem Wege.

Er war nicht nur sehr groß, sondern auch extrem breit gebaut. Die massige Gestalt, genauer definiert die 2,16m und 179kg schwere Gestalt – ich hatte ihn einmal danach gefragt – bestand einzig und allein aus Muskeln.

»Ja. Sehr hart. Aber es war leider notwendig«, antwortete er und rieb sich über das müde Gesicht.

»Möchtest du darüber reden, mein Großer?«

Er antwortete mit einem Kopfschütteln.

»Rudel-Angelegenheiten.«

Ah, verstanden. Das hieß so viel wie: Kümmere dich um deinen eigenen Kram! Das Rudel war in solchen Punkten sehr streng und seine Mitglieder hielten sich an die Regeln. James als eines der höhergestuften Mitglieder sowieso.

Das Rudel, oder vielmehr die Beasts genannt, war eine Gruppe magischer Geschöpfe, welche man vereinfacht ausgedrückt wohl als Gestaltwandler bezeichnen konnte. Das Beast, welches in ihrer Seele mitschwang, konnte zur Gattung bekannter Säugetiere, wie beispielsweise Wölfen gehören, aber auch etwas ganz Mystisches sein. Wie eine Hydra, ein Minotaurus, Greifen oder auch ein Drache.

Gewandelt nahm ihre Gestalt dann eine Art Zwischenform zwischen Mensch und Tier an. Furchterregend, stark und einzig und allein geschaffen für den Kampf.

Welches Wesen in James' Seele mitschwang wusste ich nicht. Ich hatte ihn nie danach gefragt.

Auf den ersten Blick wirkte er einfach nur wie ein langsam in die Jahre gekommener Rocker mit seinen langen, erdbeerblonden Haaren, die er stets zum Pferdeschwanz gebunden hatte. Sein Drei-Tage-Bart, die buschigen Brauen über seinen hellblauen Augen und die dunklen Lederklamotten rundeten die ganze Sache ab.

»Darfst du mir dann zumindest sagen, was in dem Sack ist?«

»Willst du nicht wissen.«

Oha. James musste wirklich müde sein. Er wirkte zwar nicht so, aber normalerweise war er eine ziemliche Labertasche. Einsilbige Antworten waren eher ungewöhnlich.

»Offen gestanden doch. Denn das Blut beginnt gerade kleine Löcher ins Holz zu brennen.«

»Ach verdammt!«

Mit einer Bewegung, beinah zu schnell für das menschliche Auge, schoss seine Hand hervor und riss den Beutel nach oben.

Dass James trotz der offensichtlich schmerzenden Muskeln noch so schnell war, wirkte auf mich wirklich beängstigend.

Das Blut seines Beutels tropfte inzwischen auf den Boden und hinterließ auch dort kleine Löcher. Keine wirkliche Verbesserung.

Stirnrunzelnd erwiderte ich James' entschuldigenden Blick.

»Eine Medusa ... beziehungsweise der Kopf. Diese verdammten Schlangen leben auch noch weiter und produzieren Gift, nachdem man den Kopf abgeschlagen hat«, gab er dann letztendlich zu.

»Interessant. Wie Haare und Nägel, die nach dem Tod auch noch weiterwachsen?«

»So in etwa.«

James senkte den Arm und ließ den Sack neben seinem Barhocker zu Boden gleiten.

»Und du trägst den Kopf mit dir rum, weil ...? Deiner Frau Blumen als Mitbringsel zu langweilig geworden sind?«

James' blaue Augen verengten sich und ein Lächeln zuckte um seine Mundwinkel.

»Auftrag des Rudels«, erwiderte er im abschließenden Tonfall.

»Also keine weiteren Morde ...«

James ließ sich nachschenken und genehmigte sich einen Schluck, ehe seine Augen mich aufmerksam und wieder deutlich wacher musterten.

»Du bist manchmal cleverer, als gut für dich ist, Enju.«

Ich lächelte ihn vergnügt an.

»Ich bin nicht einfach nur clever. Ich bin genial!«

Ich hatte also recht. Wobei es mir auch nicht schwerfiel in diesem Fall zwei und zwei zusammen zu zählen. Von fünf Morden an jungen Männern hatten die Zeitungen in den letzten Wochen berichtet. Einer grauenhafter zugerichteter als der andere. Die Worte *zerfetzt* und *Einzelteile* fanden sich mehr als einmal in den jeweiligen Artikeln wieder, doch mehr zu berichten gab es nicht. Denn die Morde stellten die Polizei vor ein Rätsel. Es fehlten jegliche Hinweise auf einen Täter und die Polizei konnte auch keine brauchbaren DNA-Spuren sicherstellen. Einzig Sand und kleine Gesteinsbrocken waren zwischen den verstreuten Körperteilen und den Blutlachen zu finden gewesen.

Für Leute wie mich, die wussten, dass es mehr zwischen Himmel und Erde gab, waren es jedoch sehr eindeutige Hinweise. Ich hatte bereits nach dem zweiten Mord eine Medusa vermutet. Eine sehr wütende ihrer Art. Denn es hatte ihr offensichtlich nicht ausgereicht, ihre Opfer zu versteinern. Sie hatte die steinernen Körper auch noch zerschlagen. Was letztendlich die verstreuten Körperteile erklärte. Denn mit dem Zerstören der Statue erlosch der Fluch und Stein verwandelte sich zurück in weiches Fleisch. Und hinterließ, wie berichtet, eine ziemliche Sauerei.

»Es wundert mich nur, dass ihr erst so spät eingegriffen habt«, fuhr ich fort und schenkte James noch einmal nach.

Normalerweise ließ das Rudel keine Morde dieser Art zu. Jede Gefahr, die zur Entdeckung der magischen Gesellschaft führen könnte, musste im Keim erstickt werden.

James leerte sein Glas erneut in einem Zug.

»Sie haben ihr Gewalt angetan. Drei dieser Männer …«, antwortete James und seine Augen blickten müde und glanzlos ins Leere.

Ich verstand. Auch wenn Morde im Allgemeinen nicht geduldet wurden, sah es im Falle von Selbstjustiz doch anders aus. Diese wurde, in gewissen Rahmen, durchaus toleriert und war gang und gäbe bei den Beasts.

»Drei. Aber es waren fünf Opfer«, stellte ich klar.

»Richtig. Sie hat Gefallen gefunden am Morden. Aus diesem Grund musste ich mich um sie kümmern«, antwortete James und sein Blick verdunkelte sich.

Kommentarlos schenkte ich ihm nach. James hatte mir noch nie genau erzählt, was seine Aufgabe im Rudel war, aber inzwischen konnte ich es mir zusammenreimen.

Ihm fiel es wohl zu, gewisse Dinge zu ... bereinigen. Kein Job, um den ich ihn beneidete. Er musste sich sicherlich oft die Hände schmutzig machen.

»Wie alt war sie?«, fragte ich.

Obwohl ich es nicht für möglich gehalten hatte, verdüsterte sich James' Miene noch mehr.

»Fünfzehn«, antwortete er mit äußerstem Widerwillen in der Stimme.

»Scheiße ...«, war der einzige Kommentar, der mir dazu einfiel.

James nickte und rieb sich wieder über das Gesicht, ehe er einen weiteren Schluck nahm.

»Und was wird jetzt passieren?«

»Der Befehl zur Eliminierung hat der Alpha gegeben. Ihre Eltern haben jetzt also noch die Möglichkeit, ihn herauszufordern um Rache zu nehmen.«

»Werden sie das denn tun?«

»Eher unwahrscheinlich. Sie hatten die Möglichkeit, sich selbst darum zu kümmern, ihre Tochter zur Vernunft zu bringen, bevor wir zum letzten Mittel greifen mussten. Aber sie haben es nicht geschafft. Sind nicht zu ihr durchgedrungen. Sie konnte am Ende nicht einmal mehr in ihre menschliche Form zurück. Und als sie, verwandelt und nur noch darauf aus zu töten, auf ihre jüngeren Geschwister losgehen wollte ... Nun, ihr Vater wusste, wie ich handeln würde, als er mich anrief ... wie die Entscheidung des Alpha ausfallen würde. Ich schätze, er wollte es nur nicht selbst tun müssen.«

Wow. Ich hatte schon davon gehört, dass das Beast unter gewissen Umständen die menschliche Seite komplett verdrängen konnte. Aber dass dies so schlimm sein würde, dass nur noch die Option blieb, denjenigen zu liquidieren? Und dass Eltern diese Entscheidung mitunter für ihre Kindern treffen mussten?

Mir lagen dazu noch einige weitere Fragen auf der Zunge, aber ich wusste, dass James sie mir nicht beantworten würde, weil sie sich ja letzten Endes doch auf das Rudel beziehen würden. Und in diesem Punkt war er verschlossener als jede Auster. Er hatte jetzt schon überraschend viel offenbart.

»Noch einen?«, fragte ich, als James sein Glas endgültig geleert hatte.

Er hielt seine massige Pranke über das Glas und schüttelte den Kopf.

»Nein danke«, antwortete er und erhob sich schwerfällig.

»Lass stecken ...«, sagte ich, als James Anstalten machte, sein Portemonnaie aus seiner Hosentasche zu ziehen.

»... geht heute aufs Haus.«

»Hast was gut bei mir Kleine.«

Damit beugte sich James nach vorne und griff sich seinen Sack.

Ein Blick über den Tresen offenbarte mir noch mehr Brandlöcher auf dem Boden. Na prima. James entgingen sie ebenfalls nicht.

»Schick mir die Rechnung ...«, begann er bereitwillig, aber ich winkte ab.

»Die paar Löcher fallen hier auch nicht weiter auf.«

Meinen Worten folgend schweifte sein Blick durch die düstere Bar.

»Ich frage mich schon lange, warum du hier ...«

James' Blick ging zurück zu meinem Gesicht und er brach mitten im Satz ab. Wir wussten beide, dass ich darüber genauso wenig reden würde wie er über Rudelangelegenheiten.

»Und was wirst du jetzt noch tun?«, fragte ich, um das Thema zu wechseln.

»Zum Schloss und Bescheid geben, dass der Auftrag erledigt ist ...«

Der Sack schwang leicht hin und her, als James unbewusst sein Handgelenk drehte.

»... und danach gehe ich nach Hause, gebe meiner Frau einen Kuss und setze mich noch ein paar Minuten zu meiner Tochter ans Bett. Lausche ihren gleichmäßigen Atemzügen und streichle ihr übers Haar. Mit dem Wissen, dass es ihr gut geht und dass sie glücklich ist.«

»Klingt nach einem guten Plan«, antwortete ich und lächelte leicht. Wie gesagt schätzte ich James' Position im Rudel als eine Art Vollstrecker ein. Und allein aus der Tatsache, dass er bisher überlebt hatte, schloss ich, dass er mit

Sicherheit auch gut in seinem Job war. Aber ich glaubte nicht, dass ihn jeder Auftrag immer kalt ließ. Denn er war ebenfalls Ehemann und Vater und in diesen Punkten hatte ich ihn schon äußerst liebe- und aufopferungsvoll erlebt.

James nickte zum Abschied und war kurz darauf an der Tür. Doch nachdem er sie geöffnet hatte, hielt er inne.

»Eine Frage noch Enju: Hast du ... ist dir in letzter Zeit etwas ... Ungewöhnliches aufgefallen?«

»Definiere *ungewöhnlich*«, antwortete ich.

Ungewöhnlich traf schließlich auf fast alles zu, wenn man sich in unseren Kreisen bewegte.

James wich meinem Blick aus und schien angestrengt nachzudenken. Es verstrichen mehrere Sekunden des Schweigens, ehe er sich mit einem Kopfschütteln abwandte.

»Nicht so wichtig. Vergiss es einfach. Pass auf dich auf Enju.«

Damit hatte er seine massige Gestalt auch schon durch die Tür geschoben und war verschwunden.

***

Nach James' Abgang hatte ich keine Zeit mehr verloren, sondern abgeschlossen und mich auf den Weg nach Hause gemacht.

Ich wollte nichts sehnlicher, als endlich in mein Bett zu fallen. Aber das plötzlich auftretende Pochen in meinen Schläfen und das schmerzhafte Zusammenziehen meines Magens sagten mir, dass es heute nicht so einfach werden würde, nach Hause zu kommen.

Diese Symptome waren bei mir Vorboten, die eine Zerrissenheit der Magie ankündigten, wie ich sie über die letzten Wochen hinweg immer mal wieder gespürt hatte.

Mein Zuhause lag, wie das von fast allen Mitgliedern der in irgendeiner Form magisch begabten Gesellschaft, in Lapislazuli. Der Stadt, die überall und doch nirgendwo existierte. Obwohl ich zu einer der Gruppen gehörte, denen Magie schon von Blutswegen inne lag, war es mir nach all den Jahren immer noch nicht möglich zu erkennen, welche alte Magie sich in Lapislazuli bewegte und die Stadt am Leben hielt. Ich wusste nur, dass sie uralt und mächtig war, denn sie erlaubte es dieser riesengroßen Stadt, sich fast uneingeschränkt zwischen Orten auf der ganzen Welt zu bewegen.

Was übrigens wörtlich zu nehmen war. Lapislazuli hatte keinen festen Standort. Es war eine Stadt, die außerhalb der gewöhnlichen Welt existierte und in irgendeiner Form doch an alle anderen Orte dieser Welt angrenzte.

Es war daher kein Problem, morgens durch Paris zu schlendern, den Nachmittag in London zu verbringen, danach noch einen Abstecher nach München zu unternehmen und die Nacht in Las Vegas ausklingen zu lassen. Man musste nur das richtige Portal in Lapislazuli benutzen. Was die Stadt zu einem perfekten Wohnort für alle magischen Geschöpfe machte. Lapislazuli bildete wohl die größte der magischen Städte, weil sich die Stadt seinen Einwohnern anpasste. Wenn der Platz knapp wurde, vergrößerte sich die Stadt selbst und schuf neue Flächen. Meines Wissens gab es neben Lapislazuli noch zwei, drei andere Städte, die sich ebenfalls frei in der Welt bewegten.

Dennoch wohnte nicht jedes magische Wesen in Lapislazuli oder einer der anderen magischen Städte. Manche bevorzugten es auch in der normalen Welt zu leben und zu arbeiten.

Was gut war, damit sich die verschiedenen magischen Völker auch aus dem Weg gehen konnten. Denn bei so vielen verschiedenen Wesen, blieben Reiberein und offene Feindschaft nun mal nicht aus. Es wäre wahrscheinlich sogar noch schlimmer, wenn es nicht die Möglichkeit gäbe, aus der Stadt und in die gewöhnliche Welt zu gelangen. Ganz zu schweigen von dem möglichen Aussterben der magischen Wesen, wenn sie sich nicht mit normalen Menschen fortpflanzen könnten. Oder dem Mangel an Arbeit und Geld. Oder, um es im kleineren Rahmen zu sagen, wie nervig es wäre, nichts im Internet bestellen zu können, weil man keine Lieferadresse hinterlegen konnte.

Nein, Lapislazuli war wirklich beinah perfekt. Daher wunderte es mich auch, dass die Magie der Stadt in letzter Zeit so seltsam rumorte. Als ob sie zwischenzeitlich verkrampfte und dann auseinanderriss.

Ich konnte mich nicht erinnern, dass so etwas in den letzten Jahren schon mal aufgetreten war. Wenn ich es nicht besser wüsste, würde ich fast behaupten, die Stadt leide seit ein paar Wochen unter heftigen Magenschmerzen.

Diese schienen auch wieder einzusetzen, als ich hinter der Bar den Eintrittspunkt nach Lapislazuli zu durchqueren versuchte. Denn genau in dem Moment, als ich hindurchtrat, verschob sich der Durchgang. So stellte ich mit einem Stöhnen fest, dass er mich nicht wie sonst an die Kreuzung gegenüber meiner Wohnung gebracht hatte, sondern gut fünfzehn Kilometer davon entfernt. Ins Clubviertel der Nekromanten. Na wunderbar!

Das hieß jetzt also laufen. Denn erstens, hatte ich kein Geld für ein Taxi dabei und zweitens, selbst wenn ich das hätte, würde ich mir in diesem Viertel gar keines leisten können. Denn wenn etwas einem Leitspruch unter den Totenbeschwörern gleichkam, dann dieser: Wenn du nach dem Preis fragen musst, kannst du es dir ohnehin nicht leisten.

Es gab kein anderes Volk in Lapislazuli, das so reich war. Die Beasts waren nah dran, konnten es aber dennoch nicht mit den Nekromanten aufnehmen. Denn von dem widerlichen Umstand einmal abgesehen, dass ihr Hauptmerk bei Magie auf der Totenbeschwörung lag, hatten sie ein unglaublich gutes Händchen, was lukrative Immobilien betraf. Den Nekromanten gehörten die exklusivsten und angesagtesten Clubs in der Stadt, das Casino, die Luxushotels und das komplette Rotlichtmilieu. Und das waren nur ihre bekannten Investitionen. Sie hatten mit Sicherheit noch in viel mehr Bereichen ihre Finger im Spiel.

Ich vergrub die Hände tiefer in den Taschen meiner Lederjacke und zog sie enger um mich. Es war inzwischen halb vier am Morgen und merklich abgekühlt, sodass ich mir wünschte, mehr am Leib zu tragen als eine hüfthohe Jeans, die in kniehohen, schwarzen Schnürstiefeln endete, und ein einfaches Top unter der Jacke.

Ich beschleunigte meine Schritte und bewunderte unwillkürlich, wie gut es die Nekromanten doch beherrschten, ihr Viertel sauber zu halten. Wortwörtlich sauber. Auf dem Gehsteig fanden sich weder festgetretene Kaugummis noch Zigarettenkippen. Kein bisschen Abfall weit und breit.

Ganz anders als das heruntergekommene Viertel in der anderen Welt, welches ich jeden Abend aufsuchte, um dort zu arbeiten. Hier war alles so makellos, dass das dünne rote Rinnsal, welches meinen Weg kreuzte, im schummrigen Licht der Straßenlaterne aufleuchtete wie eine Neonreklame.

Rot wie Blut schoss es mir durch den Kopf, während ich den dünnen roten Pfad betrachtete, der sich über den Gehsteig zog und mit stetigen leisen Tröpfchen auf der Straße endete. Ich blickte in die entgegengesetzte Richtung, auf der Suche nach dem Ursprung des Rinnsals.

Es war nicht sonderlich schwer die Quelle auszumachen. Von meiner Position aus führte eine gepflasterte Auffahrt zu einer einzelnen breiten Treppenstufe, welche mit rotem Samt ausgelegt zu einer gläsernen Flügeltür führte. Die komplette Einfahrt war mit der blutroten Flüssigkeit durchzogen wie ein Geflecht aus Adern.

Da ich stark bezweifelte, dass der rote Teppich gerade seine Farbe einbüßte, steuerte ich die Flügeltür an, um herauszufinden, was den Teppich so durchtränkt hatte.

Hier stimmte etwas nicht.

Es war fast vier Uhr morgens, die Clubs hier schlossen spätestens um drei, ausnahmslos. Dennoch waren alle Fenster dieses Clubs, wenn auch nur diffus, erleuchtet.

Jedes, mit Ausnahme der Lichtquelle hinter der Eingangstür, war von einem tiefen, dunklen Bordeauxrot beleuchtet.

Die gleiche Farbe, die mir jeden Tag im Spiegel entgegenstrahlte, da meine Haare genau denselben Farbton hatten.

Aber diese Gemeinsamkeit war hier ganz sicher kein gutes Omen. Ich bezweifelte sogar stark, dass die Lampen in diesem Club immer in diesem Farbton erhellt waren. Es wirkte viel zu düster für einen dieser Nobelschuppen der Nekromanten.

Meine Füße trafen auf den Samtteppich und verursachten dort ein lautes Schmatzen. Der Teppich war nicht nur feucht, er war klitschnass.

Obwohl jeder Schritt auf dem Teppich ein ekliges Geräusch nach sich zog, bewegte ich mich langsam vorwärts. Hier stimmte etwas nicht und ich musste herausfinden, was es war. Je näher ich der Tür kam, desto stärker spürte ich eine fremde Magie aus dem Gebäude strömen, die ich nicht zuordnen konnte. Ich spürte nur, dass sie ganz und gar nicht hierher gehörte.

Als ich meine Finger vorsichtig nach der Tür ausstreckte und sie sacht gegen das kühle Glas drückte, überraschte es mich nicht, dass sie ohne Probleme nach innen aufschwang. Trotzdem beunruhigte mich die Tatsache keinen Türsteher vorzufinden. Oder sonst einen Menschen. Im ganzen Eingangsbereich war kein Lebewesen weit und breit, obwohl er wirklich genug Platz dafür bot, da er die Größe einer Hotellobby hatte.

Ich trat ein paar Schritte weiter hinein und betrachtete mit wachsendem Argwohn den teuer aussehenden grau-weiß gekachelten Marmorboden. Er sah schick aus und ausgesprochen sauber. Wieso war es hier drin so sauber, wenn direkt vor der Tür das verdammte Gebäude ausblutete?

Ich machte einen weiteren Schritt in den Raum, in dem es nicht viel zu sehen gab. In der Mitte stand ein großes, kreisrundes Ledersofa, an den Wänden konnte ich vereinzelte Gemälde ausmachen, welche bestimmt von sehr berühmten, toten Typen waren. Von der Decke hingen drei Kristallluster, bei denen wahrscheinlich schon eine einzelne Glühbirne ein Vermögen kostete.

Dafür, dass es sich hier um einen der Partyclubs der Nekromanten handelte, wirkte es mehr wie eines ihrer Luxusbordelle. Oder Luxushotels. Wahrscheinlich hatten sie für alles denselben Innenarchitekten.

Aber das konnte mir ja egal sein. Viel interessanter war der Bereich am Ende des Raums, wo sich die Garderobe befand, die voller Jacken und Mäntel war – an jedem Haken hing ein Kleidungsstück.

Vielleicht kam es vor, dass ein Gast einmal seine Jacke vergaß, aber mit Sicherheit doch nicht alle.

Der Club war also voll besucht, aber es herrschte Totenstille. Kein Stimmengewirr, keine Musik. Mein Blick glitt nach rechts und ich entdeckte, dass neben der Garderobe eine breite Treppe halbkreisförmig in die obere Etage führte.

Gefeiert wurde also ein Stockwerk höher, aber so gut konnte der obere Bereich doch nicht schallisoliert sein, oder?

Bevor ich die erste Stufe in Angriff nahm, drehte ich mich vorsichtshalber noch mal um und machte vor Schreck einen Schritt nach hinten, woraufhin ich gegen das Holz des Garderobentresens knallte.

Jetzt sah ich, warum das Gebäude quasi nur vor der geschlossenen Tür ausblutete. Wobei ich das mit dem Ausbluten langsam wortwörtlich nahm. Denn die rote Flüssigkeit, welche vom Rand der Decke aus die Wand hinunterfloss und sich um den Türrahmen herum sammelte, sah wirklich sehr verdächtig nach Blut aus.

Die Tür lenkte das wachsende Rinnsal um ihren eigenen Rahmen herum zum Boden, wo es stetig fließend den Teppich tränkte.

Ich fragte mich, welche Menge an Blut und welcher Zeitraum nötig waren, um den Teppich so zu durchweichen wie er jetzt war.

Ich ließ meinen Blick wieder zur Treppe schweifen.

Oben würde ich wohl meine Antwort bekommen. Ich war mir nur nicht sicher, ob ich sie wirklich haben wollte.

***

Die Treppe endete in einem kreisrunden Gang, aus dem fünf identisch aussehende Türen führten. Zumindest beinah identisch. Höhe, Breite und Verzierungen waren gleich, nur in den Farben unterschieden sie sich. Wahrscheinlich um die unterschiedlichen Bereiche voneinander abzutrennen.

Ich blieb unschlüssig auf der obersten Treppenstufe stehen. So gesehen schien es vollkommen egal zu sein, für welche Tür ich mich entschied. Unter jeder sickerte Blut hervor und überzog den Boden mit einer tiefroten Spur.

Wunderbar! Meine Stiefel konnte ich dann definitiv wegschmeißen. Die Flecken würde ich nie wieder rausbekommen.

Ich atmete einmal tief durch, hob eine Hand und deutete auf die einzelnen Türen zum Abzählen.

»Ene, mene, muh … und raus bist …«

Es war natürlich nur Zeitschinderei. Ich hatte schon genau im Blick, welche der Türen ich als erste öffnen würde. Die, deren Raum sich meiner Einschätzung nach über dem Eingangsbereich befand.

Unter jeder der Tür floss Blut hervor, dennoch war es unten nur an einer Wand heruntergeflossen. Dafür gab es ganz sicher einen Grund.

Meinen wachsenden Widerwillen ignorierend setzte ich mich in Bewegung und tauchte mit meinem Stiefel viel tiefer in die Blutlache ein, als ich erwartet hatte.

Anscheinend senkte sich der Boden hier oben ein paar Zentimeter ab, was zumindest erklärte, warum das Blut noch nicht die Treppe nach unten geflossen war.

Die Treppenstufe lag höher. Wenn diese jetzt allerdings nahtlos mit der Blutlache abschloss … Der Gedanke ließ mich schwer schlucken.

Das war viel Blut, wirklich verdammt viel Blut.

Ich stoppte noch einmal vor der Tür und ließ meine Hand unschlüssig davor in der Luft schweben. Hier war dieser unbekannte Hauch von Magie am stärksten.

Noch einmal einen tiefen Atemzug nehmend drückte ich meine Fingerspitzen gegen die Tür, die ohne großen Widerstand aufschwang. Man hatte die Tür also offensichtlich nur angelehnt, nicht verschlossen. Dennoch empfand ich es neben allem anderen hier schon als sehr merkwürdig, dass jede der Türen zumindest soweit geschlossen worden war, dass man nicht so schnell einen Blick in die Räume dahinter werfen konnte. Was allerdings, bei dem Anblick, der sich mir nun bot, wohl von Vorteil war.

Obwohl ich bereits mit etwas Schrecklichem gerechnet hatte, presste ich dennoch vor Entsetzen beide Hände auf meinen Mund und taumelte einige Schritte nach hinten.

Das Blut spritzte an meinen Beinen hinauf und ich spürte, wie es meine Jeans tränkte.

Ich gehörte wirklich nicht zu den zart Besaiteten. Aber das Bild, das sich mir bot, war einfach grausam und unfassbar grotesk. Die gegenüberliegende Wand war gepflastert mit Menschen. Leichen, wenn man es genauer definieren wollte. Leichen*teile*, wenn man es noch genauer nahm.

Ich hatte mich gefragt, wie diese Unmengen an Blut zustande gekommen waren. Jetzt wusste ich es. Wenn man etwa hundert Menschen in ihre Einzelteile zerlegte, verursachte das eine ganze Menge Blut.

Es kostete mich erneut einiges an Überwindung, aber letztendlich schaffte ich es die Hände zu senken, meinen rebellierenden Magen zur Ruhe zu zwingen und einen weiteren tiefen Atemzug nehmend die Tür zu durchschreiten.

Meine Augen scannten den Raum und ich bemühte mich um eine schnelle Bestandsaufnahme. Etwas Heftiges hatte hier drin gewütet und das bezog ich nicht auf die zerteilten Leiber. Die Bar, das Mischpult, die Boxen ... alles war zu Kleinholz verarbeitet worden.

Warum aber die Fenster noch intakt waren, stellte mich vor ein Rätsel. Allerdings begriff ich nun, warum sie von außen dunkelrot leuchteten. Sie waren komplett mit Blut überzogen, ebenso wie jede Lampe in dieser Räumlichkeit.

Ich machte ein paar vorsichtige Schritte weiter in den Raum und gab mir dabei große Mühe, nicht auf irgendwelche Leichenteile zu treten. Was sich als gar nicht so einfach erwies. Zwar hafteten Unmengen an Körperteilen an der Wand, aber nicht viel weniger lagen zerstreut auf dem Boden herum.

Ich richtete meine Aufmerksamkeit wieder auf die Wand. Wie hatte man sie dort befestigt? Und vor allem warum?

Ich starrte die Wand lange an, kam aber zu keiner Erkenntnis. Was ich stattdessen bekam, war ein sehr heftiges Magengrummeln, welches mich zwang, den Blick wieder abzuwenden, meine Augen zu schließen und ein paar Mal tief durchzuatmen – in der Hoffnung, mir nicht jeden Moment meinen kompletten Mageninhalt auf die Füße zu kotzen.

Eine Hoffnung, die unerfüllt blieb, allein schon aus dem einfachen Grund, dass die Luft in diesem Raum alles andere als wohltuend war. Denn sobald ich die Augen geschlossen hatte, nahm ich neben dem Geruch des Blutes auch die anderen beißenden Gerüche deutlicher wahr. Eingeweide, Urin, Fäkalien ... ich machte auf dem Absatz kehrt, erreichte den Türrahmen und erbrach mich.

Ich brauchte mehrere Minuten, um wieder zu Atem zu kommen und mich aufzurichten.

Dann stellte ich mich erneut »Carries Abschlussball« in meinem Rücken und hielt überrascht inne. Die Körperteile waren gar nicht willkürlich an der Wand angeordnet, sie ergaben ein Muster.

Ich machte wieder einen Schritt nach vorne, kniff etwas die Augen zusammen und betrachtete die Anordnung der Körperteile noch mal genauer. Ringe!

Ein größerer Ring in der Mitte, acht etwas kleinere darum herum angeordnet. Sie fielen nur nicht sofort ins Auge wegen der anderen Körperteile, die mandelförmig um jeden Ring herum angebracht waren.

Aber vielleicht sollten sie das auch gar nicht. Es war sicher als Gesamtbild zu betrachten.

Ich neigte meinen Kopf soweit zur Seite, dass mein Ohr beinah meine Schulter berührte und verkniff es mir im nächsten Moment, meine Hand gegen die Stirn zu klatschen.

Augen! Die Kreise und das drum herum stellten Augen dar. Wieso war mir das nicht sofort aufgefallen?

Ich trat noch tiefer in den Raum, doch obwohl ich die Augen jetzt ganz deutlich erkennen konnte, blieb die große Erkenntnis aus. Mir fiel keine Magie ein, bei der ein Symbol mit neun Augen zum Tragen kam. War das überhaupt ein Symbol irgendeiner Magie?

Vielleicht hatte auch irgendein Irrer sich zu oft die Serie *Hannibal* angesehen und hatte hier seine eigene Version davon Realität werden lassen.

Ich konnte zwar die seltsame Nachwirkung von Magie fühlen, aber ich befand mich ja auch in Lapislazuli und das hier war das Gebiet der Nekromanten. Die Magie konnte also vorher schon hier existiert haben und war einfach extrem zerrüttet worden.

Meine Grübelei wurde jäh unterbrochen, als ich ein Knarzen über mir vernahm.

Mein Puls beschleunigte sich, während ich den Kopf in den Nacken legte und zur Decke starrte. Wieder ein Knarzen und noch eins. Das waren Schritte. Irgendjemand bewegte sich dort oben.

KAPITEL 2

Der Rat

Wieder wurde ein Schritt gemacht. Langsam, mit Bedacht.

Jemand durchquerte sehr vorsichtig den Raum über mir. Ich lauschte weiter den Schritten, bis sie sich veränderten. Eine andere Art des Auftretens. Nein, ein anderer Untergrund. Treppenstufen.

Eine der Türen auf meiner Etage führte offensichtlich nicht in einen anderen Clubraum, sondern zu einer Treppe und diese zu einer weiteren Ebene.

Innerlich fluchte ich über meine Nachlässigkeit. Ich hatte nicht in Betracht gezogen, dass die Person, die dieses Massaker angerichtet hatte, eventuell noch hier sein könnte. Und einen Überlebenden dieses Schlachthofs schloss ich aus. Dazu waren die Schritte zu vorsichtig. Viel zu sehr darauf aus, nicht wahrgenommen zu werden.

Ich richtete meinen Blick auf die geöffnete Tür, zählte mit jedem weiteren Schritt die Treppenstufen, dann folgte das Knarzen der Tür. Wer auch immer das war, er würde jeden Moment in meinem Sichtfeld auftauchen.

Ich verwarf jeden Gedanken daran, mich irgendwo zu verstecken. Allein schon, weil mir das kurze Innehalten des Fremden verriet, dass er mich wahrgenommen hatte.

Ich bemerkte erst, dass ich den Atem angehalten hatte, als sich die große Gestalt in mein Blickfeld schob, und atmete leise wieder aus.

Meine Vermutung, auf einen Mann zu treffen, wurde bestätigt. Dennoch ließ mich sein Anblick schwer schlucken.

Aus Anspannung und Überraschung gleichermaßen. Überraschung, weil er attraktiv war. Richtig attraktiv und das hatte ich wirklich nicht erwartet.

James' Körpergröße und massige Gestalt hatte er nicht. Aber ich schätzte ihn trotzdem auf gute 1,90 Meter und die Muskeln, die sich unter dem schwarzen T-Shirt spannten, verrieten regelmäßiges Training. Seine Haare waren an den Seiten kürzer, oben länger und ihre Farbe wirkte, als könne sie sich nicht entscheiden, ob sie dunkelblond oder braun sein wollte. Die Augenfarbe dagegen ließ sich klar definieren: ein sattes Grün. Und das in einem Gesicht mit auffallend symmetrischen Gesichtszügen. Würde man Da Vincis Raster des perfekten Gesichts darüber legen, würde es mit Sicherheit eine hundertprozentige Übereinstimmung finden.

Ich hatte eher jemanden wie *John Wayne Gacy* im Clownkostüm erwartet. Daher brachte mich dieser Anblick wirklich kurz aus dem Konzept. Denn einen so heißen Typen hätte ich erwartet, auf einem *GQ*-Cover vorzufinden, statt in einem blutdurchträngten Club inmitten eines Massakers.

Denn wie schon erwähnt, ließ mich auch die Anspannung schwer schlucken. Und die Anspannung war auf seine blutbesudelten Hände zurückzuführen. Er war bis zu den Ellenbogen dunkelrot verschmiert und was das schwarze T-Shirt verbarg, war auf der blauen Jeans deutlich zu erkennen: Unmengen kleiner Blutspritzer.

Tja, wenn das mal nicht wieder typisch war. Da lief einem ein attraktiver, gut gebauter Kerl über den Weg und war entweder vergeben, schwul, vergeben und schwul oder ein psychopathischer Massenmörder. Irgendwas war halt immer.

»Wer bist du?«, meldete er sich erstmals zu Wort und die tiefe Stimme jagte mir einen Schauer durch den Körper. Allerdings von der angenehmen Sorte. Er mochte ein irrer Killer sein, aber die Stimme passte zum Gesamtpaket. Dunkel und attraktiv. Auch der intensive Blick, mit dem er mich musterte, verursachte ein Kribbeln in meinem Inneren.

Ich musste jedoch leider davon ausgehen, dass dieser Blick nicht andeutete, dass ihm gefiel was er sah, sondern dass er gezielt nach einer Schwachstelle suchte, die er nutzen konnte, um mich ebenfalls in meine Einzelteile zu zerlegen.

Dieser Gedanke und ein Blick zurück auf seine Hände erinnerten mich wieder daran, dass man es mit dem Bad Boy auch übertreiben konnte. Und hunderte von Menschen abzuschlachten war nun wirklich sehr, sehr bad. Er musste ja nicht im wahrsten Sinne des Wortes ein *Ladykiller* sein.

»Rotkäppchen, das sich verlaufen hat?«, antwortete ich auf seine Frage, wer ich war, und erntete dafür einen skeptischen Blick.

Moment, die wurde doch am Ende von dem Wolf gefressen, oder? Mmh, ich hatte eindeutig schon bessere Vergleiche gezogen.

Er machte langsam ein paar Schritte nach vorne, wie ein Raubtier, das sich an seine Beute anschlich, und befand sich dann nur noch knapp zwei Meter von mir entfernt.

»Ich stelle die Frage noch mal: Wer bist du? Wie heißt du? Und seit wann bist du hier?«

»Das sind genau genommen drei Fragen«, stellte ich, hilfsbereit wie ich war, fest.

Sah er wohl anders, denn meine Bemerkung schien ihn nicht glücklich zu stimmen. Seine Miene wurde ärgerlicher und er machte einen weiteren bedrohlichen Schritt auf mich zu.

»Du wirst mich begleiten!«, kommandierte er plötzlich, was ihm nun ein Stirnrunzeln von mir einbrachte. Der glaubte doch nicht ernsthaft, dass ich mit ihm kommen würde?!

»Danke für diese bestimmt von Herzen kommende Einladung. Aber ich muss sie leider ausschlagen. Meine Mama hat mir nämlich beigebracht, dass ich nicht mit Fremden mitgehen darf. Außerdem hast du mir nicht mal Süßigkeiten angeboten.«

Für diese Worte erntete ich ein spöttisches Schnauben.

»Ich hatte nicht den Eindruck, eine Fünfjährige vor mir zu haben.«

»Und das enttäuscht dich?«

Seine Augen wurden gefährlich schmal.

Ernsthaft? Ein Massenmörder, dem es gegen den Stich ging, auch noch für einen Kindermörder gehalten zu werden?

»Nein. Ich bevorzuge die Richtung, was du zu bieten hast«, antwortete er und wies mit seinen Augen unmissverständlich auf meine weiblichen Reize.

Oha. Also gefiel ihm doch, was er sah. Warum stimmte mich das bloß in keinster Weise zuversichtlicher?

»Ach so, also war das eher als Date Einladung aufzufassen?« Ich schnipste mit den Fingern, als wäre mir etwas Tolles durch die Lappen gegangen. »Wie ärgerlich. Ich habe heute leider schon *Jack the Ripper* fest zugesagt. Der hat mir nämlich eine romantische Stadtführung durch London angeboten.«

»Nein. Ich bevorzuge es, wenn meine Dates wissen, wann es an der Zeit ist die Klappe zu halten.«

»Ah, ich wusste es. Unsere Beziehung war von Anfang an zum Scheitern verurteilt«, entgegnete ich mit gespielter Enttäuschung.

Er machte einen weiteren Schritt auf mich zu und versuchte dann nach mir zu greifen. Okay. Das war nun wirklich nah genug.

Ich wich ihm aus, hob die Hand und bewegte sie in einer kreisenden Bewegung von meinem Körper weg. Ich nutzte eine meiner liebsten Fähigkeiten, Telekinese.

Blut und vereinzelte Extremitäten schwappten in einer hohen Welle gegen die Wand und durch die Tür. Mein Gegenüber rutschte gut einen Meter nach hinten, blieb aber ansonsten aufrecht stehen. Das brachte mich ins Stocken. Er hätte in hohem Bogen nach hinten geschleudert werden müssen! Warum lag er also nicht außerhalb des Raums? Oder klebte an einer Wand? Oder rutschte zumindest unter Schmerzen an einer herunter, verdammt noch mal?

Sein Blick glitt sehr langsam an sich herunter. Meine Attacke hatte das Blut auch gegen ihn geschleudert und seine Kleidung noch mehr eingesaut. Er hob die Hand und wischte mit den Fingerknöcheln einen Tropfen Blut ab, der ihn an der Wange getroffen hatte. Eine sehr sinnfreie Aktion. Durch seine blutverschmierten Hände schmutzte er sein Gesicht damit nämlich nur noch mehr ein.

Seine Augen bohrten sich in meine und er registrierte sehr aufmerksam die eisblaue Verfärbung meiner Iriden.

»Eine Hexe!«, schnaubte er. »Ich hasse Hexen!«

Mit diesen Worten war er schneller bei mir als ich blinzeln konnte. Seine Hand schloss sich um meine Kehle, dann hob er mich hoch, bis meine Füße den Kontakt zum Boden verloren und ich nur hilflos in der Luft zappelnd ein paar klägliche Versuche unternehmen konnte, an seinem Arm zu ziehen.

Meine Fingernägel bohrten sich in seinen Handrücken, aber er zuckte nicht einmal mit der Wimper. Die fehlende körperliche Reaktion kümmerte mich weniger als die Tatsache, dass ich es trotz direktem Körperkontakt nicht schaffte, in seinen Geist einzudringen. Ich prallte ab wie an einer Steinmauer.

Wer zum Teufel besaß eine so ausgeprägte Resistenz gegen Magie?

Er ließ mich ein Stück herunter und hob mein Gesicht so nah vor das seine, das mich für einen kurzen Moment der irrationale Gedanke durchzuckte, ob er vorhatte mich zu küssen. Als ich jedoch erkannte, was seine Bewegung tatsächlich bedeutete, verhinderte nur meine eingeschränkte Luftzufuhr den Fluch, der mir auf den Lippen lag. In der nächsten Sekunde schleuderte er mich mit unmenschlicher Stärke von sich.

Nachdem ich durch den Raum geflogen war und mein Rücken schmerzhaft Bekanntschaft mit dem Fenster machte, kam ich zu einigen Erkenntnissen.

Punkt eins: Die Fenster waren aus einem einfachen Grund – im Gegensatz zum Rest des Raumes – nicht zerstört worden: weil jemand offensichtlich einen Bannkreis um das Gebäude gezogen hatte. Wenn ich Vermutungen anstellen musste, dann wohl um eine Flucht der Clubbesucher zu verhindern.

Punkt zwei: Es war kein sonderlich starker Bannkreis. Denn er konnte keiner 1,60m großen Hexe standhalten, die von einem wild gewordenen Berserker wie ein Baseball dagegen geschleudert wurde.

Das Fenster um mich herum zerbrach. Der Schmerz der Glasscherben, die in meinen Rücken schnitten, und die Magie des berstenden Bannkreises, entlockten mir einen Schrei und verhinderten, dass ich schnell genug reagierte. Daher kam mir mein »Levitation«-Zauber erst über die Lippen, als ich den Boden schon fast erreicht hatte und bremste meinen Aufprall daher kaum merklich.

Hustend drehte ich mich zur Seite und gab mir Mühe, wieder auf die Beine zu kommen. Denn das Geräusch schwerer Stiefel auf Asphalt verriet mir, dass nicht nur vereinzelte Körperteile der Toten mit mir nach unten gekommen waren.

»Aber trotzdem. Netter Hintern«, kommentierte er meine Rückseite, die ich ihm gerade präsentierte, als ich mich auf Händen und Knien abstützte.

»Aber das hält mich auch nicht davon ab, dir eben diesen aufzureißen. Also kommst du jetzt freiwillig mit oder willst du am eigenen Leib erfahren, wie es ist, in seine Einzelteile zerlegt zu werden?«

Wow. Ich war durch meine Arbeit in der Bar ja an einige zweifelhafte Komplimente gewöhnt. Aber eines, in dem gleichzeitig so viel Bedrohung mitschwang, war neu.

Es sprach mal wieder für mein Glück, dass der erste Typ seit langem, der mich äußerlich durchaus ansprach, ein psychopathischer Killer war, der mich umzubringen versuchte. Außerdem wies auch einiges darauf hin, dass ich einen gewaltigen Dachschaden hatte, weil ich jetzt wirklich darüber nachdachte und sogar ein leichtes Bedauern verspürte. Denn unter anderen Umständen ... oder einem anderen Leben ... hätte mich sein Kompliment erfreut. Ich hätte ihm auch Pluspunkte dafür gegeben, dass er mich ohne Probleme hochheben konnte.

Denn dazu fielen mir auf die Schnelle nämlich sehr viel nettere Dinge ein, die er mit mir hätte tun können, anstatt mich durch ein verdammtes Fenster zu schleudern!

»Wieso?«, keuchte ich, mich vom Boden hochdrückend, ehe ich wieder komplett auf meinen Füßen stand.

»Hast du dort oben nicht genug zur Auswahl?«

Offensichtlich nicht, denn in der nächsten Sekunde war er auch schon wieder bei mir.

Er war echt schnell, aber das war ich auch. Ich duckte mich und wich seiner Faust aus. Gleichzeitig versuchte ich ihm die Beine wegzutreten, aber er sprang einfach über mein gestrecktes Bein hinweg. In der Drehung richtete ich mich wieder auf, wich einem erneuten Schlag aus und schloss meine Finger um seinen Unterarm, um ihn wegzudrücken. Ich warf mich mit meinem ganzen Gewicht nach vorne, um mehr Kraft in meinen Schlag zu stecken. Aber leider erreichte meine Faust sein Gesicht gar nicht erst, da er den Arm, welchen ich umklammerte, nach oben und mich gleich mit in die Höhe riss.

Seine Bewegung war wieder so schnell, dass mir schlichtweg die Zeit fehlte zu reagieren, weshalb sein nächster Angriff diesmal glückte. Er donnerte seinen Ellenbogen mit solcher Wucht in meinen Magen, dass ich das Gefühl hatte, er würde aus meinem Körper gepresst. Ich spukte Galle und meine Finger lösten sich von seinem Unterarm. Nun schloss sich seine Hand um mein Handgelenk und verhinderte, dass ich von seiner Attacke davongeschleudert wurde. Allerdings nur damit er mich gleich darauf in die entgegengesetzte Richtung katapultieren konnte. Ich knallte gegen die Hauswand und rutschte daran herunter. Doch noch bevor ich den Boden erreichte, schlossen sich seine Finger erneut um meinen Hals und zogen mich nach oben.

Ich hatte wirklich langsam genug davon, ständig die Luft abgedrückt zu bekommen. Wütend schlug ich meine Fingernägel erneut in seinen Arm und der schmerzerfüllte Aufschrei nur Augenblicke später verschaffte mir ungeheure Befriedigung.

Er ließ mich los, stolperte zurück und hielt sich den blutenden Arm. Diesmal war es sein eigenes Blut, welches durch fünf sehr deutlich sichtbare Löcher sickerte.

Ich war keine Gestaltwandlerin, aber ich kannte ein, zwei kleine Zauber, um das eigene Erscheinungsbild zu verändern. Für meinen angewandten Trick hatte ich mich von *X-Men 2* inspirieren lassen – das Verlängern der Fingernägel à la *Lady Deathstrike*.

Er betrachtete abschätzend meine gut 30 Zentimeter langen Krallen und ich konnte an seinem Gesicht ablesen, was er vorhatte, daher ließ ich sie wieder zurückfahren, bevor er sie mir abbrechen konnte. Es war zwar nur ein Zauber, der sie verlängerte, aber es waren immerhin meine eigenen Nägel und ich schätzte es, wenn sie an meinen Fingern blieben. Außerdem hatte ich damit nun nicht mehr den Überraschungseffekt auf meiner Seite und wenn ich mir inzwischen bei einem sicher war, dann dass ich bei diesem Psychopathen die wirklich schweren Geschütze auffahren musste.

Er kam erneut auf mich zu, hielt dann aber inne. Ach verdammt! Er spürte es! Das bedeutete, der Mistkerl war nicht nur außergewöhnlich magieresistent, er nahm sie auch sehr deutlich wahr.

»Was hast du vor?«, fragte er, die tiefe Stimme beinah zu einem Knurren gewandelt.

Ich machte mir nicht die Mühe ihm zu antworten, er würde es ohnehin gleich sehen. Zumindest das Ergebnis. Meine Jacke verbarg schließlich meinen Arm und damit die blau aufleuchtenden Symbole, welche sich gerade an die Oberfläche drückten und sich von meinem Handgelenk bis zur Schulter zogen.

Früher hatte es mir enorme Schmerzen bereitet, diese Waffe, welche ich verborgen in meinem Körper trug, zu beschwören, aber inzwischen war es nicht mehr als ein kurzer Stich und ein Kribbeln in meiner Hand.

Schon schlossen sich meine Finger um den Griff von Nemesis, dem Schwert, das sich seit fast zehn Jahren in meinem Besitz befand und das mich damals beinah umgebracht hatte, als ich es an mich nahm.

Denn Nemesis war in mehrerer Hinsicht besonders.

Angefangen bei seinem Aussehen: Von der Form her entsprach es einem mittelalterlichen Langschwert. Ornamente zogen sich über den Griff, die Parierstange und von dort noch etwa 20cm über die Klinge.

Die Klinge selbst war das auffallendste. Sie sah in keinster Weise metallen aus. Sondern als würde sie eine Galaxie beherbergen. Blau, lila, rot, schwarz. Alle Farben zogen sich wie Nebel über die Klinge. Gepickt mit leuchtend hellen Punkten. Wie winzige, kleine Sterne.

»Das ist die verfluchte Klinge«, kommentierte mein Gegenüber und klang in keinster Weise so beeindruckt oder eingeschüchtert, wie ich es mir erhofft hatte.

»Retten wird dich das auch nicht«, sagte er ruhig, nachdem er Nemesis noch einen Moment länger gemustert und offensichtlich abgeschätzt hatte, wie gefährlich ich ihm damit werden konnte.

»Wir werden sehen«, antwortete ich, umfasste den Griff nun mit beiden Händen und hob das Schwert höher.

Ich ließ meine Stimme fester und zuversichtlicher klingen, als ich mich fühlte. Denn der Mistkerl war resistenter gegen Magie, als jedes andere Wesen, was mir bisher begegnet war.

Aber ob er ebenfalls gegen Nemesis bestehen konnte?

Ich hoffte nicht.

Schließlich ernährte sich das Schwert aufgrund des Fluchs, den es in sich beherbergte, von der Magie dessen, der es führte. War die Magie zu schwach oder nicht vorhanden, bediente es sich der Lebensenergie seines Besitzers. Deswegen der böse Beiname, verfluchte Klinge.

Wie auch immer, der Vorteil, wenn man wie ich über genug Magie verfügte, um Nemesis zu führen ohne Schaden zu nehmen, war, dass sich die verschlungene Magie so verstärkte, dass in dem Schwert ungeheure Macht entfesselt wurde.

Solche Macht, dass man, falls nötig, einen Gegner auch mit einem Schlag vernichten konnte.

Also mal sehen, wie lange der Hübsche noch so überheblich dreinschauen würde.

In der nächsten Sekunde ging er zu einem Frontalangriff über. Ich riss Nemesis hoch und seine Faust donnerte gegen die Klinge. Der Schlag ließ mich nach hinten rutschen, aber ihn ebenso dank Nemesis.

Ich konnte ihm ansehen, dass er nicht erwartet hatte, dass das Schwert mir zu solcher Kraft verhelfen würde. Aber er war offensichtlich ziemlich gut darin, sich neuen Situationen anzupassen und das war eindeutig zu meinem Nachteil. Er griff nochmals frontal an und ich riss die Arme in die Höhe, um die Klinge mit Wucht wieder nach unten zu schlagen. Ich hatte zwar nicht erwartet, dass ihn mein Hieb enthaupten würde, auch wenn ich die Klinge wie ein Henker niedersausen ließ. Doch dass ich es nicht schaffte, ihn überhaupt zu treffen, brachte mich ins Straucheln.

Nemesis traf auf den Boden und die Magie der Klinge schlug eine tiefe Schneise hinunter bis zur Straße. Ich achtete kaum darauf, da ich versuchte, seinen Bewegungen zu folgen.

Er war mir ausgewichen und versuchte nun hinter mich zu gelangen. Ich drehte mich mit ihm und hieb erneut mit Nemesis nach ihm. Diesmal verfehlte ich ihn nicht. Nemesis' Klinge traf seinen Arm und Blut spritzte fächerförmig gegen die hinter ihm liegende Hauswand.

Nach einem Schmerzenslaut betrachtete er die tiefe Schnittwunde mit einer erschreckenden Ruhe. Als wäre es nicht sein Arm und auch nicht sein Blut, das über seine Haut rann und sein Shirt sowie Jeans noch dunkler färbte. Vielleicht konnte er auch einfach nicht fassen, dass ich ihn wirklich getroffen hatte.

Ich gab ihm nicht die Zeit sich damit abzufinden, sondern setzte zum nächsten Schlag an. Diesmal zielte ich auf seinen Hals. Egal wer oder was dieser Psychopath auch war, meiner Erfahrung nach ließ sich so gut wie alles töten, wenn man den Kopf vom Körper schlug. Nemesis zischte durch die Luft und die Klinge traf auf ihr Ziel.

Zumindest war ich fest davon überzeugt getroffen zu haben. Doch als der Rückstoß mich nach hinten taumeln ließ, saß sein Kopf noch immer fest auf seinen Schultern.

Wollte er mich verarschen? Ich hatte getroffen. Ganz sicher! Aber an seinem Hals zeigte sich nicht einmal ein kleiner Schnitt. Meine Augen huschten fieberhaft über sein Gesicht und seinen Hals. Suchten nach einer Wunde, einem Kratzer, irgendwas. Aber da war nichts. Oder … doch.

Wenn er den Kopf drehte, schimmerte die Haut an seinem Hals. Es war nur ein kurzer Moment, aber es sah aus wie …

»Schuppen?«, fragte ich kaum hörbar.

Die Erkenntnis paralysierte mich regelrecht und beinah hätte ich Nemesis zu spät nach oben gerissen, um seinen Angriff abzuwehren. Ich konnte nicht mehr tun als zu parieren. Wie ein Trommelfeuer folgte ein Schlag auf den nächsten. Mit jeder Sekunde wurde er schneller. Übermenschlich schnell. Nicht weiter verwunderlich, wenn man bedachte, dass er kein hundertprozentiger Mensch war.

Erst der Schimmer auf seiner Haut und jetzt seine Augen gaben mir den Beweis dafür, was er war. Seine Pupillen hatten sich zu Schlitzen verformt und die Iris hatte jede noch so kleine Nuance an grün eingebüßt und war einem Wirbel aus rot, braun und gelb gewichen.

Das brachte mir definitiv eine Nominierung beim Deppen-Award ein. Denn ich dumme Kuh hatte mich nicht einfach mit einem psychopathischen Massenmörder angelegt. Ich hatte mir ein verdammtes Beast dieser Zunft rausgesucht. Kein klardenkender Mensch legte sich freiwillig mit einem normalen Gestaltwandler an. Einem durchgedrehten Gestaltwandler, der bereits hunderte von Menschen auf dem Gewissen hatte? Klar, die Hexe musste mal wieder »Hier!« schreien.

Seinen nächsten Schlag parierte ich noch mit Bravour, doch seinen Tritt sah ich nicht rechtzeitig kommen. Er traf mich mit voller Wucht, ich knallte auf den Boden und spürte Nemesis aus meinen Fingern gleiten.

Ich kam noch nicht einmal dazu aufzustöhnen. Da traf mich schon ein neuer Schmerz, weil er mein Handgelenk mit seinem Schuh fest auf die Straße drückte.

Sein Gewicht nagelte meinen Arm auf dem Boden fest und ich bekam ernsthaft Angst, dass meine Knochen jeden Augenblick unter dem Druck brechen würden. Er presste seine Hand auf meinen Mund und seine Finger gruben sich grob in meine Wangen.

»Ich habe genug. Wir beenden das jetzt!«, knurrte er.

Er löste seinen Fuß von meinem Handgelenk und zog mich nach oben, bis meine Füße den Kontakt zum Boden verloren. Ich zappelte wieder einmal hilflos in der Luft und versuchte erneut, meine Fingernägel in seinen Arm zu schlagen. Aber so viel Zeit ließ er mir diesmal nicht. Ich hörte das Splittern in meinen Ohren, bevor ich den Schmerz spürte.

Splittern, weil er das magische Siegel zerstört hatte, das meinen Körper vor lebensbedrohlichen inneren Verletzungen schützte. Jetzt bohrten sich messerscharfe Krallen durch meinen Bauch und traten an meinem Rücken wieder heraus. Zumindest fühlte es sich so an. Sehen, wie tief sich die Krallen in meinen Körper gebohrt hatten, konnte ich nicht. Ich spürte nur den brennenden Schmerz und den Druck in meinem Hals, ehe ich einen Schwall Blut gegen seine Hand erbrach.

Mir schwanden die Sinne, ich verlor jegliche Kraft in meinen Fingerspitzen und rutschte von seinem Arm ab. Kraftlos baumelten meine Arme neben meinem Körper, der sich plötzlich schrecklich schwer anfühlte. Das war auch das letzte, was ich spürte, ehe alles um mich herum pechschwarz wurde.

***

Ich fühlte mich grauenhaft. Aber dass ich mich so fühlte, hieß dann wohl, dass ich noch lebte. Das war doch gut, oder?

Ich wagte eine vorsichtige Bestandsaufnahme. Ich spürte jeden Muskel in meinem Körper und jeder davon tat mir höllisch weh. Nemesis ... Nemesis war in meinen Körper zurückgekehrt. Wahrscheinlich hatte ich es dem Schwert zu verdanken, den Jordan noch nicht überquert zu haben.

Obwohl es wohl einfach nur nicht auf seine Nahrungsquelle hatte verzichten wollen, hatte es doch etwas Tröstliches, dass es mich letztendlich wohl nicht hatte sterben lassen wollen.

Als nächstes versuchte ich erst meine Finger und danach die Hand zu bewegen, um meinen Bauch abzutasten, aber außer Schmerzen bekam ich kein wirkliches Gefühl in meine Gliedmaßen. Geschweige denn ein Gefühl von Kontrolle darüber. Definitiv weniger gut.

Ich blieb also ruhig liegen und beschränkte mich aufs Atmen. Was sich als schwer genug rausstellte.

Meine Rippen schmerzten bei jedem kleinen Atemzug und ein seltsamer Druck lag auf meinem Brust- und Bauchbereich. Nicht wirklich schwer, aber doch wahrnehmbar.

Ich würde es bestimmt bereuen, aber da ich außer Schmerzen fast nichts spürte, konnte ich nicht länger auf meine innere Wahrnehmung hoffen.

Ich sammelte mich noch einen Moment, dann schlug ich meine Augen auf. Der Schreck verdrängte augenblicklich den Schmerz und erfüllte meinen Körper wieder mit genügend Kraft, dass ich mich zur Seite wälzen konnte.

Die beiden riesigen Spinnen, die auf meiner Brust geruht hatten, purzelten zur Seite und landeten ... ich betrachtete kurz das Aufleuchten um mich herum ... ein magischer Zirkel, na toll ... sie landeten außerhalb der rot aufleuchtenden Linien und krabbelten eilig davon. Mich schauderte bei dem Anblick. Ich hasste Spinnen!

Mit Mühe schaffte ich es auf meine Knie zu kommen, dann schaute ich mir den Zirkel an.

Es war eine Miniversion eines Bannkreises um meinen Körper herum gezogen, um mich an Ort und Stelle gefangen zu halten. Ich betrachtete die Linien, den achtzackigen Stern, die Symbole ... das war ordentliche Arbeit. Eindeutig Hexenwerk. Stark genug, dass ich in meinem jetzigen Zustand nicht raus kam.

»Wie schön. Du bist wach. Ich hatte schon befürchtet, du würdest die nächste Stunde nicht mehr überstehen.«

Mein Blick zuckte nach vorne und folgte den Spinnen, die zu einer komplett in pechschwarzem Holz gehaltenen Empore krabbelten. Dahinter, etwas erhöht, standen fünf – die Bezeichnung Stühle passte schon nicht mehr – Throne. Das Metall und die samtenen Sitzbezüge waren ebenfalls schwarz. Drei von ihnen waren besetzt.

Ich betrachtete die Person auf dem mittleren Thron, an deren Seite sich die Spinnen niederließen. Sie waren nicht die Einzigen. Drei weitere Artgenossen tummelten sich um die zierliche Blondine mit der vollbusigen Figur eines Pin-up-Girls. Ich war alles andere als flachbrüstig, aber mit dieser beachtlichen Oberweite konnte selbst ich nicht mithalten. Diese wurde durch ihr enges schwarzes Minikleid auch noch extrem betont und mein Blick blieb unwillkürlich länger als nötig an ihrem Dekolleté hängen. Blonde lange Locken umrundeten ihr herzförmiges Gesicht, das für meinen Geschmack zu stark geschminkt, aber trotzdem sehr hübsch war. Ihr Blick aus tiefgrauen, von dichten dunklen Wimpern umrandeten Augen traf meinen.

Ich begegnete der jungen Frau heute zum ersten Mal und wusste dennoch sehr genau, wen ich vor mir hatte.

»Arachne ...«, murmelte ich leise, während mein Blick zur nächsten Person wanderte, obwohl ich schon wusste, wo ich mich befand, noch bevor ich den dunkelhäutigen Mann in seinem dunkelblauen Anzug ansah.

Er war schlank und wirkte muskulös, wenn auch nicht massig, und selbst sitzend und ein Bein über das andere geschlagen ließ sich abschätzen, dass er sehr groß sein musste. Sein Schädel war kahl rasiert und überzogen mit tätowierten Symbolen und Schriftzügen. Ein kleiner Diamant funkelte an seinem linken Ohr und ich war sicher, dass es ein Edelstein war, da seine ganze Erscheinung geradezu nach Geld stank.

Sein Gesicht zeigte durchschnittliche Attraktivität, aber mit einer fast schon gruseligen Besonderheit. Er hatte eisblaue, fast schon tot wirkende Augen. Das sah unheimlich heftig aus in Verbindung zu seinem dunklen Hautton.

Ihn kannte ich ebenfalls aus Erzählungen. Sein Name war Orpheus und er war der Boss oder genauer gesagt der Lord der Nekromanten.

Blieb noch Person auf Stuhl Nummer drei.

Ganz in Weiß, aber ohne Blumenstrauß, dafür mit einem mit Rosen bestickten Gürtel um die nonnenähnliche Tracht, saß eine etwa um die siebzig Jahre alte Dame. Wegen der seltsamen Haube waren an ihr keinerlei Merkmale zu erkennen, außer einem runzeligen alten Gesicht und wachen, hellen Augen.

Ihren Namen kannte ich nicht, dafür wusste ich, zu wem sie gehörte. Sie war eine La Dame Blanche. Eine weiße Frau. Zauberinnen, äußerst bewandert in der Heilkunst. Wenn auch sonst in nichts anderem.

Mein Blick glitt von ihr zurück zu Orpheus und wieder zu Arachne.

O ja, ich wusste ganz genau, wo ich mich befand. Man hatte mich dem Hohen Rat von Lapislazuli vor die Nase gesetzt. Na super! Konnte es noch besser werden?!

Ich war nicht sicher, ob ich den Psychopathen diesem Gespann nicht doch lieber vorziehen würde.

»Du weißt, warum du hier bist, Hexe?«, ergriff Arachne erneut das Wort.

Es schmerzte ihr zu antworten und mich relativ aufrecht auf meinen Knien zu halten, aber ich ließ mir nichts anmerken und versuchte möglichst unbekümmert, fast schon gelangweilt zu klingen.

»Offen gestanden, nein. Aber ich bin mir ziemlich sicher, ihr werdet mich gleich aufklären.«

Die perfekt gezupften Augenbrauen der Blondine hoben sich überrascht.

»Man hat dich auf frischer Tat dabei ertappt, wie du über hundert Menschen für deine dunklen Künste geopfert … abgeschlachtet hast!«

»Pardon???«

Ich entschied mich für die höflicher klingende Entgegnung. Denn »Hast du nicht mehr alle Latten am Zaun?« erschien mir als der falsche Tonfall gegenüber dem Rat. Immerhin war der Hohe Rat die Judikative hier in Lapislazuli.

Dabei wurden die fünf Sitze im Wechsel von 5 Jahren immer mit einem anderen Vertreter der magischen Gemeinschaft besetzt. Offiziell immer per Auslosung, welche magischen Gattungen einen Vertreter ihrer Art in den Rat berufen durften. Inoffiziell stand aber schon immer fest, welche Rasse in jedem Fall im Rat vertreten sein würde. Daher zierte einen der Throne schon seit der Gründung immer einer der Nekromanten. Das war so sicher wie das Amen in der Kirche. Genauso sicher, wie dass niemals der Hintern einer Hexe auf einem dieser Sitze Platz nehmen würde. Nicht, weil wir für die magische Bevölkerung nicht wichtig waren, nein, wir waren sogar verdammt bedeutend für jede einzelne Rasse. Sondern weil die Hexen schlichtweg zu unbeliebt waren, da wir die Bankiers der magischen Bevölkerung waren. Und die Währung hieß *Magie*.

Wir verkauften die Magie, die den einzelnen Völkern fehlte. Das machte uns gleichzeitig so wichtig wie unbeliebt. Denn wir verlangten natürlich einen angemessenen Gegenwert für unsere Zauber. Nicht immer Geld … aber doch bevorzugt. Oft war es eben auch eine ganze Menge Geld. Je nach Stärke des gewünschten Zaubers. Unser Coven bestand nun einmal aus Hexen. Nicht mildtätigen Samaritern. Und es passte eben nicht jedem, dass wir die Macht, auf der wir ja angeblich saßen, nicht umsonst rausrückten.

Dabei kapierten die meisten in Lapislazuli nur nicht, dass jede Magie ihren Preis hatte. Man konnte nicht etwas erhalten, ohne bereit zu sein, auch etwas dafür zu geben. Der Gegenwert musste da sein und er musste angemessen sein. Nicht zu viel, aber auch nicht zu wenig.

Und es gab auch Magie – Zauber –, die einfach nicht bezahlbar waren.

Da jedoch so gut wie jedes Wesen in Lapislazuli über seine eigene Magie verfügte, erschloss sich vielen von ihnen das mit dem Gegenwert nicht. Sie sahen keinen Unterschied zwischen der Magie, die im Blut lag, und der, welche gegeben werden musste.

Arachne schnalzte mit der Zunge und schnippte genervt mit dem Finger.

»Stell dich nicht dumm, Hexe! Du beleidigst damit den Rat.«

»Enju!«, rief ich.

»Was?«, fragte Arachne irritiert.

»Enju. Nicht einfach Hexe. Mein Name ist Enju und ich habe niemanden umgebracht!«

»Du wurdest direkt am Tatort aufgegriffen ... Enju«, ergriff Orpheus das Wort.

Er beugte sich mit interessierter Miene nach vorne und funkelte mich mit seinen Eisaugen an. Gruselig.

Dass er meinen Namen auf der Zunge zergehen ließ wie ein Stück Schokolade, verschaffte mir auch kein besseres Gefühl. Ich war echt kein Fan von Nekromanten. Ihnen haftete einfach dieser kalte Hauch des Todes an. Dagegen konnten sie auch nichts tun. Es war die Magie, die ihnen im Blut lag.

»Ich war nicht als Einzige dort. Wie wäre es, wenn ihr euch mal den Kerl zur Brust nehmt, der vor mir dort rumgeschlichen ist?«, erwiderte ich deutlich genervter, auch wenn es mir Schmerzen verursachte, die Stimme zu erheben.

»Welcher Kerl?«, fragte Arachne.

Ich zuckte mit den Schultern und bereute die Bewegung im selben Moment.

»Ich kenne seinen Namen nicht. Aber er war ein Gestaltwandler und dem Aussehen nach ziert er wahrscheinlich das Titelblatt des *Sexiest Psychopath of the Year Magazine*.«

Die Oma gab ein schnaubendes Lachen von sich.

»Ihre Verteidigung baut darauf auf, mit dem Finger auf den Alpha der Beasts zu verweisen?«, fragte sie und ließ mich damit schwer schlucken.

»Den ... was?«

»Kayneth Ainsworth, Alpha der Beasts. Aktueller Herr über die Gestaltwandler«, erklärte die Alte, als wäre ich schwer von Begriff.

»Er hat dich aufgegriffen und berichtet, dass du dich der Festnahme verweigern wolltest.«

Ich öffnete bereits den Mund, um etwas zu erwidern, aber der Blick der Alten, der über mich hinwegflog, schaffte es, dass sich mir die Nackenhaare aufstellten.

»Oh, oh ...«, flüsterte ich kaum hörbar und drehte langsam den Kopf, um der Blickrichtung der Zauberin zu folgen.

Er hatte sich gewaschen und umgezogen. Er trug eine saubere Jeans und das T-Shirt hatte er gegen ein weißes Hemd, dessen Ärmel bis zu den Ellenbogen nach oben gerollt waren, und eine schwarze Weste getauscht. Das sah so seltsam ordentlich und ... unfassbar sexy aus.

Aber bevor ich anfangen konnte wegen des Anblicks zu sabbern, erinnerte mich mein schmerzender Körper daran, dass der Typ versucht hatte mich umzubringen. Das brachte mich relativ schnell wieder auf den Boden der Tatsachen.

Ich zog spöttisch eine Augenbraue nach oben, während ich ihn weiter musterte, wie er so gegen die Wand gelehnt dastand, die Arme vor der muskulösen Brust verschränkt und meinen Blick mit einem nicht deutbaren erwiderte.

»Sind die Stühle oben zu unbequem?«, fragte ich spitz, ehe ich mich wieder zu den anderen drei umdrehte.

Die Beasts waren im Rat vertreten und als amtierender Alpha sollte er doch eigentlich auch dort oben sitzen. Warum tat er es dann nicht?

Mein Blick blieb wieder an Arachne hängen. Eventuell ihretwegen?

Arachne war eine Plus-Anima. Jemand mit der Fähigkeit, eine bestimmte Gattung Tiere zu kontrollieren. In ihrem Fall waren es Spinnen. Die Plus-Anima waren nicht mit den Gestaltwandlern zu verwechseln. Bei den Beasts schwang die Seele des Tiers in der des Menschen mit und erlaubte es ihnen diese Zwischenform anzunehmen. Plus-Anima bauten zu einer Tiergattung eine Bindung auf und kontrollierten die Tiere dann gegebenenfalls nach ihrem Willen. Sich selbst konnten sie aber in keines verwandeln.

Meines Wissens nach waren die beiden Gruppen zwar nicht verfeindet, aber die Beasts mochten die Plus-Anima aufgrund ihrer Fähigkeiten nicht sonderlich. Denn wenn ein Plus-Anima beispielsweise die Fähigkeit der Kontrolle über Wölfe besaß, war es durchaus möglich, dass sich diese Kontrolle auch auf ein Wolfbeast ausweiten ließ. Was sonst so gut wie gar nicht möglich war, weil der Verstand der Beasts anders tickte als der von normalen Menschen oder der von Tieren.

Ich erinnerte mich nur allzu gut daran, dass man selbst mit meiner Macht nicht in den Kopf eines Beasts eintauchen konnte. Ich unterdrückte ein Stöhnen bei der Erinnerung daran. Nicht nur mit einem Beast angelegt, sondern mit dem Boss! Alpha! Das war keine Nominierung mehr für den Deppen-Award, ich war ja wohl unangefochtene Preisträgerin! Ganz oben auf dem Treppchen.

»Also?«, ergriff die Alte wieder das Wort.

Ich schloss kurz die Augen und versuchte mich wieder zu sammeln. Das würde nicht gut für mich ausgehen.

»Ich habe niemanden umgebracht. Ich bin nur der Spur dieser seltsamen Magie gefolgt und dann in diesem Massaker gelandet. Bis seine Hoheit hier dann beschlossen hat, mir einen Freiflug aus dem Fenster zu spendieren, um mich anschließend aufzuspießen«, verteidigte ich mich.

»Wir sollen also glauben, dass du nichts damit zu tun hast? Dies ist jetzt schon der siebte Vorfall innerhalb kürzester Zeit. Wir erkennen darin inzwischen ein Muster! Jetzt wurdest du, eine Hexe, bei einem dieser Schauplätze aufgegriffen. Wo allgemein bekannt ist, dass Blutzauber ein beliebtes Medium für deinesgleichen ist«, erwiderte Arachne.

»Erstens …«, ich deutete mit dem Finger auf Orpheus,

»… stehen die Nekromanten, was Blutmagie und Tod betrifft, ja wohl sehr viel weiter vorne auf der Liste. Zweitens: sieben? Es gab inzwischen sieben solcher Vorfälle? Und keiner von euch kam auf die Idee, mal eine Warnung in Lapislazuli rauszugeben? Seid ihr total bescheuert?«

Meine Worte gefielen ihnen nicht, aber das war mir jetzt auch egal. Heute waren über hundert Leute gestorben. Und es war anscheinend kein Einzelfall. Aber anstatt sich dieser Sache richtig anzunehmen, war das Einzige, was dem Rat dazu einfiel, es zu verheimlichen?

»Die Zahl der Opfer war noch nie so hoch wie heute Abend. Es erschien bis jetzt nicht ratsam, eine Massenpanik zu provozieren«, erklärte Orpheus.

Seine Stimme klang absolut unbeteiligt. Als spräche er nur über die letzten Geschäftszahlen. Das brachte mich auf einen Gedanken.

»Oder um zu verhindern, dass die Geschäfte einbrechen, was? Abschlachtung in den Clubs oder Hotels der Nekromanten ist nicht sonderlich gut fürs Geschäft, nehme ich an.«

Eisig war Orpheus Blick die ganze Zeit schon, das bewirkte einfach die Farbe seiner Augen. Aber jetzt fühlte es sich an, als wäre die Temperatur in diesem Raum um mehrere Grad gesunken. Wie nah an der Wahrheit meine bissige Bemerkung wohl gewesen war?

»Ignoriert ihren provokanten Versuch vom Thema abzulenken!«, unterbrach Arachne den kurzen Moment der Stille und wedelte gelangweilt mit der perfekt manikürten Hand, als versuche sie eine Fliege zu verscheuchen.

»Nicht die Handhabung des Rates zu dem Fall steht hier unter Anklage, sondern du, Hexe!«

»Moment! Anklage? Ihr klagt mich an? Auf welcher Grundlage? Weil ich zur falschen Zeit am falschen Ort war?«, fragte ich und konnte die Fassungslosigkeit nicht aus meiner Stimme vertreiben.

»Zur falschen Zeit am falschen Ort? Also ein Zufall?«

Die Stimme der Alten triefte nur so von Spott.

»Als ob es bei euch Hexen so etwas wie Zufälle gibt. Brüstet ihr euch nicht immer damit, dass es auf dieser Welt eben diese nicht gibt? Alles geschieht aus bestimmten Gründen und so weiter?«

Ja, das klang bedauerlicherweise schon nach uns. Aber ich verkniff mir die Antwort, denn sie würde mir hier eindeutig nicht weiterhelfen. Das schien sich hier ohnehin schon zu einer buchstäblichen Hexenjagd zu entwickeln.

»Orphelia hat nicht unrecht. Wenn etwas bei den Hexen unübertroffen ist, dann ihr Hang zu kalkuliertem Vorgehen. Sie glauben nicht an Zufall und überlassen diesem daher auch nichts. Selbst uns Nekromanten wird nachgesagt, dass wir nicht halb so vorausschauend und manipulativ handeln wie ihr Hexen. Ich stimme also zu, dass es sehr unwahrscheinlich ist, dass Enju einfach nur am falschen Ort war und nichts mit der Sache zu tun hat«, sagte Orpheus und ich bedauerte, dass der Bannkreis meine Kräfte gen Null setzte. Ich hätte ihn und sein überhebliches Grinsen für diese Worte nur allzu gerne fliegen lassen.

»Ich habe nichts getan!«, fauchte ich nochmals.

»Also was soll dieses makabre Schauspiel? Ihr habt allerhöchstens einen Hauch von Beweis gegen mich und stürzt euch darauf wie eine Gruppe *Weight Watchers*-Teilnehmer auf das letzte Stück Käsekuchen! Seid ihr wirklich so verzweifelt?«

»Wir sollten sie exekutieren. Das würde für oder gegen sie sprechen. Entweder hören die Morde auf der Stelle auf oder es beweist ihre Unschuld«, wandte sich Orpheus an die beiden Damen zu seiner Linken, als hätte ich kein Wort gesagt.

»Post mortem!«, warf ich lautstark ein.

Wollten die mich hier verarschen oder was? Ich sollte hingerichtet werden für ein Verbrechen, das ich nicht begangen hatte, nur um zu sehen, ob die Morde nach meinem Tod aufhörten? Und wenn nicht, war zwar meine Unschuld bewiesen, aber davon hatte ich dann auch nichts mehr. Hatten diese Idioten ihren Sitz im Rat durch das Finden einer Sammelkarte in der Cornflakes-Packung erhalten oder was?

Es wurde zwar ausgelost, welche Völker im Rat saßen, aber die jeweiligen Vertreter wurden von ihren eigenen Leuten gewählt. Zumindest war ich bisher davon ausgegangen. Jetzt war ich mir bei diesen Schwachköpfen nicht mehr so sicher. Ich hatte das Gefühl, jeden Moment ausrasten zu müssen, aber als sich die feinen Härchen in meinem Nacken und an meinen Unterarmen aufstellten, fing ich an mich zu entspannen. Na endlich!

Die Flügeltür in meinem Rücken flog beinah aus den Angeln und ich musste mich nicht umdrehen, um zu sehen wer ungefragt den Raum betreten hatte. Die Elektrizität, die die Luft augenblicklich erfüllte, bedurfte keiner weiteren Bestätigung. Meine Tante Celenike, oder auch bekannt als die Gewitterhexe, betrat mit wütenden Schritten den Raum.

Doch trotz der überwältigenden Macht, die sie ausstrahlte, war ihre Erscheinung dank der großen Lockenwickler und des rosa geblümten Bademantels mit den passenden Plüschpantoffeln nicht ganz so eindrucksvoll wie sonst.

Sollte ich nicht exekutiert werden, würde ich sie in jedem Fall noch mal darauf hinweisen, dass sie erst vierzig war und keine hundert. Sie sollte also wirklich nicht so rumlaufen.

Ihr Auftauchen hatte die Anwesenden eindeutig überrascht, dennoch wunderte es mich, dass auch jetzt keiner Anstalten machte, sich zu bewegen. Kayneth lehnte noch immer entspannt an der Wand und hatte einzig eine Augenbraue etwas nach oben gezogen. Die anderen drei begutachteten jeden Schritt von Celenike nur mit wachsender Anspannung. Allein die Spinnen um Arachne hatten ihre Position gewechselt. Offensichtlich machte sie die plötzlich elektrisch aufgeladene Atmosphäre nervös.

Celenike stoppte auf meiner Höhe, ihre grauen Augen musterten mich kurz, ehe sie zornig nach oben zur Empore funkelten.

»Celenike …«, begann Orpheus in dem Versuch einer höflichen Begrüßung, aber meine Tante schnitt ihm das Wort ab.

»Spar es dir, Orpheus! Was fällt euch ein, meine Nichte hier festzuhalten? Habt ihr überhaupt den blassesten Schimmer, wen ihr da gefangen genommen habt?«

Ich räusperte mich unauffällig. Hätte ich gewollt, dass meine Stellung unter den Hexen bekannt würde, hätte ich mich schon selbst zu erkennen gegeben.

Celenike entging mein Räuspern nicht, wie ich an dem missbilligenden Blick erkannte, den sie mir zuwarf.

»Eine Hexe aus dem schwarzen Coven. Ist uns schon bewusst, Celenike. Aber dadurch hat sie ganz sicher keine Immunität. Es gibt schwerwiegende Gründe, warum sie hier ist und sich verantworten muss«, antwortete Orpheus, woraufhin ich ein entrüstetes Schnauben von mir gab.

»Ach, bitte! Ich war zufällig am Tatort und warum ich dort war, habe ich auch schon erklärt«, fauchte ich. Es brachte mich beinah um, aber ich schaffte es mit Mühe und Not, wieder auf die Beine zu kommen. Ich schwankte zwar gefährlich innerhalb des Zirkels, aber ich stand.

»Mehr können sie nicht vorweisen. Und der einzige Vorschlag, der bisher gebracht wurde, war, mich um die Ecke zu bringen und zu sehen, ob damit die Morde aufhören!«

Den letzten Satz richtete ich an Celenike, die es mit einem Stirnrunzeln erwiderte.

Als ich erneut schwankte, kam sie an meine Seite und umfasste meinen Oberarm, um mich aufrecht zu halten. Interessant. Aus dem Zirkel raustreten konnte ich nicht. Aber zu mir herein fassen war also möglich.

»Wer hat euch bloß gewählt?«, fragte Celenike dann an die drei auf der Empore gewandt.

Bei Orpheus ließ sich keine Regung erkennen, aber bei den Frauen zeigte sich eine ärgerliche Röte im Gesicht.

»Sie war am Tatort. Inmitten eines Massakers mit eindeutigen Spuren dunkler Magie. Sie, eine Hexe! Darüber können wir nicht einfach hinwegsehen. Es sind sehr wohl belastende Beweise!«, knurrte Arachne.

»Wir können sie ihre Unschuld auch anders beweisen lassen!«, meldete sich erstmals Kayneth zu Wort.

Ich drehte meinen Kopf langsam in seine Richtung und neben mir stieß Celenike einen leisen Pfiff aus.

»Oha! Da hat Mama Natur aber wirklich mal alles richtig gemacht!«, flüsterte sie.

»Jetzt ist nicht der richtige Zeitpunkt dafür!«, zischte ich zurück.

»Eure Majestät?«, fragte die Alte, Orphelia, verwundert.

Kayneth' Blick ruhte auf mir und mir gefiel dieser Ansatz eines Lächelns, welcher seine Mundwinkel umspielte ganz und gar nicht.

»Sie behauptet, sie hat nichts damit zu tun. Also soll sie es beweisen. Bring uns den Mörder und du bist entlastet!«

Ich öffnete bereits den Mund, um ihm ziemlich deutlich zu sagen, was ich davon hielt, dass ich ganz offensichtlich ihren Job machen sollte, aber Orpheus war schneller.

»Bei allem Respekt ... eure Hoheit ... sobald wir die Hexe gehen lassen, wird sie untertauchen. Ich halte es für einen Fehler, wenn wir zulassen, dass sie sich unserer Kontrolle wieder entzieht!«

»Du kannst sie mit einem Blutzauber binden, Orpheus«, schlug Kayneth vor.

»Wir werden ganz sicher nicht erlauben, dass ein Nekromant einen Blutzauber an einem Mitglied unseres Covens vollzieht!«, fauchte meine Tante und ich spürte, wie sich meine Haare aufgrund der elektrischen Spannung vereinzelt aufstellten.

Auch wenn ihr Outfit heute mehr als lächerlich wirkte, war keiner der Anwesenden so dumm, Celenike zu unterschätzen. Sie war eine der mächtigsten und auch gefürchtetsten Hexen des schwarzen Covens.

»Orpheus wird sie mit dem Blutzauber an mich binden«, erklärte Kayneth.

Ich konnte nicht behaupten, dass diese Worte beruhigender auf mich wirkten. Ein Blutzauber mit einem Bann hatte die Funktion eines Peilsenders. Kayneth würde mich immer und überall aufspüren können und ich hatte keine Chance dem zu entgehen, weil ich ja nicht einfach mein komplettes Blut austauschen konnte. Das würde erst enden, wenn Orpheus den Zauber wieder aufhob. Oder ich Orpheus um die Ecke brachte. Das würde allerdings einer Kriegserklärung gegen die Nekromanten gleichkommen und meine Verteidigung in Sachen »Ich habe niemanden umgebracht« deutlich schwächen.

Egal wie ich es drehte und wendete, aus der Sache kam ich nicht mehr so einfach raus, solange ich Wert darauflegte, nicht auf dem nächsten Scheiterhaufen verbrannt zu werden.

»Meinetwegen«, erwiderte ich resigniert.

Es war zwar eine Wahl zwischen Pest und Cholera, aber für das Beast war es zumindest wirklich nur ein Zauber, um mich zu orten. Mein Blut verbunden mit einem Nekromanten, deren Magie ausschließlich auf Blut basierte, wäre wie ihm eine Fernbedienung über meinen Körper zu geben.

Die Gefahr, dass er versuchen würde, mich auch noch zu kontrollieren, wäre viel zu groß.

»In Ordnung …«, begann Arachne und man hörte deutlich, dass ihr der Plan nicht gefiel und sie ihre Worte deswegen sorgsam wählte.

»Wir geben dir die Möglichkeit, deine Unschuld zu beweisen und uns den wahren Täter zu liefern. Du hast zweiundsiebzig Stunden …«

»Drei Tage? Soll das ein Scherz sein? Ihr wollt mir nur drei Tage Zeit geben, einen Fall zu lösen, den der ach so beeindruckende Rat von Lapislazuli die letzten … was? Wochen? Nicht aufklären konnte?«

Sie schauten alle drei einen Moment lang, als wollten sie mir die Augen auskratzen, aber schließlich räusperte sich Orphelia.

»Wir geben dir Zeit bis zum Red Moon. Liegen uns bis dahin keine entlastenden Beweise für dich vor, wirst du zur Verantwortung gezogen, Hexe des schwarzen Ordens.«

Red Moon war ein großes Fest der Stadt, in dem die Magie bis aufs Äußerste zelebriert wurde, weil sie in dieser Nacht am stärksten war. Es wurde nur alle paar Jahrzehnte gefeiert, wenn es einen Blutmond, also einen roten Mond gab. Das wäre in acht Tagen. Auch nicht die Welt, aber zumindest etwas mehr als drei.

Ich stieß ein tiefes Seufzen aus und ergab mich meinem Schicksal.

»In Ordnung. Dann lasst mich hier raus …«, ich deutete auf den Zirkel auf dem Boden.

»… ich habe jetzt schließlich was zu tun und nur wenig Zeit dafür.«

KAPITEL 3

Die Zeit läuft

»Was ist mit deinem Bauch passiert?«, fragte Celenike, während ich mich gegen die Wand lehnte und ruhig ein- und ausatmete.

»Ich würde sagen durchlöchert«, keuchte ich und gab mir Mühe, nicht an der Wand herunterzurutschen. Ich musste durchhalten, bis ich aus diesem Drecksgebäude raus war.

Celenike griff nach dem Saum meines Shirts und zog es nach oben. Der angewiderte Laut, den sie daraufhin ausstieß, war alles andere als ermutigend.

»So schlimm?«

»Ähm nein … nicht unbedingt. Ich habe mich nur gefragt, warum kein Blut mehr … ich glaube, du möchtest nicht wissen, wie die erste Hilfe des Rates aussieht«, murmelte meine Tante.

»Es ist mein Körper. Ich möchte es sehr wohl wissen!«, antwortete ich und schaute nach unten. Und bereute es augenblicklich.

Diese verdammte Arachne! Ich sah noch immer sehr deutlich die Löcher in meiner Haut, dort wo sich die Krallen des Alphas in mich hineingebohrt hatten. Dass es in meinem Inneren nicht genauso schlimm aussah, hatte ich wohl wirklich nur Nemesis zu verdanken.

Aber äußerlich … sie hatten nicht einmal ein verdammtes Pflaster darüber geklebt, sondern die Löcher notdürftig mittels Spinnennetzen verschlossen. Spinnennetze!

Ich konnte nicht einmal in Worte fassen, wie widerlich ich den Anblick fand.

»Mach das weg, Celenike, oder ich übergebe mich direkt auf deine Plüschpantoffeln!«

»Bloß nicht. Das ist ein wundervoll bequemes Paar.«

Ihre Hand legte sich auf meine Bauchdecke und ich spürte das Kribbeln, als meine Tante dafür sorgte, dass sich die Wunden schlossen.

»Der Rat muss ganz schön verzweifelt sein«, murmelte sie, ehe sie sich wieder zurückzog.

»Was soll das denn heißen?«, fragte ich und betrachtete meinen Bauch.

Die Spinnennetze waren verschwunden und die Haut zeigte nicht einmal mehr einen Kratzer. Trotzdem fühlte ich mich kaum besser. Ich war einfach erschöpft.

»Nicht, weil sie dich darauf ansetzen, sondern die Art, wie sie es tun. Sie beharren darauf, du seist schuldig, ohne einen wirklichen Beweis. Und jetzt besteht die einzige Möglichkeit, dem Rat deine Unschuld zu beweisen, darin, ihnen einen anderen Mörder zu präsentieren. Das ist lächerlich! Sie sind vielleicht nicht alle die hellsten Leuchten im Lampenladen, aber ganz so große Idioten sind die Mitglieder des Rates nun auch wieder nicht. Ich nehme also an, sie sind verzweifelt und ihnen fehlt jeglicher Anhaltspunkt.«

»Ja, denke ich auch. Aber das macht es für mich leider auch nicht besser«, erwiderte ich und zog mein Oberteil wieder nach unten.

Mein Blick glitt zur Seite, als sich die Flügeltür des Ratssaals erneut öffnete. Kayneth trat hinaus in den gemauerten Gang, in dem man uns angewiesen hatte zu warten – nachdem man mir meinen Unterarm leicht aufgeritzt hatte und mein Blut in eine Wunde auf Kayneth' Arm geflossen war, damit mich der Blutzauber an ihn band.

In der Hand trug er eine dünne Mappe, die er mir im nächsten Moment vor die Nase hielt.

»Das sind die Unterlagen, die dir der Rat zur Verfügung stellen kann.«

Mit einem Stirnrunzeln betrachtete ich das auffallend dünne Stück Pappe. Es war nichts Neues, dass sich in Lapislazuli nicht ausschließlich auf die moderne Technik verlassen wurde. Denn bei sehr heftigen Magieschwankungen passierte es nicht selten, dass elektrische Geräte wie Computer oder andere Datenträger einfach mal in Flammen aufgingen. Daher wunderte es mich nicht, die Unterlagen in Papierform überreicht zu bekommen. Aber es war wirklich ein überraschend mickriger Haufen an Unterlagen.

Ich streckte die Hand aus, aber Kayneth zog die Mappe noch einmal zurück

»Ist Enju dein richtiger Name?«, fragte er plötzlich.

»Bitte?«, fragte ich überrascht und mein Stirnrunzeln vertiefte sich. Was sollte das jetzt wieder?

»Er klingt so schlicht. Ich habe bisher noch von keiner Hexe gehört, deren Name nicht unaussprechlich war.«

»Tja, ich könnte es dir sagen ...«, antwortete ich langsam und trat einen Schritt nach vorne.

»... aber ich will nicht!«

Damit schnappte ich mir die Mappe aus seiner Hand und machte auf dem Absatz kehrt.

***

»Also wo wollen wir anfangen?«, fragte Celenike, nachdem sie mich in das nächste Taxi geschupst hatte.

»In meinem Bett«, erwiderte ich und gab mir gar nicht erst die Mühe, ein Gähnen zu unterdrücken.

»Bett? Enju! Bis zum Red Moon ist nicht viel Zeit. Du musst jede Minute nutzen, sonst werden dich diese Idioten am Ende noch verbrennen. Was wir natürlich nicht zulassen werden, aber trotzdem ...«

»Wenn ich nicht zuerst etwas Schlaf bekomme, Celenike, wird am Ende gar kein Henker notwendig sein, um mich um die Ecke zu bringen. Ich muss mich etwas ausruhen. Danach weiß ich schon, wo ich beginnen werde.«

Damit lehnte ich mich gegen die Rückbank des Taxis und schlief auf der Stelle ein.

***

Keine Ahnung, wie Celenike mich ins Bett bekommen oder wie lange ich geschlafen hatte. Aber als ich die Augen aufschlug, fühlte ich mich beinah wie neu geboren. Der Geruch frischer Waffeln stieg mir in die Nase und verstärkte die positiven Gefühle in mir. Zumindest bis mir klar wurde, dass es nicht nach *angebrannten* frischen Waffeln roch, weshalb Celenike als Köchin ausschied.

Ich stieg schnell aus dem Bett, verschwand im Bad und unter die Dusche. Um mich dem zu stellen, was mich in der Küche erwarten würde, musste ich mich erst einmal sammeln.

Meine Haare ließ ich offen und handtuchtrocken, während ich mich mit Jeans und T-Shirt relativ ordentlich anzog. Danach ging ich die Treppe hinunter und verharrte überrascht auf der letzten Stufe. Das hatte ich so nicht erwartet.

Die dunkelhaarige Frau, Ende vierzig, flimmerte mehr durchsichtig als sichtbar durch unsere Küche und dirigierte die umliegenden Küchengeräte von Geisterhand.

Der Anblick erinnerte mich stark an die Stelle in dem Zeichentrickfilm *Die Hexe und der Zauberer*, als Merlin alle Gegenstände um sich herum zum Leben erweckte.

»Celenike hat dich also benachrichtigt?«, machte ich mich bemerkbar und schritt die letzte Stufe nach unten.

»Als ob ich es nicht auch so erfahren würde, wenn meine Nichte vom Rat verhaftet wird! Ich wahre inzwischen vielleicht nur noch den Schein, aber ich war lange Zeit die Hexenkönigin, vergiss das nicht!«, antwortete meine älteste Tante und Ziehmutter Luvia.

»Du *bist* unsere Königin!«, erwiderte ich, ließ mich auf die Holzbank sinken und verschränkte die Arme auf dem Küchentisch.

»Nein! *Du* bist die Königin! Würdest du dich endlich zu deinem Titel bekennen, hätten diese Idioten es niemals gewagt, dich auch nur anzurühren.«

Darauf erwiderte ich nichts. Diese Diskussion hatte ich schon so oft mit Luvia geführt, dass wir beide wussten, eine weitere würde auch zu nichts führen.

Jede magische Gesellschaft hatte in irgendeiner Form ihren Anführer, der mit einem bestimmten Titel gekennzeichnet wurde. Bei den Beasts war es

Alpha, was ungefähr von der Bedeutung her war, als wenn man ihn als Kaiser bezeichnen würde. Unter den Nekromanten hieß es Lord, bei den Plus-Anima wurde die Bezeichnung Master oder Mistress genutzt. Wir Hexen hatten eine Königin. Diese wurde allerdings weder per Wahl noch aufgrund einer königlichen Blutlinie bestimmt, sondern wenn es die Zeit selbst für angemessen hielt, eine neue Königin zu erwählen. Der Ablauf dabei verlief immer gleich. Die amtierende Königin büßte Stück für Stück ihrer Macht und Lebensenergie ein und wurde schwächer, während die neue Königin im Gegenzug immer stärker wurde. Nach der Tradition endete dieser Zyklus mit dem Tod der alten Königin durch die Hand ihrer Nachfolgerin. Offiziell ein Akt der Gnade, bevor die alte Königin zu einer Dörrpflaume mutierte.

Nun ja, ich war noch nie ein Fan von Traditionen gewesen und da ich am allerwenigsten die nächste Königin hatte werden wollen, weigerte ich mich auch strikt, der Frau die Kehle durchzuschneiden, die mich aufgezogen hatte und mir mehr eine Mutter gewesen war als meine leibliche Erzeugerin. In Luvias Augen machte mich diese Haltung allerdings schwach und als Königin durfte ich keine Schwäche zeigen. Ich sah das anders. Luvia war noch nicht einmal fünfzig Jahre alt und ich hielt mich in keinster Weise für sentimental oder schwach, nur weil ich mich weigerte, ihr Leben vorzeitig zu beenden oder ihr einen langsamen Tod zu bescheren, indem ich ihr sämtliche Energie entzog. Daher hatte ich mit neunzehn, als es die ersten Anzeichen gab, dass ich die nächste Königin werden würde, unseren Coven verlassen und war ausgezogen.

Die räumliche Distanz half ungemein dabei, den Zyklus der Machtübergabe zu verlangsamen. Weshalb ich auch so gut wie jeden Tag in der Bar komplett außerhalb von Lapislazuli arbeitete, welche Celenike irgendwann einmal als Gegenwert für einen Zauber erhalten hatte. Da ich mich auch sonst weigerte, den Posten der Königin in irgendeiner Form zu übernehmen, blieb Luvia trotz ihres ständigen Gezeters, wie bereit sie für den Tod doch war und dass wir nicht einfach so mit der Tradition brechen konnten, noch immer die amtierende Hexenkönigin und erfüllte diese Position besser, als ich es jemals könnte. Einzig daran, dass sie sich an meinen Wunsch oder eher Befehl hielt, sich nicht körperlich in meiner Nähe aufzuhalten, verriet, dass ich insgeheim über ihr stand.

Daher auch ihr aktuelles geisterhaftes Astral-Ich, mit dem sie durch die Küche schwebte und mir mein Lieblingsfrühstück zubereitete.

»Ist jetzt auch egal. Ich finde den Täter und beweise diesen arroganten Nichtskönnern meine Unschuld!«

»Und wie willst du das anstellen?«, fragte Luvia, während sie mit einem Fingerschnipsen einen Teller vor mich fallen ließ und darauf ein halbes Dutzend Waffeln. Es folgten Schlagsahne und Erdbeeren, was mich vor Freude jauchzen ließ.

Mein Körper hatte seine Kurven nun mal nicht ohne Grund. Ich nahm es mit der Kalorienzahl nicht sonderlich genau. Mein Glück war, dass Magie ein ebenso starker Kalorienfresser war wie ich.

»Ich glaube, das mit dem Club war in irgendeiner Form ein Ritualmord oder so etwas. Ich habe zwar keine Ahnung, für was man so viele Körperteile brauchen sollte, aber da war dieses Symbol aus Leichenteilen an der Wand. Da setze ich an. Und die einzige Person, die mir hier weiterhelfen kann, ist Machiavelli«, erwiderte ich, während ich mir Waffeln in den Mund stopfte und mir für meine mangelnden Tischmanieren einen tadelnden Blick von Luvia einfing.

»Wie soll dir dieser gewöhnliche Mensch schon weiterhelfen?«

Ich hob mahnend den Finger während ich kaute und schluckte.

»Auch Wissen ist Macht, Tante Luvia.«

Und in diesem Punkt war Machiavelli so gut wie jedem weit überlegen. Er war einer der wenigen, ganz gewöhnlichen Menschen, die hier in Lapislazuli lebten. Seine Mutter war eine Hexe, aber wir vererbten keine Macht an männliche Nachkommen. Sofern der Vater also nicht über starke, im Blut liegende Magie verfügte, unterschied sich der Sohn einer Hexe nur in einem Punkt von einem ganz gewöhnlichen Menschen: Er war in der Lage, Magie auszuhalten und in einem gewissen Umfang für sich zu nutzen.

Würde ich also einem normalen Mann einen Zauber geben, mit dem er seine Frau in eine Kröte verwandeln konnte – diese Anfrage kam öfter, als man denken sollte –, würde er bei der Ausführung des Zaubers sterben. Sein Gehirn würde durch die Magie gekocht werden.

Gab man dem männlichen Nachkommen einer Hexe diesen Zauber, könnte er ihn anwenden, ohne Schaden davon zu tragen. Das war so ziemlich das einzig Besondere an diesen Männern. Dennoch bezeichneten sie sich selbst als Hexenmeister und bildeten eine eigene Gruppierung in Lapislazuli.

Wenn man mich fragte, waren sie einfach nur eine lächerliche Ansammlung aus Idioten, aber gut. Zumindest nicht jeder männliche Sprössling einer Hexe schloss sich ihnen an. Machiavelli hatte es beispielsweise nicht getan, sondern war inzwischen der Inhaber der größten Bibliothek in der gesamten Stadt. Er war nicht nur Wächter über unzählige Bücher, er hatte auch das Wissen sämtlicher Werke in seinem Kopf und war damit besser als jeder Computer. Machiavelli hatte vielleicht selbst keine magischen Fähigkeiten, aber er kannte mehr Geheimnisse der einzelnen Völker als jeder andere.

Der einzige Grund, warum er deswegen noch keinem mysteriösen Unfall zum Opfer gefallen war, lag einzig darin, dass der Rat ihn wegen seines Wissens zu einem Hüter ernannt hatte und seine Bibliothek zu neutralem Boden. Als Hüter wurde er von der Magie der Stadt selbst beschützt und so blieb jahrhundertealtes Wissen für die Nachwelt bewahrt.

»Es wäre zumindest ein Ansatz!«, mischte sich Celenike ein, als sie die Küche betrat. In der Hand hielt sie die dünne Mappe des Rats, die sie auf den Tisch fallen ließ, während sie sich setzte.

»Steht nichts Brauchbares drin?«, fragte ich, ohne eine gegenteilige Antwort zu erwarten.

»Nein. Es ist nur eine Zusammenfassung der bisherigen Morde«, antwortete Celenike und klaute mir eine Waffel vom Teller.

»Mmh ... laut dem Rat war die Anzahl der Opfer noch nie so hoch wie gestern Abend ...«, murmelte ich und widerstand dem Impuls die Mappe zu öffnen. Ich wollte mir wirklich nicht den Appetit verderben lassen.

»Das stimmt. Der Club war ein Abschlachten im großen Stil. Die anderen Morde verliefen in einem viel kleineren Rahmen, wenn auch nicht weniger grausam. Immer wurden die Opfer vollkommen zerfetzt aufgefunden. Da waren diese drei Novizen der La Dame Blanche, dann gab es mehrere Opfer unter den Beasts. Bei den Nekromanten wurden ihre Puppen zerfetzt. Was bei diesen Totengräbern wohl eher unter Sachbeschädigung fällt, aber egal. Eine Plus-Anima wurde enthauptet und ihre Krähen ebenfalls in Stücke gerissen. Das zieht sich immer so weiter und dem Anschein nach war jeder neue Angriff schlimmer als der vorherige. Außerdem scheint der Täter bei jedem Angriff Souvenirs mitzunehmen«, antwortete Celenike.

»Souvenirs?«, fragte Luvia, während sie teilweise schwebend ihrer Schwester über die Schulter spähte, die wieder die Mappe zu sich gezogen hatte.

»Ja, Souvenirs im Sinne von Organen. Kannst du das bitte lassen? Das ist gruselig, wenn du so über meiner Schulter schwebst. Danke. Also zuerst fiel das wohl gar nicht auf. Eben weil die Opfer ja immer zerstückelt waren. Aber bei dem Angriff auf die Beasts wurde es dann deutlich. Denn jedem Toten fehlte das Herz und ...«, Celenike geriet kurz ins Stocken und wandte sich dann angewidert ab.

»... eines der Opfer war schwanger. Der Embryo fehlte ebenfalls.«

»Und da sind die Beasts nicht Amok gelaufen?«, fragte ich überrascht.

Wenn es ein Volk gab, welches Kinder, egal ob vor oder nach der Geburt, über alles stellten, dann waren es die Beasts. Bei ihnen war dieser Mutterinstinkt noch um einiges ausgeprägter als bei gewöhnlichen Menschen.

»Sie standen wohl ganz kurz davor. Aber ihr Alpha hat sie zurückgepfiffen. Daher bin ich mir nicht sicher, ob einer dieser Mehrfachmorde nicht auch den Zweck erfüllt hat, die Beasts abzuschütteln oder einzuschüchtern. Denn unter den Gestaltwandlern gab es bis gestern die meisten Opfer und sie sind auch die einzige Gruppierung, die mehr als einmal angegriffen wurde. Wenn man die Puppen der Nekromanten nicht mitzählt, weil diese ja eigentlich schon tot waren.«

»Wie genau teilen sich diese sieben Angriffe jetzt auf?«, fragte ich, woraufhin Celenike nochmals in die Akte spähte.

»Also, es gab einen Toten bei den Hexenmeistern. Wobei ich nicht sicher bin, ob der wirklich dazu gehört. Der war wohl ein ziemlicher Eremit, der zurückgezogen im Norden der Stadt gelebt hat und wohl älter war als *Methu-*

salem. Sein Körper wurde nicht zerfetzt oder sonst irgendwie beschädigt, aber es konnte Gift in seinem Blut nachgewiesen werden. Das nächste Opfer waren die Plus-Anima und ihre Krähen. Danach die drei La Dame Blanche. Der nächste Angriff traf die Puppen der Nekromanten und dann folgten zwei Angriffe nacheinander auf Beasts mit den bis dato meisten Todesopfern. Na ja, bis gestern zumindest, als der Club der Nekromanten zum Ziel wurde.«

»Gab es bei den anderen Tatorten noch irgendwelche Zeichen oder Symbole?«, fragte ich, während ich mir das letzte Stück Waffel zwischen die Lippen schob.

»Nein. Zumindest lässt sich auf den Fotos nichts in dieser Form erkennen.«

Seltsam. Vielleicht folgte das Ganze doch keinem Ritual? Sondern einfach nur Mord um des Tötens willen?

»In Ordnung. Ich probiere mein Glück trotzdem als Erstes bei Machiavelli«, antwortete ich und erhob mich.

»Du solltest zuerst einmal zurück zum Coven kommen und dein Siegel erneuern lassen. Celenike sagte, es wurde von einem Beast zerstört«, sagte Luvia und ihr Ton klang leicht vorwurfsvoll. In diesem schwang der obligatorische »Würdest du dir alle Kräfte als Hexenkönigin zu eigen machen, wäre so etwas nicht passiert«-Tadel mit.

»Der Alpha der Beasts hat es zerstört«, erwiderte ich zu meiner Verteidigung.

Beasts waren zwar im Allgemeinen starke und zähe Biester, aber mir war es wichtig zu erwähnen, dass es zumindest ihr Boss gewesen war, der mir gehörig den Arsch versohlt hatte.

Luvia verzog das Gesicht und rollte verärgert mit den Augen.

»Der Drache also! Gott, ich hasse diese Viecher. Es gibt sonst kaum etwas, dem man so schlecht mit Magie beikommen kann.«

»Ist er das? Ein Drache?«, fragte ich an meine andere Tante gewandt.

Celenike zuckte zur Antwort mit den Schultern.

»Gerüchten zufolge. Es gibt zwar kaum noch welche von ihnen, aber möglich wäre es.«

Mich schauderte bei dem Gedanken. Wenn es sich bei Kayneth Ainsworth wirklich um einen Drachen handelte, war ich dank des Blutzaubers wirklich am Arsch. Ich würde wenn nötig niemals entkommen können. Schließlich konnten diese Mistviecher bekanntlich ja auch noch fliegen.

KAPITEL 4

Die Spur der Magie

Machiavellis Bibliothek befand sich genau im Zentrum der Stadt und war wortwörtlich herausragend. Sie befand sich an der Spitze eines Berges, zu dem an jeder der vier Seiten Treppenstufen zum Eingang hinaufführten – wie bei einer Pyramide. Das Gebäude selbst sah aus wie eine schneeweiße Flamme, deren Zacken weit in den Himmel ragten.

Zwar fühlte ich mich dank des Heilzaubers von Celenike und den Stunden erholsamen Schlafs schon sehr viel besser, aber die unzähligen Stufen bis zum Eingang der Bibliothek ließen meine Muskeln erneut schmerzend protestieren.

Schwer atmend stützte ich eine Hand an der Mauer ab, als ich mein Ziel erreicht hatte. Eine Sekunde später ertönte eine Stimme über meinem Kopf.

»Sei gegrüßt, Suchende! Um Einlass in diese heiligen Hallen des Wissens zu erhalten, beantworte drei Fragen!«

»Machiavelli, ich habe jetzt gefühlt dreihundert Stufen hinter mir. Für diesen Quatsch fehlt mir die Zeit und der Sauerstoff. Mach einfach auf! Ich hab dir auch Lakritze mitgebracht!«

Der Türsummer ertönte und ich durchschritt grinsend den Eingang.

»Du gönnst einem aber auch gar keinen Spaß, Enju. Ich hatte mir so tolle Rätsel für dich überlegt«, begrüßte mich Machiavelli, der sich eine Etage unter mir befinden musste, da ich nur seine Stimme hörte.

»Ein andermal Machiavelli«, antwortete ich und warf die Tüte Lakritz über das Geländer nach unten, ehe ich dem Weg per Treppe folgte.

Machiavellis Bibliothek war von innen noch beeindruckender als von außen. Aber auf den ersten Blick erinnerte sie stark an *M. C. Eschers* Relativitätsgemälde, denn das Innere des Gebäudes schien ausschließlich aus Treppen zu bestehen. Allein von der ersten quadratischen Empore aus führte von jeder Seite eine Treppe nach unten in den mit indigofarbenen Teppichen ausgelegten Bereich, in dem sich Machiavelli befand.

»Nun gut. Wie war das? Dir fehlt es an Zeit. Also was führt dich hierher?«

Ich schritt an den meterlangen, mit endlos vielen Büchern beladenen Tischen entlang auf Machiavelli zu. Wie er so im Zentrum des Raumes stand, ähnelte er einer Spinne in ihrem Netz, die auf Beute wartete. Hauptsächlich aber erinnerte mich Machiavelli an die Disney-Version von *Ichabod Crane*: auffallend große Ohren und Nase, ein fliehendes Kinn und ein großer, extrem dünner und schlaksiger Körper.

»Ich bräuchte eine Auskunft von dir«, antwortete ich und kramte den Zettel aus meiner Jeanstasche, auf den ich das Symbol skizziert hatte, welches die Körperteile an der Wand gebildet hatten.

»Hast du dieses Symbol oder so etwas Ähnliches schon einmal gesehen?«

Ich sah recht deutlich den Widerwillen in Machiavellis Gesicht, als er sein geliebtes Lakritz zur Seite legen musste, um den Zettel entgegen zu nehmen. Seine beinah schwarzen Augen studierten meine Skizze und mit jeder weiteren Sekunde legte sich seine Stirn mehr in Falten.

»Wo hast du das denn gesehen?«

Ich hopste auf den nächstgelegenen Tisch und ließ meinen Blick über die Buchrücken der Werke gleiten, die Machiavelli aus den Regalen geholt und hier abgelegt hatte. Bei den meisten konnte ich noch nicht einmal den Titel entziffern.

»Das ist unwichtig. Wichtig ist, ob es etwas zu bedeuten hat und wenn ja, was.«

»Mmh ... Ich habe so etwas schon einmal gesehen«, erwiderte er dann langsam.

Damit ließ er mich stehen oder besser gesagt sitzen und steuerte die Treppe in seinem Rücken an.

Machiavelli besaß nicht nur ein fotografisches Gedächtnis, was es ihm erlaubte, sämtliches Wissen aus den Büchern, die er gelesen hatte, zu jeder Zeit wieder abrufen zu können. Er sprach auch noch unendlich viele Sprachen und konnte sie auch lesen.

Die Magie der Stadt sorgte zwar dafür, dass wir uns untereinander alle verständigen konnten, egal von welchem Teil dieses Planeten man stammte und welche Sprache man dort sprach, aber die Magie sorgte nicht dafür, dass man auch alles lesen konnte. Das machte Machiavelli für Lapislazuli und seine Bewohner auch so wertvoll. Obwohl ich wusste, was er drauf hatte, überraschte es mich doch immer wieder aufs Neue, dass er trotz der Millionen Bücher genau wusste, wo welches stand. Ich legte den Kopf in den Nacken und betrachtete die sieben Ebenen, die über mir aufragten. Zu jeder einzelnen von ihnen führten mehrere Treppen und jedes Stockwerk war gesäumt mit hohen Regalreihen voller Bücher.

Ich schätzte, dass Machiavelli für irgendeinen Zauber bezahlt hatte, um damit das Gewicht der Regale mit den vielen Büchern auf den ganzen Ebenen auszugleichen. Sonst wäre dieser ganze Aufbau architektonisch sicher nicht möglich.

»Es war in einem ziemlich alten Buch«, ertönte Machiavellis Stimme über mir.

Er kam die Treppe wieder nach unten und hielt dabei besagtes Buch in die Höhe, dessen Bezeichnung ich mit »alt« noch maßlos untertrieben fand. Es wirkte, als würde es zu Staub zerfallen oder sämtliche Seiten verlieren, sobald man es nur aufschlug. Der Einband war zerfleddert und zeigte tiefe Risse, aber selbst wenn er intakt wäre, hätte ich die Symbole nicht entziffern können.

»Was ist das für ein Buch?«, fragte ich.

»Eine Zusammenfassung über die Chaos-Gottheiten und deren Rolle bei der Entstehung des Universums.«

»Oh, das klingt wirklich alt«, murmelte ich leise.

»Ja …« Machiavelli kam wieder neben mir zum Stehen und blätterte sehr vorsichtig die Seiten um.

»… es war … ah ja, hier.«

Er legte das Buch neben mir ab und ich betrachtete die Seite. Es zeigte keine Schriften, sondern ein Bild. Das fand ich aber auch nicht unbedingt aufschlussreicher.

Es war ein Kreis, mit vielen Strichen und sich stetig wiederholenden Symbolen. Aber meines konnte ich darunter nicht ausmachen. Einzig ein Gesicht, genau in der Mitte des Bildes, konnte ich als solches erkennen. Es war sehr abstrakt, ebenfalls durchzogen von Linien und Kreisen, aber ich konnte doch erahnen, dass es eine Frau darstellen sollte.

»Ich kann das Symbol nirgendwo entdecken«, gestand ich offen, während ich den Kopf erst in die eine, dann in die andere Richtung neigte, um einen anderen Blickwinkel zu bekommen.

Machiavellis langer Zeigefinger glitt über die Seite und legte sich dann direkt unter die ausgestreckte Zunge des Gesichts.

Ich musste mich noch ein Stück weiter nach unten beugen, um es zu erkennen, aber dann stach mir das vertraute Symbol ins Auge. Es prangte auf der weit ausgestreckten Zunge der gezeichneten Fratze.

»Hat es eine Bedeutung?«, fragte ich Machiavelli, während ich mich wieder aufrichtete und mir über die Nase rieb. Die Seite, oder eher das gesamte Buch, roch unangenehm muffig.

»Nicht, dass ich wüsste«, erwiderte Machiavelli.

Na toll! Wer außer Machiavelli hätte sich merken können, dieses Symbol irgendwann einmal klein auf einer gezeichneten Zunge gesehen zu haben? Wenn er es nicht wusste, fiel mir auch sonst niemand ein.

»Okay ...«, antwortete ich langsam und ordnete meine Gedanken neu.

»... ist das denn irgendwer?«, fragte ich dann und tippte auf das Gesicht.

Machiavelli sah zum unteren Seitenrand, an dem etwas stand, was ich nicht entziffern konnte.

»Discordia. Eine dem Chaos entsprungene Unheils-Göttin.«

»Unheil?«

»Sie sät Streit und Zwietracht, verursacht Krieg und Chaos und ist für eine ganze Reihe weiterer Übel in der Welt verantwortlich«, antwortete Machiavelli.

»Mmh ... aber kann sie denn etwas Besonderes? Also trägt sie eine Magie in sich, auf die man sich berufen kann? Oder ist sie auch nur wieder Teil dieser netten mystisch angehauchten Märchen, die sich irgendwann jemand ausgedacht hat?«

Machiavellis hochgezogene Augenbrauen zeigten deutlich sein Missfallen, weil ich wieder irgendwelche Kulturen nicht ausreichend würdigte, aber er antwortete mir trotzdem in neutralem Ton.

»Sie war in früherer Zeit eine von den Menschen hoch verehrte und gleichermaßen gefürchtete Göttin. Ist das besonders genug?«

Eigentlich nicht. Es beeindruckte mich auch nicht sonderlich. Eine Göttin, ui toll! Schloss diese Bezeichnung nicht schon ein, dass sie verehrt oder gefürchtet wurde?

»Wie wurde sie denn verehrt?«, fragte ich, statt meine Gedanken laut auszusprechen.

Machiavelli blätterte vorsichtig die Seite um und überflog noch einmal die Symbole, die dort abgebildet waren.

»Man brachte ihr Menschenopfer dar.«

»Menschenopfer? Inwiefern?«, fragte ich, deutlich hellhörig geworden.

Er deutete erneut auf die Zunge.

»Siehst du diese dickeren schwarzen Linien hier? Du hast sie auf deiner Skizze da auch, nur sehr viel undeutlicher.«

Ich nickte. Ich hatte sie aus dem Gedächtnis skizziert. Die halbrunde Form war es, die mich so an Augen erinnert hatte.

»Das sind Messerklingen. Genauer gesagt Obsidianmesser. Ein Zeichen dafür, dass Discordia zu den Göttern gehört hat, die Blut und Herzen von Menschen gefordert haben. Das lief meist so ab, dass Priester das Opfer festhielten, an jedem Arm und Bein einer, während der fünfte ihm mit der Obsidianklinge die Brust aufschnitt und das Herz entnahm.«

Machiavelli unterstrich seine Erzählung damit, dass er ein paar Seiten weiterblätterte und auf ein weiteres Bild deutete, welches genau dies darstellte.

»Die Opfer waren dabei noch am Leben, oder?«, fragte ich und musterte das verzerrte Gesicht des Menschen auf der Zeichnung, welches offensichtlich Schmerz ausdrücken sollte.

»Natürlich. Nicht selten wurde die eigene Opferung von den Menschen zur damaligen Zeit als große Ehre empfunden. Allerdings setzte man die Opfer auch gerne unter Drogen, weil Schreie während des Rituals nicht gern gehört wurden«, antwortete Machiavelli ganz sachlich.

»Ja, muss verdammt störend gewesen sein. Gibt es denn Leute oder einen Kult, der diese Discordia heutzutage noch verehrt?«

»Wie kommst du denn darauf? Also so direkt ... nein, ich denke nicht. Aber ich kann dazu gerne etwas für dich recherchieren, wenn du willst?«

»Will ich!«, antwortete ich schnell und hopste vom Tisch.

»Also, Blut und Herzen. Hast du in Zusammenhang mit dieser Göttin schon von irgendwelchen Ritualen oder ähnlichem gelesen? Also abgesehen von Ehrerbietung mittels Menschenopfer. Etwas, das dem, der es ausführt, tatsächlich auch einen Nutzen bringt?«

»Ich bin nicht ganz sicher, worauf du damit hinaus möchtest, Enju«, antwortete Machiavelli und die Falten auf seiner Stirn vertieften sich erneut.

»Weiß ich offen gestanden selbst noch nicht«, erwiderte ich und rieb mir unschlüssig über die Stirn.

Es war ein flüchtiger Gedanke und ich hatte das Gefühl, ihn nicht zu fassen zu bekommen.

»Wenn jemand sich an solchen Opferungen versuchen würde ... braucht man dazu etwas? Also irgendwelche bestimmten Utensilien?«, versuchte ich es mit einer anderen Richtung.

Machiavelli starrte mich immer noch skeptisch an, ehe die Skepsis einem nachdenklichen Ausdruck wich.

»Mmh ... sehr wahrscheinlich. Wenn ich Vermutungen anstellen soll, würde ich sagen, man benötigt in jedem Fall Obsidian. Dann gab es natürlich noch bestimmte Gefäße, um das Blut aufzufangen, oder die Herzen abzulegen ...«

»Wozu man bestimmt keine Tupperware verwendet hat.«

»Selbstverständlich nicht! Dazu wurden wertvolle ...«

»Ja, verstehe schon. Ich meine damit nur, dass man so was sicher nicht auf *eBay* bekommt, oder?«, fragte ich, von Machiavelli auf eine neue Spur gebracht.

»Ganz bestimmt nicht. Die ganz einfachen findet man vielleicht noch in Museen der Menschen. Die wirklich wert- und machtvollen, also die, denen vielleicht tatsächlich noch Magie anhaftet, höchstens bei ausgewählten Sammlern. Sie sind ... wohin willst du?«, rief er mir hinterher, denn ich hatte mich schon Richtung Treppe in Bewegung gesetzt.

»Ich muss noch ein paar Dinge klären. Danke für die Auskunft, Machiavelli! Bitte schau noch, was du an Ritualen und zu der Göttin im Allgemeinen finden kannst. Und ob dazu ganz bestimmte Dinge benötigt werden. Lass mich das bitte wissen, das ist für mich aktuell überlebenswichtig! Hast was gut bei mir!«

Den letzten Satz rief ich sehr laut über meine Schulter, denn ich hatte den Ausgang beinahe erreicht und wusste genau, welches Ziel ich als nächstes ansteuern würde.

Walhalla!

***

Walhalla bezeichnete in dieser Stadt nicht die Ruhestätte gefallender nordischer Krieger, sondern den Sitz der Walküren: eine riesige Villa im Stil der Renaissance.

Der in U-Form erbaute, zweiflügelige Palast befand sich, umschlossen von einer kunstvoll angelegten Gartenanlage, hoch gelegen am Rande der Stadt. Das prachtvolle Bauwerk konnte man allerdings erst auf den zweiten, manchmal auch auf den dritten Blick erkennen, denn es war überzogen mit den Geistern gefallener Krieger. Sie dienten den Walküren als Schutzwall und auch wenn manche die Handhabung des Zaubers als grausam empfanden, bildeten die Geister meiner Meinung nach eine geniale Abwehr und zeigten wieder, dass wir Hexen unser Handwerk verstanden. Denn dieser Schutzwall war unsere Arbeit.

Feinde der Walküren, welche durch die Hand einer von ihnen gestorben waren, wurden nach ihrem Ableben in Form von Geistern an dieses Anwesen gebunden und waren fortan dazu verdammt, diejenigen zu beschützen, deren Tod sie zu ihren Lebzeiten gewollt hatten. Die negativen Energien, welche die Geister dadurch empfanden, konnten sie nicht an den Walküren auslassen, also richteten sie diese gegen jeden, der den Walküren Schlechtes wollte.

Besser als jede Form der Security. Denn Geister konnte man nicht töten oder bestechen, sie aßen und tranken nicht, Gehalt musste man ihnen auch nichts zahlen und dank ihrer Vielzahl – hier spukten Geister vergangener Jahrhunderte herum – konnte auch jeder noch so engagierte Exorzist vergessen, dem Treiben um Walhalla jemals ein Ende zu setzen.

Einzig der grüne Schimmer um ihre sonst größtenteils durchsichtige Form sah nicht sonderlich schön aus, weshalb die Geister dafür sorgten, dass es so wirkte, als hätte ein Riese auf Walhalla gerotzt. Aber für Ästhetik wurden wir Hexen ja schließlich auch nicht bezahlt.

Ich ließ den Springbrunnen der vorderen Gartenanlage hinter mir und stoppte zwischen den beiden aufwendig zu geflügelten Einhörnern geschnittenen Buchsbäumen. Die Walküren standen wirklich extrem auf diesen Kitsch.

Einer der Geister löste sich aus dem smaragdgrünen Wirbel und schoss auf mich zu. Ich konnte nicht erkennen, ob es sich dabei um einen Mann oder eine Frau handelte. Die Geister verloren mit der Zeit ihre geschlechtsspezifischen Merkmale. Sie sahen dann eher aus wie Skelette hinter milchig verschwommenem Glas, denen man eine dünne Schicht übergezogen hatte, welche entfernt an die Haut eines Menschen erinnerte. Einzig das leuchtend weiße Licht in ihren Augenhöhlen war ganz deutlich zu erkennen und offenbarte dahinter eine Welt, zu der den Lebenden der Zugang verwehrt war.

Der Geist stoppte, als ich ihm meine blutende Hand entgegenstreckte. Eine eklige, aber notwendige Maßnahme, um Einlass zu Walhalla zu erhalten. Denn Blut log nicht. Daher musste man bereit sein, Blut zu vergießen und den Geistern beweisen, dass man mit keinerlei feindlichen Absichten hergekommen war. Eklig war dabei der Umstand, dass die Geister, um das Blut zu kosten, einem durch die Hand fuhren. Und das fühlte sich meist so an, als steckte man die Hand in eiskaltes Wasser, bis sie abgestorben war.

Ich schauderte und steckte das kleine Messer, mit dem ich mir in die Handfläche geritzt hatte, wieder weg, während der Geist meine Hand mit seinem gesamten Kopf umschloss und mehr oder minder daran nuckelte. Igitt!

Er zog sich zurück und ich öffnete und schloss hektisch die Finger, um wieder Leben in meine Glieder zu bekommen, während die Geister auseinander stoben, um mich einzulassen.

Hinter der Wand aus Geistern führten flache Stufen zu den fünf bogenförmigen Eingängen, welche durch hohe Pilaster unterteilt waren. Ich ließ sie, ebenso wie die reich verzierte Marmorfläche die folgte, hinter mir und schlug einmal gegen die breite Flügeltür, den richtigen Eingang zu Walhalla, welche daraufhin augenblicklich aufschwang.

Normalerweise verharrte ich dann gern ein paar Minuten in der riesigen Eingangshalle und studierte die detailreichen Deckenfresken, in denen viele Elemente der nordischen Mythologie eingearbeitet waren. Aber dazu fehlte mir heute die Zeit.

Meine flachen Absätze klackerten laut auf dem teuren Marmor, gingen aber in dem aufgeregten Gekreische komplett unter, welches aus einem der Zimmer drang. Dennoch kam ich kaum drei Schritte weit, ehe sich mir eine der Walküren in den Weg stellte. Das Gehör dieser Frauen war einfach phänomenal.

»Enju?«, fragte sie überrascht und ihre düstere Miene erhellte sich.

»Hallöchen Hild! Am Gewinnen oder Verlieren?«, fragte ich und deutete mit einem Kopfnicken auf den Controller in ihrer Hand.

Die Walküre schnaubte verärgert und warf sich den langen geflochtenen Zopf ihrer silberblonden Haare über die Schulter. In ihren gelben Augen blitzte es gefährlich.

»Verloren! Weil Sigrid, das Miststück, mich mit einem Panzer von der Strecke gefeuert hat. Glaub mir, Enju, du weißt nicht, was Aggressionen sind, wenn du noch nie die Regenbogenstrecke in *Mario Kart* gefahren bist!«

Ich antwortete mit einem leisen Lachen und trat neben sie, um in das Zimmer zu spähen.

Fünf weitere Walküren lümmelten sich entspannt auf Sofas, Sesseln und Sitzkissen vor einem absurd großen Flachbildschirm, der so gar nicht in die sonst so kunstvoll gestaltete Einrichtung passen wollte.

»Enju!«, grüßten sie unisono, als sie mich entdeckten.

Ich hob die Hand zum Gruß und ließ meinen Blick rasch über die Anwesenden schweifen. Die Walküre, die ich suchte, war leider nicht dabei.

»Du warst lange nicht mehr hier«, stellte Hild fest und ging an mir vorbei zurück ins Zimmer.

»Ganz genau!«, stimmte ihr Geira zu, lehnte ihren Kopf nach hinten über die Lehne – oh, sie hatte sich das feuerrote Haar kurz geschnitten, ungewohnt, aber stand ihr gut, brachte die blauen Augen hübsch zur Geltung – und hielt mit vorwurfsvollem Blick die Hülle von *Soul Calibur* in die Höhe.

»Du schuldest mir noch eine Revanche!«, informierte sie mich.

Ich zuckte entschuldigend mit den Schultern.

»Ja, ich weiß. Aber ist heute nur ein Kurzbesuch. Ich muss zu Thea. Ist sie oben?«

Hild nickte und ich nahm die nächstgelegene Treppe in die erste Etage. Von der Eingangshalle aus führten zwei der Treppen bogenförmig in das obere Stockwerk, wo sie sich wieder trafen.

Ich war noch nicht mal oben angelangt, als erneut Gekreische, lautes Lachen und wüste Beschimpfungen an mein Ohr drangen. Videospiele, schicke Klamotten, teuren Schmuck und ab und zu ein schönes blutiges Gemetzel waren die kleinen Dinge des Lebens, mit denen man die Walküren glücklich machte. Das und alles, was glitzerte. Egal was, es musste nur glitzern und sie waren verliebt. Niemand, nicht einmal ein kleines Mädchen, das sich nichts sehnlicher wünschte als eine Prinzessin zu sein, fuhr so auf Glitzer ab wie es die Walküren taten. Ich fand dies oft gleichermaßen nervig wie amüsant, daher hatte ich Thea zu ihrem letzten Geburtstag ein riesiges Kissen in Form eines Scheißhaufens geschenkt, welches so extrem glitzerte, als wäre es direkt aus dem Hintern eines Einhorns ausgeschieden worden. Eigentlich hatte ich es als Scherz gemeint, aber sie hatte sich darüber so gefreut, als hätte ich ihr die Kronjuwelen der Queen auf einem Silbertablett serviert.

Daher wunderte ich mich auch inzwischen nicht mehr über die Gestaltung des oberen Stockwerks. Es sah hier zwar fast genauso aus wie unten, mit aufwendigen Wand- und Deckenfresken, kunstvoll verzierten Marmorböden, kristallenen Kronleuchtern und allem möglichen weiterem sauteuren

Schnick-Schnack. Jedoch bildeten die Türen den Unterschied. Als wäre ein glitzernder Regenbogen explodiert und hätte dabei jede Tür getroffen. Sie schimmerten in allen Farben und funkelten so extrem, dass die *Twilight*-Vampire in der Sonne ein Scheiß dagegen waren.

Es passte so überhaupt nicht zum gesamten Ambiente und sah meiner Meinung nach einfach furchtbar aus, aber die Walküren standen darauf. Genauso wie auf ihre jeweiligen Namen in silbernen Lettern an der Tür. Als wäre der Sitz der mächtigen Walküren nichts anderes als ein großes Mädcheninternat. Na ja, der Vergleich war wohl gar nicht so weit hergeholt.

Ich steuerte die Regenbogentür am Ende des Flurs an, auf der in schön verschnörkelter Schrift der Name »Galathea« prangte.

Galathea, oder eben kurz Thea, war meine beste Freundin und – der Grund warum ich sie gerade jetzt aufsuchte – sie war eine Diebin. Das konnte man wirklich nicht schönreden.

Sie klaute nicht, weil sie das Geld brauchte. Denn die Walküren waren reich dank der Schätze aus Jahrhunderten, die das Volk angehäuft hatte. Thea war auch keine Art *Robin Hood*, die von den Reichen stahl und es den Armen gab. Nein, sie verfolgte einfach nur das Motto: Wenn sie etwas mehr haben wollte als der Besitzer, dann gab ihr das auch das Recht, es dem Besitzer zu entwenden. Thea war daher vieles, aber ganz sicher keine Heilige.

Vielleicht konnte ich sie aber auch gerade deshalb so gut leiden und immerhin hielt unsere Freundschaft inzwischen seit gut acht Jahren. Und das obwohl es damit begonnen hatte, dass sie mich bestehlen wollte und ich ihr daraufhin einen Fluch auf den Hals gehetzt hatte.

Ich klopfte kurz und öffnete dann die Tür zum Reich meiner Lieblingskleptomanin, ohne ein Herein abzuwarten. Sie wusste dank ihrer feinen Sinne ohnehin, dass ich es war und hatte meine Schritte bestimmt schon in dem Moment erkannt, als ich die erste Treppenstufe erklommen hatte.

»Hey Sweetie. Was führt dich her? Ich dachte, der Rat bereitet schon den Scheiterhaufen für dich vor?«, fragte sie, ohne von dem Buch in ihrer Hand aufzusehen.

»Oh, du mein mitfühlendes Herz. Brich nicht gleich in Tränen aus«, erwiderte ich theatralisch, was sie die vollen Lippen zu einem Grinsen verziehen ließ.

Thea war auf den ersten Blick wunderschön. Ihr Haar war lang, meistens zu einem hohen Pferdeschwanz gebunden und blauschwarz. Ihre Haut war hell, wenn auch nicht ganz so blass wie meine, und makellos. Mit diesem sanften Strahlen, oder besser gesagt Glimmen, auf das die Walküren mächtig stolz waren, aber nicht gern gesagt bekamen, dass sie dadurch auch wie ein Haufen Glühwürmchen wirkten. Außerdem hatte Thea wie alle Walküren, wenn auch nur ganz schwach, ausgeprägte spitzzulaufende Ohren und kleine Fangzähne. Wie ein Mini-Vampir.

Ein Vergleich, den ebenfalls keine der Damen schätzte.

Tja und ihr Gesicht, wie gesagt, wunderschön mit der zusätzlichen Besonderheit, dass ihre Augen in einem tiefen Violett leuchteten. Ein Blickfang, durch und durch, und damit genau genommen auch auf den zweiten Blick wunderschön. Aber bei ihr war es nicht nur ihr attraktives Äußeres, sondern eine sehr viel tiefer gehende Schönheit.

»Selbst der Rat wäre nicht so blöd, die Königin der Hexen zu exekutieren, oder?«, entgegnete Thea, legte ihr Buch zur Seite und kam in ihrem Himmelbett von der liegenden in eine sitzende Position.

Ich zuckte gleichgültig mit den Schultern und ließ meinen Blick durch das Zimmer gleiten, welches aussah, als würde statt einer diebischen, kampferprobten Walküre, *Prinzessin Lillifee* hausen. »Ich habe diesen Trumpf nicht ausgespielt«, gestand ich dann.

»Wieso nicht?«

Ich antwortete erneut zuerst mit einem Schulterzucken.

»Ich traue dem Rat nicht. Vielleicht hätten sie mich auch gerade deshalb auf den Scheiterhaufen geschickt, wenn sie erfahren hätten, wer ich bin.«

»Mmh … schon möglich. Nicht nur die Hexenmeister scharren mit den Hufen. Ich höre in letzter Zeit öfter, dass auch die Nekromanten scharf auf euer Gebiet und vor allem auf eure Magie sind.«

Ich trat zum Bett und ließ mich neben Thea auf den Rücken fallen.

»Erzähl mir etwas Neues. Tante Luvia bekommt mittlerweile schon

Wutanfälle, weil ihr inzwischen beinah alle zwei Tage irgendwelche Heiratsgesuche ins Haus fallen.«

»Für Luvia?«, fragte Thea kichernd, was auch mich grinsen ließ.

Tante Luvia war eine hübsche Frau, aber so gar nicht an Männern interessiert, sondern seit nun fast dreißig Jahren mit ihrer Lebensgefährtin Ekidona liiert.

»Nein. Heiratsgesuche für *irgendeine* Verbindung mit einer Hexe. Die Nekromanten sind nicht wählerisch. Sie wollen nur irgendwie einen Fuß in die Tür bekommen.«

»Geht ihr darauf ein?«

»Wenn es nach mir geht, nein. Ich will keine aus meinem Coven zwingen, sich an jemanden zu binden, dessen Leidenschaft es ist, mit Leichen zu,spielen. Aber Tante Luvia denkt, früher oder später kommen wir daran nicht vorbei, um des lieben Friedens willen.«

Der Frieden in Lapislazuli unter den vielen magischen Völkern, die hier lebten, war eine wackelige Angelegenheit und erinnerte ein bisschen an einen großen Kindergarten. Man musste immer aufpassen, dass keiner übervorteilt wurde und niemand das Gefühl hatte zu kurz zu kommen, sonst war das Geheul groß. Also sicherte man den Frieden mit Geschäften im wirtschaftlichen Sinn oder, und hier war man nie über das Mittelalter hinausgekommen, durch Heirat. Meist durch ganz freiwillig geschlossene Verbindungen, aber ab und an auch durch gezielte Verkupplungen und arrangierte Ehen.

Da eine Hexe unseres schwarzen Covens mit süßen sechzehn ihren ersten Freund in einem Beastjungen gefunden hatte und jetzt mit achtzehn beschlossen hatte, diesen zu heiraten, schoben die Nekromanten wegen der Verbindung zweier so mächtiger Völker nun aktuell Panik und pochten ebenfalls auf eine Vereinigung.

»Also, was ist gestern eigentlich genau vorgefallen? Ich habe durch meine Quellen nur erfahren, dass du vor den Rat geführt und dir irgendein Verbrechen zur Last gelegt wurde«, wechselte Thea wieder das Thema.

»Das ist schon eine recht gute Zusammenfassung«, antwortete ich, ehe ich dann doch alles erzählte, was vorgefallen war.

»Oh, Kayneth Ainsworth«, unterbrach sie mich mit einem verträumten Lächeln auf den Lippen.

»Das ist schon eine scharfe ... Na ja, du weißt schon. Da kann Frau ganz schnell etwas heiß im Schlüpfer werden.«

Thea zwinkerte und lachte über ihren eigenen Scherz.

»Eher blutig«, antwortete ich und erwiderte ihr vielsagendes Grinsen mit einem Stirnrunzeln.

»Du kennst ihn also?«, fragte ich dann.

»Nein. Also nicht persönlich. Ich habe ihn nur einmal auf der Hochzeit von Tante Reginleifr gesehen. Du weißt schon, die hat doch ein hohes Tier unter den Beasts geheiratet. Da war Kayneth als Oberhaupt der Beasts natürlich auch zur Hochzeit eingeladen. Ich habe nicht mit ihm geredet, dafür aber angeschaut. Echt lange angeschaut, was für ein Anblick!«

»Mmh ja ...«, antwortete ich langsam.

Dagegen konnte ich jetzt auch nichts sagen. Er war ja wirklich extrem attraktiv. Diese Wirkung wurde nur dadurch geschmälert, dass ich mich sehr genau daran erinnerte, wie sich seine Krallen in meinen Bauch gebohrt und mich fast umgebracht hatten.

»Ist er wirklich ein Drache?«, fragte ich dann.

Thea nickte, während sie eine kleine Flasche Wasser von ihrem Nachttisch angelte und an ihre Lippen führte. Ich winkte dankend ab, als sie mir ebenfalls einen Schluck anbot.

»Ja. Das macht ihn auch unter den Beasts ziemlich besonders, weil es ja kaum noch welche von ihnen gibt. Daher solltest gerade *du* gut auf dich aufpassen, Sweetie«, antwortete Thea, nachdem sie die Wasserflasche wieder zur Seite gestellt hatte.

»Nur keine Sorge. So dumm oder besser gesagt lebensmüde, mich noch mal mit einem Beast, einem verdammten Drachen, anzulegen, bin ich auch wieder nicht!«, entgegnete ich und setzte mich auf.

Auf Theas Gesicht breitete sich ein merkwürdiges Lächeln aus.

»Das meinte ich nicht.«

Ich zog fragend eine Augenbraue in die Höhe, worauf sie fortfuhr.

»Er ist ein Drache. Du weißt doch, die stehen auch heute noch extrem auf Jungfrauen.«

Ich schnaubte, griff hinter mich nach einem Kissen und gab Thea damit einen Klaps, woraufhin sie sich mit einem Lachen wieder ganz aufs Bett fallen ließ.

»Erstens: Ich habe gerade wirklich andere Sorgen. Zweitens: Wenn ein Kerl nur auf Jungfrauen abfährt, finde ich das eher suspekt. Da fragt man sich doch: Angst vor Kritik? Und drittens: Ich bin keine Jungfrau mehr und das weißt du«, verteidigte ich mich.

»Jaahhh! Aber sind wir mal ehrlich. Ein einziger Vorstoß, zählt auch nicht wirklich. Der arme Kerl hat nicht mal einen zweiten geschafft.«

»Das war aber nicht seine Schuld!«, gab ich zurück und dachte mit Bedauern an den Jungen, den ich mit sechzehn Jahren gedatet hatte.

Tante Luvia hatte auf das Siegel, welches mich schützen sollte, einen zusätzlichen Fluch gelegt, von dem ich bis dato aber nichts gewusst hatte. So war mein Freund bei unserer ersten Vereinigung von mir runtergeschleudert worden und hatte sich zu allem Überfluss noch in einen Ziegenbock verwandelt. Das Resultat des krankhaften Humors meiner Tante, bezüglich *geiler Bock* und so ...

Es war daher nicht verwunderlich, dass mein Ex-Freund, nachdem ich Luvia gezwungen hatte ihn zurückverwandeln, nichts mehr mit mir hatte zu tun haben wollen, noch dass ich nach dieser ersten katastrophalen Erfahrung nicht mehr so schnell das Bedürfnis verspürt hatte, noch mal einen Kerl zwischen meine Beine zu lassen.

»Mag sein, aber der Fluch hat sich aufgelöst, als du achtzehn wurdest. Jetzt bist du zweiundzwanzig, bist seit drei Jahren aus dem Coven ausgezogen und hast in dieser Zeit immer noch keinen abgeschleppt. Also woran liegt's?«

»Hast du vergessen, was für Typen das sind, die jeden Abend in Celenikes Bar rumlungern? Nein vielen Dank. Dann ende ich doch lieber als alte Jungfer. Was, wie erwähnt, ja nicht ganz korrekt ist. Außerdem ist es mir einfach nicht egal, unter welchen Typen ich mich lege. Ich habe durchaus Ansprüche. Zwar habe ich das Gefühl, sie werden immer geringer, aber sie sind noch da!«

»Und welche sind noch da?«, fragte Thea mit einem amüsierten Funkeln in den Augen.

»Männlich. Und sollte noch keinen Versuch unternommen haben mich umzubringen.«

»Na das nenne ich aber wählerisch«, lachte Thea.

»Egal ...«, wechselte ich das Thema. Ich musste mich beeilen, denn die Zeit lief.

»Ich brauche deine Hilfe, Thea. Kannst du dich in den Diebeskreisen mal für mich umhören?«

»Worum geht es?«, fragte Thea nun wieder deutlich ernster.

»Darum, ob in letzter Zeit ungewöhnliche Diebstähle vorgekommen sind. Vielleicht in einem Museum, oder eher ... na ja, du kennst doch die einschlägigen Sammler, die magische Utensilien horten. Ich denke da an Sachen aus Obsidian. Richtig alte antike Gegenstände. Magiebehaftete Dinge. Vielleicht probiert auch schon ein Hehler etwas in der Art zu verkaufen?«, erklärte ich.

Ich hatte noch nicht zu Ende gesprochen, als Thea schon die Beine aus dem Bett schwang und sich vor ihren Computer setzte. Sie besaß eines dieser extrem leistungsfähigen Dinger mit drei Bildschirmen.

»So alte, auch noch mit Magie geflutete Gegenstände sind teuer. Ich habe in dieser Preisklasse in letzter Zeit nichts gehört. Aber vor etwa zwei Wochen gab es bei einem der Hexenmeister einen Raub. Dieser Einsiedler in diesem gruseligen Herrenhaus am anderen Ende der Stadt. Der hat alle möglichen magischen Utensilien gehortet wie ein Eichhörnchen die Nüsse, das war bekannt.«

»In den aufgelisteten Mordfällen des Rates stand etwas von einem Hexenmeister.«

Wenn ich mich recht erinnerte, war er doch das erste Opfer gewesen?

Thea nickte knapp.

»Ja, wird derselbe sein. Denn dem Raub ging ein Mord voraus. Vergiftet wie die Gerüchte sagen und dann bestohlen«, antwortete sie.

»Eine Ahnung, wer es gewesen sein könnte?«, fragte ich, während ich vom Bett glitt, um ihr über die Schulter zu spähen.

Allerdings brachte mir der Anblick keine Offenbarung. Es waren nur Chatverläufe aus irgendeinem Darknet, wie ich annahm.

»Nein. Das war keiner, den ich kenne.«

»Sicher?«

»Ja. Die Vergiftung war schmerzhaft und dauerte an. Er ist nicht schnell gestorben. Das Gift, was bei ihm gefunden wurde, lähmt den Körper, der Geist bleibt aber wach. Er ist also im vollen Bewusstsein gestorben und hat mitbekommen, wie sein Körper, seine Organe und alles versagten.«

Thea drehte ihren Stuhl wieder in meine Richtung.

»Das war brutal. Die Leute, die ich kenne und mit denen ich gelegentlich auch zusammenarbeite ... wie erkläre ich das am besten? Für uns ist diese Arbeit ein Gentleman-Handwerk. Wir gehen rein und wieder raus, ohne dass uns jemand bemerkt. Niemand wird verletzt und schon gar nicht getötet! Wenn dann doch so etwas vorkommt, nun, wir sind eine recht kleine Gemeinschaft, da schlägt so etwas natürlich Wellen.«

Sie deutete über ihre Schulter zurück auf den Bildschirm.

»Deswegen sind alle auch etwas nervös. Weil keiner etwas Genaueres weiß. Es gab nicht mal Gerüchte, dass jemand Neues auf der Bildfläche erschienen ist, der sich nicht ... na ja, an unseren inoffiziellen Verhaltenskodex halten will.«

»In Ordnung. Aber wenn du dir sicher bist, dass es keiner aus eurer Gemeinschaft war, bringt mich das auch nicht wirklich weiter. Genauso wie die Tatsache, dass allseits bekannt war, dass das Haus des Hexenmeisters eine Fundgrube an magischen Gegenständen war.«

Ich nickte ebenfalls in Richtung der Bildschirme.

»Hat jemand schon geschrieben, was alles gestohlen wurde?«

»Noch nicht vollständig. Die Gemeinschaft der Hexenmeister ist immer noch nicht damit fertig, das Haus beziehungsweise den Inhalt zu katalogisieren. Aber, und deswegen bin ich gerade hellhörig geworden, in einer zerstörten Vitrine seines Arbeitszimmers wurde ein uralter Dolch entfernt, dessen Klinge aus, na rate mal, nichts anderem besteht als Obsidian.«

Okay, das war doch schon mal was. Dennoch entwich mir ein tiefer Seufzer.

»Was ist? Ich dachte nach so etwas suchst du?«

»Ja. Aber das bedeutet, um weiter zu kommen, darf ich jetzt zu diesem Herrenhaus und schon wieder quer durch die Stadt fahren. Das werden langsam horrende Spritkosten, die mir der Rat sicher nicht erstattet!«

»Oh, armes Hexilein. Musst du das Auto nehmen? Was ist los? Ist der Besen wieder in der Werkstatt?«

Ich kommentierte diese Aussage mit dem erhobenen Mittelfinger meiner rechten Hand.

***

Diesem von A nach B Gerenne konnte ich wirklich nichts abgewinnen. Daher würde ich allein deshalb dem Rat meine Unschuld beweisen, um ihm danach eine ellenlange Rechnung zu präsentieren für die Zeit und die Kosten, die ich für die Suche nach dem Mörder investieren musste.

Hätte ich geahnt, dass ich noch mal die komplette Stadt durchqueren musste, hätte ich mich darauf beschränkt, Thea einfach telefonisch zu fragen. Im Gegensatz zu Hexenmeistern nahmen die Walküren Anrufe unsererseits nämlich zumindest entgegen.

»James?«, entfuhr es mir.

Ich hatte gerade meinen Autoschlüssel aus der Jackentasche ziehen wollen, als ich das große Beast erblickte, das lässig gegen die Fahrertür meines Jeeps lehnte.

»Enju! Du siehst gut aus dafür ... na ja, dafür dass du ein Zusammentreffen mit Seiner Majestät hinter dir hast.«

»Vielen Dank auch«, murrte ich und zog dann endgültig meinen Schlüssel hervor.

»Eine Begegnung, die ich zukünftig nicht wiederholen will!«

»Ich bin nicht sicher, ob das möglich sein wird«, erwiderte James und zog nun seinerseits etwas aus seiner Manteltasche. Ich starrte entsetzt auf den Gegenstand, der jetzt wie ein Pendel in seiner Hand hin und her schwang.

»Was ist *das*?«

»Ein Telefon«, antwortete er in einem Ton, als wäre ich äußerst begriffsstutzig.

Dass es sich um ein Telefon handelte, war mir auch klar. Obwohl es kein Smartphone war, sondern eines dieser älteren Modelle zum Aufklappen, erkannte ich es trotzdem als solches. Nur war es überzogen mit kleinen pinken Strasssteinchen. Es wunderte mich schon, dass die Walküren noch nicht aus der Villa gestürzt kamen, um es an sich zu reißen.

»Das sehe ich. Aber warum hast du *Barbies* Telefon geklaut?«

James schnaubte und warf es mir über die kurze Distanz zu. Reflexartig schloss ich meine Finger darum.

»In diesem Telefon ist nur eine einzige Nummer eingespeichert. Die vom Boss. Damit kannst du ihn direkt erreichen. Die bekommt nicht jeder, also mach keinen Unsinn damit«, erklärte James.

»Ich fühle mich geehrt, aber was soll ich denn damit? Ich will ihn gar nicht erreichen und dank dieses kleinen Blutzaubers weiß er doch, wo ich mich aufhalte.«

»Ja, aber er weiß nicht, was du dort tust. Der Alpha möchte stets auf dem Laufenden gehalten werden. Er erwartet stündlich einen Anruf, in dem du ihn Bericht erstattest.«

Ja, das konnte er vergessen. Mir blieb ja so schon kaum Zeit bis zum Red Moon. Ich verkniff es mir aber, diesen Gedanken vor James laut auszusprechen, und beschränkte mich auf einen weiteren skeptischen Blick auf das Telefon.

»Verstehe, aber jetzt mal ehrlich: Was soll das sein?«

James zuckte mit den Schultern, konnte sich aber ein kleines gemeines Grinsen nicht verkneifen.

»Kayneth fand wohl, dass es zu dir passt.«

»Dein Boss hat einen äußerst krankhaften Sinn für Humor.«

Damit ließ ich das hässliche pinke Glitzerding in meine Tasche gleiten.

»Sonst noch was?«, fragte ich und trat näher an meinen Jeep heran, woraufhin James' massige Gestalt zur Seite rutschte.

»Ich soll dir außerdem ausrichten, dass dir die Ressourcen der Beasts zur Verfügung stehen.«

Das überraschte mich jetzt doch.

»Wie bitte? Wirklich?«

James nickte.

»Das ist aber eher inoffiziell. Offiziell hast du schließlich vor dem Rat deine Unschuld zu beweisen. Für sie bist du weiterhin die Hauptverdächtige. Aber nicht für mich und das habe ich dem Boss auch gesagt. Uns ist es wichtig, den wahren Täter zu finden und das schnell. Es gab zu viele Opfer unter unseresgleichen. Meine Leute wollen Rache und lassen sich nicht mehr lange von Kayneth zurückhalten.«

Sie sät Streit und Zwietracht, kamen mir unweigerlich Machiavellis Worte in den Sinn.

»Dafür, dass es so dringend ist, hat der Rat, oder dein Boss, nicht viel unternommen, um die Morde aufzuklären. Hast du mal gesehen, wie dünn die Fallakte dazu ist?«

James brummte und rieb sich über den kräuseligen Bart.

»Das stimmt so nicht. Genau genommen gab es zu viele Hinweise beziehungsweise Verdächtigungen. Wir konnten bei fast jedem der Völker irgendwelche Leichen im Keller finden, aber die Spuren verliefen letztendlich ins Leere. Es hatte nichts mit den Morden zu tun. Also hat Kayneth diese Ermittlungen wieder aus der Akte entfernt. Sie würden dich auch nicht weiterbringen.«

»Außerdem sind die Akten für jedes Mitglied des Rates einsehbar. Ihr wollt diesen Vorteil nicht verlieren, dass ihr präsentiert, was ihr über jeden einzelnen so in der Hand habt, richtig?«, fragte ich, woraufhin James vielsagend grinste.

»Ich wiederhole: Du bist manchmal cleverer, als gut für dich ist, Enju!«

Ich zuckte zur Antwort nur mit den Schultern, öffnete die Wagentür, hielt dann aber wieder inne.

»Du gehörst auch zu den Ressourcen der Beasts, oder?«

»Was?«

James klang so argwöhnisch, dass ich nun grinsen musste.

»Steig ein. Ich erkläre es dir unterwegs.«

***

»Also, wohin fahren wir?«, murrte James, während er unruhig auf dem Beifahrersitz hin und her rutschte. Beasts mochten Autos beziehungsweise das Autofahren nicht sonderlich. Zumindest nicht, wenn sie nicht selber fuhren. Hatte wohl mit ihrem Zwang, über möglichst alles immer die volle Kontrolle zu haben, zu tun. James bildete hierbei offensichtlich keine Ausnahme.

»Zum Wohnsitz dieses toten Hexenmeisters der auch auf der Liste des Rates stand.«

Ich musste nicht einmal hinsehen, um zu wissen, dass James die Stirn in Falten legte.

»Was willst du denn dort? Kayneth war nicht einmal sicher, ob dessen Ableben etwas mit den anderen Vorkommnissen zu tun hat.«

Wunderte mich nicht. Die generelle Mordrate unter den Hexenmeistern war überdurchschnittlich hoch. Eine der Hauptursachen war definitiv die Machtgier der Männer. Diese war beinah grenzenlos und ließ sie für ihre Ziele über Leichen gehen. Dabei machten sie auch vor ihren eigenen Leuten nicht halt.

»Ich muss nur mal kurz in das Haus, um ein Gefühl dafür zu bekommen.«

»Ein Gefühl? Wofür?«

»Magie. In diesem Club war dieser merkwürdige Nachhall. Also dem ganzen Gebäude haftete eine ganz seltsame Art von Magie an. Ich will wissen, ob ich so etwas auch in dem Haus des Hexenmeisters wahrnehmen kann. Dazu muss ich ins Gebäude und als Hexe lassen sie mich ganz bestimmt nicht einfach rein. Dich hochrangiges Mitglied der Beasts bestimmt schon.«

»Dich persönlich oder Hexen allgemein?«

»Allgemein«, antwortete ich, während ich den Blinker setzte, um die nächste Abfahrt zu nehmen.

»Ich dachte immer die Hexenmeister seien eure männlichen Gegenstücke. Woher diese Abneigung?«

»Gegenstücke? Ich bitte dich! Niemals! Die haben mit uns genauso viel gemeinsam, wie ihr Beasts mit den Nekromanten«, entgegnete ich mit einem entrüstenden Schnauben.

Wie erwähnt waren die Hexenmeister schlicht und ergreifend eine Gruppe Männer – nur Männer im Übrigen, da zeigten sie noch weniger Toleranz als die katholische Kirche –, welche die Fähigkeit mitbrachten, Magie anzuwenden. Mehr konnten sie nicht vorweisen. Was aber nicht bedeutete, dass die Männer das nicht gerne etwas ausschmückten und aufbauschten. Ein beliebtes Mittel, um möglichst eindrucksvoll zu wirken, war daher ein Zauberstab. Allerdings nicht diese kleinen, wie man sie aus *Harry Potter* kannte. Sondern mehr diese mannshohen, wie bei den Zauberern aus *Herr der Ringe*. Aber ihre Zauberstäbe dienten ihnen nicht nur dazu, die Illusion von Macht aufrecht zu erhalten, sondern sie besaßen wirklich Magie. Denn in jedem der Stäbe war meist ein Kristall eingearbeitet, der wie eine Batterie voller Magie fungierte, welche die Hexenmeister für sich nutzen konnten.

»Okay, verstanden. Also ich soll dafür sorgen, dass du ins Haus kommst. Kriegen wir hin. Und was bringt es dir, wenn du dort dieselbe Magie wahrnimmst? Weißt du so, wer der Täter ist?«

»Sehe ich aus wie *Miss Marple*, die während des Strickens nur genau zuhören muss, um herauszufinden, wer der Mörder ist?«

»Mmh … vielleicht, wenn du die Haare anders frisierst …«

Ich gab James einen spielerischen Klaps gegen die Schulter.

»Zweiundzwanzig ist kein Alter einer alten Oma! Und nein, selbst wenn ich dieselbe Magie dort vorfinde, weiß ich trotzdem nicht, wer der Täter ist. Aber es wäre wie eine Art weiteres Puzzlestück, das sich zusammensetzt«, erklärte ich.

»Aber du hast mir einmal gesagt, dass du Magie zuordnen kannst.«

»Kann ich auch. Aber eben nicht jede und auch nicht ganz genau zu einer Person. Beziehungsweise letzteres eben nur ganz selten. Am einfachsten ist die Zuordnung normalerweise zu einer bestimmten Gruppe, weil diese sich am meisten voneinander unterscheiden. Die Magie, die euch eure Gestalt wandeln lässt, ist beispielsweise etwas komplett anderes als die Magie, welche den Plus-Anima die Fähigkeit verleiht, Tiere zu kontrollieren. Es liegt euch zwar allen im Blut, fühlt sich aber für mich trotzdem ganz unterschiedlich an. Bestimmte Zauber einer Person zuzuordnen ist hingegen viel schwerer. Zwar wird dem Zauber, durch die Person, die ihn erschafft, immer etwas Einzigartiges verliehen – das ist ein bisschen wie eine Unterschrift, die niemals gleich ausfällt, auch wenn man dasselbe schreibt –, aber wenn ich diese Schrift und die Person, die geschrieben hat, nicht kenne, kann ich es eben nicht eindeutig zuordnen. Und noch schwerer wird es, wenn die Person, die den Zauber erschaffen hat, gar nicht diejenige ist, die ihn dann letztendlich ausführt. Zum Beispiel könnte ich dir einen Zauber geben, mit der Anweisung, was du tun musst, um ihn anzuwenden. Dann wäre meine Signatur zwar auf dem Zauber, aber wenn du ihn anwendest, überschreibst du ihn zum Teil beziehungsweise verfälschst ihn. Das macht es so schwer, Magie ihrem Urheber zuzuordnen. Verstehst du?«

»Schon ... aber du drückst dich immer sehr kompliziert aus«, murrte James.

Na vielen Dank auch! Magie jemandem zu erklären, der sie nicht so fühlen konnte wie ich es tat, war in etwa so schwer, wie einem Dreijährigen die Physik zu erklären. Oder mir ... ich hatte keine Ahnung von Physik.

»Aber dann bringt dir doch auch dieses Puzzlestück nicht wirklich was, oder?«

»Doch! Kriege ich ein Gefühl für diese mir noch unbekannte Magie, werde ich dafür sensibler und nehme sie leichter wahr. Du kannst doch auch die Spur aufnehmen durch Gerüche ... ach, vergiss es! Sorg einfach dafür, dass ich das Haus von dem Alten betreten kann.«

***

Die restliche Autofahrt verbrachten wir schweigend. Wobei ich nicht sicher war, ob James plötzlich nichts mehr wissen wollte, oder ob es daran lag, dass er das Autofahren generell nicht mochte oder ihm vielmehr mein Fahrstil einfach zu schaffen machte.

Jedenfalls sprang er auffällig schnell aus dem Auto, noch bevor ich den Wagen ganz zum Stehen gebracht hatte.

Ich parkte zwischen den Stufen, die zur Haustür des Anwesens führten, und dem steinernen Brunnen in der Mitte der geschotterten kreisrunden Einfahrt. Die Absätze meiner Stiefel gruben sich in den Kies und ich betrachtete kritisch das Anwesen.

»Was ist? Spürst du schon was?«, fragte James über seine Schulter hinweg, während er sich neben mir übertrieben streckte und dehnte, bis man die Knochen knacken hörte.

Also wirklich, ich fuhr einen Jeep, keinen Smart. So sehr hatte er sich nun wirklich nicht zusammenkauern müssen.

»Nein, ich frage mich nur gerade, ob der Alte nicht doch einfach Selbstmord begangen hat, weil ihn sein Zuhause so deprimiert hat.«

Ich zumindest empfand den Anblick als äußerst deprimierend. Es war zwar ein wirklich herrschaftliches Anwesen, aber die Außenfassade bildeten triste dunkelgraue Steine, die Dachschindeln waren pechschwarz und neben gut einem Dutzend potthässlicher Wasserspeiher war das Herrenhaus auch noch von Efeuranken überwuchert, welche mehr braun als grün waren und das Gebäude noch älter und verwitterter wirken ließen.

»Ich habe schon Friedhöfe gesehen, die einladender wirkten.«

James folgte meinem Blick und nickte dann langsam.

»Da hast du nicht ganz unrecht.«

»Na ja, was soll's. Komm schon Großer, dann lass uns *Fester Addams* mal Hallo sagen.«

Ich klopfte James gegen die Schulter und wir gingen die drei Stufen hinauf bis zur Haustür.

»Wer?«, fragte James, woraufhin ich ihm einen entsetzten Blick zuwarf und die Klingel betätigte.

»Du verstehst meine *Addams Family*-Anspielung nicht? Sobald wir hier fertig sind, fährst du nach Hause und schaust die Filme! Sonst brauchst du dich nie wieder in der Bar blicken zu lassen. Also wirklich James, schäm dich!«

»Ja ja, schon gut. Lass die blöden Witze«, murrte James, während die Tür geöffnet wurde.

Ich musste nicht zu James blicken, um zu wissen, dass ihn der Anblick, der sich uns bot, ebenso irritierte wie mich.

Ich wusste nicht genau, was ich erwartet hatte, aber keinen Hexenmeister in braunen Jesuslatschen und einem dunkelgrünen knöchellangen Rock. Ja, es war tatsächlich ein Rock, welcher ihm tief um die Hüften hing. Der Rest seines Körpers war unbekleidet und auch wenn sich der muskulöse Oberkörper durchaus sehen lassen konnte, sprach mich der Anblick nicht wirklich an. Mochte eventuell aber auch an den kastanienbraunen Haaren liegen, die ihm fast bis zur Taille reichten und dem gleichfarbigen Vollbart, was so gar nicht meinem Typ entsprach. Denn sonst konnte man sein Gesicht durchaus als attraktiv bezeichnen und die hellblauen Augen hinter der halbmondförmigen Brille gaben ihm noch mal einen besonderen Touch.

Sein Blick wanderte prüfend über mich und blieb dann ungeniert an meinen Brüsten hängen.

»Nicht schlecht. Etwas kurviger als ich normalerweise mag, aber die würde ich nicht von der Bettkante stoßen«, eröffnete er dann.

Ich wog in den verstreichenden Sekunden, in denen er mir weiter nur auf meinen Busen starrte, ab, inwieweit ich wohl einen Krieg gegen die Hexenmeister heraufbeschwor, wenn ich den Typ jetzt einmal quer durch das Haus schleudern würde.

»Sie steht nicht zur Verfügung!«, knurrte James. Es war tatsächlich ein Knurren und veranlasste den Typen, endlich die Augen von mir zu nehmen.

»Sorry«, erwiderte er an James gerichtet. Wohlgemerkt nur an James.

Hatte ich schon erwähnt, dass es noch andere Gründe gab, warum ich Hexenmeister zum Kotzen fand? Mitunter, weil fast neunzig Prozent von ihnen unerträgliche Machos waren, die in Frauen nichts anderes sahen als ein Stück Fleisch.

»Was wollt ihr?«, fragte er, weiterhin an James gerichtet.

Aha. Offensichtlich war ich also schon nicht mehr interessant genug, um beachtet zu werden, sobald ich für Sex nicht zur Verfügung stand.

Mmh … ich sah den Typen heute zum ersten Mal. Wie wichtig konnte er also schon sein? Vielleicht würde es nicht mal jemand bemerken, wenn ich ihn aufgrund eines bedauerlichen Zwischenfalls in eine Kröte verwandelte.

»Mein Name ist …«

»James D. Cox!«, unterbrach ihn der Typ an der Tür.

»Jeder kennt Euch. Ihr seid die rechte Hand des Alphas der Beasts. Also, was wollt Ihr hier?«

»Wir untersuchen im Auftrag des Rates das Ableben des Hexenmeisters …«,

James warf mir einen hilfesuchenden Blick zu, den ich mit einem Schulterzucken erwiderte. Ich hatte mir den Namen des Alten nicht gemerkt. Hatte der überhaupt in der Akte gestanden?

»… welcher hier residiert hat. Aus diesem Grund möchten wir uns hier einmal kurz umsehen. Ihr habt doch nichts dagegen …?«

»Severin Benandanti. Der Verstorbene war mein Onkel.«

»Oh. Unser Beileid?«, erwiderte James, was mehr wie eine Frage statt wie ehrliche Anteilnahme klang. Aber die Floskel schien Severin nicht weiter zu kümmern, denn er zuckte nur mit den Schultern.

»Hatte mit dem Alten nicht wirklich was zu tun. Mir gehört jetzt nur alles, weil ich der letzte lebende Verwandte bin. Also kann man wohl behaupten, dass sein Ableben so betrachtet nur Vorteile mit sich gebracht hat.«

»Ähm … gut. Wir müssen den Tod trotzdem im Auftrag des Rates untersuchen. Also können wir bitte eintreten und uns kurz umsehen?«

Diesmal hatte James es als Frage formuliert, aber seine Mimik und Gestik machten deutlich, dass wir eintreten würden, egal wie die Antwort von diesem Severin aussehen würde. Das deutete der Hexenmeister auch richtig, denn er ging zur Seite.

Ich beglückwünschte mich innerlich für die Entscheidung James mitzunehmen, während wir das Haus betraten. Mit einer kaum merklichen Bewegung meines Zeige- und Mittelfingers sorgte ich telekinetisch dafür, dass die Tür Severin mit ordentlich Schwung ins Gesicht schlug.

Mit Genugtuung vernahm ich den Schmerzenslaut und sah aus den Augenwinkeln, wie er sich die Nase hielt.

Nicht, dass hier ein falscher Eindruck entstand. Ich war selbstverständlich nicht rachsüchtig. Das war nur eine reine Vorsichtsmaßnahme, damit er die jetzige Situation nicht ausnutzte, um mir nonstop auf den Hintern zu glotzen.

»Du bist echt die rechte Hand des Alphas?«, flüsterte ich in James' Richtung, während ich meinen Blick umherschweifen ließ.

Hier drin sah es mit der hohen Decke, den Pfeilern und den halbrunden Deckenbögen aus wie in einer Kathedrale. Und aufgrund der grauen und schwarzen Farbtöne wirkte es nicht weniger deprimierend und düster als draußen. Zumindest erübrigte sich die Frage, wie sie den Laden bei diesen hohen Decken sauber hielten. Nämlich überhaupt nicht, den dicken Staubschichten und zahllosen Spinnenweben nach zu urteilen.

»Das wusstest du nicht? Obwohl ich seit gut zwei Jahren in der Bar ein- und ausgehe, hast du nie irgendwelche Nachforschungen über mich angestellt?«

»Nein. Du etwa über mich?«, fragte ich und seine Antwort ließ mich überrascht und erschrocken innehalten.

»Natürlich.«

»Natürlich? Was heißt denn natürlich?«, fragte ich und setzte mich wieder in Bewegung, um zu James aufzuschließen, der nicht stehen geblieben war.

»Das heißt, dass es mich stutzig gemacht hat, eine erst neunzehnjährige Hexe, welche bereits über viel Macht verfügte, soweit außerhalb ihres Covens und Lapislazuli anzutreffen. In einer Bar. Umgeben von lauter normalen Menschen. Wo sie Alkohol an irgendwelche Idioten ausschenkte.«

»Du bist einer meiner Stammkunden. Zählst du dich also dazu?«, fragte ich, während mir ein Hauch Magie entgegenwehte wie eine Prise Parfüm.

Ich hielt erneut inne und spähte an der Treppe vorbei, die jetzt vor uns aufragte.

»Was ist dort hinten?«, fragte ich über die Schulter hinweg an Severin gewandt, der zu uns aufgeholt hatte und sich inzwischen ein Taschentuch gegen die Nase presste, die offensichtlich blutete. Hatte ich nicht beabsichtigt, aber mein Mitleid hielt sich in Grenzen.

»Wo *hinten*?«, fragte er unwirsch.

Ich deutete auf die Tür am Ende des Ganges, welcher rechts an der Treppe entlangführte.

»Das Arbeitszimmer meines Onkels. Aber dort ist er nicht gestorben. Das war oben ... Hey! Hast du nicht gehört? Ich sagte *oben!*«, rief er mir hinterher, während ich dicht gefolgt von James das Arbeitszimmer ansteuerte.

»Du wolltest also wissen, warum ich mit neunzehn in einer Bar arbeitete?«, nahm ich leise das vorherige Gespräch wieder auf.

»Nein. Ich wollte wissen, warum eine so bekannte Hexe wie deine Tante Celenike an einer Bar festhielt, in einem alles andere als angesagten Stadtteil der Menschenwelt, welche keine Gewinne abwirft und daher kaum erträglich sein kann. Und warum sie ihre einzige, wirklich blutsverwandte Nichte dort arbeiten lässt. Meine erste Vermutung war, dass es eine Strafe ist. Als du aber mit zwanzig, oder nein, beinah schon einundzwanzig immer noch täglich in dieser Bar warst, beschloss ich etwas tiefer zu graben«, erklärte James.

Sein Tonfall klang, als wäre überhaupt nichts dabei, dass er mich durchleuchtet hatte und das machte mich zusehends wütender. Es ging immerhin um meine Privatsphäre, in die er ungefragt eingedrungen war.

Ich spähte über die Schulter, um zu sehen, wie viel Abstand Severin zu uns hielt. Es war mir nicht genug und sein Blick wirkte mir plötzlich auch viel zu interessiert. Ein Interesse, welches sich augenscheinlich gerade mal nicht auf meinen Körper bezog, also sorgte ich dafür, dass er ins Stolpern geriet und sich der Abstand zwischen uns wieder vergrößerte. Es tat wirklich gut, meine telekinetischen Fähigkeiten wieder einwandfrei wirken zu sehen.

»Und, auf Gold gestoßen?«, zischte ich anschließend in James' Richtung.

Der erdbeerblonde Bart zuckte, als sich seine Lippen zu einem kleinen Lächeln verzogen.

»Selbstverständlich. Vor mir bleibt nichts verborgen. Aber entspann dich, Kleines. Ich habe mit niemandem darüber geredet. Nicht darüber wer du bist noch wie es jetzt in Wahrheit mit der Hierarchie der Hexen aussieht.«

»Ach nein?«, erwiderte ich doch sichtlich überrascht.

»Nein. Ich dachte auch eigentlich, ich spreche es nicht an, wenn du nicht von selbst darüber reden willst.«

»Okay. Aber jetzt hast du es angesprochen, weil ...?«

»Ich habe nicht darüber geredet, weil mich auch noch nie jemand gefragt hat. Aber jetzt hast du die Aufmerksamkeit vom Boss auf dich gezogen und es kann sein, dass er mich etwas fragen wird. «

Natürlich. Und James würde nicht lügen oder etwas verschweigen. Egal wie gut wir uns verstanden. James' Loyalität lag nun einmal bei seinen Leuten und vor allem bei seinem Alpha.

Ich konnte es sogar nachvollziehen, aber es gefiel mir ganz und gar nicht. Wenn dieser Kayneth erfuhr, dass die Hexenkönigin nicht länger Tante Luvia war, sondern ich, würde er es als Mitglied des Rates auch den anderen Mitgliedern erzählen. Das würde sich dann wie ein Lauffeuer verbreiten und ich musste mich meiner Verantwortung stellen, um nicht schwach zu wirken. Dabei war es das letzte, was ich wollte.

Nicht nur, weil ich keinerlei Bock auf diese Verantwortung hatte, sondern auch, weil ich keine Anführerin war. Den Hexen ging es unter Luvia als Königin gut. Sie war eine starke, besonnene und gerechte Anführerin. Ich war nichts davon und würde den Coven nur von einer Katastrophe in die nächste führen bis er unterging.

»Warum verschweigst du eigentlich, wer du bist und versteckst dich ...«, begann James, wurde von mir aber jäh unterbrochen.

»Nein! Ich rede nicht darüber. Daran hat sich nichts geändert, egal was du zu wissen glaubst!«

Damit öffnete ich die Tür zum Arbeitszimmer, um dem nachzugehen, weswegen ich eigentlich hier war.

»Gott. Das ist echt ein Friedhof hier ...«, murmelte ich, während ich meinen Blick über die Einrichtung schweifen ließ.

Es gab einen Schreibtisch auf der gegenüberliegenden Seite der Tür. Flankiert wurde dieser von prall gefüllten Bücherregalen, die sich auch hinter dem massiven Holzkoloss befanden. Alles war in einem pechschwarz glänzenden Holz gehalten. Sämtliche Einbände der Bücher waren schwarz, der Samtbezug des Sessels hinter dem Schreibtisch war schwarz und selbst der Teppichboden und der Vorhang, welcher die schmale Terrassentür neben dem linken Regal nur unzureichend verdeckte, waren – Trommelwirbel – ebenfalls pechschwarz.

»Selbst eine Vampirgruft hat mehr Farbnuancen zu bieten«, murmelte James, während er langsam durch das Zimmer schlenderte und sich die Buchrücken besah.

Da ich keinerlei Letter darauf ausmachen konnte, war es wohl kein sonderlich spannender Anblick. Aber die Bücher interessierten mich auch nicht. Meine Aufmerksamkeit galt vielmehr der Terrassentür.

Ich blieb ein paar Schritte davor stehen und ließ meine Hand über der Türklinke schweben.

»Hey! Fasst hier nicht einfach irgendwas an!«, drang Severins Stimme an mein Ohr, aber ich schenkte ihm keine Beachtung.

Er war nur noch schwach, aber dennoch wahrnehmbar: ein Bannkreis um die Tür herum. Wie in dem Club hatte man verhindern wollen, dass der Hexenmeister den Raum auf diesem Wege verließ.

»Ich sagte ...«, begann Severin erneut und der Tonfall veranlasste mich letztendlich doch dazu mich umzudrehen.

Es war eine Mischung aus Drohung und der weinerlichen Tonlage eines bockigen Kindes.

»... nichts anfassen!«

Damit zog er James das Buch aus den Fingern, welches er sich zuvor aus dem Regal gezogen hatte. James quittierte es mit einer hochgezogenen Augenbraue, ehe er mir einen fragenden Blick zuwarf. Ich antwortete mit einem Schulterzucken.

»Was stand da?«, zog ich die Aufmerksamkeit des Hexenmeisters wieder auf mich und deutete auf das Regal neben der Tür.

Es hatte eindeutig Vorteile, dass die Reinigungskraft hier durch Abwesenheit glänzte, denn innerhalb der dicken Staubschicht auf dem Regalboden zeigte sich deutlich ein rechteckiger Umriss von etwas, das dort früher einmal gestanden hatte. Ich schätzte den staubfreien Bereich auf gut zehn mal dreißig Zentimeter. Was auch immer dort verschwunden war, es war nicht klein gewesen.

»Keine Ahnung. Ich glaube irgendeiner von diesen Vitrinenschaukästen, die mein Onkel überall hier im Haus verteilt hat«, erwiderte Severin mit einem Schulterzucken.

»Er hat zwar allen möglichen Mist gesammelt, aber manches davon war durchaus wertvoll und diese Dinge hat er dann immer in irgendeiner Vitrine eingeschlossen.«

»Interessant. Wissen Sie, was in dieser war und wo sie jetzt ist?«, fragte ich und war an der Antwort so interessiert, dass ich sogar die Tatsache überging, dass seine Augen ausschließlich auf meinem Ausschnitt ruhten, während er antwortete.

»Der Schaukasten war kaputt. Ich habe jetzt keine komplette Bestandsaufnahme des Hauses, aber ich glaube hier stand dieses schwarze Messer.«

»Messer? Welches Messer?«, löcherte ich ihn.

»So ein schwarz-grün schimmerndes. Es war kein richtiges Messer. Es war eher ein Stein, der zu einer Klinge gehauen war und um den man eine Kordel gewickelt hatte, damit es einen Griff hatte.«

»Schwarz-grüner Stein? Obsidian?«, fragte ich und spürte James' interessierten Blick auf mir. Ihm ging gerade offensichtlich ein Licht auf, dass es noch einen weiteren Grund dafür gab, warum ich dieses Haus hatte aufsuchen wollen.

»Ja, schon möglich. Was weiß ich. Vielleicht war es aber auch seine Ameisenfarm. Die konnte bisher noch keiner finden.«

***

»Obsidian? Bei schwarz-grünem Stein kommst du direkt auf Obsidian?«, fragte James leise, während wir ein Stockwerk höher das Zimmer ansteuerten, in dem der alte Hexenmeister seinen letzten Atemzug getan hatte.

Ich antwortete nicht, sah aber aus den Augenwinkeln, wie sich James' Augen zu Schlitzen verengten, während er mich genau musterte.

»Du wusstest das, oder? Was für ein Messer hier geklaut wurde?«

»Na ja, sagen wir eher, jetzt weiß ich es mit Sicherheit.«

»Enju ...«, begann James, aber ich ließ ihn nicht ausreden, sondern schob mich an ihm und Severin vorbei in das Zimmer. Es fühlte sich an, als würde ich gegen eine Mauer laufen. Der Nachhall der Magie war hier unfassbar intensiv und von der seltsamen Art und Weise wie im Club der Nekromanten. Aber nicht nur die Magie, auch die Art des Tatortes ähnelte sich. An den Wänden, der Decke, überall entdeckte ich getrocknete Blutflecke. Hier war viel Blut geflossen und an alle Seiten des Zimmers gespritzt.

»Ich dachte, er sei vergiftet worden …«, murmelte ich leise, aber Severin hörte mich dennoch.

»Ist er auch. Man hat dafür gesorgt, dass er sich nicht mehr bewegen konnte. Das Gift hat seinen Körper gelähmt. Er war noch bei Bewusstsein, als man ihn zerlegt hat.«

»So wurde das dem Rat aber nicht berichtet«, mischte sich James mit mürrischer Miene ein.

»Den Rat geht auch nicht alles an, was unter den Hexenmeistern so vorgeht!«

Während sich James und Severin zu streiten begannen, durchstreifte ich den Raum und blieb vor einer dunklen Kommode stehen. Warum auch immer, aber diese Kommode verströmte diese unbekannte Magie am stärksten. Ich öffnete die einzelnen Schubladen, kniete mich auf den Boden, spähte unter das Möbelstück und wurde fündig. Meine Finger schlossen sich um eine zerbrochene Phiole.

Das war interessant. Man hatte die Magie also wortwörtlich hierhergetragen.

»Das reicht! Entweder ihr verlasst dieses Haus freiwillig oder ich sorge dafür!«, fauchte Severin bedrohlich, doch die einzige Reaktion, die er James damit entlocken konnte, war eine erhobene Augenbraue und vor der breiten Brust verschränkte Arme.

»Du und welche Armee, Jungchen?«

»Schon in Ordnung!«, unterbrach ich die beiden, bevor James wirklich noch Anstalten machte, den Hexenmeister auseinanderzunehmen.

»Ich denke, wir haben alles Wichtige gesehen. Lass uns gehen.«

***

»Machiavelli?«

Ich starrte überrascht zu der hageren Gestalt vor meiner Haustür, während die Autotür hinter mir zufiel.

Nachdem wir das Anwesen verlassen hatten, hatte James sich geweigert, erneut zu mir ins Auto zu steigen. Daher hatten sich unsere Wege wieder getrennt und ich hatte den direkten Weg nach Hause eingeschlagen, da ich mir noch keine Gedanken über mein weiteres Vorgehen gemacht hatte.

»Enju, ich bin froh, dass du da bist. Ich muss dir etwas zeigen«, antwortete Machiavelli, erhob sich von der Treppenstufe, auf der er gesessen hatte, und wedelte mit einer dünnen Mappe vor mir herum.

Ich machte mir gar nicht erst die Mühe, Machiavelli auf die Vorzüge von E-Mails hinzuweisen, weil es ohnehin nichts gebracht hätte. Er weigerte sich viel zu gerne, moderneren Errungenschaften den Vorzug zu geben.

Obwohl ich sehr am Inhalt der Mappe interessiert war, gewann doch der Teil von mir, der eine gute Erziehung genossen hatte, und so bat ich Machiavelli erst hinein und servierte ihm etwas zu trinken, ehe ich mich der Mappe zuwandte.

»Was ist das?«, fragte ich, während ich die Farbausdrucke mit den verschiedenen Tongefäßen betrachtete. Sie sahen fast alle so aus, als hätte sie ein Grundschüler im Werkunterricht gebastelt. Inklusive der Symbole und Linien, die bei jedem der Gefäße auf den Rand gemalt waren, was es schwer machte, etwas zu erkennen, aus dem man schlau werden könnte.

»Opferaltäre«, erklärte Machiavelli.

»Altäre? Die sehen aus wie schlecht getöpferte Schüsseln.«

»Nicht jeder Altar hat eine Tischform, wie du sie vielleicht aus Kirchen kennst«, erwiderte Machiavelli.

»Na ja, sind zumindest handlicher«, entgegnete ich skeptisch und betrachtete erneut die Bilder.

»Wobei ...«

Ich musterte das letzte Foto, auf dem ebenfalls ein Tongefäß abgebildet war. Aber dieses war viel größer als die anderen und sah auch mehr aus wie eine Skulptur. Ich war mir nur nicht sicher, was es darstellen sollte. Einen Löwen, Tiger, Hund? Ich erkannte zumindest ein Maul und spitze Zähne. Doch dort, wo der Rücken war, war eine Vertiefung. Wie bei einer Schüssel.

»Diese Altäre wurden für Opferungen verwendet. Es war so, dass der Priester das Opfer unterhalb der Brust aufschnitt, in den Körper hineingriff und das schlagende Herz herauszog. Dann durchtrennte er die Adern und legte das Herz hier hinein«, erklärte Machiavelli und tippte mit dem Finger auf die kreisrunde Vertiefung im Rücken der Steinskulptur.

»Verstehe, klingt ja ganz reizend. Und was haben die jetzt mit meinem Symbol zu tun?«, fragte ich.

»Ich bin auf sie gestoßen, als ich etwas mehr über Discordia herausfinden wollte. Diese Altäre sind alle der Göttin geweiht. Sie stehen für die Göttin selbst ...«, er deutete auf das größte Gefäß, das wie eine Skulptur gehauen war,

»... sowie für ihre Nachkommen. Die Übel, die sie auf diese Welt loslassen kann.« Damit deutete Machiavelli auf die anderen, kleineren Gefäße. Acht an der Zahl, wie ich jetzt erkannte.

»Und wie kann man die Übel auf die Welt loslassen?«

»Da bin ich mir noch nicht ganz sicher. Aber klar ist, dass man etwas opfern muss, damit sie kommen. Und um diese Übel herbeizurufen, benötigt man wohl diese Altäre. Ich habe auch noch etwas anderes gefunden, als ich über Discordia nachgeforscht habe«, fuhr Machiavelli fort und klang mit einem Mal richtig übereifrig.

Er griff nach der Mappe und zog ein Blatt Papier hervor, welches ganz unter den Fotos verborgen gewesen war.

»Ich bin nicht sicher, ob es eine Prophezeiung sein soll oder vielleicht doch eher eine Anleitung. Aber ich habe es in sehr alten Schriften gefunden.«

Damit reichte er mir das Blatt und ich überflog die wenigen Zeilen.
Acht Sterne fallen herab.
Finstere Sterne.
Ausgesandt, das Verderben der Welt zu sein.
Sie öffnen das Tor für die , die den Untergang bringen wird.
Acht Sterne fallen herab, wenn das Blut der Lebenden fließt und ihr Herzschlag verstummt.
Acht Sterne fallen herab und die Welt wird brennen.

»Mmh … also die kleineren Gefäße sind Opferaltäre für die Übel, die durch Discordia entstehen. Wenn diese also wirklich Magie beherbergen und man in ihnen etwas opfert, ruft man sie herbei?«, fragte ich und gab Machiavelli das Blatt Papier zurück.

»Ja, so in etwa.«

»Und wenn man alle acht Übel herbeigerufen hat?«

»Kann die Göttin der Zerstörung selbst erscheinen. Zumindest interpretiere ich den Text so.«

Scheiße! Ich musste schwer schlucken, während ich nachdachte.

Es hatte bisher sieben Angriffe mit Toten gegeben. Vielleicht aber auch eher sieben Opferungen. Konnte es wirklich sein, dass jemand in Lapislazuli ein Übel nach dem anderen herbeirief?

»Wo befinden sich diese Altäre?«, fragte ich Machiavelli.

»Ich weiß es leider nicht zu jedem. Bei manchen hat sich die Spur schon vor Jahrhunderten verloren. Manche aber befanden sich in Museen der Menschenwelt, andere bei privaten Sammlern, aber – das wird dir wohl nicht gefallen – die, deren Aufenthaltsorte bekannt waren, sind allesamt in den letzten Monaten verschwunden.«

»Wunderbar! Welche Überraschung!«, knurrte ich und konnte mir nur schwer verkneifen, lautstark zu fluchen.

»Alle gestohlen?«, fragte ich, woraufhin Machiavelli den Kopf schüttelte und sich einen Schluck Tee genehmigte.

Es war irgendwie witzig, wie er dabei den kleinsten seiner dünnen, langgliedrigen Finger abstehen ließ. Wie eine vornehme Dame aus dem letzten Jahrhundert.

»Nein, bei den privaten Sammlern gingen zwei durch Verkauf in andere Hände. Die aus den Museen wurden allerdings wirklich gestohlen. Der Altar jedoch, welcher der Göttin selbst geweiht ist, tauchte vor kurzem im Forum *Tenebris* zum Verkauf auf.«

»Dem Schwarzmarkt?«

»Exakt. Für den Altar wurde ein Vermögen gezahlt«, antwortete Machiavelli.

»Weißt du, wer ihn gekauft hat?«, fragte ich Machiavelli, ohne wirklich Hoffnung auf eine Antwort zu haben.

Das Forum *Tenebris* war der Schwarzmarkt in Lapislazuli und auch deshalb so beliebt, weil die Käufer ohne Anstrengungen anonym bleiben konnten.

»Tatsächlich wurde es bekannt gegeben. Deswegen bin ich gleich zu dir gekommen, denn ich dachte, das wird dich am meisten interessieren. Der Altar wurde vom Theater der Schatten erworben und dient dort als aktueller Hauptpreis.«

Das ließ mich erneut schwer schlucken.

»Du verarschst mich!«, erwiderte ich ungläubig, woraufhin Machiavelli sein Gesicht zu einer beleidigten Maske verzog.

»Mitnichten. Warum sollte ich über so etwas Scherze machen?«, fragte er, eindeutig empört.

Ganz wunderbar. Wenn so ein Stein als Preis im Theater der Schatten angeboten wurde, waren diese Teile sogar sehr mächtige Magieträger. Denn wie im Forum *Tenebris* wurde dort nichts angeboten, was nicht außerordentlich machtvoll, selten oder gefährlich war. Der einzige Unterschied bestand nur in der Art und Weise, wie die Gegenstände neue Besitzer fanden. Im Forum *Tenebris* floss grundsätzlich nur Geld. Käufer konnten die angebotenen Waren mittels Höchstgebot auf den dortigen Auktionen erwerben.

Im Theater der Schatten sah es schon ganz anders aus. Das war eine Kampfarena, in der nur der Stärkste gewann und meist auch nur dieser überlebte. Abschlachten in römischer Manier, wie zu Zeiten der Christenverfolgung, zur Belustigung der Massen. Eine Kampfphase um einen bestimmten Gewinn hatte einen Zeitraum von drei Tagen. Währenddessen konnte jeder in den Kampf einsteigen. Erst wenn nur noch einer übrig blieb oder sich schlichtweg niemand mehr traute, den amtierenden Champion herauszufordern, ging nach Ablauf des dritten Tages der Gewinn an den Sieger über.

»Scheiße!«, knurrte ich und erhob mich ruckartig.

»Bringt es dich nicht weiter?«, fragte Machiavelli, während er mich dabei beobachtete, wie ich hin und her tigerte.

»Doch, damit hast du mir schon sehr geholfen! Das kann mir sogar einen Vorteil verschaffen, denn wer auch immer sich diese Altäre besorgt, er will mit Sicherheit alle von ihnen haben. Auch, beziehungsweise ganz sicher auch diesen, der dieser Göttin selbst geweiht ist. Denn wie bei den anderen Altären, mit denen man die Übel beschwört, kann man die Göttin sicher auch nur mittels dieses Altars herbeirufen. Bringe ich den also in meinen Besitz, muss, wer auch immer dahintersteckt, erst einmal zu mir kommen, um den Altar zu kriegen.«

»Und wie willst du ihn in deinen Besitz bringen?«

»Damit sind wir beim eigentlichen Problem. Im Theater der Schatten findet ja schon lange kein Turnier oder Wettkampf mehr statt. Das ist Krieg. Dort nehmen nur die Stärksten und Schlimmsten teil!«, antwortete ich.

Ich war beileibe kein Feigling, aber um das Theater der Schatten hatte ich immer einen großen Bogen gemacht. Es war illegal und wer sich bereit erklärte, daran teilzunehmen, war entweder suizidgefährdet oder einfach nicht mehr ganz dicht. Ich konnte mich wahrscheinlich zu Letzteren zählen, als ich vor meinem Fenster stehen blieb und hinaus in die hereinbrechende Nacht starrte.

»Wie lange läuft der Kampf um den Altar schon?«

»Meinen Quellen zufolge seit heute«, antwortete Machiavelli.

Dann blieben mir zwei Tage und viel verpasst hatte ich wahrscheinlich nicht. Viele Kämpfer stiegen erst ganz zum Schluss in den Wettkampf ein, weil sich dann bereits die Masse ausgedünnt und sie schon eine Vorstellung davon hatten, was sie erwartete.

»Was hast du jetzt vor, Enju?«

»Ich schätze, ich ziehe in den Krieg.«

KAPITEL 5

Der Zugang zu einer anderen Welt

Ein schrilles Klingeln riss mich aus dem Schlaf, aber ich konnte den Ton nicht zuordnen. Also ging ich dazu über es zu ignorieren, doch leider hörte es einfach nicht auf.

Mit einem Fluch auf den Lippen warf ich meine Decke zur Seite, versuchte in der Dunkelheit meines Schlafzimmers den Ursprung des Lärms ausfindig zu machen und erhaschte dabei einen Blick auf meinen Wecker. Halb vier! Morgens! Wer auch immer gerade anrief, hatte offensichtlich einen äußerst ausgeprägten Todeswunsch.

Ich folgte dem Klingeln bis zu meiner Jackentasche. Mein Telefon konnte es nicht sein, ich kannte meinen Klingelton, also blieb nur noch … das hässliche pinke Glitzerteil, was James mir gegeben hatte.

»WAS?«, fauchte ich ins Telefon.

»Wo bist du?«

Es dauerte einen Moment, bis ich die Stimme zugeordnet hatte, aber dann sah ich Kayneth vor meinem inneren Auge. Was meine Laune in keinster Weise verbesserte.

»Im Bett! Beziehungsweise da war ich und da werde ich in zwei Sekunden wieder sein!«

»Ganz sicher nicht. Du bewegst deinen Arsch zum Achat Friedhof und zwar sofort!«

Ich schnaubte abfällig.

»Und wovon träumst du nachts?«

»Ich kann dich auch holen kommen.«

Kurz blitzte wieder das Bild vor mir auf, wie er mich gepackt und seine Krallen in meinen Bauch geschlagen hatte.

Nein, auf eine Wiederholung konnte ich verzichten.

»Bin in fünf Minuten da ...«

***

Ich benötigte natürlich länger als fünf Minuten, allein schon, weil ich mehrere Minuten schlafend im Stehen vor dem Badezimmerspiegel verbracht hatte.

Der Achat Friedhof verdankte seinen Namen dem Farbton der Mauer, die ihn umgab, und den Engelsfiguren, welche über den gesamten Friedhof verteilt und ebenfalls in Achatblau gehalten waren. Auch wenn es sich um einen Friedhof handelte, war er wirklich hübsch gestaltet. Also normalerweise. Jetzt hatte ich dafür keinen Blick, denn es war kalt, neblig und mitten in der Nacht. Eine sehr düstere noch dazu, auch wenn der Mond beinah schon seine volle Größe hatte und – *Spinne!*

Ich machte einen Satz nach hinten, als sich die Arachnoide direkt vor dem Eingangstor abseilte. Sie war groß, dunkelhaarig und mir schauderte bei dem Gedanken, dass ich um ein Haar in sie hineingegriffen hätte. Das Ganze steigerte sich zu einer Gänsehaut, die meine Arme überzog, als zwei weitere Exemplare über das Tor krabbelten.

Nein, das konnten sie vergessen. Es mochte lächerlich wirken, aber ich hievte mich mit Hilfe von Levitationsmagie lieber mit großem Abstand vom Tor über die Mauer als hindurchzugehen.

»Was tust du da?«

Ich hielt inne, mit jeweils einem Bein auf jeder Seite der Mauer baumelnd, und starrte nach unten auf einen ... Regenschirm?

Wer zum Kuckuck rannte mitten in der Nacht mit einem Regenschirm über einen Friedhof? Ohne dass es regnete wohlgemerkt.

Der Schirm schob sich beiseite und offenbarte eine, wenn ich schätzen müsste, um die sechzehn Jahre alte Gothiclolita.

Ihr Kleid oder vielmehr ihr komplettes Outfit wurde von zwei Farben dominiert: rot und schwarz. Sie hatte volles, dunkelrotes Haar, welches zu auffälligen Locken gedreht und mit einer unverhältnismäßig großen schwarzen Schleife geschmückt war. Normalerweise bot sie selbst für Lapislazuli, auf einem Friedhof mitten in der Nacht, einen ungewöhnlichen Anblick. Allerdings verrieten mir die flammenden Augen und die Magie, die von ihr ausging, wen ich vor mir hatte.

»Du musst Amara sein«, mutmaßte ich.

Ich hatte noch keine der aktuellen Elemental getroffen, aber ihre Magie war signifikant und ich wusste, dass die Elemental im Rat vertreten waren. Bei ihnen gab es allerdings keinen einzelnen Vertreter. Sie wechselten sich in dieser Position ab. Was nicht sonderlich schwer war, da es schließlich nur vier von ihnen gab. Feuer, Wasser, Erde und Luft.

Sie waren nicht einfach nur Menschen, die diese jeweilige Materie beherrschten, sondern waren das Element selbst, umgeben von einer menschlichen Hülle. Äußerst mächtige Wesen, aber in der absoluten Minderheit. Denn auch wenn einer von ihnen starb und der Posten direkt durch einen neu erweckten Elemental besetzt wurde, ging ihre Zahl doch nie über vier hinaus.

Ich hatte jetzt blindlings auf Amara getippt, da ich schätzte, das Feuer vor mir zu haben und wenn ich Tante Luvia richtig zugehört hatte, hieß sie so.

»Korrekt. Dann wirst du die Hexe sein. Warum benutzt du nicht das Tor?«, erwiderte die Lolita.

»Wird gerade belagert«, antwortete ich, schwang das andere Bein ebenfalls noch über die Mauer und machte einen Satz nach unten. Womit ich nicht gerechnet hatte, war, dass es mir im nächsten Moment die Füße wegzog und mein Hintern im Schlamm landete. Dabei hatte ich so viel Schwung, dass der Schlamm hochspritzte und meine Vorderseite ebenfalls braun sprenkelte.

»Der Boden ist matschig. Ich würde etwas besser aufpassen«, kommentierte Amara und starrte ohne jegliche Gefühlsregung zu mir hinunter.

»Was du nicht sagst«, knurrte ich, schloss genervt die Augen und rief mir in Erinnerung, dass es überhaupt nichts brachte, ein Feuerelemental in Flammen aufgehen zu lassen. Was schade war, Pyromagie beherrschte ich unheimlich gut.

»Darf ich wieder nach Hause?«, fragte ich wenig hoffnungsvoll, worauf ich prompt ein »Nein!« zu hören bekam.

Das überraschte mich nicht, nur dass die Stimme, die antwortete, viel tiefer als Amaras war.

Ich öffnete wieder die Augen und begegnete Kayneth' Blick, der mich zweifelnd betrachtete.

»Willst du ewig im Dreck liegen bleiben?«

»Normalerweise nicht. Aber sobald du mir gegenüber stehst, wird es eigentlich nur schlimmer für mich, also ziehe ich es vor, hier sitzen zu bleiben.«

Sein Augenrollen ließ ich unkommentiert, aber als er mich wie eine Katze am Kragen packte, hochhob und vor sich hertrug, wand ich mich und fauchte.

»Geht's noch? Lass mich sofort runter! Hörst du nicht? Du sollst mich runter–«

Ich knallte unsanft erneut auf dem Boden, als Kayneth mich unvermittelt losließ.

»Verzeihung, du hast so gezappelt«, sagte Kayneth, dessen Tonfall verriet, dass es ihm überhaupt nicht leidtat.

»Steck dir deine Entschuldigung sonst wo hin!«, murrte ich und schlug, während ich mich aufrappelte, seine Hand weg, die er mir entgegengestreckt hatte. Nur um durch den Schwung einen Schritt nach hinten zu torkeln und erneut hinzufallen. Diesmal hatte ich jedoch das Gefühl, viel tiefer gefallen zu sein als bei meinem ersten Sturz.

Der erneute Aufprall war ebenfalls alles andere als sanft, aber nicht ganz so schmerzhaft, wie ich erwartet hatte. Dafür fühlte sich der Untergrund seltsam an.

»Für eine Hexe ist sie ziemlich blöd«, ertönte eine neue Stimme in der Dunkelheit.

Ja, ich hatte wirklich schon bessere Tage erlebt. Aber wie ich schon gesagt hatte, wurde es immer schlimmer, sobald dieser Typ auftauchte.

Ich blickte nach oben und stellte Folgendes fest: Die Stimme gehörte Arachne, die jetzt neben Kayneth und Amara auf mich herabstarrte. Zu allen Seiten meiner Absturzstelle türmte sich Erde auf, was in Anbetracht der Tatsache, dass wir uns auf einem Friedhof befanden, den Schluss nahelegte, dass ich nicht in ein einfaches Loch, sondern in ein ausgehobenes Grab gefallen war. Was sich letztendlich dadurch bestätigte, dass sich der seltsame Untergrund als ein geöffneter Sarg entpuppte.

Ich machte einen Satz in die Höhe und starrte in den Sarg. Er war leer.

Zumindest hatte ich mich an keinen Leichnam gekuschelt. Das war doch schon mal etwas Gutes.

»Also was ist das hier?«, fragte ich, nachdem ich aus dem Grab geklettert war und versuchte, mir ein wenig Dreck von der Jeans zu klopfen.

Ein sinnloser Versuch, den ich gleich wieder aufgab.

»Sieh dich einfach mal um«, antwortete Amara und ließ mit einer kleinen Handbewegung überall kleine Flammen in der Luft entstehen, welche die gesamte Umgebung in glühendes Licht tauchten.

Ich hielt bei dem Anblick überrascht inne. Dieses Grab war nicht das einzige, das geöffnet wurde. Gut zwölf weitere Gräber waren offen und jedes sah aus, als wäre es mittels einer Explosion freigelegt worden.

»Was ist hier passiert?«, fragte ich.

»Aus allen Gräbern sind die Knochen der verstorbenen verschwunden!«, antwortete Amara.

»Ehrlich?«, fragte ich und machte mir gar nicht erst die Mühe, meine Überraschung aus der Stimme zu verbannen.

Knochen? Wozu Knochen? Mir fiel auf die Schnelle kein Zauber ein, für den man gewöhnliche, menschliche Knochen verwendete. Manchmal wurden für Weissagungen Knochen verwendet, aber wenn, dann nur Teile der Fingerknochen. Niemand nutzte dafür einen Schienbeinknochen oder sonst was. Das war auch total unhandlich. Zum Weissagen wurden die Knochen in die Luft geworfen und wieder gefangen. Wie sah das denn aus, wenn man ein komplettes Skelett nach oben schleuderte?

Ich hob wieder den Blick und begegnete drei Augenpaaren, die sich auf mich geheftet hatten.

»Was ist? Ich habe damit nichts zu tun!«

»Sicher?«, entgegnete Arachne ungläubig.

»Ja sicher! Was soll ich mit einer Tonne Knochen?«, fragte ich bissig.

»Erklär du es uns. Was kann man mit so einem Haufen Gebeine anfangen?«, fragte Arachne im Gegenzug.

»Was weiß ich? Vielleicht sind seiner Hoheit hier die Stöckchen für seine Werwölfe ausgegangen und er wollte etwas anderes werfen, was sie ihm bringen können«, schlug ich vor und deutete mit einer kurzen Handbewegung auf Kayneth.

Den Blick, den ich dafür erntete, veranlasste mich dazu, einen Schritt zurück zu weichen. Offensichtlich verstand das Oberhaupt der Beasts keinen Spaß. Und wenn ich bedachte, wie es das letzte Mal für mich ausgegangen war, als ich mich mit ihm angelegt hatte, sollte ich mir solche Scherze zukünftig besser verkneifen.

»Du verkennst offensichtlich den Ernst deiner Lage, Hexe. Bisher hast du uns weder einen neuen Verdächtigen präsentiert noch hast du dafür gesorgt, dass diese merkwürdigen Vorkommnisse aufhören. Du stehst auf zu dünnem Eis, um Scherze zu machen!«, erwiderte Arachne kühl.

Dabei verschränkte sie die Arme vor der Brust und hob ihre beachtliche Oberweite damit so erheblich an, dass ich befürchtete, ihre Brüste würde jeden Moment aus ihrem Ausschnitt ploppen. Jetzt erst betrachtete ich ihre Erscheinung genauer und stellte fest, dass sie nichts weiter am Leib trug als ein knielanges, dunkles Negligé, darüber einen ebenso dünnen Morgenmantel und High Heels Slipper mit einem Plüschpuschel.

Ihr Anblick warf einige Fragen auf, aber die wichtigste war eindeutig: War ihr nicht kalt?

»Also?«, setzte Arachne nach, als ich nicht antwortete.

»Ich … keine Ahnung. Mir fällt auf Anhieb nichts ein, wozu man so viele Knochen stehlen müsste. Seid ihr euch denn sicher, dass hier wirklich nur Knochen verschwunden sind?«, fragte ich und ging zwischen den offenen Gräbern umher.

Keiner der Namen auf den Grabsteinen sagte mir etwas. Keiner klang irgendwie bekannt. Aber das musste ja nicht heißen, dass den Verstorbenen nicht doch etwas mit in den Sarg gelegt worden war, was für einen Dieb von Interesse war.

Wenn allerdings jemand diese ganzen Gräber schändete, nur um etwas Bestimmtes zu finden, wohin waren dann die Knochen verschwunden? Hatten sich überhaupt in jedem Grab Knochen befunden? Vielleicht waren einige Körper auch schon so alt, dass nichts weiter als Staub übriggeblieben war?

»Wo steckt eigentlich Orpheus? Ist sowas nicht eigentlich der Wunschspielplatz der Nekromanten?«

»Nein, wir bevorzugen die Leichenschauhäuser«, antwortete eine Stimme zu meiner Rechten und erschreckte mich beinah zu Tode.

»Geht's noch? Kannst du dir nicht ein Glöckchen umbinden oder so was?«

Der Typ, der aus der Dunkelheit auftauchte, war nicht Orpheus, aber zweifellos ein Nekromant. Recht gutaussehend so auf den ersten Blick. Obwohl die schulterlangen dunklen Haare nicht unbedingt meinem Geschmack entsprachen. Sie gaben ihm einen sehr femininen Touch. Vielleicht aber auch, weil seine Gestalt in dem maßgeschneiderten Anzug schon sehr schlank und dadurch ein bisschen androgyn wirkte. Aber die Iris seiner Augen hatte einen intensiven gelben Farbton, wie bei einem Raubvogel, und das hatte zweifellos etwas.

»Styx, kannst du uns mehr verraten?«, fragte Kayneth und trat näher zu uns.

Styx' Raubvogelblick löste sich von mir und heftete sich auf den Drachen.

»Nicht unbedingt. Alle Verstorbenen gehörten unterschiedlichen Völkern an. Aber unter ihnen war niemand Herausstechendes. Auch sonst konnte ich keine wirklichen Gemeinsamkeiten feststellen. Außer den Todeszeitraum, der bei allen nicht weit auseinanderliegt. Dadurch lässt sich sagen, dass alle Verstorbenen schon soweit verwest waren, dass nur noch die Knochen übrig waren.«

Also hatte tatsächlich jemand all diese Gräber ausgehoben, nur um an die Knochen zu kommen. Wozu? Bei den vergangenen Morden wurden doch bevorzugt Organe entfernt. Was bezüglich der Opferung von Leben ja noch irgendwie Sinn machte. Aber Knochen standen für Tod. Was sollte dabei rauskommen, wenn man diese opferte?

»Tja, damit sind die Nekromanten wohl raus«, warf Arachne ein. Für den

Tonfall und den überheblichen Blick, den sie mir zuwarf, hätte ich ihr am liebsten eine geknallt. Allerdings krabbelten gerade zwei Spinnen ihren luftig bekleideten Körper hinauf, was mich dazu veranlasste, eher zurückzuweichen, als auf sie loszugehen.

»Wieso bitte sind die Nekromanten raus?«, fragte ich in die Runde.

Wenn ich jemanden suchte, der sein Unwesen auf Friedhöfen trieb, dann würde ich mich doch als erstes bei den Nekromanten umsehen.

»Knochen nützen uns nichts. Wir benötigen für unsere Zwecke die Leichname gerade erst Verstorbener«, erklärte Styx.

»Zauberhaft«, flüsterte ich und wandte mich angewidert ab.

»Also?«, fragte mich Arachne erneut und starrte mich erwartungsvoll an.

Was dachte die Spinnentussi? Dass ich den Schuldigen wie ein Kaninchen aus dem Hut zaubern würde?

»Was *also*? Ich habe damit nichts zu tun! Seid ihr alle taub?«

»Kannst du das denn beweisen?«, fragte Amara und schaute ebenso erwartungsvoll wie Arachne.

Bestand dieser Rat wirklich ausnahmslos nur aus Idioten? Wieso musste ich mich für jede Scheiße, die hier passierte, verantworten?

Ich hatte bereits eine äußerst unhöfliche Antwort auf den Lippen, als mir etwas einfiel, was mich innehalten ließ. Verdammt ja! Ich hatte einen Beweis.

Ich hob den Finger und deutete auf Kayneth.

»Ja! Kann ich! Ihr habt mir diesen Blutzauber GPS verpasst! Er kann also nachvollziehen, wo ich mich aufgehalten habe!«, antwortete ich triumphierend.

Alle Augenpaare richteten sich auf Kayneth, der gelangweilt mit den Schultern zuckte.

»Sie hat recht. Sie war den ganzen Tag nicht in der Nähe des Friedhofs.«

Wenn es mich nicht so aufregen würde, hätte ich über die enttäuschten Mienen der anderen vielleicht so etwas wie Genugtuung empfunden.

»Na schön«, erwiderte Arachne leicht beleidigt.

»Aber weder hat sie es verhindert noch irgendwelche neuen Erkenntnisse geliefert.«

»*Sie* ist anwesend! Und *sie* arbeitet dran! Denn *sie* hat Zeit bis zum Red Moon! Oder hat sich das geändert?«, fragte ich bissig.

Arachne gab ein genervtes Schnauben von sich, aber keiner der Anwesenden widersprach.

»Prima. Dann steht mir nicht im Weg rum!«

Damit wandte ich ihnen allen den Rücken zu und ging zwischen den Gräbern hindurch zurück zum Eingang. Ich wählte den Weg zwischen den Gräbern, um etwas von der Magie zu ertasten, die ihnen noch anhaftete. Es überraschte mich in keinster Weise, exakt den gleichen Nachhall der Magie zu spüren wie im Haus des Hexenmeisters und im Club der Nekromanten. Das hing also tatsächlich alles zusammen.

»Ich habe mir mal das Geburtenregister der Hexen der letzten Jahrzehnte angesehen. Eine Enju wurde nicht registriert.«

Ich gab mir alle Mühe jede Regung zu verbergen, aber innerlich zuckte ich zusammen. Ich hatte weder gemerkt, dass er mir gefolgt war, noch, dass er sich so nah an mich herangeschlichen hatte.

Ich warf Kayneth einen gespielt gelangweilten Blick über die Schulter zu.

»Dann hast du wohl nicht richtig geschaut«, entgegnete ich.

Zu meiner Überraschung verzog sich sein Mund zu einem Lächeln. Es war, glaube ich, das erste Mal, dass ich ihn lächeln sah und so ungern ich es zugab, es stand ihm.

»Möglich. Oder Enju ist einfach nicht dein richtiger Name. Vielleicht ein Spitzname?«

»Du wirst es nie erfahren«, antwortete ich und setzte mich wieder in Bewegung.

Mein abweisender Tonfall veranlasste ihn jedoch nicht dazu, mich einfach gehen zu lassen. Er hielt problemlos mit mir Schritt.

»Mich würde noch etwas interessieren: Als ich zuletzt eure Königin getroffen habe, wirkte Luvia ... nun ... ein wenig in die Jahre gekommen«, fuhr er ungerührt fort.

Ich spürte, wie sich mir die Nackenhaare aufstellten und beschleunigte meine Schritte. Jetzt konnte ich mich ohnehin nicht mehr auf die Magie oder sonst etwas konzentrieren. Daher wollte ich nur noch so schnell wie möglich wieder verschwinden.

»Du hingegen ...«, fuhr Kayneth fort, als ich nicht reagierte, »... bist erstaunlich stark für eine so junge Hexe. Da fragt man sich doch, ob es im schwarzen Coven zufällig einen Machtwechsel gegeben hat.«

Ich stoppte und drehte mich abrupt um. Eigentlich war der Plan, auf Angriff zu gehen und damit Autorität auszustrahlen. Ich hatte nur leider nicht richtig geschätzt, wie nah Kayneth hinter mir war und als sich jetzt meine Brüste gegen seine Vorderseite pressten, verfehlte das eindeutig die gewünschte Wirkung.

Ich konnte mich wirklich nicht entscheiden, was schlimmer war. Von ihm durch ein Fenster geschleudert oder mit diesem spöttisch amüsierten Grinsen bedacht zu werden. Auch machte er keinerlei Anstalten zurückzuweichen. Er blieb einfach stehen, beide Hände in den Hosentaschen vergraben und wartete.

Der ungewollte Kuschelkurs war definitiv mehr als peinlich, aber ich wollte nicht zurücktreten. Darauf wartete er und ich wollte nicht verlieren. Zumindest nicht schon wieder! Ein bisschen Hexenstolz hatte ich schließlich auch! Also Pokerface aufsetzen und sprichwörtlich Fels in der Brandung spielen.

In der Theorie ein guter Plan. Doch mein Pokerface fiel nicht mal eine Sekunde später in sich zusammen, als er sich etwas nach unten beugte, um seine Lippen näher an mein Ohr zu bringen.

»Dein Herz rast ja, Hexe. Mache ich dich so nervös?«

Stolz wurde überbewertet! Ich war so schnell zwei großzügige Schritte nach hinten getreten, dass er durch den plötzlichen Wegfall des Drucks meines Körpers fast nach vorne stolperte.

»Reiner Überlebensinstinkt!«, rief ich aus und rieb mir das Ohr, an dem sein warmer Atem mich gekitzelt hatte.

Seine Antwort bestand aus einem Lachen, was mich gleichzeitig wütend machte und verwirrte. Denn es gefiel mir. Es stand ihm echt gut, wenn er lachte.

»Soso, na schön. Also, was ist kleine Hexe? Verrätst du mir jetzt etwas über dich? Oder soll ich weiterraten?«

»Wozu? Du bist grottenschlecht darin! Bei uns gibt es keinen Machtwechsel! Luvia ist meine Königin und die jeder anderen Hexe. Merk dir das!«, log ich und ließ meine Stimme extra scharf klingen. Doch sein Lächeln blieb, wo es war.

»Verstehe«, antwortete er langsam.

Mir gefiel dieser Blick nicht. Erkenntnis glomm in seinen grünen Augen auf.

»Also nicht die Königin. Was dann? Die Prinzessin?«

»Wag es ja nicht mich so zu nennen«, drohte ich, jedes Wort betonend.

»Du könntest mir auch deinen richtigen Namen verraten«, erwiderte er ungerührt.

»Enju! Was ist daran so schwer?«

Er stieß einen gespielten Seufzer aus.

»Na schön Prinzessin.«

Ich würde ihn umbringen!

»Ich kriege es auch so raus«, meinte er.

»Darauf würde ich nicht wetten.«

»Warum eigentlich nicht? Wetten wir doch darauf.«

Ich blinzelte ihn perplex an. Das hatte ich jetzt nicht erwartet.

»Wozu? Es gibt nichts, was ich von dir haben will«, erwiderte ich.

Er verzog ungläubig das Gesicht.

»Es gibt nichts, was eine Hexe von einem Drachen will?«

Shit! Richtig, er war ein Drache. Allein, was ich magietechnisch mit einer einzigen Schuppe von ihm anstellen könnte ... Der Gedanke ließ mich ganz hibbelig werden.

Ich bekam die Möglichkeit, etwas von einem Drachen einzufordern. Da es so gut wie keinen mehr von ihnen gab, war es fast ein Ding der Unmöglichkeit, etwas von ihnen käuflich zu erwerben. Nicht einmal mehr auf dem Schwarzmarkt. So eine Chance konnte ich mir nicht entgehen lassen. Dennoch ...

»Was wäre mein Wetteinsatz?«

Die Art, wie sein Blick sehr langsam und intensiv über meinen Körper wanderte, verursachte mir ein mulmiges Gefühl. Doch zu meiner Überraschung erwiderte er:

»Ein Zauber. Ich möchte einmal deine Dienste in Anspruch nehmen. Gratis versteht sich.«

»Was für ein Zauber?«

»Wird sich noch zeigen.«

Nun gut, mit dieser Forderung würde ich klarkommen. Dennoch wog ich erst ab, wie groß die Chance war, dass er meinen vollen Namen herausfand. Sie war nicht besonders hoch. Nirgendwo war mein voller Name gelistet. Nicht einmal die anderen Hexen meines Covens kannten ihn.

»Einverstanden!«

»Sehr gut! Dann kommen wir jetzt mal dazu, dass ich noch keinen Bericht von dir erhalten habe.«

»Jaahhh … Dazu müsste ich ja leider diesen pinken Albtraum von Telefon in die Hand nehmen und das widert mich leider zu sehr an. Daher wird das leider nichts mit den täglichen Berichten.«

Irgendwie erfreute und beunruhigte es mich gleichermaßen, wie jegliches Amüsement aus seinem Blick verschwand.

»Hör mal zu Prinzessin, das ist eine ernste Angelegenheit und es geht nicht nur um dein Leben. Der Rat kann das nicht ewig geheim halten und die Angehörigen der Opfer wollen Rache. Über kurz oder lang werden die Fraktionen gegenseitig aufeinander losgehen, wenn wir ihnen keinen Schuldigen präsentieren.«

»Deshalb habt ihr mich auf diese Weise vorverurteilt«, antwortete ich langsam.

»Entweder bringe ich euch den Schuldigen oder ich werde es selbst sein. Dabei ist euch eigentlich vollkommen egal, ob ich wirklich schuldig bin oder nicht, oder? Ihr braucht einen Sündenbock!«

Kayneth erwiderte nichts darauf, aber der unnachgiebige Blick bestätigte meine Worte.

Ich bedauerte in diesem Moment zutiefst, dass er so magieresistent war. Denn am liebsten hätte ich ihn jetzt per Telekinese gegen eines der Mausoleen krachen lassen.

***

Bett! Das war das Einzige, was noch mein Denken beherrschte, während ich den Friedhof hinter mir ließ und wieder nach Hause ging. Eigentlich hätte ich mir wohl mehr Gedanken darüber machen müssen, was diese Sache auf dem Friedhof zu bedeuten hatte und dass ich quasi schon Opferlamm auf der Stirn stehen hatte. Aber ich war einfach viel zu müde, um noch einen klaren Gedanken zu fassen.

Ich öffnete die Haustür und gedanklich berührte mein Kopf bereits das Kopfkissen, als eine Gestalt direkt vor mir auftauchte. Es machte einfach Klick, wie beim Einschalten einer Glühbirne, und beinah wäre ich durch den astralen Leib meiner Tante gelaufen.

Erschrocken wich ich zurück.

»Mein … Lass das! Das ist total gruselig!«, fauchte ich, die Hand auf meine bebende Brust gepresst, um meinen Herzschlag wieder zu beruhigen.

»Wo bist du gewesen?«, entgegnete meine Tante absolut ungerührt.

»Auf dem Achat Friedhof. Der Rat hat mich dorthin beordert«, antwortete ich.

Ich warf der Treppe, die mich zu meinem Schlafzimmer führte, einen sehnsuchtsvollen Blick zu, steuerte aber die Küche an. Tante Luvia in ihrer Geistererscheinung würde mich jetzt ohnehin nicht schlafen lassen.

»Was war auf dem Friedhof?«, fragte Luvia, während mir gleichzeitig ein lautstarkes: »Guten Morgen Sonnenschein!«, entgegen geschleudert wurde.

Mich traf die Lautstärke nicht als Einzige unvorbereitet. Tante Celenike, die bis eben noch relativ entspannt am Küchentisch gesessen hatte, zuckte vor Schreck zusammen und verschüttete ihren Kaffee über den Tisch.

»Ekidona? Was tust du denn hier?«, fragte ich die Gestalt, die gerade verzweifelt versuchte, Herr über unseren Mixer zu werden.

Beim Anblick des Inhalts, den sie in das Glasgefäß gestopft hatte, wusste ich zwei Dinge mit Sicherheit:

Erstens, wir würden einen neuen Mixer kaufen müssen. Zweitens, sollte der Mixer doch wie durch ein Wunder überleben und es tatsächlich schaffen, das alles zu zerhexeln, würde ich trotzdem keinen Schluck von diesem Smoothie oder was auch immer das war zu mir nehmen. Hatte sie da ein ganzes Ei inklusive Schale reingeworfen?

»Ich habe natürlich gehört, was vor sich geht und da Luvia ja nicht in ihrer physischen Gestalt herkommen soll, dachte ich, dann komme ich zur Unterstützung«, erklärte Ekidona freudestrahlend und drückte den Startknopf am Mixer, noch bevor ich sie darauf hinweisen konnte, dass sie den Deckel vergessen hatte.

Es gab ein seltsam schmatzendes Geräusch, woraufhin der Motor des Mixers qualmte und sich der gesamte Inhalt über unsere Küchenwände verteilte.

Während ich mir etwas, das ich für rote Beete hielt, aus den Haaren zog, warf ich Tante Luvias Astralgestalt einen bösen Blick zu. Sie hatte doch nicht wirklich glauben können, dass Ekidona mir eine Unterstützung sein würde!

Zwar liebte ich diese Frau seit frühster Kindheit ganz aufrichtig, aber sie war eine wandelnde Katastrophe auf zwei Beinen. Oder einem Schuppenschwanz. Je nach Gestalt.

Ekidona war ein Beast, ein Schlangenbeast um genau zu sein und seit Jahrzehnten die Lebensgefährtin meiner Tante Luvia.

In ihrer ungewandelten Form war sie eine schlanke Mittvierzigerin mit extrem blasser, ja fast schon schneeweißer Haut, leuchtend hellrotem Haar und schokoladenbraunen Augen. Wenn sie sich wandelte, wurde sie größer, ihr kompletter Unterleib wurde zu dem einer Schlange, der Oberkörper blieb überwiegend der einer Frau, doch ihr Busen überzog sich mit feinen Schuppen. Die Arme wurden unmerklich länger und ihre Finger verformten sich zu Klauen. Ihre Ohren wurden spitz, die Pupillen zu Schlitzen, die Iris giftgrün und aus ihrem Kiefer schoben sich lange spitze Giftzähne. Sie sah dann wirklich beängstigend aus und ich hatte mich als Kind nie wieder geweigert, mein Zimmer aufzuräumen.

»Hoppla …«, hauchte Ekidona, während sie das Chaos in der Küche betrachtete. Dann wandte sie sich mit einem schuldbewussten Lächeln wieder an uns.

»Soll ich Brötchen vom Bäcker besorgen?«

»Bitte!«, antwortete Celenike und kümmerte sich bereits um die Beseitigung des Chaos, während Ekidona ihre Tasche und ihre Jacke schnappte, mir einen Kuss auf die Wange drückte, Tante Luvia einen Luft Kuss zuwarf und dann durch die Tür verschwand.

»Ich möchte nur noch einmal festhalten, dass *du* sie in unser Leben gebracht hast«, murrte Celenike und warf ihrer Schwester einen bösen Blick zu.

»Ja. Daran erinnerst du mich seit zwanzig Jahren kontinuierlich. Willst du ihr nicht langsam vergeben, dass sie deine komische Drachenfigur kaputt gemacht hat? Es war immerhin ein Versehen.«

»Es war ein 50 Zentimeter großer *Shenlong*! Inklusive *Dragonballs* und *Son-Goku* auf seiner Wolke! Weißt du, wie lange ich gespart habe, um ihn mir selber kaufen zu können, weil Mama mir kein Geld dafür geben wollte?«

»Ihr wisst schon, dass mir der Scheiterhaufen droht? Meint ihr nicht, andere Themen könnten vielleicht wichtiger sein?«, fragte ich.

»Ja richtig! Was war mit dem Friedhof?«, nahm Luvia ihre vorherige Frage wieder auf.

Ich gab beiden eine kurze Zusammenfassung, während ich mich am Tisch niederließ und meinen Kopf müde auf meinen Armen bettete.

»Knochen?«, fragte Celenike, nachdem ich geendet hatte und wirkte genauso ratlos wie ich.

»Ja, keine Ahnung, was man damit will«, murmelte ich müde.

»Einen Zugang zu einer anderen Welt«, sagte Luvia ernst.

Das brachte mich doch dazu den Kopf wieder zu heben.

»Zugang zu einer anderen Welt?«, fragte ich.

»Knochen werden deshalb gerne für Weissagungen verwendet, weil sie eine der wenigen Verbindungen zwischen Leben und Tod darstellen. Sie bilden einen Zugang zur Welt der Geister. Hast du mir während deiner Ausbildung denn niemals zugehört?«, fragte Luvia ärgerlich.

Ich überging ihren Kommentar.

»Wenn man die kleinen Fingerknochen dazu verwendet, einen kleinen Blick in die jenseitige Welt zu werfen, was kann man dann mit einem ganzen Sack voll Knochen tun?«, fragte ich.

»Man baut sich ein komplettes Tor!«, antwortete Luvia.

»Um hineinzugelangen oder etwas herauszuholen?«, fragte Celenike.

»Egal was. Es ist beides nicht gut, oder?«

»Ganz und gar nicht gut«, antwortete Luvia auf meine Frage.

***

»Also ist das Einzige, was du bisher vorweisen kannst, eine Magiespur?«, fragte Luvia, während wir anderen frühstückten.

Ich wusste, dass sie sich nur Sorgen um mich machte, aber es wäre trotzdem angenehmer gewesen, wenn ihre Frage nicht so vorwurfsvoll geklungen hätte.

»Das ist zumindest schon mehr als der Rat vorweisen kann«, murmelte ich zwischen zwei Bissen.

»Der Rat besteht ja auch nur aus Idioten!«, erwiderte Luvia, woraufhin Ekidona kurz das Gesicht verzog. Sie lebte zwar schon seit Jahrzehnten bei den Hexen des schwarzen Covens, aber als Beast war Kayneth immer noch ihr Alpha, den wir gerade beleidigt hatten.

»Immerhin haben wir damit schon mal den Beweis, dass diese Vorkommnisse zusammenhängen«, sagte Celenike und zog die Akte des Rates hervor. Hatte sie darauf gesessen? Zu meiner Überraschung war die Akte inzwischen viel dicker geworden und ich erkannte viele handschriftliche Zettel und zusätzliche Kopien, als sie die Mappe aufschlug.

»Hast du noch etwas entdeckt?«, fragte ich und beugte mich nach vorne.

»Ich weiß noch nicht. Du meintest, das im Club wirkte wie ein Ritual. Das habe ich weiterverfolgt und ich denke, du hast recht. Ich denke, das alles bildet ein einziges großes Ritual. Ich habe nur noch nicht herausgefunden, welches es ist. Es muss eines sein, dessen Fokus auf Leben und Tod liegt. Aber kein Ritual, das ich kenne, verlangt eine so große Opferzahl.«

»Es sei denn es gilt: Je mehr Leben man opfert, desto mehr Tod und Zerstörung kann man im Gegenzug herbeirufen«, entgegnete ich, was mir eine Reihe fragender Blicke einbrachte und mich dazu veranlasste, meinen Tanten und Ekidona ein kleines Update zu geben, was Machiavelli mir erzählt hatte.

»Aber wenn es immer darum geht ein Leben zu nehmen, wozu dann die Puppen der Nekromanten? Hier waren die Körper doch bereits tot«, warf Ekidona ein.

»Ich denke, das war ein Kollateralschaden. Die Nekromanten hatten die Puppen zur Verfolgung des Täters eingesetzt. Diese mussten nah dran gewesen sein, wurden aber zerstört, bevor sie hilfreiche Informationen an ihre Spieler weitergeben konnte.«

»Woher weißt du das?«, fragte ich Celenike verwundert.

Die Informationen vom Rat waren so spärlich, das hätte ich unmöglich überlesen können.

»Orpheus hat es mir erzählt«, antwortete meine Tante und wich meinem Blick aus, der sich von überrascht zu fassungslos wandelte.

»Willst du das weiter ausführen?«, fragte ich.

Ich wusste, dass meine Tante und der Lord der Nekromanten sich irgendwie kannten. Aber nicht, dass es doch eine so persönliche Ebene war, dass er ihr interne Informationen offenbarte.

»Nein«, erwiderte sie trocken.

»Na schön.«

Ich hielt kurz inne und überlegte, wie ich am besten fortfahren sollte.

»Wie kommt es, dass man dir durchaus nennenswerte Informationen gibt, und ich kaum mehr als zwei Seiten Papier bekomme, in denen eigentlich nur die Opfer beziehungsweise die Vorfälle aufgelistet sind?«

»Weil du, obwohl man dir zwar die Möglichkeit gibt, noch einen weiteren Schuldigen zu präsentieren, für den Rat immer noch die Hauptverdächtige darstellst. Das ist dasselbe wie bei einem Mordfall, bei dem die Polizei nicht alles der Presse mitteilt, um dem Mörder nicht zu offenbaren, was sie alles wissen.«

Super. Das konnte ich zwar in gewisser Weise sogar nachvollziehen, aber es nervte trotzdem. Ich hatte schließlich niemanden umgebracht. War es dann wirklich zu viel verlangt, auch eine faire Chance zu bekommen, das zu beweisen?

Ein Klingeln durchbrach die Stille und ich brauchte erneut einen Moment, den unvertrauten Klingelton zuzuordnen. Mit einem Seufzen zog ich das Höllen-Handy aus meiner Tasche.

»Ja?«

»Niemand lässt mich einfach so stehen«, knurrte Kayneth am anderen Ende der Leitung.

Ihn stehen lassen? Wenn ich bedachte, dass ich ihn eigentlich im hohen Bogen hatte wegschleudern wollen und nachdem ich bereits aus Erfahrung wusste, dass es nicht funktionieren würde, mich damit begnügt hatte, auf dem Absatz kehrt zu machen und seine Rufe einfach zu ignorieren, war das doch ausgesprochen höflich von mir gewesen.

»Offensichtlich doch«, entgegnete ich gelassen.

Ich hörte ein tiefes Grollen. Unmenschlich und es sorgte dafür, dass sich die feinen Härchen an meinen Armen aufstellten.

»Ich will, dass du mich über jeden deiner Schritte auf dem Laufenden hältst!«

»Das heißt *Ich möchte* und wenn du ganz viel Wert darauf legst noch *Bitte*«, erwiderte ich.

»Reiz mich nicht, Prinzessin!«

»Ich fange gerade erst an!«

Damit legte ich auf und blickte in Ekidonas weit aufgerissene Augen. Ich vergaß öfter, dass sie als Beast über ein außergewöhnliches Gehör verfügte.

»War das ...?«, begann sie, wurde aber durch ein erneutes Klingeln unterbrochen.

Ich klappte das Telefon erneut auf und hielt es an mein Ohr.

»Leg gefälligst nicht auf, wenn ich dich schon anrufe!«, donnerte Kayneth.

Er klang echt angepisst. Wahrscheinlich sollte ich mich etwas zugänglicher zeigen. Andererseits würde er mich ohne mit der Wimper zu zucken opfern, selbst wenn er davon ausginge, dass ich unschuldig war. Der Gedanke veranlasste mich dazu, erneut aufzulegen, was Ekidona irgendwie eine gelbliche Gesichtsfarbe verlieh.

Noch blasser konnte sie hoffentlich nicht werden.

»Wollte der Alpha gerade mit dir reden und du hast aufgelegt? Zweimal?«

»Dreimal«, antwortete ich, nachdem das Handy erneut geklingelt und ich den Anruf weggedrückt hatte.

Ekidona wirkte, als würde sie jeden Moment vom Stuhl kippen, während ich mich dem Rest meines Brötchens widmete.

»Na schön …«, fuhr Luvia fort, während sie ihrer Lebensgefährtin einen besorgten Blick zuwarf.

»Woher hat er deine Nummer?«, fragte Celenike verwundert und schnitt ihrer Schwester damit das Wort ab.

»Er hat nicht meine Nummer!«, entgegnete ich, entsetzt darüber, dass meine Tante glaubte, ich hätte mir freiwillig diesen pinken Albtraum zugelegt.

»Er hat mir dieses Telefon gegeben, damit ich ihn anrufen und auf dem Laufenden halten kann.«

Als Ekidona daraufhin wieder entsetzt keuchte, warf ich ihr ebenfalls einen besorgten Blick zu. Meines Wissens nach verfügten Beasts über eine so fantastische körperliche Kondition, dass Schlaganfälle und Herzinfarkte bei ihnen nie vorkamen. Ekidona sah jetzt allerdings so aus, als würde sie jeden Moment beides ereilen.

»Liebling? Alles in Ordnung?«, fragte Luvia sie leise, aber sie reagierte nicht darauf.

»Er hat dir eine Möglichkeit gegeben, ihn zu kontaktieren ohne Mittelsmann? Du kannst ihn anrufen? Direkt? Zu jeder Zeit?«

»Was ich nicht will, aber ja, kann man so ausdrücken«, antwortete ich langsam.

»Will er sich mit dir paaren?«

Eigentlich war die eintretende Stille auf Ekidonas Frage durchaus komisch, aber ich konnte trotzdem nicht lachen, sondern blinzelte sie nur mehrere Male mit ausdrucksloser Miene an.

»Ich ignoriere jetzt mal diesen entsetzten Tonfall«, antwortete ich langsam.

Ich war schließlich nicht das Monster aus dem Sumpf. Man musste bei dem Gedanken, dass jemand vielleicht Sex mit mir wollte, also nicht so entsetzt klingen.

»Aber wenn das auf Beast-Sprache übersetzt so viel heißt wie ob er auf mich steht, dann lautet die Antwort: Nein! Tut er nicht. Er ist besorgt, weil seine Leute schon mit den Hufen scharren und den Schuldigen zerfetzen wollen.«

»In gewisser Weise durchaus verständlich. Beasts sind nicht gerade dafür bekannt, es gut sein zu lassen, wenn einem der ihren etwas passiert. Und wenn man jetzt von dem Club der Nekromanten mal absieht, gab es die meisten Einzelopfer unter den Beasts. Es ist ein Wunder, dass sie noch nicht um sich geschlagen haben«, überlegte Celenike.

»Sie respektieren die Entscheidungen des Alpha. Er ist stark! Der Beste seit vielen Jahren«, antwortete Ekidona.

Daraufhin musterte ich die Beast nachdenklich und dachte an den Abend zurück, als James mit dem abgetrennten Kopf der Medusa in der Bar aufgetaucht war. Er hatte das Mädchen auf Befehl seines Alpha exekutiert. Jemand wie James befolgte solche Befehle einzig allein aus Loyalität und für die Sicherheit seiner Leute. Nichts, was er für irgendeinen Idioten machen würde. Kayneth war also kein Idiot. Wenn ich so darüber nachdachte, hatten die Fälle, in denen ein Beast durchgedreht war und exekutiert werden musste, die letzten Jahre extrem nachgelassen. Er musste ziemliche Ordnung in die Reihen der Beasts gebracht haben. Was sicher nicht leicht gewesen war.

Was ich über die Beasts wusste, kratzte wahrscheinlich gerade mal an der Oberfläche. Der komplette Aufbau dieses Volks war sehr kompliziert. Ich konnte noch nicht einmal komplett unterscheiden, wie sich die Kategorien aufteilten. Ekidona war ein Schlangenbeast. Das Mädchen, deren Beastform einer Medusa gleichgekommen war, gehörte ebenfalls zur Kategorie Schlange. Dennoch waren sie in ihrer Art absolut verschieden. Ebenso die Beasts, in deren Seele eine Hydra schwang. Auch sie waren Schlangenbeasts, aber vollkommen anders als Ekidona. Es war für einen Nicht-Beast wohl unmöglich, wirklich durchzublicken.

»Das ist jetzt unwichtig! Wichtig ist einzig und allein, dass wir den Täter finden und bewiesen wird, dass Enju unschuldig ist!«, sagte Luvia.

»Richtig! Wir wollen schließlich nicht, dass Enju auch nur ein Haar auf dem Scheiterhaufen angesengt wird«, antwortete Ekidona mit einem milden Lächeln, woraufhin Luvia verächtlich schnaubte.

»Als ob wir jemals zulassen würden, dass es so weit kommt. Der Rat soll nur versuchen sie brennen zu lassen, dann werden sie die gesamte Macht unseres Covens zu spüren bekommen!«

Darauf ging ich nicht weiter ein. Ich hatte selbst schon darüber nachgedacht, was passieren würde, wenn ich bis zum Red Moon nicht den wahren Täter präsentieren konnte.

Die Hexen würden niemals zulassen, dass man mich umbrachte. Aber ihr Widerstand wäre eine offene Kriegserklärung gegen den Rat und egal wie mächtig wir waren, gegen alle Gruppierungen, die loyal unter den Gesetzen des Rates lebten, hatten wir keine Chance. Wir würden es nicht einmal überstehen, wenn sich nur die Beasts gegen uns stellten. Sie waren in der Überzahl und die magieresistenteste Rasse, die existierte. Der Zirkel … der Coven würde ausgelöscht werden, aber das würde ich niemals zulassen.

»Mag sein. Aber das wäre nicht sonderlich gut fürs Geschäft. Also sollten wir einen anderen Weg finden«, sagte Celenike.

»Richtig. Also was willst du als nächstes tun?«, fragte Luvia wieder an mich gewandt.

»Ähm …«

Da mein Plan, am Kampf im Theater der Schatten teilzunehmen, schon einem Selbstmord gleichkam, war es sicher keine gute Idee, das als nächsten Schritt meinen Tanten zu präsentieren.

»Ich schaue mir erst noch einmal die Unterlagen an und überlege dann wie es weitergeht«, antwortete ich, fischte über den Tisch hinweg nach der Mappe und stand auf.

Bei der ersten Treppenstufe hielt ich noch mal kurz inne und wandte mich Tante Luvias Geistererscheinung zu.

»Tante Luvia ... mein Name. Ist der irgendwo voll aufgeführt? Also einsehbar?«

Sie sah mich argwöhnisch an.

»Was ist das denn für eine Frage? Nein. Deine Mutter war wahrscheinlich die Einzige, die sich damals die Mühe gemacht hat, ihn einmal komplett auszuschreiben. Ich habe das nicht einmal bei der Geburtenregistrierung geschafft. Abgesehen davon, dass die Zeile dafür nicht ausgereicht hätte.«

»Okay. Gut zu wissen.«

Damit wandte ich mich wieder der Treppe zu.

Tatsächlich machte ich mir keine Sorgen um den Zauber, den ich Kayneth schulden würde, falls er meinen richtigen Namen widererwartend doch herausbekam. Es war nur ... bei uns Hexen waren ungewöhnliche bis gar unaussprechliche Namen wirklich so etwas wie Tradition. Aber selbst hier hatte meine Mutter maßlos übertrieben, was mich betraf. Ich machte mir also keine Sorgen, dass ich dem Alpha der Beasts etwas schulden könnte, sondern dass ich vor Scham im Boden versank, sollte er herausfinden, wofür Enju eigentlich stand.

***

Es tutete zweimal, ehe Thea abhob.

»Was nützt einem eine direkte Verbindung zur Welt der Toten?«, fragte ich direkt.

»Übergehen wir jetzt schon ein obligatorisches *Hallo*?«, fragte sie und ich konnte ihre misstrauische Miene quasi vor mir sehen.

»Heute ja. Also was sagst du? Weshalb würde jemand so eine Verbindung herstellen wollen?«

»Schwer zu sagen. Vielleicht aus Trauer? Es gibt immer wieder diese Idioten, die denken, sie können Verstorbene in die Welt der Lebenden zurückbringen. Dabei sollte inzwischen bekannt sein, dass so etwas wirklich *nie* funktioniert!«

»Brauchst du mir nicht zu sagen«, antwortete ich.

Um mir zu verdeutlichen, wie schief diese Art von Magie gehen konnte, hatten mich meine Tanten in meiner frühsten Jugend mit den übelsten Zombiefilmen zugeballert. Die hatten mir monatelange Albträume beschert und wahrscheinlich fiel diese Handhabung eher unter Kindesmisshandlung als Erziehung und Ausbildung, aber es hatte den abschreckenden Effekt, den es auf mich haben sollte, nie verfehlt.

Ich hatte niemals auch nur daran gedacht, diese Art Magie auszuprobieren. Denn um wahrhaftig zu leben, benötigte der Mensch Körper und Seele. Beim Eintritt des Todes trennte sich diese Verbindung und konnte nicht wiederhergestellt werden. Totenmagie beschränkte sich also immer nur auf eines von beidem. Köper oder Seele. Wir hatten uns beispielsweise auf die Seelen beschränkt, als wir den Schutzzauber um Walhalla gezogen hatten.

Die Nekromanten nutzen die ihnen gegebene Magie, um Leichname wieder mit einem Hauch von Leben und Bewusstsein zu füllen, um diese wie Marionetten zu dirigieren. Das war keine harmlose Magie, denn dieser Hauch Bewusstsein reichte aus, um die niedersten Instinkte des Körpers zu wecken. Wenn man die Marionette dann nicht zu kontrollieren verstand … Zack, gehirnfressender Zombie!

Das passierte allerdings nur vereinzelt bei Anfängern der Nekromanten. Laien, die sich mit der Totenmagie gar nicht auskannten und auch noch so dumm waren, es alleine zu versuchen, kamen meistens gar nicht erst bis zu dem Punkt, dem Leichnam diesen Bewusstseinshauch zu geben.

Denn jede Magie hatte nun einmal ihren Preis. Auch die Totenmagie. Man musste etwas von sich selbst geben, um etwas zurückzubekommen. Forderte man eine Seele, wird die eigene zuvor genommen. Dann war man selbst tot und hatte am Ende gar nichts.

Daher hatten wir den Schutzwall um Walhalla mit dem gesamten Hexenzirkel gezogen, der aus fünf eigenständigen Coven bestand. Jede hatte dabei einen kleinen Teil ihrer Selbst geopfert, wodurch keine größeren Schäden bei den einzelnen Hexen entstanden waren.

»Ich glaube nicht, dass jemand aus Trauer handelt. Bei so etwas gibt es nie eine so hohe Anzahl an Opfern. Trauer bedeutet Liebe und menschliches Mitgefühl. Wer hinter diesen Morden steckt, hat eine werdende Mutter getötet und das Ungeborene entfernt! Da ist kein Mitgefühl. Da geht jemand über Leichen und opfert alles und jeden, um von sich selbst nichts geben zu müssen.«

»Dann geht es um Macht«, antwortete Thea ruhig.

»Ja!«, stimmte ich zu.

»Ich verstehe zwar nicht, warum es jemand damit versucht, indem er Übel und Zerstörung heraufbeschwört, aber ich glaube wirklich, dass es um Macht geht und nicht darum, wortwörtlich diese Welt zu zerstören.«

»Klingt als wärst du schon ein paar Schritte weiter. Willst du mich aufklären?«, fragte Thea und ich schüttelte den Kopf, bis mir aufging, dass sie mich ja nicht sehen konnte.

»Später. Also wenn der Sinn ist, Macht zu erlangen, ist die Frage: Wer will diese Macht?«

»Alle? Aber um es etwas einzugrenzen, würde ich behaupten, diejenigen, die keine haben«, mutmaßte Thea.

»Oder in ihren Augen nicht genug ...«

»Die Hexenmeister?«

»Die Hexenmeister!«, bestätigte ich, während ich geistig meine Liste abstrich und aussprach, wer für mich übriggeblieben war.

Die Nekromanten kannten sich zwar am besten in der Totenmagie aus, aber sie besaßen Macht und Geld im Überfluss. Sie waren so auf ihre finanziellen Mittel fixiert, sie hätten diesen Schaden, in Form eines Massenmordes, niemals in einem ihrer Clubs vollzogen.

Die Beasts besaßen die meisten Ländereien hier in Lapislazuli und den Schlüssel für dessen Vermarktung, indem sie das Baugewerbe kontrollierten. Sie hatten ebenfalls genug Einfluss, Macht und Geld. Und auch sie würden ihre eigenen Leute nicht opfern. Es sei denn, einer der ihren spielte verrückt und gefährdete dadurch ihre Gruppe.

Tante Luvia herrschte über die Coven mit eiserner Hand. Ihr würde nicht entgehen, wenn eine der Hexen so etwas abzog. Oder doch?

Wenn man von der Magie ausging, war eine Hexe als Täterin viel wahrscheinlicher als ein Hexenmeister. Aber eine einzelne Hexe hätte, abgesehen von mir, nicht genug Macht, um so etwas wie im Nekromanten-Club durchzuführen. Sogar ich hätte wahrscheinlich auf die Magie des Zirkels zurückgreifen müssen, um so viel Zerstörung heraufzubeschwören. Jede andere Hexe bräuchte also ganz sicher ihren Coven hinter sich, um so etwas zu bewerkstelligen. Und ein ganzer Coven, der aus der Reihe tanzte ... nein, das würde uns definitiv nicht entgehen.

In Lapislazuli gab es vier kleine und unseren, den schwarzen Coven, mit der amtierenden Hexenkönigin, dem die anderen untergeordnet waren. Die Hexen der verschiedenen Coven mochten sich nicht immer untereinander, aber sie hatten sich alle der damaligen Hexenkönigin untergeordnet, um als starke Front gegenüber den anderen Völkern zu gelten. Dadurch waren wir zu einem großen Zirkel verschmolzen und in der Magie verbunden. Nein, die Hexen fielen auch raus.

Die Walküren waren in erster Linie Kriegerinnen. Ihnen fehlte das magische Know-how, um so etwas durchzuziehen. Es gab zwar noch weitere mächtige Gruppen, aber mir fiel keine ein, die es schaffen würde, ihre eigene Magiespur so zu verändern, dass ich sie überhaupt nicht erkennen und zuordnen konnte.

Es blieben für mich nur die Hexenmeister übrig und die bekamen bekanntlich den Hals nicht voll und gingen für Macht über Leichen.

»Also willst du nach Caer Myrddin? Soll ich mitkommen?«, fragte Thea.

Ich dachte angestrengt darüber nach. Caer Myrddin war der Hauptsitz der Hexenmeister. Ungesehen dort hinein zu kommen würde schwierig werden und ich wäre alles andere als ein gern gesehener Gast. Hilfe wäre nicht schlecht, aber ich schätzte meine Chancen, unbemerkt dort ein- und auszugehen, besser ein, wenn ich allein war.

»Danke, aber ich denke ich gehe besser allein. Zumindest kennst du dann aber meinen letzten Aufenthaltsort, sollte ich nicht wiederkommen.«

KAPITEL 6
Caer Myrddin

Ich wünschte, ich könnte über Caer Myrddin mehr sagen als »So etwas kann auch nur ein Mann gebaut haben«.

An und für sich war die Lage des kleinen Lustschlosses wundervoll. Das Areal war allseitig von einem Wassergraben umgeben und wirkte, als würde es auf diesem kleinen See schwimmen, mit einer richtigen Zugbrücke als Zugang. Aber dieser idyllische Eindruck wurde durch die Außenfassade einfach nur zerstört.

In Stein gehauene, anatomisch sehr detailgetreue nackte Frauen. Und keine Einzige darunter, bei der man wenigstens noch halbwegs von erotischer Kunst sprechen konnte. Denn jede Skulptur vermittelte den Eindruck, dass eine Frau nur dann das höchste sexuelle Glück empfinden kann, wenn sie sich sklavenartig den Männern präsentierte. Kaum eine Skulptur ohne Halsband oder Fesseln. Keine Einzige in nicht unterwürfiger Haltung. Es sah leider durchweg billig aus und das zerstörte das Gesamtbild des ansonsten durchaus eindrucksvoll gebauten Schlosses vollkommen.

Neben den Skulpturen war da noch der Geruch. Denn so schön der See im ersten Moment auch wirkte, die Hexenmeister nutzten ihn offensichtlich lieber als Klärwerk statt zum Schwimmen oder als natürlichen Schutzwall. Er stank abartig. Durch diese Brühe würde ich nicht schwimmen. Also blieb nur, die steinerne Zugangsbrücke bis zum eigentlichen Haupttor überwinden und durch das Tor kommen, ohne gesehen zu werden. Ein Kinderspiel also. Verdammt!

Warum konnte ein Hauptsitz nicht mal aus einer simplen, Drei-Zimmer-Wohnung bestehen, bei der man einfach nur ein Türschloss knacken musste? Warum?

Ich war mir ziemlich sicher, dass es auf diesem ganzen Planeten keine so große Ansammlung an Schlössern, Herrenhäusern, Burgen und Villen gab wie in Lapislazuli.

Gut, auch der Hauptsitz des Covens war ein riesiges Herrenhaus, aber davon sollte jetzt nicht die Rede sein. Es ging darum, dass ich in dieses kleine Schloss gelangen musste, aber keine Ahnung hatte, wie ich unbemerkt reinkam und dass ich gedanklich Zeit zu schinden versuchte.

Dafür, dass es sich hier um den Hauptsitz der Hexenmeister handelte, war der magische Schutz um das Anwesen nicht mal übel. Er musste wohl vor Urzeiten von Hexen gezogen worden sein. Dennoch würde ich ihn überwinden können, wenn ich mir Mühe gab. Aber da das von der Aufmerksamkeit her den gleichen Effekt haben würde, wie wenn man die Frontscheibe eines Juwelierladens einschmiss, verwarf ich den Gedanken, mir mittels Magie einen Zugang zu verschaffen.

Blieb eigentlich nur freundlich anklopfen. Aber das würde wenig Aussicht auf Erfolg haben. Es sei denn ... Oh, das würde ich bereuen, das würde ich sowas von bereuen.

***

»Ich befürchte, deine Oberweite ist dafür zu groß«, kommentierte Thea trocken, während sie über das Fahrerdach meines Wagens zu mir spähte.

»Was du nicht sagst!«, murrte ich und zupfte an den weißen Rüschen meines Ausschnitts in dem kläglichen Versuch, etwas mehr meines Busens zu verdecken.

Sinnlos! Ich trug ein Maid-Kostüm, das der Größe nach zu urteilen für eine Zwölfjährige gedacht war. Der Rock reichte kaum bis zur Mitte meiner Oberschenkel, an der Taille war es so eng, dass mein Busen, der ohnehin kaum in den Ausschnitt passte, noch mal zusätzlich so nach oben gepresst wurde, dass er wirkte, als würde er jede Sekunde einfach aus dem Dekolleté hüpfen. Und ich hatte ernsthaft Angst, dass die kleinste Bewegung den Stoff über meinem Rücken zum Reißen brachte.

»Ich finde es ehrlich gesagt etwas erschreckend, dich so zu sehen«, gestand

Thea, während ich die Netzstrümpfe etwas weiter nach oben zog und das Häubchen geraderückte.

»Ich finde es erschreckender, dass ich, wenn ich dir sage, ich bräuchte etwas zum Anziehen, das sexy aussieht, du mir ein Maid-Kostüm vorbeibringst. Ein Maid-Kostüm! Wie kommt man auf so etwas?«, antwortete ich, die Stirn in Falten gelegt, ehe ich das Häubchen wieder vom Kopf zog.

Das war dann doch zu viel des Guten. Ohne das Häubchen und die weiße Schürze würde das Outfit mit etwas Glück und sehr viel Fantasie vielleicht noch als Kleidchen durchgehen.

Thea antwortete mit einem Schulterzucken.

»Du hättest dich einfach etwas genauer ausdrücken sollen.«

»Ich dachte an einen Mini-Rock und ein tief ausgeschnittenes Top oder so was. Nicht an einen Stapel Tabledance-Kostüme. Warum hast du davon eigentlich so viele?«, fragte ich und spähte erneut auf die Rückbank des Autos, wo Thea all ihre mitgebrachten Outfits abgeladen hatte.

»Hilds aktueller Lover steht total auf Rollenspiele. Sie hat inzwischen zwei ganze Kleiderschränke voll mit den unterschiedlichsten Kostümen. Ich hab dir auf die Schnelle nur die mitgenommen, die sexy sind.«

»Das ist nicht sexy. Ich sehe einfach nur billig aus!«

»Ist das für deine Zwecke letztendlich nicht besser?«, fragte Thea mit einem gemeinen Grinsen und deutete in Richtung Schloss.

Mein Blick folgte ihrem widerwillig.

»Ja, gefallen werde ich ihnen so ganz sicher«, knurrte ich. Mir widerstrebte das zutiefst, aber es war tatsächlich der einfachste Weg, um reinzukommen.

Indem ich mich als eine Nymphe ausgab.

Und Nymphen liebten es, sich verlockend und feminin zu kleiden. Sie präsentierten gerne ihre weiblichen Reize und würden selten in lockeren Jeans und T-Shirt rumlaufen, wie ich es bevorzugte.

Seit ich Thea angerufen und herbestellt hatte, war gut eine Stunde verstrichen und in dieser Zeit waren bereits vier Nymphen aufgetaucht und hatten das Schloss betreten.

»Soll ich nicht doch besser mitkommen? Ich habe noch die sexy Krankenschwester auf der Rückbank«, fragte Thea und ihr Grinsen war Besorgnis gewichen. Ihr behagte das, was ich vorhatte, offensichtlich genauso wenig wie mir. Dennoch …

»Du gehst nicht wirklich als Nymphe durch«, antwortete ich und ließ meinen Blick einmal über sie gleiten.

»Du weißt, dass das keine Beleidigung ist?«

Meine Lippen verzogen sich zu einem Grinsen.

Die Walküren mochten die Nymphen nicht. Für diese starken Kriegerinnen waren die Nymphen der Inbegriff einer schwachen, hilfsbedürftigen Frau. Ein Teil der Hexen teilte dieses Vorurteil leider ebenfalls. Dabei lag die Stärke der Nymphen einfach nur in anderen Bereichen.

Sie waren keine kampferprobten Kriegerinnern, besaßen aber die einzigartige Fähigkeit, Leben zu schenken. Oder vielmehr Lebensjahre.

Und davon machten vor allem die Hexenmeister so oft wie möglich Gebrauch. Denn wenn man sich die Dienste einer Nymphe leisten konnte, besaß man beinahe den Schlüssel zum ewigen Leben.

Natürlich übten die Nymphen auch deshalb eine starke Faszination auf die Hexenmeister aus, weil sie rein äußerlich wirklich wie der Inbegriff des schwachen Geschlechts wirkten. Einfach alles an ihnen war weiblich, sanft und weich, sodass sie selbst bei den größten Feministen diesen tiefsitzenden Beschützerinstinkt ansprachen.

Mit der femininen Figur, wie sie die Nymphen hatten, konnten wir zwar beide dienen, aber Thea fehlte diese zusätzliche Sanftheit. Sie war eine Walküre, eine Kriegerin und genau das strahlte sie auch aus. Egal wie sanft gerundet ihr Körper im ersten Moment auch wirkte, mit jeder ihrer Bewegungen zeigten sich ihre Muskeln, die ihre körperliche Überlegenheit verrieten. Kein Mann bekam in ihrer Gegenwart das Gefühl, sie würde seinen Schutz benötigen.

»Ich weiß, dass das keine Beleidigung für dich ist«, antwortete ich und zupfte nochmals an dem knappen Kleidchen.

»Aber genau deswegen wärst du mir da drin keine Hilfe. Ich geh besser allein. Bringst du meinen Wagen etwas mehr aus dem Blickfeld?«, fragte ich und warf ihr meinen Autoschlüssel zu.

Im nächsten Moment stolperte ich auch schon mit meinen High Heels über die Brücke. Verdammte Absätze. Ich war an diese Höhe nicht gewöhnt und sie eigneten sich definitiv nicht für Sprünge mittels Teleportation.

Abgesehen davon war Teleportieren noch nie meine Stärke gewesen. Es war extrem anstrengend, seinen Körper in einem Stück von einem Ort zum anderen zu bewegen. Und je größer die Distanz, desto schwieriger der Sprung. Aber für den Fall, dass ich schon ab hier beobachtet wurde, musste ich wenigstens halbwegs wie eine Nymphe wirken. Auch wenn Nymphen sich nicht auf dieselbe Weise der Teleportation bedienten.

Bei uns Hexen war es wie ein Verschwinden und sofortiges Auftauchen an anderer Stelle. Die Nymphen schwebten buchstäblich herbei. Ein Lufthauch, ein Flimmern der anmutigen Gestalt und schon waren sie da. So elegant wirkte mein Stolpern natürlich nicht, aber zumindest hatte ich mich nicht auf meinen kaum verhüllten Hintern gelegt, das musste ausreichen.

Ich setzte mich in Bewegung und überquerte den steinernen Zugang mit großzügigen Schritten, soweit es die verdammten Schuhe zuließen. Dabei tastete ich mit meiner Magie die Umgebung ab.

Meine größte Sorge hatte sich nicht bewahrheitet. Der Schutzzauber um das Anwesen hatte den Männern zwar mein Kommen angekündigt, aber so detailliert, dass er ihnen verriet, was genau ich war, war der Zauber nicht.

Ich machte mir nicht die Mühe anzuklopfen. Sie wussten um mein Kommen und es dauerte auch nicht lang, bis sich eine kleinere Tür innerhalb des großen Eingangstores öffnete.

Der Blick des Hexenmeisters glitt kurz über mich und blieb dann, welche Überraschung, an meinem Busen haften. Wobei ich hier vielleicht nicht ganz so streng urteilen sollte. Der Hexenmeister war ziemlich untersetzt und mit den High Heels überragte ich ihn um einige Zentimeter, was meinen Busen genau auf seine Augenhöhe brachte.

Er bot keine sonderlich eindrucksvolle Erscheinung. Ein ziemlich dicker Bauch quoll über seinen Gürtel und drohte, bei einer falschen Bewegung die Knöpfe seines Hemds zu sprengen. Ein Hals ließ sich gar nicht mehr erkennen, nur ein Dreifachkinn und ich konnte mich nicht entscheiden, was schrecklicher aussah. Die blonde Haartolle, die er sich in die Mitte seiner Stirn frisiert hatte und welche die seitlichen Geheimratsecken mehr zur Geltung brachte, als davon abzulenken, oder der kleine blonde Bart über seiner Oberlippe. Der Bart gewann.

Ich schloss meine kurze Musterung mit der Einschätzung, dass er ein sehr schwach ausgeprägtes Talent zur Magieausübung hatte. Von ihm würde mir keine Gefahr drohen.

»Aber hallo! Was bist du denn für ein Leckerbissen?«, fragte er und stieß einen anerkennenden Pfiff aus.

Mit Mühe verkniff ich mir ein Augenrollen.

»Ich wurde für eine Auffrischung herbestellt«, erwiderte ich.

»Von wem?«, fragte er, nun deutlich geschäftlicher klingend.

Mist! Ich kannte kaum einen von denen namentlich.

Die hohen Tiere schon, aber da wollte ich auf keinen Fall hin. Viel zu auffällig. Jemand Niedrigeres. Niedriger in der Rangordnung. Nicht so wichtig ...

»Severin Benandanti«, antwortete ich mit dem erstbesten Namen, der mir in den Sinn kam.

Keine Ahnung wie hoch er gestuft war, aber jemand anderes war mir nicht eingefallen. Ich hoffte nur inständig, dass der Hexenmeister überhaupt im Anwesen war. Er konnte sich schließlich immer noch im Haus seines Onkels aufhalten.

Das hatte ich wirklich nicht gut durchdacht, aber zu meiner Überraschung trat der Mann zur Seite und ließ mich ein.

Ich ging an ihm vorbei und unterdrückte ein Stöhnen. Wie konnte man so ein Anwesen bloß auf solche Weise verschandeln? Auch im Eingangsbereich reihten sich Skulpturen obszön gestalteter nackter Frauen und lenkten von dem sonst kunstvollen und pompös gestalteten Inneren ab.

»Severin ist oben in seinem Arbeitszimmer«, erklärte der Hexenmeister, ehe er wieder seinen Posten am Eingang bezog und einen alt wirkenden Wälzer heranzog.

Ich tat, als wüsste ich, wohin ich musste und stöckelte über den schachbrettartigen Boden, ehe meine Schritte von schweren Teppichen geschluckt wurden.

Vorsichtig tastete ich mich mit meiner Magie vorwärts. Es fühlte sich an wie ein einziges Chaos. Überall Brocken unterschiedlichster Magie und keine Verbindung zu jemandem, dem sie gehörte. Als bestünde dieser Ort nur aus geliehener Magie. Was ja wahrscheinlich auch so war.

Es war meinem Gefühl nach aber auch nicht unähnlich der Magie nach deren Spur ich suchte, aber es war auch nicht dieselbe. Diese vielen Eindrücke verwirrten mich und brachten meine eigene Magie durcheinander.

So würde ich nicht weiterkommen. Ich zog meine Magie zurück und verließ mich wieder auf meine menschlichen Sinne.

Normalerweise lagerte man seine Leichen ja im Keller, aber ich entschied mich gegen den Weg nach unten, um die Geheimnisse der Hexenmeister aufzudecken. Allerdings nur, weil ich den Blick des Torwärters noch immer auf meinem Hintern spüren konnte und es verdächtig gewesen wäre, jetzt nicht nach oben zu gehen.

Nachdem ich die Treppe hinter mir gelassen hatte, bog ich in den nächstbesten Flur ein, lehnte mich dort gegen die Wand und schloss kurz die Augen. Tante Luvia kritisierte oft, dass ich gerne handelte, ohne richtig nachzudenken. Ich sei für eine Hexe viel zu impulsiv.

Im Stillen gab ich ihr jetzt recht. Ich war hier eingedrungen, um mich umzusehen, aber ohne ein genaues Ziel vor Augen. Ich suchte etwas, ohne eine Vorstellung davon zu haben, nach was genau. Leichte Panik breitete sich in meinem Inneren aus, welche ich mit tiefen Atemzügen versuchte zu unterdrücken.

Denk nach, Enju! Auch wenn es hier von geliehener Magie nur so wimmelte, hatte diese doch irgendwo einen Ursprung, der mir vertraut war und den ich zuordnen konnte. Was ich aber suchte, war eine Magiespur, die ich nicht einzuordnen vermochte.

Ich stieß mich von der Wand ab und drehte mich um, damit ich meine Handflächen auf den Stein legen konnte.

Ähnlich wie in einem Raucherhaushalt sickerte auch Magie in die Wände ein und blieb mit der Zeit dort haften. Wenn ich mir also von dem Anwesen hier selbst verraten ließ, wo ich welche Magie fand, könnte ich eine richtige Spur bekommen.

Ich spreizte die Finger und ließ meine Magie durch den Stein fließen wie ein dünnes Adergeflecht. Es kostete mich Mühe, meine Hände nicht sofort wieder zurückzuziehen. Die Magie Caer Myrddins auf diese Weise zu ertasten, fühlte sich sogar noch schlimmer an. Als versuche man in eine Schlangengrube zu fassen, um ein bestimmtes Exemplar hervorzuziehen. Ich schloss meine Augen und versuchte eine Sortierung im Schnelldurchgang. Schließlich konnte jeden Moment ein Hexenmeister um die Ecke biegen.

In Ordnung. Ich spürte die Magie beziehungsweise die Magiebegabung der Hexenmeister. Nichts Besonderes.

Die Nymphen, gar nicht wenig an der Zahl, wirkten ihre Magie.

Dann stieß ich auf eine geballte Ladung Heilmagie. Offensichtlich ein Krankenzimmer, erfüllt mit Waren der La Dame Blanche. Bisher nichts Ungewöhnliches.

Sehr viel Tarnmagie, aber auch das war nicht ungewöhnlich. Hexenmeister spielten mit ihren Sachen gern verstecken. Interessanterweise waren unter den magischen Utensilien und Tränken auch Dinge aus meinem Coven. Doch an vielem davon hafteten zusätzlich noch Spuren der Nekromanten. Die Hexenmeister besorgten sich Ware von uns mittels der Nekromanten? Ungewöhnlich. Und durchaus beunruhigend. Aber es konnte auch nur das Ergebnis ihres überzogenen Stolzes sein, dass sie sich nicht direkt an uns wenden wollten, wenn sie etwas brauchten.

Ich suchte weiter. Vor meinem inneren Auge öffnete sich eine mentale Tür nach der anderen. Ich suchte, erfühlte, sortierte. Meine Magie drang weiter vor und knallte eine Sekunde später mit solcher Wucht gegen eine unsichtbare Barriere, dass ich beinah nach hinten gestolpert wäre und den Kontakt zur Wand verloren hätte.

Was zum –? Ich tastete erneut. Langsamer, vorsichtiger. Irgendetwas war hier in diesem Anwesen.

Keine Ahnung, was es war, aber es fühlte sich merkwürdig an. Unnatürlich – im Sinne von Magie. Ich tastete mich noch etwas weiter vor und hatte plötzlich das Gefühl, eingesogen zu werden wie von einem Staubsauger. Sofort zog ich sämtliche Magie zurück und trat von der Wand zurück.

»Was um alles in der Welt …«

Was auch immer ich gerade erfühlt hatte, schien eine Art schwarzes Loch zu sein, das alles um sich herum verschlang.

Ich musste mir das unbedingt aus der Nähe ansehen! Wenn ich den Ursprung richtig einordnete, hatte ich mit meiner ersten Vermutung gar nicht falsch gelegen. Ich musste in den Keller.

Schwere Schritte und leise Stimmen drangen an mein Ohr und ließen mich innehalten. Verdammt!

Ein kurzes Abtasten der Magie verriet mir zwei Hexenmeister, die in meine Richtung kamen.

Ich blickte eilig den Flur auf und ab und wählte den ersten Raum, in dem ich niemanden spüren konnte. So leise ich konnte, schloss ich die Tür hinter mir und sah mich um.

Ich befand mich in einer, trotz vielen alt wirkenden Lampen, eher spärlich beleuchteten Bibliothek. Ein kreisrunder Tisch stand in der Mitte und sechs hohe Regale voll dicker Bücher breiteten sich fächerförmig dahinter aus. Das waren wirklich einige Bücher über Magie.

Aber wenn man bedachte, dass Zauberbücher eine der wenigen Magiequellen waren, die Hexenmeister fast ohne fremde Hilfe nutzen konnten, war es auch nicht weiter verwunderlich, dass sie so viele davon besaßen.

Erneut drangen gedämpfte Stimmen an mein Ohr und ich zuckte vor Schreck zusammen.

Nicht doch! Soviel Pech konnte ich doch nicht haben?

Doch, konnte ich. Denn die Stimmen wurden immer lauter, woran ich erkennen konnte, dass die Hexenmeister auf diese Tür zuhielten. So schnell ich konnte lief ich zu einem der hinteren Regale und überlegte dort, einfach in die Hocke zu gehen. Aber so wie die Regale standen, wäre ich vielleicht von der Tür aus zu sehen.

Ich legte den Kopf in den Nacken und blickte an dem Regal nach oben. Sie waren wirklich sehr hoch, reichten aber nicht komplett bis zur Decke.

Ich hielt mich nicht weiter mit Überlegungen auf, sondern brachte mich mittels Levitationsmagie nach oben.

Keine Sekunde zu spät. Während ich meinen Körper in eine dicke Staubschicht presste, um mich auf dem Regal so flach wie möglich zu machen, schwang die Tür auf und zwei Männer traten ein.

Meine Augen huschten über ein vertrautes Gesicht. Severin Benandanti. Der Mann neben ihm schien etwa im selben Alter zu sein. Schulterlange schwarze Haare, die eine Wäsche vertragen könnten, tiefschwarze Augen, blasse Haut, eine schlanke, fast schon schlaksig wirkende Gestalt. Er sah aus wie eine junge Version von *Severus Snape*. Aber eine durchaus hübsche Version.

»Ich halte es immer noch für einen Fehler! Egal wie stark unsere Magiereserven auch sind, das ist eine Kampfarena. Dort treten Monster gegeneinander an, die dich wortwörtlich in Fetzen reißen könnten!«

»Entspann dich, Titus«, antwortete Severin, trat zum Tisch und legte dort ein Buch ab.

»Wie du schon sagtest, es sind Monster. Sie mögen körperlich überlegen sein, aber schon ein einziger, gut platzierter Fluch kann sie zu Fall bringen. Auf der Magieebene können sie mir nichts anhaben. Ich muss nur handeln, bevor sie mich physisch erwischen.«

Ich musste einen überraschten Laut unterdrücken, als ich sah, wie Titus die schlanken Arme um den Oberkörper des anderen Hexenmeisters schlang und er sein Gesicht gegen dessen Rücken drückte.

»Trotzdem. Ich will nicht, dass du dein Leben riskierst. Wir haben noch andere Möglichkeiten. Andere magiebehaftete Gegenstände. Wir benötigen diesen Altar nicht.«

»Dieser Altar ist der Schlüssel zu allem. Wenn wir ihn nicht bekommen, war alles umsonst«, erwiderte Severin und drehte sich zu Titus um, ohne sich aus dessen Umklammerung zu lösen. Severin war einen ganzen Kopf größer als er, weswegen dieser den Kopf in den Nacken legen musste, um zu ihm aufzusehen.

»Das wird es auch sein, wenn du stirbst!«, hauchte Titus. Severins Finger glitten unter das Kinn des anderen Mannes, ehe er sich vorbeugte, um ihn zu küssen.

Ich war nicht sicher, was mich mehr überraschte. Dass Severin offensichtlich im Theater der Schatten kämpfen wollte, um den Altar zu bekommen, oder dass er eine Liebesbeziehung zu einem anderen Mann hatte.

Wenn man das Frauenbild betrachtete, welches die Hexenmeister hatten, überraschte es nicht, dass es in ihrem Volk keine Homosexualität gab.

Also es gab sie natürlich schon. Aber sie wurde nicht ausgelebt. Zumindest nicht öffentlich.

Aber im Haus seines Onkels hatte er mich eindeutig abgecheckt. Vielleicht stand Severin ja auch auf beides.

Die beiden sich inzwischen leidenschaftlich küssenden Hexenmeister zu sehen, war dennoch ein mehr als seltener Anblick. Allerdings ... Severins Hand wanderte nach unten und auch Titus' Hände blieben nicht untätig, sondern zerrten an dem Hemd seines Gegenübers.

O nein! Kommt schon, Jungs!

Nicht, dass ich etwas dagegen hatte, jedem sein Spaß, aber ich schaute mir nicht mal Pornos an. Eine Live-Sex-Show musste also wirklich nicht sein.

Ich schloss die Augen und wünschte mir inständig, nicht mehr im selben Raum zu sein, wenn die beiden übereinander herfielen.

Ein Knall, gefolgt von einem lautstarken Fluch hinter der Tür, ließ die beiden Männer auseinander fahren und bewahrte mich vor weiteren Bildern, welche ich wohl schwerlich wieder aus meinem Kopf bekommen hätte.

Die Tür schwang auf und der beleibte Kerl vom Eingang trat ein. Seinen Kopf hielt er gesenkt und rieb sich über das augenscheinlich schmerzende Knie. Zum Glück der anderen, die sich noch bemühten, ihre Kleidung wieder zu ordnen.

»Verdammt ...«, knurrte der Hexenmeister und sah auf.

»Ah Titus, ich habe dich gesucht. Du sollst ... Severin? Du auch hier? Bist du schon fertig?«, fragte er und ließ seine Augen über Severin wandern, eindeutig verwundert darüber, dass dessen Aussehen nicht taufrisch und zehn Jahre jünger wirkte. Dieser legte die Stirn in Falten und verschränkte die Arme vor der Brust.

»Womit soll ich fertig sein?«, fragte er.

Oh, oh!

»Mit dieser Nymphe im kurzen Kleid, die vorhin hier rein kam und zu dir wollte.«

»Welche Nymphe?«, fragten Severin und Titus unisono, aber in deutlich unterschiedlichen Tonfällen. Titus fast eifersüchtig, Severin misstrauisch, wenn nicht gar alarmiert.

»Etwa so groß ...«, erwiderte ihr Gegenüber und hielt die Hand in die Höhe. »... heißes Fahrgestell. Astreiner Hintern, ein echter Hingucker.«

Severin schnaubte ungeduldig.

»Wie sah ihr Gesicht aus? Haarfarbe?«

Es sprach nicht für ihn, überraschte mich aber auch nicht, dass der blonde Hexenmeister kurz überlegen musste.

Mein astreiner Hintern hatte wohl stärkeren Eindruck hinterlassen als der Rest von mir. Ärgerlicherweise aber wohl nicht genug, um den Rest vollkommen zu verdrängen.

»Rot. Aber so richtig dunkel. Wie Wein. Und ihr Gesicht war hübsch. Etwas blass vielleicht, aber keine, die ich von der Bettkante schupsen würde. Und diese Lippen ...«

»Scheiße!«, unterbrach ihn Severin mit einem regelrechten Knurren.

»Du kennst sie?«, fragte Titus.

»Nein, nicht wirklich. Aber ich habe so einen Verdacht. Und wenn ich recht habe, ist das keine Nymphe!«

Sein stechender blauer Blick richtete sich auf den dicken Hexenmeister, dessen Körper sich anspannte und eine regelrecht militärwirkende Haltung annahm.

»Schlag Alarm! Hier im Schloss befindet sich ein Eindringling. Ich gehe von einer Hexe aus. Wir müssen sie unbedingt finden!«

»Eine Hexe?«, fragte Titus überrascht, während der andere mit einem »Jawohl!« auf dem Absatz kehrtmachte und verschwand.

»Wieso schleicht sich eine Hexe hier ein?«

»Ich weiß es nicht«, antwortete Severin langsam.

»Aber ich glaube, sie arbeitet für den Rat.« Damit verschwanden beide aus dem Zimmer.

Ich drehte mich auf den Rücken und betrachtete die Spinnenweben an der Decke.

Ich war am Arsch!

***

Ich hatte einen Moment länger auf dem Regal verbracht und über meine nächsten Schritte nachgedacht.

Ich wollte wissen, was es war, das die Hexenmeister in diesem Schloss verbargen. Allerdings sagte mir der durchdringende Alarmton, welcher jetzt durch das Gemäuer hallte, dass ich froh sein konnte, wenn ich es ungesehen noch hier raus schaffte. So eine Scheiße!

Ich tastete erneut mithilfe meiner Magie meine Umgebung ab. Die Hexenmeister waren im Aufruhr. Sie teilten sich auf, um das Anwesen abzusuchen. Der Schutzzauber, welcher das Schloss umgab, war weiterhin intakt. Nahezu perfekt, was äußerst ärgerlich war. Denn er sorgte nicht nur dafür, dass niemand einfach so eindringen konnte, sondern auch, dass ich mich durch ein geöffnetes Fenster nicht einfach nach draußen teleportieren konnte.

Blieb also nur zu Fuß hieraus kommen. Was bestimmt ohne weiteres funktionieren würde. Die Kerle hier warteten sicher nur darauf, mir die Türen öffnen zu dürfen.

Mit einem Seufzen glitt ich vom Regal zu Boden. Na schön. Ich würde hier rauskommen. Ich war eine Hexe, verdammt noch mal! Ich beherrschte Magie!

Auch wenn es für den Frieden unter unseren Völkern nicht förderlich war, würde ich mir meinen Weg zur Not mittels Telekinese freiräumen.

Ich durchquerte die Bibliothek, ließ meine Magie sich vorantasten und öffnete dann vorsichtig die Tür. Wachsam spähte ich nach draußen. Ich setzte zwar auf meine telekinetischen Fähigkeiten, aber besser wäre es dennoch, wenn mir niemand mein unerlaubtes Eindringen würde nachweisen können.

Also schlich ich den Gang nach vorne, nur um sofort wieder zwei Schritte zurück zu weichen. In der Halle mit den nackten Figuren tummelten sich inzwischen die Hexenmeister und auch oberhalb der Treppe liefen sie auf und ab.

Ich drückte mich in den Schatten und wich weiter zurück. Mein Weg hinein würde wohl nicht derselbe nach draußen sein.

Ich eilte den Gang weiter nach hinten, nah an die Wand gepresst und versuchte mich weiter im Schatten zu halten. Vor mir wurde eine Tür aufgerissen und ich setzte reflexartig meine Levitationsmagie ein. Ich flog nach oben und verharrte wie *Spiderman* an der Decke, während unter mir mehrere Hexenmeister ihre Stäbe zu Waffen erhoben nach vorne eilten.

Ich wartete, bis der Gang sich geleert hatte, ehe ich wieder zu Boden glitt. Dann setzte ich meinen Weg fort, bis eine breite Treppe erreichte, die nach oben führte.

Da es mein Ziel war aus Caer Myrddin rauszukommen, erschien es mir nicht der beste Plan, weiter nach oben zu gehen. Also sollte ich in irgendeinem der Räume besser nach einem Fenster suchen, durch das ich verschwinden konnte.

Ich öffnete die mir nächstgelegenen Türen, aber offensichtlich befand ich mich auf einer fensterlosen Seite des Gebäudes.

Nach der vierten Tür zu einem Raum ohne Fenster gab ich auf und spähte zurück zum Ende des Ganges. Von hier aus konnte ich eine ganze Reihe von Fenstern ausmachen, die sich oberhalb der Eingangstür entlangzogen. Aber um dorthin zu kommen, musste ich durch die Eingangshalle. Da konnte ich genauso gut probieren wieder durch die Tür zu verschwinden.

Vielleicht befand ich mich auch im Herzen von Caer Myrddin. Dann musste ich eventuell auch nur eines der anderen Zimmer durchqueren, um zu einem mit Fenster zu gelangen. Oder doch ein Stockwerk höher? Mit meiner Levitation würde ich auch aus den oberen Stockwerken rauskommen.

Meine Überlegungen wurden jäh unterbrochen, als ich von den Füßen gerissen und bis zum Ende des Flurs geschleudert wurde. Der Aufprall presste mir die Luft aus den Lungen. Schmerzerfüllt drehte ich mich zur Seite, nur um in der nächsten Sekunde erneut nach oben gerissen und gegen die Decke geschleudert zu werden. Darauf folgte ein erneuter, schmerzhafter Aufprall auf dem Boden.

Ich schätzte es gar nicht, wie ein Gummiball durch die Gegend geschleudert zu werden, und bemühte mich rasch wieder zu Atem zu kommen, um mich gegen den Zauber zu wehren, welcher mich gerade fest im Griff hatte und mich nun auf den Boden presste.

Ich blinzelte einige Male, bis ich eine hohe Gestalt erkannte, welche über mir aufragte.

Obwohl sehr schlank, mit hüftlangen pechschwarzen Haaren und femininen Gesichtszügen, handelte es sich eindeutig um einen Mann. Sein Anzug war elegant geschnitten und ließ ihn hier absolut deplatziert wirken. Als gehöre er in eine Kanzlei anstatt in das Innere eines Schlosses.

Er hatte keinen Stab. Dennoch umwehte dunkle Magie seinen Körper in Form pechschwarzen Nebels.

Das war definitiv kein Hexenmeister, aber ich hatte auch keine Ahnung, was er sonst war. Allerdings erkannte ich die merkwürdige Magie wieder, die ich hier bereits gespürt hatte, und sie ging direkt von ihm aus.

»Du bist dann wohl der ungebetene Gast«, sagte er und obwohl seine Stimme einen angenehmen Klang hatte, bekam ich trotzdem eine Gänsehaut. Wie bei dem Geräusch, das entstand, wenn jemand mit einem Nagel über eine Tafel kratzte.

»Ziemlich dumm, einfach so im Flur rumzustehen.«

Ja, das zählte eindeutig nicht zu einer meiner besten Taktiken. Ich musste wirklich anfangen Pläne auszuarbeiten, bevor ich etwas tat, und nicht im Nachhinein stundenlang überlegen.

»Ich würde dich ja fragen, was du hier zu suchen hast, aber offen gestanden ist es mir vollkommen egal. Du wirst diesen Ort ohnehin nicht mehr lebend verlassen.«

Ich spürte einen weiteren Magiestoß und keuchte, während ich versuchte, mich wieder aufzurichten.

»Was … bist du?«, fragte ich und es kostete mich viel Kraft, diese Worte auszusprechen. Die dunkle Magie gab mir das Gefühl nicht atmen zu können.

»Phonoi«, stellte er sich vor, was mir leider auch überhaupt nicht weiterhalf. »Aber das kann dir auch egal sein.«

Damit hob er seine Hand und der schwarze Nebel verdichtete sich. Alle meine Instinkte stellten sich auf Gefahr ein und ich wusste einfach, dass es mein Ende sein würde, wenn er mich traf.

Um meine eigenen Finger bildete sich nun ebenfalls ein roter Nebel, als ich die Magie in mir sammelte. Mit einem Schrei schleuderte ich sie von mir und verhinderte so, dass seine schwarze Magie mich traf.

»Sieh an. Du bist mächtig«, sagte er, wirkte aber keineswegs beeindruckt. Eher amüsiert.

Ich hielt meine Handflächen auf Höhe meiner Brust aneinander, wo die Magie tiefrot aus meinen Fingerspitzen strömte und sich zu einem Feuerball formte. Ich schickte ihn zu Boden, woraufhin der Flur in Flammen aufging und Phonoi darin einschloss.

Erschrockene Schreie drangen an mein Ohr, aber ich konnte mich nicht darauf konzentrieren, denn der dunkle Mann trat umhüllt von schwarzer Magie aus dem Feuer, als wäre er Hades selbst, welcher der Unterwelt entstieg.

Scheiße! Meine Pyromagie konnte ihm nichts anhaben? Dabei war sie eine meiner stärksten Talente.

Phonoi hob die Hand und die schwarze Magie schoss auf mich zu wie scharfe Messerklingen. Ich riss schützend die Arme vor mein Gesicht und umhüllte meinen Körper mit einem Schutzzauber. Dennoch streifte eines der schwarzen Geschosse meinen Oberschenkel und ließ mich aufschreien. Die Wunde war nicht tief und blutete kaum, aber es fühlte sich an, als hätte jemand meinen Oberschenkel mit Säure übergossen. Was war das nur für eine Magie?

Ich kannte schwarze Magie. Aber das hier war einfach nicht von dieser Welt.

»Du solltest aufgeben. Damit würdest du es dir viel leichter machen«, erklärte mir Phonoi.

Ich sah in sein Gesicht und die Freude über mein bevorstehendes Ableben, die ich darin erkannte, erschreckte mich ebenso wie sie mich anwiderte. Diese Mimik wirkte so unmenschlich und gleichzeitig viel zu menschlich.

Dieser Mann schien aus Fleisch und Blut, aber ich bekam immer mehr den Verdacht, dass er genau wie seine Magie nicht von dieser Welt war.

»Du bist … eines der Übel«, mutmaßte ich, was ihn tatsächlich dazu veranlasste, inne zu halten und sich elegant vor mir zu verbeugen.

»Ich bin entzückt. In eurer Zeit gibt es kaum noch Menschen, die das erkennen. Aber ganz recht. Ich bin Phonoi – niemand Geringeres als der Mord selbst.«

Ein Übel in handfester Form. Ich konnte es nicht fassen.

Also hatte man ihn wirklich mit diesen Altären beschwören können?

Phonoi richtete sich wieder auf und ich erkannte, dass ich eindeutig die schwereren Geschütze auffahren musste, wenn ich hier noch lebend raus wollte. Ich sammelte meine Magie und beschwor Nemesis, was in Phonois Gesicht zum ersten Mal Überraschung hervorrief.

»Das ist …«, begann er und musterte die Klinge ehrfürchtig, fast schon ängstlich.

Ich wartete nicht, bis er sich an den Anblick gewöhnt hatte. Um Nemesis gezielt gegen ihn einzusetzen, musste ich seine Abwehr schwächen.

Ich sammelte erneut meine Magie und wie ich zuvor Feuer entfacht hatte, ließ ich jetzt Wassermassen den Gang fluten.

Phonoi musterte den Elementwechsel verwirrt und konzentrierte sich darauf, nicht von den Füßen gerissen zu werden, was mir die Zeit verschaffte, Nemesis in den Boden zu rammen und als wortwörtlichen Ableiter zu verwenden, als ich jetzt Blitze durch das Wasser jagte. Sie schlugen in schneller Abfolge in meinen Gegner ein und jetzt war es an Phonoi, vor Schmerzen aufzubrüllen, als die Elektrizität ihn durchschoss und in die Knie zwang. Verbrennungen verunstalteten seine Haut, aber ich konnte trotzdem kein verbranntes Fleisch riechen. Er war also wirklich kein Mensch.

Ich verstärkte die Blitze und verhinderte, dass Phonoi sich wieder aufrichten und zum Gegenschlag ausholen konnte. Es war zwar eher die Stärke meiner Tante Celenike, aber das bedeutete nicht, dass ich diese Art Magie, die Blitz und Donner beschwor, nicht auch beherrschte. Allerdings vielleicht nicht ganz so geschickt wie sie, denn ich merkte, wie weitere Blitze, nun direkt vom Himmel, in das Dach des Schlosses einschlugen.

Ich riss Nemesis aus dem Boden, sprang nach vorne und bevor Phonoi richtig reagieren konnte, schlug ich die aufgeladene Klinge durch seine Schulter bis hinunter zu seiner Hüfte.

Phonoi starrte mich mit weit aufgerissenen Augen an, während schwarzes Blut aus seinem Mundwinkel tropfte. Seine Finger schlossen sich um die Klinge des Schwertes, aber im selben Moment verfärbte sich seine Haut wie ein Stück Kohle und er zerfiel einfach zu Asche, welche das Wasser hinfort spülte.

Es dauerte einen Moment, bis das Pulsieren der Magie in mir nachließ, dann nahm ich wieder das aufgeregte Stimmengewirr um mich herum wahr. Ich musste unbedingt hier raus!

Ich wand mich um und hechtete die Treppe nach oben, um in den nächsten Stock zu gelangen. Dort bog ich geradewegs wieder in einen dunklen Flur.

Meine Güte! Kein Wunder, dass die Hexenmeister immer so mies drauf waren. Die bekamen in diesem Bunker ja überhaupt kein Sonnenlicht ab.

Der Schnitt an meinem Oberschenkel schmerzte, aber ich ignorierte es. Ich musste wirklich hier raus, bevor mir vielleicht noch mehr dieser personifizierten Übel begegneten. Ich hatte für Phonoi sehr viel Magie aufwenden müssen und bezweifelte, dass ich das noch mal in so kurzer Zeit schaffen konnte.

Da es mit dem heimlich Rausschleichen ja ohnehin schon vorbei war, entschied ich, dass die Jungs wirklich etwas mehr Sonnenlicht gebrauchen konnten. Ich lief zur Mauer am Ende des Ganges, die ich für einen Teil der Außenfassade hielt, und sammelte erneut meine Magie.

Sie war beinah schon erschöpft und so ungern ich es tat, musste ich etwas tiefer greifen. Ich hasste das, weil ich wusste, dass ich Tante Luvia damit wieder ein paar neue graue Haare bescheren würde, da meine eigene Macht aktuell nur durch das Abnehmen der ihren verstärkt wurde. Aber jetzt blieben mir nicht mehr so viele Optionen.

Meine Handflächen wurden heiß und erneut bildete sich der dünne rote Nebel um meine Finger. Ich konzentrierte mich auf einen Punkt an der Wand, woraufhin sich der Nebel löste und gegen die Mauer knallte. Der Stein wurde pulverisiert und ein großes Loch inmitten der Schlossmauer blieb zurück.

Ich zögerte keine Sekunde und sprang hindurch, doch der einsetzende Kopfschmerz durch das Auftreffen meiner Magie auf den Bannkreis, der Caer Myrddin umgab, hinderte mich daran, meine Levitationsmagie rechtzeitig einzusetzen.

Ich landete, zwar langsam, aber dennoch schmerzhaft im Wasser. Wobei, nach dem Geruch zu schließen, der mich im nächsten Moment einhüllte, war es nicht nur Wasser. Ganz wundervoll.

Wenn das alles nicht ein super, perfekt durchdachter Plan gewesen war.

KAPITEL 7
Der Preis ist das Leben

Mein Schädel dröhnte, während ich von oben bis unten mit Schlamm bedeckt – Ich redete mir zumindest ein, dass es sich nur um Schlamm handelte, obwohl ich wie ein ganzes Klärwerk stank – zum nächsten Ufer schwamm.

Im Schloss herrschte weiterhin Ausnahmezustand, aber meine Erschütterung des Bannkreises reichte, um die Hexenmeister so stark abzulenken, dass ein einfacher Tarnzauber mich vor ihren Blicken schützte, bis ich ihr Territorium verlassen hatte.

Das war ein ziemlich unausgereifter und dummer Plan gewesen. Ich musste mir echt etwas einfallen lassen, wie ich das vor Tante Luvia rechtfertigte, damit ich mir nicht wieder ihre stundenlange »Erst nachdenken, bevor du handelst«-Tirade anhören musste.

Aber vollkommen sinnlos war mein Eindringen in Caer Myrddin nun auch nicht gewesen. Schließlich hatte ich jetzt den Beweis, dass wirklich die Hexenmeister hinter all dem steckten. Keine Ahnung, woher sie die notwendige Magie bezogen hatten, aber sie hatten es wirklich geschafft, ein personifiziertes Übel in diese Welt zu rufen. Was hatte er noch mal gesagt, was er darstellte? Den Mord.

Damit konnte ich meine Unschuld beweisen und …

Ich stockte und meine Schritte wurden langsamer. Ich konnte doch meine Unschuld beweisen, oder?

Ich dachte daran, wie sich Phonoi vor meinen Augen zu Asche verwandelt hatte, als ich ihn mit Nemesis' Klinge geteilt hatte.

Nur mit Mühe unterdrückte ich einen frustrierten Aufschrei und das Bedürfnis, mir die Hand gegen die Stirn zu schlagen. Ich hatte den verdammten Beweis meiner Unschuld eigenhändig in ein Häuflein Asche verwandelt.

Zu dem Zeitpunkt, als er versucht hatte mich umzubringen, hatte ich es noch für eine gute Idee gehalten, aber jetzt? Jetzt hatte ich gar nichts, um zu beweisen, dass die Hexenmeister hinter den Anschlägen steckten.

Verdammt! Verdammt! Verdammt! *Erst nachdenken bevor du handelst, Enju.*

Ich konnte Tante Luvia förmlich auf meiner Schulter sitzen spüren, wie sie mir die Worte ins Ohr zischte.

Ich musste mir einen neuen Beweis beschaffen, aber hatte keine Ahnung, wie ich es anstellen sollte. Die Hexenmeister waren jetzt gewarnt und noch mal würde ich nicht so einfach in ihr Hauptquartier eindringen können.

Erschöpft ging ich die letzten Meter zu meinem Auto, belegte geistesgegenwärtig noch den Fahrersitz mit einem Anti-Schmutz-Zauber und ließ mich hinters Steuer sinken.

Ich griff nach meinem Telefon, um Thea Bescheid zu geben, als ich irritiert die Nummer betrachtete, die mich 65 Mal angerufen hatte. Was war denn da los?

Ich drückte den Rückruf und hielt mir das Telefon ans Ohr. Nach zweimal Tuten drang ein Kreischen an mein Ohr, welches so laut und durchdringend war, dass ich das Telefon ein Stück weghalten musste, um überhaupt etwas zu verstehen.

»Wo zur Hölle steckst du? Ich habe eine Ratte in meiner Küche! Hast du gehört, Enju? Ratte! In. Meiner. Küche! Wieso ist dein Zauber nicht erneuert?«

Scheiße! Das hatte ich vollkommen vergessen.

Die durchdringende Stimme gehörte Rúna. Ihres Zeichens eine Banshee an schlechten Tagen und an besseren die hysterische Küchenchefin des größten und luxuriösesten Restaurants in Lapislazuli. Sie und ihr Restaurant Asmara gehörten zu unserem Kundenstamm. Wir belegten das Asmara alle drei Jahre mit verschiedenen Schutzzaubern.

Schutz vor Schädlingen aller Art und Schutz für die Gäste und das Gebäude. Unsere Magie verhinderte, dass sich die Gäste im Asmara gegenseitig an die Gurgel gehen konnten und machte das Restaurant so zu einem perfekten neutralen Ort für Verhandlungen zwischen den einzelnen Völkern.

Ich hätte den Zauber gestern wieder erneuern müssen und hatte es vergessen. Schöner Mist! Das würde deutlichen Abzug in der Kundenzufriedenheit geben.

Natürlich waren wir Hexen in der Lage, solche Zauber dauerhaft zu wirken, aber das wäre alles andere als ein lohnenswertes Geschäftsmodell. So kassierten wir schließlich alle drei Jahre ab.

Wobei ich Rúna jetzt einen gewaltigen Preisnachlass einräumen musste für diese Nachlässigkeit. Ganz zu schweigen davon, was wir würden draufzahlen müssen, wenn es zu irgendwelchen Streitigkeiten im Restaurant kam, bevor ich den Zauber neu gezogen hatte. Schon eine Fliege in der Suppe könnte eine Katastrophe sein.

»Es tut mir sehr leid, Rúna. Ich ...«, widerwillig sah ich an mir herunter.

»... muss mich nur kurz umziehen, dann bin ich gleich da.«

»Ratten!«, kreischte sie mir erneut ins Ohr, was meine Kopfschmerzen nicht zwingend verbesserte.

»Ich weiß«, kurz überlegte ich, eine andere Hexe zu schicken, aber das würde nichts bringen.

Der Zauber müsste von jemand Gleichwertigem oder Stärkerem neu gezogen werden. In diesem Fall käme letztendlich nur Tante Luvia in Frage und die würde alles andere als begeistert darüber sein.

»Aber du möchtest nicht, dass ich so in deinem Restaurant auftauche, wie ich gerade aussehe und rieche. Glaub mir.«

»Und wenn du in einem Leinensack mit einem pinken Plastikhandschuh auf dem Kopf in meiner Küche rumspringst und dabei laut verkündest *Juchee, ich bin ein Tintenfisch!* ist mir das vollkommen egal! Ich habe heute eine wichtige Versammlung, Enju. Die Bude ist voll. Ich kann keine Ratten ... Kakerlake! Da läuft eine Kakerlake! Komm sofort her und bring das in Ordnung, Enju! Sofort!«

»Bin gleich da!«, seufzte ich, legte auf und startete den Wagen.

Der Abend konnte ja wohl kaum noch schlimmer werden.

***

»O mein Gott! Du stinkst ja abartig!«, eröffnete Rúna angewidert, während sie mich zum Lieferanteneingang winkte.

»Ach was …«

Es war ja nicht so, als hätte ich sie nicht vorgewarnt.

Während der Fahrt hatte ich versucht, meine Magie-Batterien so schnell aufzutanken wie ich nur konnte, aber sie befand sich immer noch im Minimum. Ich hoffte einfach, es würde ausreichen, um den Zauber wirksam zu erneuern.

Ich schob mich vorsichtig an der dünnen, mich um gute dreißig Zentimeter überragende, schneeweißen Gestalt vorbei und achtete penibel darauf, sie nicht zu berühren, um auch ja nichts an ihr zu beschmutzen. Denn Rúnas ganze Person war ein einziges Reinweiß, auf der man jeden noch so kleinen Fleck überdeutlich wahrnehmen würde.

Es war nicht nur ihre weiße Kochkleidung. Rúnas Haar und auch ihre Haut waren ebenfalls milchweiß. Einzig die blutroten Pupillen und die schwarzen, krallenartigen Fingernägel, verliehen ihrer Erscheinung einen Touch Farbe.

»Was um alles in der Welt hast du gemacht?«, fragte Rúna.

Ihre spitzen Ohren zuckten und ihr Mund offenbarte eine Reihe unnatürlich spitzer, scharfer Zähne, als sie durch den Mund atmete, um ihre feinen Sinne nicht zu sehr mit meinem Gestank zu belasten.

Mir war klar, dass sie gerade hin- und hergerissen war. Sie wollte, dass ich so schnell wie möglich meinen Job machte, genauso sehr wie sie mich in die nächste Badewanne verfrachten wollte.

»Lange Geschichte. Ich entschuldige mich noch mal im Namen des schwarzen Covens für die Unannehmlichkeiten und schaffe das Problem jetzt zügig aus der Welt«, antwortete ich müde, ehe ich mich an die Arbeit machte.

Der Zauber selbst war an sich nicht schwierig. Ich musste ihn aber an jeder Ecke dieses Gebäudekomplexes ausführen und das war zeitaufwendig. Denn das Asmara war in seinem Aufbau riesig. Es war nicht einfach nur ein Restaurant. Das Gebäude teilte sich in sechs Bereiche und diese waren nochmals in siebzig große und kleine Räume aufgefächert. Egal welche kulinarische Vorliebe ein Gast mitbrachte, sie wurde ihm hier erfüllt.

Ich brauchte fast zwei Stunden, um an jeder Ecke meinen magischen Zirkel zu ziehen und den Zauber so nach oben zu lenken, damit die Magie das gesamte Gebäude durchdrang.

Die Magie umwucherte das Gestein wie unsichtbarer Efeu und fraß sich Stück für Stück in jede Ritze. Wenn man bedachte, dass das Asmara Platz für gut 5000 Gäste beherbergte und an die 1000 Mitarbeiter hatte, war es wirklich eine Leistung, dass ich weitestgehend unentdeckt blieb.

Zumindest bis zu dem Punkt, als ich die letzte Ecke hinter mir ließ und mich zum Zentrum des Restaurants aufmachte, um den letzten Zirkel zu ziehen.

Ich wollte nicht dorthin, denn in der Mitte des Restaurants würde ich nicht nur keinem Blick ausweichen können, dort tummelten sich auch grundsätzlich die wichtigen Leute aus Lapislazuli, die gesehen werden wollten.

Das würde sehr demütigend werden. Aber mir blieb ja zumindest die Hoffnung, dass man mich unter den Schlammschichten nicht erkannte.

Ganz nach dem Motto »Bauch rein, Brust raus« – und dabei aufpassen, dass die Brüste nicht aus dem Ausschnitt quollen – betrat ich den Hauptbereich des Asmara und versuchte so gut es ging die ungläubigen Blicke und die abrupt verstummenden Gespräche zu ignorieren.

Ich wollte wirklich nicht hier sein, aber noch dringender wollte ich nach Hause. Ich durchschritt den Raum, knickte des Öfteren auf dem schweren Samtteppich mit meinen Absätzen weg – verdammte Mistdinger – und erreichte letztendlich den kitschigen kleinen, mit Amorfiguren ausstaffierten Springbrunnen, der das Zentrum kennzeichnete. Ohne auf die Blicke und das Getuschel zu achten, ging ich in die Hocke, zog den letzten Zirkel und murmelte leise den Zauber vor mich hin.

Unter geschlossenen Lidern nahm ich das rote Aufleuchten des Zirkels war, wie sich die Magie ausbreitete und sich mit den anderen Magiepunkten verband.

Sehr gut. Es würde noch etwa eine halbe Stunde dauern, bis der Zauber seine volle Wirkung entfaltete, aber da alle aßen, nahm ich an, dass in den nächsten Minuten niemand Ärger machen und versuchen würde, einem anderen Gast Schaden zuzufügen.

»Ähm ... gnädige Frau?«, flüsterte eine Stimme sehr zaghaft neben mir.

Gnädige Frau? Wie alt sah ich bitte aus?

Nein, eigentlich wollte ich es nicht wissen. Ich wollte überhaupt nicht wissen, wie ich im Moment aussah!

Ich richtete den Blick auf den jungen Kellner, der sich Mühe gab, sein Gesicht nicht angeekelt zu verziehen und dabei etwas überfordert wirkte.

»Keine Sorge, Kleiner. Ich bin ganz schnell weg«, seufzte ich.

»Oh ... ähm nein. Ein Gast bat mich, Sie zu seinem Tisch zu geleiten, sobald Sie fertig sind.«

»Was?«, fragte ich ungläubig und auch der Kellner wirkte, als könne er es selbst nicht glauben.

Wer zum Kuckuck könnte wollen, dass ich mich so in seine Nähe begab?

Ich richtete mich auf und folgte mit dem Blick der ausgestreckten Hand des Kellners, der mich in die gewünschte Richtung führen wollte.

Soviel zu »Es konnte nicht mehr schlimmer werden«.

Mit einem äußerst amüsierten Blick hob Kayneth Ainsworth sein Glas und prostete mir zu. Ihm gegenüber ... ernsthaft? Also es konnte eindeutig noch schlimmer werden. Es konnte sogar noch viel, viel schlimmer werden!

Ihm gegenüber saß das engelsgleichste Geschöpf, welches dieser Planet jemals vorgebracht hatte. Aka Marisya. Mitglied und große Hoffnung der La Dame Blanche.

Sie war etwa so alt wie ich und wunderschön. Wirklich wunderschön. Eigentlich unfassbar schön. Das konnte ich ehrlich, wenn auch voller Neid, zugeben. Sie war für meinen Geschmack zwar etwas zu schlank, aber jeder Modedesigner würde ihre Figur vergöttern. Und ihr Gesicht. Leicht rundliche Form, was ihr etwas Kindliches, Hilfsbedürftiges verlieh, worauf jeder Mann mit auch nur einem Funken Beschützerinstinkt sofort abfuhr. Schmollmund, süße Stubsnase mit ein paar leichten Sommersprossen und großen braunen *Bambi*-Augen, umrahmt von vollen Wimpern. Abgerundet wurde das gesamte Erscheinungsbild von silberblondem Haar, welches ihr in Wellen bis zur Taille fiel.

Ich empfand mich selbst wirklich nicht als unansehnlich, aber sogar rausgeputzt bekam ich Komplexe neben einer solchen Schönheit wie Marisya.

Mich jetzt auch nur in ihre Nähe zu wagen war Folter. Ganz gemeine Folter. Dennoch folgte ich dem nervösen Kellner und schenkte Kayneth mein bestes »Du kannst mich mal«-Lächeln.

»Prinzessin, welch ... ungewöhnlicher Anblick«, begrüßte mich Kayneth, ließ seine Augen demonstrativ über mich gleiten und machte sich gar nicht erst die Mühe, seine Belustigung zu verbergen.

»Ja ... erfreulich, nicht wahr?«, antwortete ich ruhig.

Ich schaute zu Marisya, die unsicher meine Erscheinung musterte und Schwierigkeiten hatte, eine passende Reaktion zu zeigen.

»Verzeihung. Das ist Marisya Belena. Die Enkelin Orphelias, welche du ja schon kennlernen durftest. Marisya, das ist eine Hexe des schwarzen Covens. Elevtheria Nuada Justeaze Ulthea Phenix.«

Mir entglitten sämtliche Gesichtszüge und ich schaffte es vor Überraschung und Entsetzen nicht mal, irgendetwas auf Kayneth' triumphale Miene zu erwidern.

Er war nirgendwo gelistet. Nirgends einsehbar.

Wenn dann war Elevtheria der einzige ausgeschriebene Teil meines Namens, der irgendwo auftauchen könnte. Also wie um alles in der Welt hatte er ihn rausbekommen?

»Sehr erfreut, Eure Bekanntschaft zu machen, Elev ...«, begann Marisya höflich, wenn auch mit deutlichen Schwierigkeiten, ihn zusammen zu bekommen.

»Enju reicht!«, erwiderte ich etwas zu laut und schnell.

Jetzt war ich um den Schlamm auf meinem Körper froh, denn ich spürte, wie meine Wangen heiß wurden und mein Gesicht sicherlich rot glühte.

»Enju ist aktuell im Auftrag des Rates unterwegs und dabei offensichtlich so beschäftigt, dass sie mir keine regelmäßigen Berichte liefern kann, obwohl es eigentlich so besprochen war«, fuhr Kayneth fort und jetzt hatte seine Stimme einen gefährlich schneidenden Klang.

»Aber das wird sie jetzt sicher nachholen.«

»Das kann nicht dein Ernst sein?«, fragte ich.

Er würde mich doch nicht hier bei seinem Date behalten – in diesem Zustand – nur um ihm einen Bericht abzuliefern?

Doch schon stellte mir der Kellner einen Stuhl bereit und bedeckte die cremefarbene Polsterung mit einem großen Tischtuch. Wie aufmerksam.

»Mein voller Ernst. Ich nehme immer, was ich kriegen kann«, antwortete Kayneth ernst und wies mich an mich zu setzen.

Marisya blickte etwas hilflos zwischen Kayneth und mir hin und her, während ich mich unwillig auf den Stuhl sinken ließ. Fast hatte ich Mitleid mit ihr, dass ihr Date wohl offensichtlich gar nicht so ablief, wie sie es erhofft hatte, aber da sich gerade mein gesamtes Mitleid auf mich selbst konzentrierte, blieb für den blonden Engel leider nichts mehr übrig.

»Also ... möchtest du mir ein Update geben? Eventuell wie es zu diesem sehr interessanten Outfit gekommen ist?«, fragte Kayneth und ließ die Augen nochmals an mir auf und ab gleiten.

Ich bemerkte durchaus, dass die Augen einen Moment zu lange auf meinem Ausschnitt verweilten und verschränkte demonstrativ die Arme vor meiner Brust, ehe ich antwortete.

»Offen gestanden nein«, erwiderte ich geradeheraus.

Kayneth' Miene verfinsterte sich und ich spürte Marisya unruhig auf ihrem Stuhl hin- und herrutschen.

»Ich – «, begann Kayneth, wurde aber durch das Klingeln seines Telefons unterbrochen.

Er ließ sein Handy während eines Dates an? Das gab aber Punktabzug, o großer Alpha.

Sein Blick fiel auf das Display und er stieß ein genervtes Knurren aus.

»Entschuldigt mich. Ich bin gleich zurück.« Damit erhob er sich und nahm den Anruf an.

Meine Augen huschten über den dunklen Anzug, den er trug und ich musste zugeben, dass er wirklich heiß darin aussah. *James Bond* war nichts dagegen.

Ich schaute Kayneth nach, musterte die breiten Schultern, die schmale Taille … sein Körper hatte diese ansehnliche dreieckige Körperform, die Stärke und Muskeln verriet, ohne dabei bullig zu wirken und er hatte einen wirklich netten Hintern. Ich genoss den Anblick, bis er aus meinem Blickfeld verschwunden war, ehe ich darüber nachdachte, was passieren würd,e wenn ich jetzt einfach verschwand. Er würde sein Date ja nicht einfach sitzen lassen, um mich zu verfolgen, oder?

»Also …«, begann Marisya schüchtern und zog meine Aufmerksamkeit wieder auf sich.

Wahnsinn, was für ein Gesicht. Ich musterte sie und versuchte einen Makel zu finden, blieb aber ohne Erfolg.

»… Sie arbeiten für den Rat?«, fragte sie so höflich wie möglich.

Ich wusste, dass sie mir mit Argwohn begegnete. Als La Dame Blanche war sie dazu erzogen, die Hexen des Zirkels nicht zu mögen. Wir bildeten für sie so etwas wie die dunkle Seite der Macht. Die La Dame Blanche wären durchaus in der Lage, die gleiche Magie zu wirken, wie wir es taten, schließlich waren sie im Prinzip auch eine Form der Hexen. Aber sie taten es nicht, weil sie jede andere Magie als die zur Heilung als unrein ansahen. Daher beschränkten sich ihre Fähigkeiten nur auf Heilmagie und gegebenenfalls noch auf Schutzzauber.

»Notgedrungen«, antwortete ich kurz und ließ meinen Blick durch das Restaurant schweifen, um den nächsten Ausgang auszumachen.

Marisya gab ein leises, verlegen klingendes Lachen von sich.

»Na ja, zumindest weiß ich jetzt wie sein Gesicht aussieht, wenn er Interesse an etwas hat«, murmelte sie leise, aber doch verständlich.

»Was?«, fragte ich und wandte mich ihr wieder zu, aber sie sah mich nicht an, sondern starrte auf ihre Hände, die sie in ihrem Schoß gefaltete hatte.

»Kayneth … er wirkte den ganzen Abend so teilnahmslos. Bis er Sie entdeckt hat. Da habe ich das erste richtige Lächeln in seinem Gesicht gesehen und … aufrichtiges Interesse in seinen Augen. Ich befürchte, ich langweile ihn ganz furchtbar.«

»Schätzchen, ich glaube, Sie könnten einem Mann ein Telefonbuch vorlesen und er würde sich nicht langweilen«, erwiderte ich und hoffte inständig, dass ihr weinerlicher Tonfall nicht der Vorbote dafür war, dass sie gleich in Tränen ausbrechen würde.

Wobei diese Frau wahrscheinlich auch noch total verheult einfach Göttinnen gleich aussehen würde.

»Kayneth … nun, ihm gehen momentan einige Dinge, den Rat betreffend, im Kopf rum. Nehmen Sie das nicht persönlich. Der Rat ist auch der einzige Grund, warum ich aktuell sein Interesse auf mich ziehe«, versuchte ich sie aufzumuntern.

Sie hob das Gesicht und lächelte zaghaft, was etwa den gleichen Effekt hatte, wie wenn einem ein Babykätzchen vor die Nase gehalten wurde. Man stieß ein »Ohhh« aus und wollte es knuddeln und liebhaben.

Diese Frau brauchte sich wirklich keine Sorgen zu machen. Mit ihrer Art passte sie perfekt zu einem Beast, mit deren ausgeprägten Beschützerinstinkten.

Ein Kellner kam zu unserem Tisch und stellte ein Cocktailglas mit blauer Flüssigkeit, Früchten und einem bunten Schirmchen vor mich.

Überrascht sah ich auf.

»Für Sie. Von einem Herren an der Bar«, klärte mich der Kellner auf und verschwand höflich und nichtssagend lächelnd so schnell wie er aufgetaucht war.

»Wer ist denn so verzweifelt?«, murmelte ich ungläubig und ließ meinen Blick zur Bar schweifen.

Aber keiner der Männer dort schaute in meine Richtung.

Natürlich schrie mein Outfit »billig« und »leicht zu haben«. Aber der Schlamm, der mich bedeckte, sollte doch wirklich mehr als abtörnend wirken, oder?

Egal. Nach dem Abend konnte ich einen großen Schluck Alkohol wirklich vertragen.

Ich verzichtete auf den Strohhalm, setzte das Glas an meine Lippen und trank den blauen Inhalt auf ex.

Marisya versuchte sich ihr Entsetzen aufgrund meines äußerst undamenhaften Benehmens nicht anmerken zu lassen, scheiterte allerdings kläglich.

»Ich glaube, wir kennen uns, oder? Ich denke, ich habe Sie auf der letzten Versammlung der Völker gesehen«, versuchte sie dem vorherigen Gespräch eine andere Richtung zu geben.

Ich öffnete den Mund und stockte. Mein persönlicher *Spider-Sinn* schlug an, aber aufgrund meines geringen Magie-Levels leider viel zu spät.

Ich spürte, wie sich etwas in meinem Inneren ausbreitete und sich durch meine Adern fraß wie Säure.

Scheiße ... Scheiße! Scheiße! Scheiße!

Ich stand ruckartig auf und der Stuhl fiel hinter mir zu Boden, aber es war mir gleich.

Ich wandte mich erneut zur Bar, musterte die Gäste aufmerksamer und begegnete jetzt pechschwarzen Augen, die mich direkt ansahen. Diesmal konnte ich überhaupt nicht bestimmen, ob es ein Mann oder eine Frau war. Die Person trug zwar einen Anzug und einen Hut, aber die Lippen waren genauso feuerrot geschminkt wie die Farbe der Haare. Auch konnte ich Lidschatten um die Augen erkennen. Das Gesicht aber war weiß, wie eine Totenmaske.

Daher stach der kleine Schmetterling, der die Wange unterhalb des Auges der Person zierte, auch extrem heraus.

Hätte ich Phonoi noch nicht getroffen, hätte es länger gedauert, aber jetzt erkannte ich die Magie, die es umgab, gleich wieder. Das war kein Mensch. Sondern ein weiteres Übel in Form eines Menschen.

Es lehnte gegen die Bar und hob sein Glas, wie zuvor Kayneth zu einem Gruß. Ich sah das triumphale Funkeln in den dunklen Augen und die feuerroten Lippen verzogen sich zu einem gehässigen lächeln.

»Enju? Geht es Ihnen gut?«, fragte Marisya.

»Nein«, antwortete ich langsam, während mein Hirn auf Hochtouren lief.

Verdammt! Der Schutzzauber entfaltete seine komplette Wirkung erst in etwas mehr als fünfzehn Minuten.

In dieser Zeit konnte man durchaus anderen Gästen Schaden zufügen. Und wer wusste schon, ob meine Magie in Bezug auf personifizierte Übel genauso wirkte wie auf andere Wesen. Vor allem, wenn man so blöd war wie ich und auch noch freiwillig etwas zu sich nahm, das von einem Übel kam.

»Enju?«, fragte Marisya erneut und machte Anstalten sich mit besorgter Miene zu erheben.

Ich ließ sie stehen und stürmte ohne ein weiteres Wort nach draußen.

Ich musste nach Hause, sonst war ich am Arsch.

Wenn das nicht ohnehin schon der Fall war.

***

Ich hatte einen verdammten Nurit verschluckt! Wie bescheuert konnte man eigentlich sein, diesen fiesen kleinen Parasiten so herzlich in den eigenen Körper einzuladen?

Ein Nurit wurde mittels schwärzester Magie erschaffen und ernährte sich hauptsächlich von Magie. In seiner Grundform war er nicht größer als ein kleines, kaum fünf Millimeter großes Ei.

War ein magisch begabtes Wesen allerdings so blöd, eben jenes Ei zu schlucken, schlüpfte der Nurit innerhalb von Sekunden und labte sich an den Magiereserven seines Wirts. Mit jedem Stück, das er fraß, entwickelte er sich zu einem langen, ekligen Wurm mit unendlich vielen Reihen an Zähnen. Das Problem war nicht nur, dass der Nurit seinen Wirt jeglicher Magie beraubte, sondern auch, dass er sich durch die inneren Organe bis zum Gehirn fraß und, sofern der Wirt es überhaupt überlebte, eine sabbernde leere Hülle zurückließ. Ein Schicksal, was mir auch blühen würde, wenn ich den Nurit nicht schnell aus meinem Körper bekam.

Ich musste nach Hause, aber Teleportieren fiel aus. Ich durfte keine Magie anwenden. Ich hatte ohnehin kaum noch Reserven und es wäre wortwörtlich ein gefundenes Fressen für den Parasiten, da es dafür sorgen würde, dass er noch schneller wuchs.

Daher startete ich meinen Wagen und gab Gas.

Während der gesamten Fahrt fluchte ich lautstark vor mich hin, aufgrund meiner eigenen Nachlässigkeit. Ich ignorierte alle rote Ampeln und heizte ganz nach dem Motto *WWVDT* – Was würde Vin Diesel tun – und bester *Fast and Furios*-Manier durch die Straßen, bis ich mit quietschenden Reifen vor meiner Haustür hielt und die Treppen nach oben sprintete.

Ich stürmte in die Küche, riss die Schränke nacheinander auf und verteilte alles, was ich benötigte, auf der Küchenzeile. Da ich magietechnisch ziemlich eingeschränkt war, musste ich auf einen Zaubertrank ausweichen.

Das Brauen von Tränken gehörte nicht unbedingt zu meinen Stärken, aber ich musste das hinbekommen, bevor der Nurit zu viel von meiner Magie gefressen hatte. Ich griff nach einem der größeren Töpfe, als ein blitzähnlicher Schmerz meinen Arm durchzuckte und ich den Topf fallen ließ. Laut scheppernd fiel er auf den Boden und rollte in die nächste Ecke.

Ich ging in die Knie und rieb mir über den Arm. Selbst unter dem ganzen Schlamm sah man die Symbole blau aufleuchten. Nemesis war offensichtlich alles andere als erfreut darüber, sich meinen Körper mit etwas anderem teilen zu müssen.

Das Schwert kämpfte mit seiner eigenen Magie, welche aber durch die meine genährt wurde. Der Widerstand des Schwertes war im Moment eher kontraproduktiv. Ich atmete durch den Schmerz hindurch, rappelte mich wieder auf und ergriff den Topf erneut.

Mit Wasser gefüllt stellte ich ihn auf den Herd und erhitzte die Herdplatte auf die höchste Stufe.

Die Schmerzen, die sich meinen Arm entlangzogen, machten es nicht gerade einfacher mich zu konzentrieren, aber ich biss die Zähne zusammen und warf die notwendigen Kräuter und Zutaten in den Topf.

Ein lautes Klingeln zerriss die Stille, aber ich ignorierte es. Zumindest versuchte ich es, bis das Klingeln an der Haustür zum Dauerton wurde.

Wütend wandte ich mich um und betätigte die Gegensprechanlage.

»Was?«, fauchte ich.

»Lass mich rein.«

Kayneth! Der hatte mir gerade noch gefehlt.

»Ganz sicher nicht!«

Ich hörte ein genervtes Seufzen.

»Lass mich rein oder ich werde husten und pusten und dir dein Haus niederreißen.«

Sollte ein Märchenzitat wirklich so bedrohlich klingen?

Mit einem Schnauben drückte ich auf den Summer, ehe ich mich wieder dem Zaubertrank zuwandte. Ich hörte Kayneth die Treppe nach oben kommen, wandte mich aber nicht um, als er die Küche betrat.

»Was ist los? Marisya meinte, du wärst wie von der Tarantel gestochen aus dem Restaurant gerannt und sahst alles andere als gut aus.«

Ich spürte ihn näherkommen und irgendwo hinter mir verharren. Er machte den Eindruck eines Raubtieres, das sich zum Sprung auf seine Beute bereit machte. Nicht sonderlich beruhigend.

»Prinzessin?«

»Klappe. Ich habe jetzt keine Zeit für dich! Ich muss mich hier konzentrieren!«

»Bei was? Was ist im Restaurant passiert?«, fragte er herrisch und ich spürte eine seltsame Welle, die meinen Körper durchzuckte.

Ich hielt inne und spähte ungläubig über die Schulter.

»Ernsthaft? Du wendest deine Alpha – was auch immer – autoritäre Macht bei mir an?«

»Wäre ja möglich, dass es funktioniert«, erwiderte er gelassen.

Wäre ich keine Hexe, hätte es das wahrscheinlich auch.

Die Alpha-Macht war eine interessante Magieform, die mit dem Blut einherging. Wäre ich ein Hund, hätte ich mich wahrscheinlich wirklich auf den Rücken geworfen und meine verletzliche Kehle als Zeichen der Unterwerfung präsentiert.

»Aber jetzt Rede!«

Oh, ich hasste diesen autoritären Tonfall. Gut, ein klein wenig machte er mich auch an, aber jetzt hasste ich ihn.

»Ich habe einen Nurit geschluckt«, erklärte ich und machte mich weiter daran, die Zutaten in der richtigen Reihenfolge in den Topf zu werfen.

»Was ist das?«

»Ein Parasit. Ein Wurm, der sich von Magie ernährt und wenn er dem Wirt sämtliche entzogen hat, macht er mit den Organen weiter.«

»Wie lange dauert das?«, fragte Kayneth und trat näher, sodass ich seine Gestalt aus den Augenwinkeln ausmachen konnte.

»Magietechnisch hat er an mir einiges zu knappern. Ich bin aktuell quasi ein Schlaraffenland für ihn. Aber je länger er in meinem Körper ist, desto mehr Schaden kann er anrichten.«

»Und was du da zusammenkochst ist das Einzige, womit du dieses Ding los wirst?«

»Alternativ könnte ich sterben. Das würde meine Attraktivität als Wirt um einiges schmälern, aber wie du dir vielleicht denken kannst, ist das nicht unbedingt eine Option, die ich in Erwägung ziehe!«

»Verstehe. Er fühlt sich also nur in einem gesunden und lebendigen Körper wohl«, murmelte Kayneth nachdenklich.

»Wer nicht?«, antwortete ich ruppig und konzentrierte mich weiter auf den Trank.

Ich konnte leider nicht behaupten, dass die Mixtur sonderlich wohlriechend war und verzog bei den aufsteigenden Düften angewidert das Gesicht. Das stank beinahe noch schlimmer als ich.

Ich sah aus den Augenwinkeln, wie Kayneth sich bewegte und komplett aus meiner Reichweite verschwand.

Keine Ahnung, ob er einfach beschlossen hatte, sich im Haus umzusehen oder wortlos gegangen war. Mir fehlte gerade wirklich die Zeit, mich um ihn zu kümmern. Ich warf die letzten Kräuter in den Topf und murmelte den Zauber, um den ich nicht herumkam. Es war kein Vergnügen.

Ich spürte, wie der Nurit durch mein Inneres schoss, um sich auf den Funken Magie zu stürzen, den ich verstärkt hatte.

»Prinzessin, komm mal her!«, drang Kayneth' Stimme an mein Ohr.

Ich brauchte einen Moment, um einzuordnen, woher seine Stimme kam. Badezimmer, wenn ich nicht falsch lag. Keine Ahnung, was er wollte, aber ich hatte keine Zeit nach ihm zu sehen.

»Hörst du nicht zu? Ich habe keine Zeit!«, fauchte ich.

»Komm her, wenn du nicht willst, dass ich dich hole!«

»Du kannst mich mal, *Tabaluga*! Ich bin keines deiner Haustiere!«, schrie ich einmal quer durchs Haus.

Seine Antwort bestand aus einem bedrohlichen Knurren, welches ich aber weitestgehend ignorierte. Der konnte doch nicht wirklich erwarten, dass alle immer nach seiner Pfeife tanzten.

Ich schaltete die Temperatur der Herdplatte herunter, damit der Trank nur noch köchelte, als sich plötzlich ein Arm um meine Taille schlang und ich hochgehoben wurde, als wöge ich nichts.

»Ey! Lass mich sofort runter!«, fauchte ich und zappelte in Kayneth' Arm während er mich unnachgiebig die Treppe nach oben trug.

Er ließ mich erst im Badezimmer wieder runter, woraufhin ich misstrauisch unsere Badewanne betrachtete, welche er geflutet hatte. Was bei dem Fassungsvermögen schon einige Liter Wasser waren.

»Wieso setzt du mein Badezimmer unter Wasser?«, fragte ich.

Da Kayneth den Wasserhahn offengelassen hatte, schwappte das Wasser unaufhörlich über den Beckenrand und flutete langsam den Badezimmerboden.

Kayneth ignorierte meine Frage samt missbilligendem Tonfall, zog seine Anzugjacke aus, warf sie achtlos beiseite und rollte sich dann seine Hemdärmel nach oben.

»Vertraust du mir?«, fragte er.

»Nein«, antwortete ich und gab mir nicht einmal die Mühe, den Unglauben aufgrund der Frage aus meiner Stimme zu verbannen.

»Vernünftige Entscheidung«, erwiderte er und im nächsten Moment umklammerten seine Finger meinen Oberarm wie ein unnachgiebiger Schraubstock, während sich seine andere Hand in meinen Nacken legte und er mein Gesicht ins Wasser katapultierte.

Seine Bewegung war so schnell, dass ich im ersten Moment überhaupt nicht reagierte und danach nur hilflos mit den Armen ruderte. Instinktiv hielt ich die Luft an und versuchte mich gegen seinen Griff zu stemmen, aber er war mir körperlich eindeutig überlegen.

Stetiges Wasserrauschen erfüllte meine Sinne und der Drang, Luft zu holen, wurde langsam übermächtig. Mein Herz donnerte wild in meiner Brust und mit wachsender Panik versuchte ich mich zu befreien. Doch meine Versuche blieben erfolglos. Ich fand einfach keinen Halt. Meine Finger rutschten ständig auf dem nassen Porzellan ab. Das Wasser um mich herum schwappte über, durchnässte mich bis auf die Haut, aber der Wasserstand in der Badewanne änderte sich kaum. Ich entkam nicht.

Instinktiv setzte sich mein Körper mit Magie zur Wehr, aber ich vernahm nur ein Splittern von etwas, das um uns herum zu Bruch gegangen war. An Kayneth prallte jeder magische Schlag ab. Ich war einfach immer noch viel zu schwach.

Meine Lungen brannten, ein Rauschen füllte meine Ohren und blendete alle anderen Geräusche aus. Während mein Bewusstsein langsam schwand, trat nur noch eine einzige Erkenntnis in den Vordergrund: Ich würde sterben.

Jetzt war ich noch hier und im nächsten Moment würde ich fort sein. Das war alles.

Mein bisheriges Leben zog nicht wie in Zeitlupe an mir vorbei. Es blieb nur diese Erkenntnis, dass ich einen Fehler gemacht hatte und jetzt sterben würde. Jegliche Kraft verließ meinen Körper und meine Beine sackten unter mir weg.

In diesem Augenblick riss Kayneth mich nach oben.

»Ist es das?«, fragte er, schüttelte mich leicht und zwang mich die Augen wieder zu öffnen, um ins Wasser zu schauen, während er mit einer Hand den Wasserhahn abdrehte.

Kaum zehn Zentimeter lang und vielleicht geradem al drei Zentimeter breit, und doch bewies diese geringe Größe, wie viel meiner Magie er in dieser kurzen Zeit gefressen haben musste, um sie zu erreichen.

Ich betrachtete erschöpft den schwarz glänzenden Körper des Nurit, die kreisrunden Reihen kleiner spitzer Zähne in seinem Schlund, während er sich wand und Stück für Stück im Wasser auflöste, bis nur noch ein schwarzer Film übrig blieb, der an Öl erinnerte.

In diesem frühen Stadium überlebte ein Nurit nicht lange außerhalb seines Wirts.

Schwer keuchend und mit tränenden Augen sackte ich zu Boden, während Kayneth sich nach vorne beugte und das Wasser abließ.

»Tja … wohl noch mal gut gegangen.«

Sein Tonfall war ausgesprochen locker. Als ob nichts dabei wäre, dass er mich vor ein paar Sekunden beinahe ertränkt hätte.

Diese Entspanntheit machte mich genauso wütend, wie es mir auch eine Scheißangst einjagte. Wie bei unserem ersten Zusammentreffen. Dieser Typ war scheiß gefährlich.

»Du bist wirklich eine interessante Frau. Mit dir scheint es nicht langweilig zu werden«, sagte er dann und rollte seine Hemdärmel wieder nach unten.

Da er etwa so klang, als hätte er eine Kakerlake mit zwei Köpfen vor sich, dessen Anblick ihn faszinierte, verbuchte ich seine Worte nicht als Kompliment.

Ich hob mühevoll die Hand und zeigte zur Antwort meinen erhobenen Mittelfinger.

»Schon in Ordnung. Ich weiß, wo die Tür ist«, antwortete er mit einem Anflug von Belustigung in der Stimme, ehe er seine Jacke packte und verschwand.

***

»Das hätte wirklich schlimmer ausgehen können. Du kannst dem Alpha durchaus für sein beherztes Eingreifen danken«, meinte Luvia.

»Ich soll ihm danken?!«, fragte ich meine Tante ungläubig.

»Wir spielen hier nicht *Kill Enju* oder *Aller guten Dinge sind drei*! Das ist nichts, bei dem man ihn ermuntern sollte, den Highscore zu knacken!«

Tante Luvia warf mir einen ihrer berüchtigten Blicke zu, die sie immer aufsetzte, wenn sie mich für kindisch hielt.

»Damit der Trank wenigstens halbwegs seine Wirkung entfaltet, muss er gut eine Stunde lang köcheln. In dieser Zeit hätte der Nurit sich schon deine gesamte Magie einverleiben können. Ich weiß nicht, wie oft ich dir noch erklären muss, wie wichtig vorrausschauendes Denken ist. Würdest du dir zu jedem Vollmond Tränke auf Vorrat brauen oder hättest du das Siegel einfach gleich erneuern lassen ...«

Ich verdrehte genervt die Augen und ließ meinen Kopf nach hinten ins Kissen fallen.

Während Tante Luvia weiter die Dinge aufzählte, die ich versäumt hatte zu tun, starrte ich zur Decke und ließ ihre Magie meinen Körper umhüllen.

Ich hasste ihre »Das musst du anders und dies musst du besser machen«-Tirade, aber bezüglich des Siegels hatte sie nicht unrecht. Es schützte meinen Körper und hätte ich es gleich erneuert, nachdem Kayneth es zerstört hatte, so wäre sofort verhindert worden, dass der Nurit überhaupt in meinen Körper gelangt.

Meine Nachlässigkeit hatte ich mit einem beinah Ableben durch Ertrinken bezahlt. Man könnte also meinen, ich wäre genug bestraft, aber nein, ich musste mich von meiner Tante ausschimpfen lassen, als wäre ich eine Dreijährige.

Ich blickte auf meinen Bauch, um zu sehen, wie weit Tante Luvia war.

Widerwillig war ich in der Frühe zum schwarzen Coven zurückgekehrt. Ich hatte meine Anwesenheit Tante Luvia nicht antun wollen, denn schon jetzt konnte ich feststellen, dass mein Aufenthalt in den letzten paar Stunden ihr weitere, graue Strähnen eingebracht hatte. Ich fühlte mich Furchtbar in dem Wissen, dass ich ihr Macht und Lebensenergie entzog, nur weil ich mich physisch im selben Raum wie sie aufhielt. Aber das Siegel konnte nur von jemandem platziert werden, der meinen Kräften relativ ebenbürtig war. Sonst würde meine Magie es einfach wieder neutralisieren.

Ich beobachtete, wie Tante Luvia mit einem dünnen, silberglänzenden Stab komplizierte Muster auf meinem Bauch platzierte und dabei weiter leise vor sich hin schimpfte.

Im Moment leuchteten die dünnen Linien noch in reinem Silber auf meiner Haut, würden aber mit der Zeit verblassen und dann vollkommen verschwinden.

Sie würden erst dann wieder sichtbar werden, wenn mein Körper geschützt werden musste, oder jemand das Siegel erneut zerstörte. Was ich mit aller Macht zu verhindern gedachte. Einmal reichte vollkommen.

Eine Windböe stieß die Tür auf und Tante Celenike trat herein. Sie hielt nichts davon, einfach die Klinke nach unten zu drücken, um eine Tür zu öffnen.

»Ich hatte gerade ein äußerst interessantes Gespräch mit Arvid Falk«, eröffnete Celenike und ließ sich auf einen der umstehenden Stühle sinken. Missmutig verzog sie das Gesicht, während sie versuchte es sich bequem zu machen.

Ich verstand sie gut. Wie bei den anderen Residenzen der Völker war auch der Hauptsitz des Covens ein Ort, der vor allem eines ausstrahlen sollte: Macht. Die dreistöckige, schneeweiße Villa war groß, eindrucksvoll gebaut und erfüllt von Luxusmöbeln, die einfach nur unbequem waren.

Man fand in dem kompletten Gebäude nicht eine gemütliche Sitzgelegenheit. Alle Stühle waren aus dem letzten Jahrhundert, in dem der Barockstil noch schwer angesagt war, und bei sämtlichen Sofas handelte es sich um reich verzierte Kanapees oder Chaiselongue. Ich hatte die Einrichtung schon immer als verstaubt empfunden, aber Tante Luvia und den meisten der anderen Hexen gefiel es. Das Anwesen strahlte dadurch angeblich die notwendige Würde aus.

»Der Merlin?«, fragte Tante Luvia ihre Schwester argwöhnisch.

Merlin war in unseren Kreisen kein Name, sondern ein Ehrentitel wie Alpha, Königin oder Lord und bezeichnete das amtierende Oberhaupt der Hexenmeister.

»Ja. Er hat mich freundlich darauf angesprochen, dass ihm das unerlaubte Eindringen – angeblich von einer Hexe – in Caer Myrddin zugetragen wurde.«

»Hat er uns bedroht?«, fragte Luvia.

»Nein, hat er nicht«, erwiderte Celenike. »Er blieb wirklich ausgesprochen freundlich. Das macht es ja so seltsam. Es war allerhöchstens ein Klaps auf die Finger, aber mit dem sehr deutlichen Hinweis, dass er nicht vorhat das Public zu machen. Wegen des Friedens willen. Er möchte ja keine Unruhen zwischen den Häusern verursachen.«

Das war in der Tat mehr als seltsam. Warum versuchte er nicht Profit daraus zu schlagen, indem er drohte vor den Rat zu gehen?

»Sehr merkwürdig …«, murmelte Luvia.

»Normalerweise wären die Hexenmeister vor den Rat getreten, noch bevor du das Ufer erreicht hättest. Wenn sie es nicht tun, dann aus einem einzigen Grund: Sie wollen eine Ermittlung umgehen! Sie wollen auf keinen Fall Mitglieder des Rates in Caer Myrddin, die der Sache nachgehen und rumschnüffeln«, überlegte Luvia.

»Sie wollen verhindern, dass sie als Drahtzieher identifiziert werden. Das dürfen wir nicht zulassen. Wir brauchen unleugbare Beweise für den Rat«, stimmte Celenike zu.

»Ich bin ja schon dabei«, erwiderte ich.

»Du wirst künftig gar nichts mehr machen! Du durchdenkst deine Pläne nicht und handelst alles andere als vorausschauend. Du bringst dich nur in Gefahr! Überlass alles weiterer Celenike und mir! Keine unbedachten Alleingänge mehr, verstanden?«, murrte Luvia.

Ich verkniff mir den Hinweis, dass ich vorhatte, in ein paar Stunden im Theater der Schatten zu sein und mich auf einen Kampf auf Leben und Tod einzulassen, um einen großen Stein zu gewinnen. Auch wenn ich meiner Meinung nach damit sehr vorausschauend handelte, indem ich versuchte, mir einen Vorteil mit diesem Altar zu verschaffen, bezweifelte ich, dass Tante Luvia das genauso sehen würde.

»Wo steckt meine Mutter eigentlich aktuell?«, fragte ich in die einsetzende Stille hinein.

Die verwunderten Blicke meiner Tanten überraschten mich nicht. Ich fragte nie nach meiner Mutter, weil es mich nicht interessierte. Sie hatte mich mit sechzehn Jahren zur Welt gebracht und dann an ihre älteren Schwestern abgeschoben, um die Welt zu bereisen und sich einen reichen Ehemann zu angeln. Beziehungsweise ihre große Liebe zu finden. Inzwischen konnte ich sieben Stiefväter vorweisen. Einige davon waren reich, aber die große Liebe war keiner gewesen.

»Soweit ich weiß, segelte sie zuletzt mit diesem Immobilienmogul durch die Karibik. Wieso?«, fragte Tante Celenike.

»Nur so«, antwortete ich und starrte zurück an die Decke.

Es gab meines Wissens nur drei Personen, die meinen vollen Namen kannten. Zwei Drittel befanden sich hier im Zimmer. Die andere machte eine Kreuzfahrt durch die Karibik.

Wie zu Teufel hatte er –?

Die Tür ging auf und lieferte mir die Antwort. So einfach.

Meine Augen verengten sich zu Schlitzen und ich nahm Ekidona ins Visier.

»Ekidona, hast du dich zufällig vor kurzem mit deinem Alpha unterhalten?«, fragte ich scharf und die einsetzende Blässe in ihrem Gesicht lieferte mir die Antwort.

***

Ich verursachte ungern einen Streit zwischen Tante Luvia und Ekidona. Aber auch wenn ich Ekidonas Beweggründe verstehen konnte – egal, wie lange sie schon unter den Hexen lebte, war sie immer noch ein Beast und Kayneth ihr Alpha –, empfand ich es dennoch als Verrat, dass sie Kayneth diese Information über mich gegeben hatte. Ganz abgesehen davon, dass ich dem Alpha jetzt einen Zauber schuldete.

Ich stoppte meinen Wagen, stieg aus und blickte erst zweifelnd zu dem Gebäude, vor dem Thea auf mich wartete, dann zu Thea selbst und wieder zurück zum Gebäude.

»Ernsthaft? Tante Trudis Geschenkeshop? Das ist das Theater der Schatten?«

»Einer der letzten Orte, wo man es vermuten würde, was?«, antwortete Thea und hielt mir eine kleine goldfarbene Karte entgegen. Kaum größer als eine Kreditkarte.

Ich nahm sie entgegen und betrachtete beide Seiten. Aber mehr als eine sehr blasse römische dreizehn war nicht abgebildet.

»Deine Eintrittskarte. Ich musste zwar einige Gefallen einfordern, um dich reinzubekommen, aber ... willst du das wirklich durchziehen, Enju?«

»Wollen, nein. Aber ich hänge immer zwei Schritte hinterher. Ich brauche diesen komischen Altar. Dieser Severin meinte, ohne diesen Altar wäre alles umsonst gewesen. Sie brauchen ihn also und wenn ich ihn habe, müssen sie zu mir kommen!«

»Dieses Turnier folgt keinen festen Regeln. Es wird solange gekämpft, bis keiner mehr bereit ist, den letzten Sieger herauszufordern.«

»Dann sollte ich wohl gewaltig Eindruck hinterlassen, damit sich keiner mehr traut.«

Damit wies ich Thea an mir zu folgen und betrat den kleinen Geschenkeladen.

Hier sah es auch nicht anders aus als in den normalen Geschäften in der Menschenwelt. Bis auf vereinzelte Waren in den Regalen, die ganz offensichtlich magischer Natur waren.

»Guten Abend, meine Lieben«, grüßte uns die Inhaberin.

Eine kleine, ganz ungefährlich aussehende alte Dame.

Zumindest bis ich die goldene Karte in die Höhe hielt. Plötzlich veränderten sich ihre Pupillen zu Schlitzen und die runzelige Haut schimmerte für einen Augenblick grün.

Seltsam. Ich hatte nicht das Gefühl, dass die Oma ein Beast war. Aber was auch immer sie war, ich konnte es nicht identifizieren.

»Hier entlang bitte«, sagte sie und deutete auf einen schweren dunkelroten Samtvorhang hinter der Theke.

Ich schritt hindurch und knallte direkt dahinter auf einen ganzen Cocktail voller Magie. Ich hielt kurz inne, schloss die Augen und desensibilisierte meine Sinne etwas. Dann nahm ich meine Umgebung wieder in Augenschein. Hier herrschte eindeutig ein Dimensionszauber. Denn die Größe dieses Raumes überragte die des kleinen Ladens hinter mir bei weitem.

Einen Boden gab es nicht wirklich, denn er erinnerte eher an ein etwa zehn Zentimeter tiefes Planschbecken. Über das Wasser führte ein breiter weißer Steg zur anderen Seite. Außerdem waren im ganzen Raum tiefschwarze Monolithen verteilt. An ihnen floss Wasser wie ein dünner nasser Vorhang herab, schien aber den Wasserpegel in keinster Weise zu erhöhen.

»Schick. Aber ich glaube, wir müssen noch eins weiter«, flüsterte Thea hinter mir und deutete auf den nächsten Vorhang am Ende des Stegs.

Ich nickte und schritt weiter, bis ich den nächsten Durchgang erreichte.

In diesem Raum herrschte auch eindeutig ein Dämmungszauber, denn als wir den Vorhang beiseiteschoben, schoss der Lärmpegel rasant in die Höhe.

»Wow. Die halten hier echt gar nichts von zusammenpassender Inneneinrichtung«, murmelte ich und betrachtete das Amphitheater, welches sich nun vor mir erstreckte und aussah wie der römischen Antike entsprungen.

In der Mitte der oval angelegten Arena war bereits ein Kampf in vollem Gange, während auf den Zuschauerrängen die Menge grölte und sich an der Gewalt ergötzte.

»Nicht zwingend mein bevorzugtes Abendprogramm«, ertönte eine Stimme direkt neben mir. Überrascht wandte ich mich um.

»Machiavelli? Wie kommst du denn hier rein?«

»Du ahnst gar nicht, wie viele Leute in dieser Stadt mir einen Gefallen schulden für die Informationen, die ich ihnen aus meinen Büchern geliefert habe. Ich habe hier und da den ein oder anderen eingefordert, weil ich dachte, ich könnte dir behilflich sein, wenn ich das Geschehen etwas im Auge behalte«, antwortete Machiavelli.

»Seit wann bist du hier?«

»Mehr oder minder seit dem Abend, an dem dieses Turnier begonnen hat und ich dich verlassen habe.«

Er wandte sich mit angewiderter Miene wieder der Arena zu. Als würde das Schauspiel reiner Gewalt seine Intelligenz beleidigen.

»Das meiste hat sich schon ausgedünnt. Jetzt geht es nur noch eins gegen eins. Ich glaube nicht, dass du sonderliche Schwierigkeiten haben wirst. Die Leute, die bisher angetreten sind, sind zwar ausgebildete Kämpfer, aber es fehlt ihnen an ausreichender Magie. Das verschafft dir einen meilenweiten Vorsprung.«

»Klingt gut«, antwortete ich leise und starrte in die Arena.

Dort prügelten gerade zwei Frauen aufeinander ein.

Eine der Kämpferinnen stach mir aufgrund ihres Kampfstils besonders ins Auge. Denn er war mir nur allzu vertraut.

»Das ist Hagall«, rief ich überrascht.

»Bist du sicher?«, fragte Thea und versuchte bei den umherwirbelnden Körpern etwas genaueres zu erkennen.

»Ja«, antwortete ich.

Hagall hatte nicht gerade ein durchschnittliches Aussehen. Sie fiel definitiv auf mit ihren beinah zwei Metern Körpergröße, der kurzen blonden Igelfrisur und den gewaltigen Muskeln.

»Das ist unschön. Hagall möchte ich ehrlich gesagt nicht wehtun«, murmelte ich, während ich mich meiner Jacke entledigte.

»Ist sie eine Freundin von dir?«, fragte Machiavelli.

»Nicht wirklich. Aber doch eine liebe Bekannte.«

Wir hatten die gleiche Schule besucht und ein großer Teil unserer Freizeitbeschäftigung hatte darin bestanden, uns gegenseitig Streiche zu spielen.

»Vielleicht reicht es ja, wenn ich Hagall einen kleinen Schubs verpasse, der sie aus der Arena wirft?«, wand ich mich unsicher an Thea, was diese mit einem Schnauben quittierte.

»Ein kleiner Schubs? Schlag sie so fest wie du kannst k.o.! Wenn ich es recht in Erinnerung habe, hat sich Hagall nämlich noch nicht dafür gerächt, dass wir sie Silvester volltrunken und splitterfasernackt in die Leichenhalle der Nekromanten gelegt haben.«

»Guter Einwand. Verdammt guter Einwand!«, gab ich zurück.

Dafür hatten wir von Hagall noch keine Retourkutsche bekommen und diese sollte sie nicht unbedingt nachholen, wenn sie gerade wild und voller Adrenalin um sich schlug.

»Na schön«, ich ließ den Kopf kreisen und versuchte meine Schultern zu lockern.

»Ich kann also jederzeit in den Kampf einsteigen?«

»Richtig. Keine Regeln. Du kannst jederzeit am Kampf teilnehmen und als neue Herausforderin kämpfen, bis du besiegt wirst, keiner mehr gegen dich antreten will oder … du stirbst«, antwortete Machiavelli.

»Biete ihnen am besten gleich eine Show, um Stärke zu beweisen. Damit möglichst allen die Lust vergeht, gegen dich antreten zu wollen«, riet Thea.

»Lässt sich einrichten«, antwortete ich entschlossen, ehe ich einen Sprint zur Arena einlegte und mittels Magie meine Sprungkraft steigerte, um meinen Körper hoch in die Luft zu bringen. Während ich auf den Boden zuraste, sammelte ich die Magie erneut in mir, veränderte sie und ließ sie mit einem Schlag entweichen, als meine Knie den Boden berührten. Die Magie schwappte wellenförmig aus meinem Körper, lies den Boden erbeben und riss Hagall und ihre Gegnerin von den Beinen.

Ich blickte kurz in Hagalls überraschte Miene, ehe sie mit einem gewaltigen Donnern durch die Steinmauer in die Ränge der Zuschauer flog, welche panisch kreischend versuchten Platz zu machen.

Es gab nochmals ein lautes Scheppern und Hagall blieb reglos unter dem Geröll liegen. Vorsichtig tastete ich mit meiner Magie nach ihr und spürte ihren Herzschlag.

Hätte mich auch gewundert. Einem normalen Menschen hätte es das Genick gebrochen. Amazonen wie sie jedoch waren sehr viel widerstandsfähiger. Das machte sie im Nahkampf leider auch zu extrem schwierigen Gegnern. Aber da Hagall schon mal Sterne sah, hatte ich ein Problem weniger.

Mein Blick huschte zu der zweiten Kämpferin. Auch sie hatte es gegen die Steine geschleudert, aber durchschlagen hatte sie diese leider nicht.

Mit einem unmenschlichen Fauchen versuchte sie sich wieder aufzurichten. Hinter ihr konnte ich deutlich den Abdruck ihrer Silhouette erkennen, den ihr Körper in die Mauer geschlagen hatte. Ihre Fingernägel gruben sich in den Stein und ihre Hände veränderten Stück für Stück ihre Form. Sie wurden größer, Finger verschoben sich, wurden neu formiert und verwandelten sich in die Klauen eines Greifvogels. Das gleiche geschah mit ihren Füßen, während ihr dünnes Hemd zerriss und aus ihrer Haut unzählige Federn sprossen.

Ach du scheiße! Bitte keine Harpyie.

Ich beobachtete weiter, wie die Federn wuchsen und sich zu riesigen Schwingen entlang ihrer Arme formten. Doch, eine Harpyie. War ja klar.

Harpyien gehörten in gewisser Weise auch zur Gattung der Beasts. Wobei sie sich mit aller Gewalt von diesen zu distanzieren versuchten. Sie standen auch nicht unter der Herrschaft des Alpha, sondern bildeten eine eigenständige Gruppierung. Aber das war es überraschenderweise nicht, was die Harpyien so ungewöhnlich machte. Sondern dass sie, ähnlich wie die Hexenmeister dank gewisser Hilfsmittel, Magie für ihre Zwecke nutzten, welche nicht ihrer ureigenen entsprach. Sie brauchten dafür keine Zauberstäbe wie die Hexenmeister, aber die Magiequelle der Harpyie vor mir war dennoch einfach auszumachen. Ein Edelstein, wahrscheinlich sogar ein echter Rubin, war auf Höhe ihres Schlüsselbeins in die Haut eingebettet. Wieder einmal war ich dankbar für meine magischen Fähigkeiten als Hexe und dass ich auf keine Hilfsmittel angewiesen war. Denn wenn ich das Narbengewebe um den Stein so betrachtete, war das Einsetzen wohl eine ziemlich schmerzhafte Angelegenheit gewesen.

Die Harpyie riss den Mund auf und offenbarte eine ganze Reihe kleiner, spitzer Zähne, ehe sie ein ohrenbetäubendes Kreischen von sich gab und sich mit einem kräftigen Flügelschlag in die Lüfte erhob.

Mein Blick heftete sich fasziniert auf den Rubin, der zu leuchten begann. Perfekt! Sie versuchte tatsächlich Magie gegen mich einzusetzen. Das war so viel besser für mich, als wenn sie sich auf ihre Beast-Fähigkeiten beschränkte.

Als Beast war sie mir überlegen. Aber mit Magie konnte ich ihr beikommen. Sie machte die Harpyie verletzlich, denn auch wenn es ihr nicht bewusst war, war es doch ein Fremdkörper, den perfekt zu kontrollieren sie nicht im Stande war.

Ich wartete, während Kettengerassel die Arena erfüllte. Fast durchsichtige Ketten erhoben sich aus dem Nichts, wirbelten durch die Arena, bis sie einen Halt fanden, wodurch sie sich spannten und das Eisen richtige Form annahm. Sie bildeten nun einen Käfig um die Arena.

Sie war zweifellos nicht dumm. Die Ketten zielten deutlich darauf ab mir jeden Fluchtweg zu versperren, meine Bewegungsfreiheit einzugrenzen und mich in die Enge zu treiben.

Die Harpyie sprang von Kette zu Kette, darauf aus, meine Schwachstelle zu finden, die sie angreifen konnte. So dumm, eine Harpyie zu unterschätzen, war ich nicht. Aber das fühlte sich doch ziemlich leicht an. Schließlich hatte sie mir das Hilfsmittel für ihre Niederlage direkt auf einem Silbertablett serviert.

Ich wartete, bis sich ihre Krallen erneut auf einer der Ketten niederließen. In derselben Sekunde umschloss meine Hand die mir nächstgelegene Kette. Es kribbelte unangenehm, verursachte mir aber keine nennenswerten Schmerzen. Die Magie des Rubins war nicht sonderlich stark. Ich leitete den Zauber um und machte mir die Kette zu eigen. Sie wickelte sich um die Fußkrallen der Harpyie, was ihr ein erneutes Kreischen entlockte, welches allerdings sogleich wieder verstummte, als ich meinen Arm nach unten riss und die Harpyie damit auf den Boden der Arena schleuderte.

Sand wirbelte auf und ließ mich nur die Silhouette der Harpyie erkennen, die versuchte, sich wieder aufzurichten. Ich half ihr dabei, indem ich erneut heftig an der Kette zog und sie dadurch direkt auf mich zugeschleudert wurde.

Ihr blieb keine Zeit zu reagieren und ich sah die Erkenntnis und die Angst, dass sie verlieren würde, in ihren Augen. Kurz bevor sie gegen mich schlug, drehte ich mich zur Seite, hob meinen rechten Arm und ließ die Symbole auf meiner Haut aufleuchten, als ich mich der Kraft Nemesis' bediente. Die Harpyie knallte gegen meinen Ellenbogen wie ein LKW, der bei voller Fahrt gegen eine Backsteinmauer raste.

Ich hörte ein ersticktes Keuchen und das eklige Geräusch brechender Knochen, ehe die Harpyie wieder in die entgegengesetzte Richtung geschleudert wurde und diesmal nicht nur den steinernen Ring der Arena durchschlug, sondern auch die Sitzreihen dahinter. Mit möglichst gelangweilter Miene ließ ich die Kette zu Boden fallen, welche sich augenblicklich auflöste.

Nachdem die erschrockenen Rufe der Zuschauer abgeebbt waren, erfüllte eine erdrückende Stille die Arena, welche erst durch eine unnatürlich piepsige Stimme durchbrochen wurde.

»Also ... ähm ... Sehr verehrte Zuschauer, offensichtlich gibt sich eine neue Herausforderin die Ehre im Theater der Schatten.«

***

Mein Blick schweifte über die Zuschauerränge bis hinauf zu einem höher gelegenen Balkon. Da stand er. Der Steinaltar in Form eines … Ich hatte immer noch keine Ahnung, was es genau darstellen sollte.

Auf den ersten Blick nicht sonderlich eindrucksvoll, genau genommen fand ich die Skulptur auch im Original ziemlich hässlich. Aber ich spürte Wellen unheilvoller Magie von ihr ausgehen.

Ich löste meinen Blick von dem grauen Stein und musterte die beiden Gestalten, die den Altar zu beiden Seiten flankierten. Von den schicken, sehr teuer wirkenden, dunklen Anzügen her hätte ich beinah Nekromanten vermutet. Doch die Gesichter … Das waren keine Menschen. Aber auch keine personifizierten Übel. Sie waren etwas ganz anderes.

Ihre Schädel waren kahl, man erkannte jeden einzelnen Wangen- und Kieferknochen in ihrem Gesicht. Als hätte man die dünne Hautschicht direkt über den Knochen gezogen. Und die Farbe … weiß wie Papier. Die pechschwarzen Augen lagen tief in den Höhlen, aber das gruseligste waren ihre Münder. Ich konnte jeden einzelnen Zahn erkennen, denn ihre Lippen sahen aus, als wären sie vom Mundwinkel bis zu den Wangen aufgeschlitzt worden, was beiden ein grotesk aussehendes Lächeln bescherte und ich bezweifelte, dass es ihnen überhaupt möglich war, die Münder komplett zu schließen.

Was um alles in der Welt waren die beiden?

»Na denn, meine Damen und Herren. Findet sich für diese schöne junge Dame noch ein Herausforderer? Das kann es doch nicht schon gewesen sein!«, dröhnte erneut eine Stimme durch die Arena, woraufhin ich meinen Blick von den beiden Gruselgestalten löste und nach dem Moderator suchte.

Er befand sich ebenfalls auf Höhe des Balkons. War jedoch alles andere als gruselig. Eher befremdlich. Der junge Mann sah aus, als hätte er gerade erst sein zwölftes Lebensjahr erreicht, hatte auffällig orangefarbene Haare und war zusätzlich noch gestraft mit dem hässlichsten Pilz-Haarschnitt, den ich je gesehen hatte.

Wenn diese Figuren hinter dem Theater der Schatten steckten, warf das meiner Meinung nach mehr Fragen auf, als es beantwortete.

»Niemand mehr? Wird unser Turnier jetzt mit diesem … zugegeben unerwarteten Knall enden?«, fuhr Karottenkopf fort, als weiterhin keine Bewegung in den Zuschauerrängen auszumachen war.

»Ich fordere sie heraus!«, unterbrach eine mir wohlbekannte Stimme die Stille.

Ich wandte mich um und beobachtete Severin Benandanti, wie er über die Brocken der zerstörten Mauer kletterte.

Sein langes Haar hatte er zu einem hüftlangen Zopf geflochten und sein Körper war in so enganliegendes Leder gehüllt, dass sich mir wirklich die Frage stellte, wie er in die Jacke und Hose reingekommen war. Vielleicht wie ein gefällter Tannenbaum vor dem Transport – mittels Netztrichter?

Wobei dann doch die Frage viel interessanter war, wie er aus den Klamotten wieder rauskommen würde.

»Du willst also unbedingt Schwierigkeiten machen, verdammte Hexe?«, knurrte er, während er zu mir in die Mitte der Arena trat.

Seine Augen funkelten zornig. Ihm passte es eindeutig nicht, sich jetzt erneut mit mir anlegen zu müssen.

Durchaus nachvollziehbar. Machiavelli meinte, mit meiner Magie wäre ich den bisherigen Teilnehmern gegenüber im Vorteil. Wahrscheinlich hatte sich Severin dasselbe gedacht und gehofft, nur den letzten, nicht mit Magie bewanderten, ausschalten zu müssen, um den Preis zu gewinnen.

Auch wenn er Magie zu nutzen wusste, hätte mich ein Gegner wie Severin nicht nervös gestimmt. Aber als mein Blick auf den Stab in seiner Hand fiel, beschlich mich doch Unbehagen.

Das war nicht die Art Stab, die ich bei den anderen in Caer Myrddin gesehen hatte. Dieser hier war pechschwarz und aus einem Holz, das ich sonst von keinem Zauberstab kannte. Es wirkte eher so, als hätte man den Stock aus Obsidian gehauen.

Ich betrachtete die auffällige Verflechtung am Kopf des Stocks und den giftgrünen Stein in dessen Mitte. Die Magie, die von diesem Stein ausging, fühlte sich bedrohlich an und konnte definitiv nicht von Severin stammen. Diese seltsame Macht hatte ihm jemand geliehen.

Das war beunruhigend. Auch weil es nicht die gleiche Art Magie war, die ich bei Phonoi gespürt hatte.

»Ich mache dir Schwierigkeiten? Meinst du nicht eher diese Hose? Die sitzt schon verdammt eng. Sicher, dass alles noch ausreichend durchblutet wird?«, fragte ich und ließ meine Augen einmal demonstrativ an ihm hoch und runter wandern.

Severin stieß ein Knurren aus und machte einen weiteren Schritt in die Mitte.

»Dir wird dein dummer Humor gleich vergehen. Ich bedaure zwar, dass der Nurit dich nicht schon erledigt hat, aber dann holen wir das eben jetzt nach!«

»Große Worte. Aber um auf dicke Hose zu machen, hättest du ein anderes Outfit wählen sollen«, erwiderte ich so unbeeindruckt wie möglich.

Severins Lippen verzogen sich zu einem dünnen, bösartigen Lächeln.

»Du willst es groß, Hexe?«, fragte er und hob den Stab über seinen Kopf.

»Kannst du haben!«

Damit rammte er das spitze Ende des Stabs in die Erde und ein magischer Zirkel bildete sich rot glühend über den Boden der Arena. Das Leuchten nahm stetig zu und im nächsten Moment stieß eine riesige steinerne Hand aus dem Kreis, behangen mit schweren Eisenketten.

»Oh, du willst mich doch verarschen!«, rief ich ungläubig und stolperte ein paar Schritte zurück, als sich zu der Hand noch der passende Kopf und Körper gesellte.

»Enju!«, hörte ich Theas erschrockene Stimme hinter mir.

»Ich weiß«, erwiderte ich laut über die Schreie der Zuschauer hinweg, als ein mehrere Meter hoher Golem über mir aufragte.

Wie zum Kuckuck war Severin zu der Magie gekommen, einen Golem zu beschwören? Nicht mal Tante Luvia oder ich konnten das ohne ein langwieriges Ritual und dem Zugriff auf die gesamte Magie des Hexenzirkels.

»Groß genug für dich, kleine Hexe?«, fragte Severin selbstzufrieden und trat nach hinten bis zur zerstörten Steinmauer.

Ich nahm mir fest vor, ihm das blöde Grinsen aus dem Gesicht zu schlagen und ihn, Beweise hin oder her, vor den Rat zu schleifen. Aber das Klirren der Ketten machte deutlich, dass mir dafür die Zeit fehlte.

Die Hand des Golem schoss mit erstaunlicher Geschwindigkeit nach unten und versuchte mich zu greifen. Vielleicht auch zu zerquetschen. Ich nahm mir nicht die Zeit es herauszufinden.

Magie wallte in mir auf und ich schickte einen Zauber durch mich hindurch. Ohne hinsehen zu müssen wusste ich, dass hellblau leuchtende Linien auf meinem Körper sichtbar wurden und dessen Fähigkeiten verstärkten, woraufhin ich schneller und wendiger wurde. Ich sprang zur Seite, rollte mich unter der ausgestreckten Hand des Golem weg und sprintete durch die Arena.

Karottenkopf kommentierte aufgeregt das Geschehen, aber ich hörte nicht wirklich hin. Der Golem war erschreckend wendig und in den nächsten Minuten blieb mir nichts anderes übrig, als wild durch die Arena zu springen, um ihm auszuweichen, während ich fieberhaft überlegte, wie ich diesem Ding beikommen sollte.

Schon ein kurzer Scan meines Gegners sagte mir, dass der Golem magisch gut geschützt war. Auch etwas, das die Hexenmeister so niemals selbst hinbekommen hätten.

Die Hand des Golems schlug dort in den Boden ein, wo ich eben noch gestanden hatte. Ich sprang durch die aufwirbelnde Sandwolke weit nach oben und der unförmige Kopf des Steinriesen folgte mir.

Die Steine, welche wohl so etwas wie den Mund bildeten, schoben sich auseinander und er stieß einen unmenschlichen, aber eindeutig wütenden Schrei aus. Der steinerne Bereich der Augen wechselte die Farbe und glühte in dem gleichen Rot auf wie der Zirkel, mit dem die Kreatur beschworen worden war. Die Ketten um seinen Körper klirrten, das rote Leuchten breitete sich auf das Eisen aus und plötzlich löste sich eine der Ketten vom Arm des Golem.

Wie eine Schlange schoss das Metall auf mich zu und wickelte sich um meinen Knöchel, ehe ich richtig reagieren konnte.

»Scheiße!«, zischte ich, verstärkte in dem Wissen, was nun kommen würde, den Zauber um meinen Körper und schloss die Augen.

Die Kette riss an meinem Bein und wirbelte mich durch die Arena. Es knallte, Steine flogen, Staub vernebelte den Raum, als mein Körper gegen Wände, Decke und Boden geschleudert wurde.

Ich konzentrierte mich auf den Zauber, um meine Knochen und Organe zu schützen. Dennoch tat jeder Aufprall höllisch weh und zerrte an meiner Konzentration.

Ich brauchte dringend einen Plan B. Oder erst einmal einen Plan A. Denn lange würde ich es nicht mehr als menschliches Jojo machen.

Ich wurde erneut in die Luft geschleudert, doch bevor ich wieder gegen die Decke knallte, beschwor ich Nemesis.

Die Spitze des Schwerts durchbrach meine Haut, schob sich weiter hervor, bis meine Finger den Griff umfassten. Ich rammte die Klinge in eines der Kettenglieder und zerstörte das Metall. Weitere Ketten schossen auf mich zu, doch bei meinem Fall nach unten zerschlug ich eine nach der anderen. Ich landete auf dem Boden und rutschte noch mehrere Meter weiter, bis ich zum Stehen kam.

Nemesis pulsierte in meiner Hand und während sich der Golem erneut vor mir aufbaute, wägte ich ab, wie groß die Macht des Schwerts wirklich war. Es konnte Magie so verstärken, dass ich meinen Gegner mit einem Schlag vernichten konnte. Theoretisch jedenfalls. Ausprobiert hatte ich es noch nie.

Wie viel meiner Magie musste ich Nemesis dafür geben?

»Ernsthaft Hexe? Du willst mit diesem kleinen Zahnstocher gegen meinen Golem bestehen? Wie jämmerlich. Wahrscheinlich hätte ich mir meinen Trumpf gegen dich auch sparen können!«, sagte Severin in gelangweiltem Ton.

»Gib einfach auf, Hexe, dann ist dein Preis zumindest dein Leben!«

»Welche Arroganz dafür, dass nichts hiervon deinen eigenen Fähigkeiten entstammt«, antwortete ich.

Das Geräusch sich aufladender Elektrizität erfüllte den Raum und auch wenn es gedämpft war, vernahm ich erneut lautes Rufen und Kreischen aus den Zuschauerrängen, als ich Nemesis gestattete, sich ungehindert Magie aus mir zu ziehen.

Der kosmische Nebel in der Klinge wirbelte umher, ehe das Schwert komplett von einem grellen Leuchten überzogen wurde. Ich biss die Zähne zusammen, als blanker Schmerz durch meinen Körper zuckte. Meine Handflächen fühlten sich an, als presste ich sie gegen einen Hochofen.

»Es reicht noch nicht. Noch ein bisschen«, knurrte ich, wobei mir Tränen in die Augen schossen.

Der Golem streckte erneut seine Hand nach mir aus, aber im gleichen Moment entlud sich die Magie des Schwerts in grellen roten Blitzen, die unkontrolliert in die Arena einschlugen.

Meine Muskeln fühlten sich an, als würden sie mit jeder Bewegung zerreißen, dennoch hob ich das Schwert über den Kopf, ehe ich es nach vorne riss und die Klinge gegen die steinerne Hand des Golems schlug.

Die Explosion war ohrenbetäubend. Die Druckwelle schob mich nach hinten und selbst durch meine geschlossenen Lider hindurch blendete mich das rote Licht, das den kompletten Raum erleuchtete.

Das Geräusch sich entladener Elektrizität dominierte alles und als es langsam abklang, klingelten mir die Ohren.

Schwer keuchend blinzelte ich ein paar Mal, bis ich wieder halbwegs etwas erkennen konnte. Meine Sicht wurde jedoch auf einem Auge wie von einem roten Schleier getrübt und egal wie oft ich mir darüber rieb, der Schleier blieb. Doch ich spürte auch kein Blut an meinen Fingern, als ich mir über das Gesicht fuhr. Was auch immer meine Sicht rot färbte, es musste innerhalb meines Auges sein.

Ich blickte mich in der Arena um und es ließ sich nicht leugnen, dass ich gewaltigen Schaden angerichtet hatte. Nicht nur beim Golem, von dem nur noch ein Häufchen Staub übriggeblieben war. Sondern auch in der Arena selbst, von deren Außenmauer ganze Stücke fehlten. Kraterartige Löcher zogen sich über die inzwischen fast verwaisten Zuschauerränge und von dem oberen Balkon, auf dem der Steinaltar stand, fehlte die Hälfte.

Der Altar, seine beiden gruseligen Bewacher und Karottenkopf waren jedoch vollkommen unversehrt. Auch von den Zuschauern, die nicht geflohen waren, schien keiner ernsthaft verletzt zu sein. Der Schutzzauber, der hier angewendet wurde, war nicht der schlechteste. Er schützte vielleicht nicht alles, konzentrierte sich aber auf das Wichtigste: die Zuschauer.

Ich suchte nach Severin und fand ihn außerhalb der Arena auf einem Geröllhaufen liegen. Ein dünnes Rinnsal Blut zog sich über seine Stirn, aber er atmete noch. Der schwarze Stab lag zersplittert um ihn herum und die Überreste funkelten wie ein Haufen Edelsteine.

Ich atmete einige Male tief ein und aus, ehe ich mein Gesicht wieder in Richtung von Karottenkopf drehte.

»Hey! Wird es nicht Zeit ihn anzuzählen?«, rief ich laut und deutete mit dem Schwert auf den ohnmächtigen Severin.

»Ähm ... ja ... richtig. Gibt es noch jemanden, der eine Herausforderung aussprechen möchte?«, fragte Karottenkopf mit zittriger Stimme und sah aus, als wünschte er sich nichts anderes als das Ende des Wettkampfs. Da waren wir schon zwei.

Ich fühlte mich komplett ausgelaugt und glaubte nicht, mich noch lange auf den Beinen halten zu können. Meine magische Energie war fast wieder auf Null.

Es gab einen dumpfen Laut, als eine hünenhafte Gestalt in die Arena sprang.

Im ersten Moment erwartete ich aufgrund der Statur Hagall zu sehen, doch ein zweiter Blick offenbarte einen noch größeren und mit noch mehr Muskeln bepackten Körper.

»Oh, fuck!«, war das erste, was mir in den Sinn kam, als mir klar wurde, mit was ich es nun zutun bekam.

***

»Weshalb so trübsinnig, Enju. Ich bin ziemlich sicher, dass nur noch dieser eine zwischen dir und dem endgültigen Sieg steht.«

»Du hörst nicht zu, Machiavelli. Dieser eine ist ein verdammter Berserker! Hast du noch nie von denen gelesen?«, erwiderte ich unwirsch, während ich mich gegen die Mauer stützte, um nicht komplett zu Boden zu sinken.

Nachdem der Berserker seine Herausforderung ausgesprochen hatte, war eine halbstündige Pause angesetzt worden, um die Arena wieder in einen halbwegs vernünftigen Zustand zu bringen. Jetzt wimmelten verhüllte Gestalten wie Bienen durch den Raum und reparierten mit allen möglichen magischen Utensilien die zerstörten Teile der Arena.

»Berserker sind üble Gestalten. Sie sind schnell, extrem stark und fast so resistent gegen Magie wie die Beasts. Wenn sie einmal in Fahrt kommen, sind sie kaum aufzuhalten«, erklärte Thea.

»Ich verstehe …«, antwortete Machiavelli nachdenklich.

»Willst du das wirklich weiter durchziehen?«, fragte mich Thea zweifelnd.

Ich warf dem Berserker, der sich am anderen Ende der Arena aufhielt, einen Blick über die Schulter zu.

Über zwei Meter reine Muskelmasse. Nicht einmal Hagall konnte diesen Körperbau vorweisen. Was allerdings auch für sie sprach. Denn bei dem Berserker ließ sich nicht einmal mehr der Hals erkennen. Es sah eher aus wie ein Stiernacken. Die gräuliche Färbung der Haut machte seinen Anblick auch nicht besser. Und dann war auch noch so viel davon zu sehen. Denn er trug bis auf eine knielange dunkle Hose sowie eisern aussehende Bein- und Handgelenkschoner nichts weiter am Körper.

Irgendwie erwartete ich schon, dass er jeden Moment die Arme in die Höhe riss und »Das ist Sparta!« brüllen würde.

Seine Gesichtsform erinnerte aufgrund der wulstigen Stirn stark an einen Neandertaler. Eine breite Nase, wulstige Lippen, ein großer Mund mit viel zu vielen Zähnen und sehr helle Haarsträhnen, die ihm bis zu den Schultern reichten, sowie tot wirkende hellblaue Augen rundeten den Anblick ab.

Auch wenn Berserker nicht unbedingt für ihre Intelligenz bekannt waren, es würde mir im Kampf nicht viel bringen, nur schlauer zu sein als er. Schneller – das würde vielleicht funktionieren, aber ich schaffte es im Moment kaum noch, mich auf den Beinen zu halten.

»Nein, eigentlich will ich das nicht weiter durchziehen«, antwortete ich Thea widerwillig.

»Dann gib doch an dieser Stelle einfach auf! Das geht doch, oder?«, richtete sie ihre Frage an Machiavelli.

»Sicher. Aber damit wird dieser Berserker automatisch zum Gewinner, sofern ihn kein anderer mehr herausfordert«, gab Machiavelli zu bedenken.

»Kann uns doch egal sein. Wir schnappen uns nur den Hexenmeister und schleifen ihn vor den Rat. Oder, Enju?«

Das hatte ich auch schon überlegt.

Allerdings war ich sicher, dass Severin nicht alleine arbeitete. Wer auch immer ihm die Macht gegeben hatte, einen Golem zu beschwören, wollte diesen Steinaltar in die Hände bekommen.

Würde der Berserker ihn gewinnen, würden diejenigen, welche im Hintergrund die Fäden zogen, es sicherlich irgendwie schaffen, den Altar zu bekommen. Und ich wäre wieder hintendran, anstatt endlich einmal einen Schritt voraus zu sein.

»Severin reicht nicht. Ich brauche diesen Altar!«, murrte ich.

»Aber du bist erschöpft und deine Magie ist fast gänzlich aufgebraucht. Wie willst du das denn schaffen? Ich würde ja für dich einspringen, aber ich bin da doch eher Realistin: Einen Berserker packe ich nicht. Der muss mich nur einmal in die Finger kriegen, dann bricht der mir alle Knochen«, sagte Thea und schaute mich entschuldigend an.

»Rede keinen Unsinn. Es gibt niemanden, den ich für mich in diese Arena schicken würde. Das wäre Selbstmord und ich wüsste niemanden, dem ich das antun – «

Ich stockte und fixierte mit den Augen meine Jacke, welche Thea noch immer im Arm hielt.

»Thea, in meiner Jackentasche ist ein Telefon. Gib mir das bitte.«

***

»Sag mal, Prinzessin, dir ist schon bewusst, dass dieser Wettkampf in Lapislazuli illegal ist und es als Mitglied des Rats eigentlich mein Job wäre, diese ganz Veranstaltung hochgehen zu lassen?«, fragte Kayneth nicht einmal zwanzig Minuten später, während er seine Arme etwas dehnte und ich nicht umhin kam, das Spiel seiner unter einem dunkelgrauen T-Shirt verborgenen Muskeln fasziniert zu verfolgen.

Er hatte schon beim zweiten Klingeln abgenommen und ich hatte ihm nur knapp erklärt, dass er herkommen sollte, allein. Ich hielt ihm zu Gute, dass er sich nicht damit aufgehalten hatte, nervige Fragen zu stellen, sondern wohl direkt aufgebrochen war. Denn Thea hatte ihn kurz darauf in Empfang genommen und an der Alten vorbei in die Arena geschafft.

»Jetzt sei mal nicht so kleinlich. Wem soll das denn was bringen?«, antwortete ich und zwang mich, ihm wieder ins Gesicht zu sehen.

»Was uns wirklich etwas bringt, ist das da!«, fuhr ich fort und deutete zu dem Steinaltar.

Kayneth sah in die Richtung, in die ich deutete.

»Was soll das sein?«

»Ein Altar. Es ist wichtig, dass wir ihn in unseren Besitz bringen. Deshalb müssen wir gewinnen. Und um zu gewinnen, muss der da ...«, ich deutete auf den Berserker, »... verlieren!«

Kayneth' faszinierend grüne Augen wanderten an dem Berserker auf und ab und schienen sich jedes noch so kleine Detail einprägen zu wollen.

»Alles klar?«, fragte ich, als er weiter schwieg.

»Ich habe Fragen. Viele Fragen. Und wenn das hier vorbei ist, wirst du sie mir beantworten. Keine Ausflüchte mehr«, antwortete er dann unnachgiebig.

Mit einem Seufzen ergab ich mich meinem Schicksal.

»Meinetwegen.«

Mir fehlte ohnehin die Kraft zum Streiten. Ich schaffte es kaum noch, mich auf den Beinen zu halten. Dennoch zuckte ich instinktiv zur Seite, als Kayneth meinen Ellenbogen ergreifen wollte, um mich aufrecht zu halten.

Fragend schaute er auf seine ausgestreckte Hand, dann zu mir.

»Immer wenn du mich anfasst, geht das nie gut für mich aus. Also Hände schön bei dir lassen!«, sagte ich, was mir eine spöttisch in die Höhe gezogene Augenbraue von ihm einbrachte.

»Meine Damen und Herren! Willkommen zurück! Der Abend ist noch nicht vorbei!«, ergriff Karottenkopf das Wort, nachdem sich die Arena wieder in einem halbwegs passablen Zustand befand.

Einige der Zuschauer waren zu ihren Sitzen zurückgekehrt, aber größere Lücken zeigten, dass die meisten doch komplett verschwunden waren.

Mein Blick ging zu Severin, der an der Mauer vor mir auf dem Boden lag, noch immer ohnmächtig. Thea hatte ihn zu uns geschleift und ich hatte ihn mit der mir verbliebenen Magie und einer der Ketten des Golems gefesselt.

»Verehrte Zuschauer, der nächste Kampf verspricht episch zu werden. Unser überragender Neuzugang, die wunderschöne, gefährliche rote Hexe …«

Oh, das war doch mal ein Künstlername.

»… gegen den gefürchteten Berserker!«

Jetzt jubelte das Publikum wieder. Offensichtlich war dieser Berserker nicht zum ersten Mal hier.

Mit einem lauten Schrei sprang er in die Arena und klopfte sich wie ein Gorilla gegen die muskulöse Brust. Die Zuschauer feuerten ihn an und es wurde erst ruhiger, als auffiel, dass ich mich noch keinen Zentimeter in Bewegung gesetzt hatte.

Ich wartete, bis sich fast komplette Stille über die Arena gelegt hatte, ehe ich den Blick zu Karottenknopf und den beiden Gruselgestalten hob.

»Also was das betrifft: Ich gebe auf!«, rief ich dann laut.

Zuerst änderte sich nichts an der Stille, dann jedoch war die Luft erfüllt von Pfiffen und Buh-Rufen.

»Ähm also … dann verehrte Zuschauer … also … das ist jetzt eine unerwartete Wendung. Damit geht der Sieg und unser heutiger Hauptgewinn wohl an …«

»Ich fordere ihn heraus!«, unterbrach Kayneth' tiefe Stimme Karottenkopf, ehe er regelrecht entspannt in die Arena schritt.

Ich starrte auf Kayneth' Rücken und hoffte, dass ich keinen Fehler gemacht hatte. Wenn Kayneth hier starb, hatte ich den Alpha der Beasts auf dem Gewissen. Ich wollte mir gar nicht erst ausmalen, was seine Leute dann mit mir tun würden.

»Meinst du, er kriegt das hin?«, fragte Thea, die wieder neben mich getreten war.

»Ich meine … klar, er ist ein Beast. Der Alpha und ein Drache. Aber wir reden hier von einem Berserker. Gibt es da nicht Legenden, dass Berserker früher mit bloßen Händen den Drachen die Flügel ausgerissen haben?«

Ich musste unwillkürlich schlucken.

»Kayneth ist … der ist ein zäher Mistkerl. Das wird schon«, antwortete ich und merkte, dass meine Stimme eher hoffend und nicht überzeugt klang.

Aus den Augenwinkeln nahm ich wahr, wie Thea mich einer eingehenden Musterung unterzog.

»Bist du besorgt um das Wohlergehen des Hübschen?«, fragte Thea und ich nahm deutlich den vielsagenden Unterton in ihrer Stimme wahr.

»Ich bin besorgt um mich. Wenn der Alpha der Beasts hier irgendwelche schwerwiegenden Kratzer abbekommt, habe ich das gesamte Rudel im Nacken hängen«, erwiderte ich.

»Aber natürlich«, antwortete Thea ungläubig.

»Wäre ja auch schade um das hübsche Gesicht. Aber gib doch einfach zu, dass der Typ dir unter die Haut geht, Enju!«

»Wir reden hier von einem Typen, der mir, ohne mit der Wimper zu zucken, diese Haut abziehen würde. Da gibt es gar nichts zuzugeben. Außerdem, ich habe gesehen mit welchem Typ Frau er ausgeht. Glaub mir: Ich entspreche ganz und gar nicht seinem Geschmack.«

»In Ordnung. Ich bin jetzt mal so freundlich und übergehe, dass du anscheinend sehr wohl schon mal darüber nachgedacht hast, ob du ihm gefallen könntest und frage: Was, meine wunderschöne Freundin, ist sein Typ Frau, wenn du es nicht bist?«

»Marisya«, antwortete ich.

»Marisya? Wer … Oh! Das zarte Pflänzchen aus dem Nonnenbunker? Ist die überhaupt schon alt genug, um abends auszugehen?«, erwiderte Thea zweifelnd.

»Keine Ahnung. Mit dem Alpha der Beasts durfte sie jedenfalls. Und jetzt sehen wir es im direkten Vergleich mal realistisch: Marisya und ich – da ist sie die *Venus von Milo* und ich ziehe die Katapulte nach *Gondor*«, antwortete ich, was Thea ein Lachen entlockte.

»Okay. Aber nur, dass es klar ist: Du bist kein Troll, Enju. Du bist heiß und weißt das auch. Aber wenn er auf jemanden wie Marisya steht ...«

»Bin ich raus?«, versuchte ich weiterzuhelfen.

»Bist du raus«, bestätigte Thea und warf mir ein entschuldigendes Lächeln zu.

»Nichts, was mir schlaflose Nächte bereiten wird«, gab ich aufrichtig und in keinster Weise enttäuscht zu.

Kayneth hatte die Mitte der Arena erreicht und obwohl er den Kopf in den Nacken legen musste, um zu dem Berserker aufzusehen, wirkte er gelangweilt.

»Schade, ich hatte eigentlich auf ein bisschen Spaß mit der hübschen Puppe dort gehofft. Aber wenn ich mir dich so ansehe ... Du bist ja auch ein ganz Süßer«, feixte der Berserker und riss seinen ohnehin schon großen Mund noch weiter auf, was sein Grinsen noch psychothischer wirken ließ.

»Danke für das Kompliment. Aber du bist leider nicht mein Typ«, antwortete Kayneth, wodurch er dem Berserker ein Lachen entlockte, bei dem sich mir die Nackenhaare aufstellten.

Ohne Ankündigung riss der Berserker den Arm nach hinten und ließ dann seine Faust nach vorn schnellen – mitten auf Kayneth' Gesicht zu. Er war schnell, aber ich wusste aus eigener Erfahrung, wie schnell Kayneth reagieren konnte.

Bevor die Faust sein Gesicht traf, stoppte Kayneth sie mit seiner eigenen und hielt sie dann fest.

Ich konnte nicht sagen, wer von beiden in den verstreichenden Sekunden überraschter wirkte. Der Berserker, welcher eindeutig nicht damit gerechnet hatte, dass es bei seiner Kraft jemanden gab, der einen Schlag einfach so abwehrte. Oder Kayneth, der die Kraft seines Gegners wohl unterschätzt hatte. Denn als dieser seine Faust in die Höhe riss und Kayneth dabei mit sich, reagierte seine Majestät eindeutig zu spät.

Die freie Faust des Berserkers schoss nach vorne, donnerte auf Kayneth' Brust und schleuderte ihn durch die Arena. Die gerade erst wiederhergestellte Außenmauer stoppte Kayneth' Flug, als er dagegen prallte und die Steine erneut zum Einsturz brachte.

Thea stieß neben mir einen erschrockenen Laut aus und presste ihre Finger gegen ihre Lippen.

»O nein. Ist dem Gesicht was passiert?«, fragte sie und versuchte, ebenso wie ich, durch die Staubwolke, welche Kayneth' Aufprall verursacht hatte, irgendetwas zu erkennen.

Die Wolke verzog sich und Kayneth kletterte, auf den ersten Blick unverletzt, aber mit genervter Miene, aus dem Steinhaufen zurück in die Arena.

Der Berserker stieß erneut ein irres Lachen aus, welches auch nicht abbrach, als Kayneth sich auf ihn stürzte.

Es kam zu einer Abfolge immer schneller werdender Schläge, denen ich mit den Augen kaum noch folgen konnte. Übermenschliche Kraft prallte von beiden Seiten aufeinander und Wellen der Vibration durchfuhren meinen Körper.

Mit wachsendem Unbehagen beobachtete ich Kayneth, wie er gegen den Berserker kämpfte und mir wurde klar, dass er sich im Kampf mit mir stark zurückgehalten hatte. Auch hatte er mir nicht einmal halbwegs offenbart, wie schnell er sein konnte, wenn es darauf ankam. Jetzt jedoch hielt er sich nicht zurück und wich den Schlägen des Berserkers so flink aus, dass ich Schwierigkeiten hatte, seinen Bewegungen mit den Augen zu folgen.

Meist sah ich immer nur eine Staubwolke, welche durch die Fäuste des Berserkers verursacht wurde, wenn dieser neue Löcher in den Boden schlug. Seit seinem ersten heftigen Schlag war es ihm nicht mehr gelungen, Kayneth zu treffen. Dieser landete jedoch einen Schlag nach dem anderen.

Trotzdem schaffte er es nicht, seinen Gegner auf die Matte zu schicken. Bei all dem stellte der Berserker nicht mal das irre Lachen ein. Seine Freude schien mit jedem Treffer, den er einstecken musste, eher noch zu wachsen.

Entweder war er ein sehr masochistisch veranlagter Typ oder einfach nur total durchgeknallt.

Erst als Kayneth ihn am Hinterkopf packte, ihn nach unten drückte und sein Knie mit voller Wucht in das Gesicht des Berserkers krachen ließ, hörte dieser auf zu lachen.

Dafür hörte man deutlich das Knacken von Knochen. Blut spritzte über den Boden, als der Getroffene nach hinten taumelte. Es war nicht zu übersehen, dass Kayneth ihm die Nase gebrochen hatte. Dennoch verzogen sich seine Lippen erneut zu diesem durchgeknallten Lächeln und er streckte seine Zunge heraus, die wie seine Zähne viel zu groß wirkte, um das Blut aufzulecken, welches aus seiner zerquetschten Nase rann.

»Hahaha, gar nicht übel für so ein kleines Kerlchen wie dich«, lachte er.

»Kleines Kerlchen«, war der Alpha wohl auch noch nicht genannt worden.

Trotzdem blieb Kayneth' Miene undurchdringlich. Ihm war nicht anzusehen, was in seinem Kopf vorging. Ob er sich vielleicht Sorgen machte, weil der Berserker jeden Schlag einfach nur mit einem Lachen quittierte?

Dieser stürzte sich erneut auf Kayneth. Als er seitlich ausweichen wollte, änderte der Berserker in einer blitzschnellen Bewegung seine Richtung und stand plötzlich hinter ihm.

Mir entwich zeitgleich mit Thea ein erschrockener Laut, als sich die muskelbepackten Arme des Berserkers schraubstockartig um Kayneth schlossen und ihn in die Höhe hoben als wöge er nichts.

»Schauen wir doch mal, wie lange wir brauchen, um deine Innereien aus dir raus zu quetschen«, rief der Berserker und ließ seinen Worten wieder dieses verrückte Lachen folgen.

Der Berserker drückte zu und ich sah Kayneth die Zähne zusammenbeißen.

In meinem Kopf formte sich bereits der erste Zauberspruch, den ich mit meinem mickrigen Rest Magie noch zustande bringen konnte, als der Berserker nach hinten flog und nun mit seinem Körper ein Loch in die Mauer der Arena schlug.

Mein Blick glitt zurück zu Kayneth und ich konnte nicht verhindern, dass mein Kiefer vor Überraschung nach unten klappte.

Ich hatte ja schon gesehen, dass er seine Erscheinung teilweise so verändern konnte, wie er es brauchte. Dennoch machte mich der Anblick der Drachenschwingen auf seinem Rücken sprachlos. Er hatte sie einfach aus seinem Rücken wachsen lassen und den Berserker damit von sich geschleudert. Jetzt stand er in der Arena wie ein geschuppter Engel und zog mit verärgerter Miene die Überreste seines T-Shirts vom Körper.

Auch wenn der freie Oberkörper definitiv einen Blick wert war, schaffte ich es nicht, meine Augen von den Flügeln zu lösen. Sie waren wunderschön. Befremdlich, aber schön.

Er hatte sie nicht richtig ausgebreitet, aber ich erkannte, dass die Rückseite von kräftigen Schuppen überzogen war. Am faszinierendsten war allerdings die Farbe. Denn die Schuppen schimmerten smaragdgrün, gingen vereinzelt über in ein Mitternachtsblau, während sich golden schimmernde Linien über die dünne Haut auf der Innenseite der Flügel zogen.

Kayneth drehte sich zu dem Berserker um und schneller als ich blinzeln konnte, waren die Flügel wieder verschwunden.

»Wahnsinn. Hast du schon mal ein Beast gesehen, das sich so schnell wandeln kann?«, fragte Thea ehrfurchtsvoll.

»Nein. Ich habe auch noch keinen gesehen, der einfach nur einzelne Körperteile wandeln kann«, erwiderte ich.

Wenn ich sonst auf Beasts getroffen war, hatten diese immer komplett in ihrer Beastform gesteckt.

Kayneth überbrückte die letzten Meter bis zum Berserker und umfing dessen Kehle, bevor er sich wieder aufrichten konnte.

»Mir geht dein Lachen tierisch auf die Nerven. Ich beende das jetzt«, knurrte er.

KAPITEL 8
Zeit zu handeln

»Warum hast du das nicht auch gemacht? Du beherrschst doch ebenfalls Pyromagie?«, fragte Thea.

»Weil ich es übertrieben finde, gleich ein ganzes Gebäude in Schutt und Asche zu legen, um einen Kampf zu gewinnen«, antwortete ich, während wir die Rauchschwaden beobachteten, die aus den Ruinen aufstiegen, welche vor ein paar Stunden noch das Theater der Schatten gewesen waren.

Auch musste ich mir im Stillen eingestehen, dass sich meine Pyromagie deutlich von Kayneth' Drachenfeuer unterschied. Mir war es zwar ebenfalls möglich, gezielt Dinge in Flammen aufgehen zu lassen, aber nur in einem kleinen Radius. Und wenn es dann brannte, dann tat es das auch richtig.

Was Kayneth dagegen getan hatte, machte mich immer noch sprachlos.

Während er den Berserker zu Boden gedrückt hatte, waren Flammen aus seinem Körper hervorgeschossen und hatten ihn gänzlich umhüllt. Das Lachen des Berserkers war augenblicklich schmerzerfüllten Schreien gewichen, als das Feuer auch ihn erfasst hatte. Noch bevor seine Schmerzenslaute gänzlich verklungen waren, war das Feuer von Kayneth heruntergeflossen wie Wasser und hatte sich in der gesamten Arena verteilt.

Die Zuschauer waren erneut panisch davongeeilt, aber so schnell wie die Flammen alles um sich herum erfasst hatten, hatte niemand wirklich die Chance zur Flucht gehabt. Interessanterweise war das aber auch gar nicht nötig gewesen. Denn außer des Berserkers hatte sich keiner zu einem Häuflein Asche verwandelt.

Das Drachenfeuer hatte niemanden sonst auch nur angesengt. Und das, obwohl alle durch regelrechte Flammenwände hatten laufen müssen, um nach draußen zu gelangen. Das Feuer hatte vielmehr nur das verbrannt, was

Kayneth auch hatte brennen sehen wollen. Daher war zum Glück auch der Altar absolut heil geblieben, welcher nun von James und ein paar weiteren Beasts, die ich vorher noch nie gesehen hatte, in einen kleinen Transporter geladen wurde.

Seinen Gewinn hatte Kayneth am Ende keiner absprechen wollen. Und da er von der Arena selbst nichts mehr übriggelassen hatte, erübrigte sich auch die Sorge wegen eines weiteren Herausforderers.

So gesehen hatte er die Situation in seiner Rolle als Ratsmitglied recht gut gelöst und ich bezweifelte, dass ihn die Betreiber wegen Schadensersatz behelligen würden.

»Man kann aber nicht leugnen, dass es ein beeindruckendes Schauspiel war«, kommentierte Machiavelli.

»Ja und wir haben den verdammten Stein«, entgegnete ich müde.

»Altar«, berichtigte Machiavelli.

»Und wie geht es jetzt weiter?«, fragte Thea.

»Kurzfristig? Essen, Dusche und Bett. Aber ich befürchte, selbst das wird mir noch nicht vergönnt sein«, antwortete ich, als mein Blick auf Kayneth fiel, der nun wieder voll bekleidet direkt auf uns zuhielt.

»Dafür, dass er gewonnen hat, sieht er aber ziemlich pissig aus«, flüsterte Thea und dem konnte ich nur zustimmen.

»Wir haben viel zu bereden«, begann er ohne Umschweife, als er uns erreicht hatte und sein Tonfall machte deutlich, dass ich mich diesmal nicht würde herausreden können.

Nicht, dass ich es nicht trotzdem versuchte.

»Ich sage kein Wort ohne …«

»Was? Einen Anwalt?«, erwiderte Kayneth spöttisch.

»Ich wollte eigentlich sagen, ohne einen Cheeseburger in meinem Magen oder so.«

Kayneth' grüne Augen musterten mich und seine Miene wurde nachdenklich. Anscheinend sah ich genauso beschissen aus wie ich mich fühlte, denn letztendlich stieß er ein resigniertes Seufzen aus.

»Na schön. Dann gehen wir eben etwas essen und reden dort.«

»Wie süß. So naiv zu glauben, von Enju auch nur einen vollständigen Satz zu hören, wenn sie erst einmal am Essen ist«, warf Thea amüsiert ein, woraufhin Kayneth ihr einen fragenden Blick zuwarf.

»Mit Enju verhält es sich ein bisschen wie bei Schweinen bei der Fütterung. Sie bekommen etwas in ihren Futtertrog und na ja ... Hast du da schon mal probiert, dich mit einer Sau zu unterhalten?«

»Wolltest du nicht gehen?«, knurrte ich.

»Ja, schon gut.«

Sie drehte sich zu Machiavelli um.

»Soll ich dich mitnehmen?«

»Ich bitte darum. Und von Ihrer Leistung bin ich wahrlich beeindruckt«, wandte sich Machiavelli an Kayneth und gab ihm einen freundschaftlichen Klaps auf die Schulter.

Die darauffolgende Stille wirkte sehr peinlich. Aber auch witzig.

Kayneth blickte mit hochgezogenen Brauen zu Machiavelli, dem in diesem Moment klar wurde, auf wessen Schulter seine Hand ruhte. Er zog sie eilig wieder zurück.

»Nun ... ähm ja. Wirklich beindruckend. Wie ich schon sagte ...«

***

»Wir hätten dir wirklich einen Futtertrog bestellen sollen«, murmelte Kayneth, während ich herzhaft in meinen siebten Burger biss.

Ich war mir nicht ganz sicher, ob mein Appetit ihn erschreckte oder amüsierte. Aber es war mir auch egal. Ich hatte meine Magie beinah gen Null getrieben und brauchte Nahrung und Schlaf, um das auszugleichen. Also hatte ich mir das erste Restaurant ausgesucht, was in der Nähe lag – zu meiner Freude ein süßer kleiner Burgerladen – und direkt einmal die gesamte Speisekarte für mich bestellt. Cheeseburger inklusive.

Still kaute ich weiter und erwiderte unbeeindruckt seinen Blick. Wir hatten schließlich kein Date und das letzte, was ich musste, war, mich von meiner guten Seite zeigen.

»Also schön, Prinzessin«, fuhr Kayneth fort, als ich nicht antwortete.

»Erkläre mir, warum ich für dich diesen seltsamen Stein gewinnen sollte.«

Ich nahm einen großen Schluck meines Milchshakes, ehe ich ihm antwortete.

Ich schmückte nicht jedes Detail aus. Dass beispielsweise das teilweise zerstörte Caer Myrddin auf meine Kappe ging, ließ ich aus. Aber ich erzählte ihm von den verschwundenen Altären, Discordia und dass ich die Toten für Opfergaben hielt, um personifizierte Übel in diese Welt zu rufen. Und dass ich die Hexenmeister für die Schuldigen hielt.

»Du glaubst wirklich, dass die Hexenmeister die Göttin der Zerstörung auf diese Welt loslassen wollen?«, fragte Kayneth, nachdem er sich alles still angehört hatte.

Ich zuckte mit den Schultern und klopfte unschlüssig mit einer Pommes auf meinen Teller.

»Ich denke, darauf soll es hinauslaufen. Ich kann nur den Sinn nicht ganz verstehen. Ich meine, diesen Männern geht es in erster Linie immer um Macht. Was bringt einem aber Macht, wenn man sie durch die totale Zerstörung erhält? Es ist doch dann niemand mehr da, über den man dann noch herrschen kann.«

»Wer sagt, dass nichts mehr übrigbleiben wird?«, entgegnete Kayneth. Er wirkte ausgesprochen ruhig, aber ich erkannte an seinem wachen Blick, dass er angestrengt nachdachte.

»Würde ich die Machtverhältnisse in Lapislazuli mittels dunkler Magie wie du sagtest ändern wollen, würde ich mich nur auf die beschränken, die mir gefährlich werden könnten.«

»Bei den Hexenmeistern sind das aber so ziemlich alle«, entgegnete ich.

Diese Männer standen schließlich ziemlich weit unten in der Nahrungskette.

»Dann würde ich eben nur so viele Leben lassen, wie ich bräuchte, um mir eine neue Gesellschaft aufzubauen, mit mir als unangefochtene Spitze.«

»Du meinst, sich einfach ein paar Frauen halten, mit denen sie sich fortpflanzen können und dann über die nachfolgenden Generationen herrschen?«, fragte ich angewidert.

»Das ist widerlich. Und kann ich mir bei diesen Typen tatsächlich vorstellen.«

»Ich auch. Aber woher beziehen sie diese Magie? Wer hilft ihnen? Du meintest selbst, dass diese Hexenmeister eigentlich gar nicht über die notwendige Magie verfügen, die sie für diese Ritualopferungen aufbringen müssten«, sagte Kayneth und blickte mich ernst an.

»Du glaubst, es ist in Wahrheit doch der Zirkel«, erwiderte ich und spürte Zorn in mir hochkochen.

»Du glaubst wirklich, wir Hexen haben unsere Finger im Spiel!«

»Nein. Zumindest nicht alle Hexen«, antwortete er bedächtig.

Er wich meinem Blick nicht aus und ich schaute ihn eine Weile nur schweigend an. Dachte daran, wie James mir einen Tag, nachdem ich vor dem Rat gestanden hatte, die Unterstützung des Rudels angeboten hatte.

»Du hast von Anfang an nicht gedacht, dass ich es war, oder? Du wolltest nur irgendwie einen Zugang zum Zirkel bekommen.«

»Du hast an dem Abend im Club nicht nach Blut oder Magie gerochen. Ich war mir ziemlich sicher, dass du für das Gemetzel nicht verantwortlich warst, ja. Aber meine Untersuchungen brachten mich immer wieder zu den Hexen. Aber nie weiter. Es ist so schwer, Zugang zu eurem Zirkel zu erhalten. Als sich dann die Möglichkeit bot, mir dein Wissen und deine Fähigkeiten zunutze zu machen ...«

»Dir ist schon bewusst, dass mir deinetwegen jetzt aber der Scheiterhaufen droht?«, fauchte ich.

»Ich werde dich nicht brennen lassen«, antwortete er ganz gelassen.

»Wie beruhigend«, entgegnete ich spöttisch.

»Kannst du denn wirklich ausschließen, dass nicht doch einige Hexen des Zirkels hinter der Sache stecken?«

Ich öffnete bereits den Mund, um zu antworten, schloss ihn dann aber wieder.

An und für sich hätte ich gesagt, dass ich es ausschließen konnte. Ein oder zwei Hexen allein würden das nicht packen. Es würde sie umbringen. Sie brauchten einen Coven hinter sich, um die Last zu verteilen. Und Magie, die durch einen ganzen Coven floss, konnte dem Zirkel nicht entgehen. Aber wenn man tricksen wollte, musste man die Last der Magie nicht zwingend auf einen weiblichen Coven verteilen. Es ging ja nur darum Magie auszuhalten, damit die Hexe bei dem Zauber nicht ums Leben kommt. Und Magie aushalten war ja genau das, wozu Hexenmeister im Stande waren.

Scheiße! Würde eine unseres Zirkels wirklich so tief sinken und sich mit den Hexenmeistern zusammentun?

Ich blickte wieder zu Kayneth, der mich unbeirrt schweigend musterte.

»Es sind auf jeden Fall die Hexenmeister! Aber vielleicht liegst du nicht ganz falsch. Vielleicht muss ich mich noch verstärkt auf meine eigenen Reihen konzentrieren«, erwiderte ich dann widerwillig.

»Was diesen Hexenmeister betrifft ...«, warf Kayneth ein.

»Severin hat ganz sicher Dreck am Stecken. Der hängt da definitiv mit drin!«

»Möglich. Aber im Moment hat er sich nur die Teilnahme an einem illegalen Wettkampf zuschulden kommen lassen. Er hat keine Verbindung zu einem der Tatorte«, antwortete Kayneth langsam.

»Du denkst nicht wirklich daran, ihn wieder laufen zu lassen, oder?«, fragte ich und versuchte meinen Ärger zurück zu halten.

Gegen mich gab es ebenfalls keinerlei Beweise. Dennoch musste ich meine Unschuld beweisen, statt dass der Rat meine Schuld nachweisen musste. Wobei das, wie er ja schon zugegeben hatte, zu seinem Plan gehört, damit er einen Zugang zum Zirkel hat.

»Nein. Ich lasse diesen Severin vorerst festsetzen und wir verhören ihn. Es wäre nur einfacher zu wissen, ob er allein handelt, oder ob mehr ... wer von ihnen alles mit drin hängt. Ob es von ganz oben ausgeht.«

Kayneth hielt inne und blickte mir wieder in die Augen.

»Kannst du diese Informationen aus dem Hexenmeister herausholen?«

»Sicher. Aber wenn diese mit Magie geschützt sind, kann es sein, dass ich sein Hirn zu Brei verwandle, bevor ich irgendwas Brauchbares erfahre«, erwiderte ich.

»Wie meinst du das?«, fragte Kayneth und beugte sich interessiert nach vorne.

»Wenn wir vom Coven irgendetwas planen würden, was niemand herausfinden soll, würden wir nicht das Risiko eingehen, dass eine der unseren geschnappt wird und wie ein kleines Vögelchen singt. Wir würden das schwächste Glied in der Kette von vornherein eliminieren, indem wir das Wissen mit einem Zauber versiegeln. Der Zauber selbst ist nicht schwer, aber dafür umso wirkungsvoller. Man schließt das Wissen im Inneren der Person ein. Ihr ist es nur noch möglich, mit anderen darüber zu reden, die das Geheimnis ebenfalls kennen. Bei jedem Unwissenden entsteht eine Blockade, wenn man reden möchte. Oder aufschreiben. Selbst Pantomime geht nicht. Und versucht ein anderer, das Wissen gewaltsam zu entreißen ... Nun, die Wahrscheinlichkeit, dass das Geheimnis von der Person mit ins Grab genommen wird, ist höher, als die, ihr etwas zu entlocken.«

»Verstehe. Denkst du, auf dem Hexenmeister liegt so ein Zauber?«

»Wenn sie nicht komplett bescheuert sind, ja. Ich würde es so handhaben und jede andere Hexe wohl auch«, murrte ich.

Der Gedanke, dass vielleicht wirklich eine Hexe hinter all dem steckte, ging mir gewaltig gegen den Strich.

»Gibt es irgendwelche Schwachstellen bei so einem Zauber?«, fragte Kayneth weiter.

»Sicher. Er funktioniert nur durch das klare Bewusstsein der Person. Ist sich die Person zum Beispiel nicht bewusst, dass sie belauscht wird und plaudert etwas aus, könnte man etwas erfahren. Es gibt auch Illusionsmagie, mit der man das Bewusstsein versuchen kann zu täuschen. Aber das ist knifflig und birgt ebenfalls das Risiko, dass man das Hirn des Befragten zerstört und ihn damit letztendlich umbringt. Am einfachsten wäre es, sich die Person zu greifen, die den Zauber ausgesprochen hat. Denn als Urheber ist diese nicht geschützt.«

»Kommen wir an diese Person heran?«

»Unwahrscheinlich«, antwortete ich.

»Vielleicht sollten wir uns mal mit dem Merlin unterhalten. Ich denke, er hängt da mit drin. Und als Oberhaupt der Hexenmeister wird es sein Stolz vielleicht nicht zulassen, dass er sich mit einem Zauber belegen lässt.«

»Arvid Falk?«, fragte Kayneth.

»Arvid Falk!«

***

»Ich habe nicht die geringste Ahnung, wie wir an den Merlin rankommen sollen«, sagte ich wenig später, als wir das Restaurant verließen.

»Ich könnte ihn im Namen des Rates vorladen lassen«, sagte Kayneth, der ein paar Schritte hinter mir die kleine Treppe herunterging.

»Das wäre zwar der offizielle Weg, gäbe ihm aber genug Möglichkeiten, vorher unterzutauchen«, gab ich zu bedenken.

Ich lief weiter in Richtung Straße, als Kayneth mich unvermittelt packte und zu Boden riss.

Ich landete unsanft auf dem Asphalt, Kayneth über mir. Es dauerte einen Moment bis ich erkannte, dass er mich mit seinem Körper vor etwas abgeschirmt hatte. Verwirrt folgte mein Blick dem Geräusch von sich verbiegendem Metall und ich sah einen Kleintransporter unweit von uns auf die Straße krachen.

Hatte da jemand ein Auto nach uns geworfen?

Ich blickte wieder in die andere Richtung und erschrak. Da stand dieses nicht ganz so einfach zu definierende rothaarige Wesen aus dem Restaurant und daneben eine geduckte Gestalt, die direkt einem Albtraum entstiegen zu sein schien. Das Wesen hatte einen knochigen Rumpf, viel zu lange Arme und dürre Beine, die jeweils in klauenartige Füße und Hände übergingen. Seine Haut war ledrig und dunkel und bis auf vereinzelte, filzige Haarsträhnen, die von seinem Kopf hingen, war es eher glatzköpfig.

Ich konnte in seinem Gesicht weder Augen noch Nase erkennen. Nur ein viel zu großes Maul, das lange, spitze Zähne offenbarte.

»Wer seid ihr?«, fragte Kayneth, während er sich vorsichtig aufrichtete und mich mit sich nach oben zog.

Er schien nichts abbekommen zu haben. Aber hätte er mich nicht zu Boden gerissen, hätte mich das Auto einfach zerquetscht.

»Man nennt uns Algea ...«, antwortete das rothaarige Übel und auch an der Stimme ließ sich nicht erkennen, ob männlich oder weiblich.

»... und Androktasiai.« Es deutete auf das Wesen neben sich.

»Aber euch werden die Begriffe *Schmerz* und *Gemetzel* vielleicht eher ein Begriff sein«, fügte Algea hinzu, obwohl keiner von uns nachgefragt hatte.

»Die personifizierten Übel«, sagte ich leise und erntete dafür einen Blick von Kayneth, der wirkte, als wolle er mich am liebsten umbringen.

»Diese Übel sind tatsächlich schon herbeigerufen worden? Und das erzählst du mir nicht?«, knurrte er.

»Habe ich doch!«, erwiderte ich.

»Nein. Du hast gesagt, man kann sie herbeirufen. Nicht dass es tatsächlich schon geklappt hat!«

Ich öffnete den Mund, um ihn darauf hinzuweisen, dass er mir einfach besser zuhören sollte, als mir aufging, dass Kayneth recht hatte. Ich hatte das mit Phonoi gar nicht richtig erläutert.

»Ähm ... eventuell habe ich auch ein oder zwei Details vergessen«, antwortete ich dann kleinlaut.

Wieder erntete ich einen Blick, als wolle er mich am liebsten erwürgen.

»Seid ihr dann fertig?«, fragte Algea und richtete ihre volle Aufmerksamkeit auf Kayneth.

»Den Altar. Wohin haben ihn deine Leute gebracht?«

Kayneth erwiderte den Blick des Übels ungerührt.

»Warum interessiert dich das?«

Algea lächelte und wie bei Phonoi wirkte die Mimik gleichzeitig unmenschlich und zeigte doch das niederste eines Menschen in reinster Form.

»Sag uns einfach wo er ist, Drache. Es wird euch eine Menge Leid ersparen.«

Ohne Ankündigung schoss Androktasiai nach vorne und schlug mit den Klauen nach uns.

Der personifizierte Schmerz und das Gemetzel. Keine Kombination, der ich mich unbedingt stellen wollte. Aber eine Wahl ließ man uns nicht.

Ich konnte zumindest von Glück reden, dass ich kurz zuvor gegessen und meine Magiereserven wieder aufgeladen hatte.

Ich wich dem Angriff aus, beschwor im gleichen Moment Nemesis und schlug mit der Klinge nach Androktasiai.

Das Wesen schrie vor Schmerz und Wut, als ich ihm eine tiefe Wunde in den unnatürlich langen Arm schlug.

»Dieses Schwert«, keuchte Algea überrascht und hielt in der Bewegung inne, statt ihre Magie auf uns zu hetzen, wie sie es vorgehabt hatte.

Das verwunderte mich ebenfalls, aber Kayneth ließ sich nicht beirren. Er packte Androktasiai und mit übermenschlicher Kraft riss er dem Übel den Kopf von den Schultern.

Fassungslos beobachtete ich, wie der Körper zu Asche zerfiel und kurz darauf auch der Kopf folgte. Der Alpha der Beasts drehte sich zu Algea um und wartete auf ihren nächsten Zug.

Der Schmerz sah zwischen Kayneth und dem Schwert in meiner Hand hin und her und einen Moment später war das Übel in einer dunklen Rauchwolke verschwunden.

Ich sah wieder zu dem Häufchen Asche auf dem Boden.

Um Phonoi zu vernichten, hatte ich beinah meine ganze Magie aufbrauchen müssen. Er hatte diesem Übel einfach den Kopf abgerissen wie eine Glühbirne, die er aus der Fassung gedreht hatte. Das beindruckte und schockierte mich gleichermaßen.

»Irgendwie hätte ich von einem personifizierten Übel mehr erwartet«, sagte Kayneth trocken.

***

Ich versuchte über den Schock hinaus positiv zu denken.

Wenn wirklich jeder der sieben Anschläge ein Übel hervorgebracht hatte, hatten wir sie schon um zwei reduziert.

»Übrigens: danke. Dass du mich nicht von einem Auto hast zerquetschen lassen«, sagte ich, nachdem Kayneth mich nach Hause gebracht hatte und ich meinen Haustürschlüssel in die kleine Glasschüssel auf dem Garderobenschränkchen neben der Tür fallen ließ.

Ich drehte mich wieder zur Tür, in der Kayneth stehen geblieben war und sich jetzt entspannt gegen den Türrahmen lehnte.

»Gern geschehen. Ich finde deinen Anblick so in einem Stück einfach angenehmer fürs Auge.«

»Das ... nein. Ich werde das jetzt einfach mal als Kompliment auffassen«, erwiderte ich, was ihn grinsen ließ.

Es war diese Art Lächeln, bei dem man weiche Knie bekam und das mich veranlasste, ganz schnell auf ein anderes Thema zu schwenken.

»Also ... wegen Arvid Falk ...«

»Lass das meine Sorge sein. Ich habe schon eine Idee«, antwortete Kayneth entspannt.

»Mmh ... das sollte mich jetzt sicher beunruhigen, aber ich bin einfach zu müde«, antwortete ich und machte mir nicht die Mühe, ein Gähnen zu unterdrücken.

»Dann solltest du jetzt ins Bett«, sagte Kayneth und für einen Moment schwang etwas in seiner Stimme mit, was ein seltsames Kribbeln in mir auslöste.

»Ja ... ähm. Ja, werde ich auch. Duschen und Bett.«

Klang meine Stimme fahrig?

»Brauchst du noch Hilfe?«

»O nein! Du setzt definitiv keinen Fuß mehr in mein Badezimmer!«

»Ach ja ...«, erwiderte Kayneth.

»... dir passiert ja nur Schlechtes, wenn ich dich anfasse.«

Seine Augen funkelten amüsiert und es lag etwas Herausforderndes in seinem Blick, das mich reizte und verhinderte, dass ich den Kontakt zu diesen grünen Augen abbrach.

Der intensive Blickkontakt brachte etwas in mir zum Kribbeln und ich fühlte, wie sich die Atmosphäre um uns herum auflud, dass ich mir einbildete, es beinah schon knistern zu hören.

Ich öffnete schließlich den Mund, um ihn daran zu erinnern, dass er immerhin versucht hatte, mich im Bad zu ertränken, als seine Finger sich um mein Handgelenk schlossen und er mich zu sich unter den Türrahmen zog. In der nächsten Sekunde spürte ich den Druck des Holzes in meinem Rücken und den seiner Lippen auf meinem Mund.

Der nicht ausgelaugte und übermüdete Teil meines Gehirns wusste, dass es eine dumme Idee war, sich von Kayneth küssen zu lassen. Allerdings war dieser Teil im Moment schwindend gering und die Lippen dieses arroganten Mistkerls waren wirklich unheimlich weich. Und er wusste sie gekonnt einzusetzen.

Also schloss ich die Augen und öffnete ein wenig den Mund, um seiner Zunge Zugang zu gewähren. Kayneth ließ sich nicht zweimal bitten und als seine Zungenspitze meine berührte, ließ er den Kuss sofort leidenschaftlicher werden. Er vergrub seine Hand in meinem Haar und ich konnte kaum noch bestimmen, ob er mich enger an sich zog oder ob er seinen Körper einfach nur stärker gegen meinen presste.

Ich keuchte, dachte aber nicht daran, den Kuss abbrechen zu lassen. Dazu war er zu gut. Das musste ich Kayneth wirklich lassen. Er konnte verdammt gut küssen.

Er küsste, als hätte er es seit Jahren nicht mehr getan und sein ganzes Verlangen bis zu diesem Moment aufgespart.

Zu sagen, dass mich das nicht wahnsinnig anmachte, wäre gelogen. Es war wie ... Feuer.

Ich vergrub meine Finger ebenfalls in seinem Haar, stellte mich auf die Zehenspitzen und, alle Hemmungen fallen lassend, brachte ich meine Zunge ebenfalls zum Einsatz. Womit ich Kayneth tatsächlich ein Knurren entlockte.

Es war schwer zu sagen, wessen Widerwille, den Kuss enden zu lassen, größer war, aber da wir beide auf Sauerstoff angewiesen waren, lösten wir uns voneinander.

Ich keuchte und auch sein Atem ging eindeutig schwerer.

»Du ... darfst trotzdem nicht in mein Badezimmer«, sagte ich, nachdem ich wieder einigermaßen zu Atem gekommen war.

»Das ist auch nicht unbedingt das Zimmer, das ich gerade im Sinn habe«, flüsterte Kayneth, ehe er seine Lippen noch einmal kurz auf meine drückte.

Dann trat er grinsend ein paar Schritte zurück.

»Ich wollte damit auch nur klar machen, dass dir nicht immer etwas Schlechtes passiert, wenn ich dich anfasse«, erklärte er und klang dabei viel zu selbstzufrieden.

Aber das war der beste Kuss seit langem gewesen, also ließ ich es ihm durchgehen.

»Ich melde mich morgen, um zu besprechen, was wir wegen Falk unternehmen«, fügte er dann wieder ernster hinzu und wandte sich zum Gehen um.

Ich wusste zwar nicht, was ich von dem »wir« halten sollte, aber ich verbesserte ihn auch nicht.

***

»Und wo ist der Altar jetzt?«, fragte Celenike am nächsten Morgen.

Unsere Küche war mir bisher immer sehr weitläufig vorgekommen, aber jetzt tummelten sich neben Celenike und der Astralerscheinung Luvias noch Thea, Machiavelli und Ekidona darin. Wodurch mir alles irgendwie beengt vorkam.

»Ich habe ihn Kayneth anvertraut. Ich denke, niemand wird so blöd sein, in ein Schloss voller Beasts einzubrechen, um ihn zu klauen.«

»Unterschätze nicht die Dummheit der Männer«, schnaubte Luvia.

»Verzeihung«, meldete sich Machiavelli, aber sein Einwurf wurde einfach übergangen.

»Ich sehe nicht ein, warum du noch länger für den Rat die Arbeit übernehmen solltest. Du hast ihnen den Schuldigen gebracht«, schimpfte Luvia erneut.

Ihr passte es noch weniger als mir, dass ich mich jetzt noch an das Oberhaupt der Hexenmeister heranwagen sollte.

»Keine Sorge. Wenn diese Sache geklärt ist, werde ich keinen einzigen Finger mehr für den Rat beziehungsweise eines seiner Mitglieder rühren«, antwortete ich.

Ich hatte meinen Tanten gegenüber nicht erwähnt, dass ich es auch deshalb tat, weil es vielleicht gar nicht mehr so abwegig war, dass eine Hexe unseres Zirkels auch mit drinsteckte.

Ein lautes Hämmern gegen die Tür ließ uns alle zusammenzucken.

Ich erhob mich und ging zur Tür. Noch bevor ich sie erreichte, hämmerte es erneut so heftig dagegen, dass ich Angst hatte, die Tür würde jeden Moment aus ihren Angeln gehoben.

Ich behielt eine Hand hinter dem Rücken und sammelte zur Vorsicht etwas Magie, für den Fall, dass ich einen gezielten Schlag gegen diesen unangekündigten Besucher ausführen musste.

»Ja?«, fragte ich laut, eine Hand an der Türklinke.

»Enju, ich bin es. Mach auf! Sofort!«

Überrascht riss ich die Tür auf und starrte zu James' hoher Gestalt hinauf. Er wirkte abgehetzt und sein Gesicht war sorgenvoll.

»James? Was ist los?«

»Die Beasts brauchen deine Hilfe. Du musst sofort mit mir kommen!«

»Ernsthaft jetzt?«

Ich befürchtete, mein Vorhaben, zeitnah keinen Finger mehr für Mitglieder des Rats zu rühren, konnte ich direkt wieder in die Tonne schmeißen.

***

Der Hauptsitz der Beasts war alles andere als ein Märchenschloss. Ich war nicht einmal sicher, ob die Bezeichnung Schloss wirklich zutraf. Ritterburg traf es sicher eher. Denn es war eindeutig nicht für dekorative Zwecke erbaut worden, sondern zum Schutz.

Mein Blick haftete auf dem imposanten Bergfried der Burg, während James das Gaspedal seines Wagens durchdrückte, um uns auf die Anhöhe zu bringen, auf der die Burg erbaut worden war.

James hatte mir noch nicht erklärt, worum es ging. Ich hatte ja mehr oder minder dankbar sein müssen, dass ich mich noch richtig hatte anziehen dürfen, ehe wir die Wohnung Hals über Kopf verlassen hatten.

»Hast du jetzt ein paar Details für mich?«, fragte ich erneut, als James so schwungvoll in die nächste Kurve fuhr, dass ich gegen die Beifahrertür gepresst wurde.

Aber an meinem Fahrstil rumnörgeln.

Warum nur musste der Weg zur Burg aus einer einzigen Schlangenlinie bestehen?

»Mit dem Alpha stimmt etwas nicht. Ich weiß nicht, was es ist. Aber er ist seit heute früh merkwürdig.«

»Definiere *merkwürdig*.«

»Kann ich nicht. Er ist einfach … nicht normal. Es geht ihm nicht gut«, knurrte James.

Das war nicht wirklich hilfreich.

James brachte den Wagen mit einer scharfen Bremsung zum Stillstand und wir stiegen aus. Sofort stapfte der Große wie ein Büffel nach vorne und ich hatte Schwierigkeiten, mit ihm Schritt zu halten.

Ärgerlich, denn ich hatte das Schloss der Beasts noch nie von innen gesehen und hätte mich gerne etwas genauer umgesehen. So konnte ich kaum etwas anderes ausmachen als kalten Stein und eine Reihe Gesichter, die mich misstrauisch und verärgert musterten.

James steuerte einen Turmbau an, um den sich eine Treppe wie ein Korkenzieher schlängelte. Die Treppe war nicht sonderlich breit und mit wachsendem Unbehagen nahm ich das Fehlen eines Geländers wahr.

»Kayneth' Räumlichkeiten sind ganz oben«, erklärte James.

»War ja klar …«, murrte ich und drückte mich gegen die Wand, um möglichst weit weg vom wachsenden Abgrund zu sein, während wir die Treppe nach oben stiegen.

Ich nahm eine Stufe nach der anderen und obwohl meine Kondition nicht die schlechteste war, geriet ich dennoch nach geraumer Zeit außer Atem.

»Wie viele Stufen sind das?«, fragte ich, während ich kurz stoppte.

»Etwa sechshundert«, antwortete James.

»Sechshundert? Warum baut ihr sowas? Ohne einen Aufzug? Da bekäme ich auch beschissene Laune.«

»Er hat keine beschissene Laune. Ihm geht es nicht gut«, entgegnete James.

»Kein Wunder. Der bekommt da oben ja viel zu wenig Luft«, antwortete ich.

»Komm schon, Enju. Die Hälfte hast du schon geschafft.«

»Hälfte? Erst die Hälfte? Das baut mich in keinster Weise auf, James. In keinster Weise!«

***

Die letzte Stufe erreichte ich auf allen vieren. Dafür würde ich James büßen lassen, sobald ich wieder zu Atem kam.

»Weiter kann ich dich nicht begleiten«, erklärte James, als er zu mir kam, mich um die Taille packte und aufstellte.

»Was … heißt *weiter*?«

Entsetzt schaute ich zu der massiven Holztür, die jetzt vor uns aufragte.

»Kommen da noch mehr Treppen?«

»Nein, hinter der Tür sind Kayneth' Räumlichkeiten. Er hat sich heute Vormittag hierhin zurückgezogen und verboten, dass einer von uns sie betritt. Er ist unser Alpha. Ich kann mich diesem Befehl nicht widersetzen. Daher musst du alleine rein gehen.«

»Warte mal … ich soll wortwörtlich allein in die Höhle des Drachen?«

»Du schaffst das schon. Ich glaube an dich, Enju!«, erwiderte James nach kurzem Zögern, schob mich dann ruckartig ins Zimmer und schloss die Tür hinter mir.

Magie traf mich wie eine dicke Rauchwolke und versuchte meine Sinne zu vernebeln. Fluchmagie. Ein starker, aber nicht sonderlich gut platzierter Fluch, wenn ich mir die Auswirkungen ansah, die sich auf das Zimmer erstreckten.

Ich war mir nicht sicher, was ich erwartet hatte. Eventuell Berge von Gold wie in *Der Hobbit*? Mit einem schlafenden Kayneth darunter?

Wobei, wenn ich das Loft einer genaueren Betrachtung unterzog, waren die Berge von Gold wohl eher in der Einrichtung investiert.

Alles sah ziemlich edel aus. Kayneth besaß keinen normalen Fernseher, sondern einen Bildschirm, der etwa über ein Viertel der Wand in Beschlag nahm. Nicht ganz wie Kino, aber schon nah dran. Davor ein heller Teppich, auf dem zwei breite lederne Sessel und ein kleiner runder Couchtisch standen. Abgerundet wurde der Bereich von einem richtigen Kamin, der seitlich in das anthrazitgraue Mauerwerk eingelassen war. Mein Blick huschte über das dunkelbraune Holz des Bodens zu der Kücheninsel, die so auf Hochglanz poliert war, dass ich mich unwillkürlich fragte, ob sie jemals benutzt wurde. Zumindest befand sich direkt neben der Küche ein Essbereich mit einem breiten Tisch, der im gleichen dunklen Holz gehalten war wie der Großteil der restlichen Einrichtung.

Ich tat einen weiteren Schritt in den weitläufigen Raum und begutachtete den Fitnessbereich mit allen möglichen Gerätschaften, welche mir nur vom Anschauen bereits Muskelkater bescherten. Ich ließ meinen Blick über einige Regale und Schränke schweifen, ehe er auf Kayneth' Schlafzimmer fiel.

Wobei »Zimmer« fast schon wieder übertrieben war. So richtig abgetrennt zum Rest des Lofts war es nicht, wenn man davon absah, dass es etwas höher gelegen war und man drei Treppenstufen nehmen musste, um es zu betreten. Es war gebaut wie ein Fünfeck. Wobei nur die hinteren beiden Wände komplett geschlossen waren. Die Seitenwände bestanden aus je vier dicken Holzbalken, durch die man bequem hindurch schlüpfen konnte. Sofern man zu faul war, die paar Schritte zu dem komplett offen gehaltenen Eingangsbereich zu gehen. Kayneth machte sich offensichtlich keinerlei Sorgen um ungebetene Besucher, wenn sein Schlafbereich so offen einsehbar war.

Ich durchquerte den Raum, nahm die drei Stufen und stand dann auch schon direkt vor seinem Bett, was den Großteil des Zimmers einnahm. Das Bett war ziemlich hoch und sehr bereit. Ich schätzte die Länge auf gut drei aneinandergereihte Einzelbetten. Offensichtlich bevorzugte Kayneth hier Platz.

Mein Blick huschte über eine lange Schrankwand und blieb dann an einer Tür hängen, welche sich etwa einen Meter seitlich vom Kopfende des Bettes befand.

Ich umrundete das Bett und je näher ich der Tür kam, desto deutlicher hörte ich Wasserrauschen.

Badezimmer. Und da ich Kayneth nirgendwo sonst ausgemacht hatte …

»Das werde ich sicher bereuen …«, murmelte ich und klopfte an.

Keine Antwort. Ich wartete und klopfte erneut, aber das Ergebnis blieb dasselbe. Ich versuchte es nochmals und rief zusätzlich seinen Namen, doch als die Antwort erneut ausblieb, drückte ich die Türklinge nach unten.

Die Tür schwang auf und ich machte einen Schritt zurück. Mich trafen gleichermaßen eine Wolke übelster Fluchmagie als auch Wasserdampf. Als hätte ich die Tür einer Sauna geöffnet.

Die Wände der Dusche waren gläsern und obwohl sie durch den Wasserdampf beschlagen waren, bekam ich dennoch eine gute Aussicht auf Kayneth' breite Schultern, die schmale Hüfte, den verdammt knackigen Hintern und die wohlgeformten Beine.

Ich machte mir nicht die Mühe mich zu räuspern, denn das Heben seines Kopfes verriet, dass er mein Eintreten sofort bemerkt hatte. Er drehte langsam den Kopf und spähte über seine Schulter in meine Richtung. Seine Augen ließen mich schwer schlucken und ich musste mich zwingen, an Ort und Stelle zu verharren und nicht zurückzuweichen.

Das Grün seiner Iris war komplett dem Drachen gewichen und er starrte mich mit den gleichen Augen an wie damals, als ich versucht hatte, ihn mit Nemesis zu enthaupten.

Der Drache war ganz nah an der Oberfläche und eine unheilvolle Ahnung beschlich mich, dass ich bei einer falschen Bewegung mit Haut und Haar von ihm verschlungen werden würde.

»Mir wurde gesagt, dir geht es nicht gut«, sagte ich langsam und mit bedächtiger Stimme.

Ich hoffte sehr, dass er mich noch erkannte. Ich konnte es schon nicht mit einem Kayneth aufnehmen, der Herr seiner Sinne war. Einer, dessen Beast die Oberhand gewonnen hatte, wäre definitiv mein Todesurteil.

»Du solltest nicht hier sein!«, knurrte er und es war wirklich kaum mehr als ein Knurren.

Er drehte den Körper und mir entschlüpfte ein leises »Oh«.

Er war erregt. Sexuell erregt. Daran gab es definitiv nichts zu leugnen.

Zumindest konnte ich jetzt bestätigen, dass Kayneth nicht ohne Grund einen auf dicke Hose machte.

»Hast du mit irgendwelchen blauen Pillen herumgespielt?«, konnte ich mir nicht verkneifen zu fragen, was er mit einem Grollen quittierte und mich daran erinnerte, dass es wohl nicht der geeignete Zeitpunkt war, um Witze zu machen.

Aber zumindest musste ich nicht lange rätseln, womit er verflucht worden war. Ein Appetenz-Fluch weckte Verlangen. In Kayneth' Fall ganz offensichtlich sexuelles Verlangen.

Klang im ersten Moment nicht schlimm, aber der Zauber gehörte nicht ohne Grund zur Fluchmagie. Wenn man ihn falsch anwendete oder übertrieb, wurde der Verfluchte komplett von seinen Trieben übermannt, bis ihm ausreichend Erleichterung verschafft worden war.

Bei dem Gedanken, wie stark der Fluch sein musste, um bei Kayneth, der so unfassbar magieresistent war, Wirkung zu zeigen, wurde ich wütend. Appetenz-Verfluchte waren ab einem gewissen Zeitpunkt nicht mehr Herr ihrer Sinne. Irgendwann bestimmte nur noch der Trieb ihr Handeln. Und der machte keinen Unterschied, ob der oder die Partner*in bereit und willig war für Sex.

Wer kam auf die Idee, den Alpha der Beasts mit übermächtigem sexuellen Verlangen zu verfluchen?

»Du hast drei Sekunden Zeit, um wieder zu verschwinden!«, riss mich Kayneth' tiefe Stimme aus meinen Gedanken.

Drei Sekunden? Ich würde diesen Fluch nicht in drei Sekunden brechen können. Und leider auch nicht, wenn ich auf Abstand blieb.

»Drei ...«, begann Kayneth und trat aus der Dusche einen Schritt auf mich zu.

Meine Hände zitterten. Dennoch versuchte ich so lässig wie möglich meine Jacke von den Schultern zu streifen.

Dem Nappaleder würde das Wasser nicht guttun und unter das Wasser musste ich Kayneth wieder bekommen.

Es würde den Fluch nicht aufheben, aber es würde helfen, ihn ruhiger zu halten und mir Zeit zu verschaffen.

»Zwei …«, Kayneth, ganz Raubtier und auf seine Beute fixiert, kam einen weiteren Schritt näher, aber da kam ich ihm schon entgegen.

Bei »Eins« legte ich ihm meine Arme um den Hals, presste mich gegen seinen nackten, nassen Körper und hieß seine Lippen auf meinem Mund willkommen.

Zumindest war das nicht schlimm. Ich stand darauf, wie er küsste. Ich öffnete bereitwillig meinen Mund und ließ mich auf das Spiel seiner Zunge ein, während ich ihn wieder nach hinten drängte, bis das Wasser auf uns niederprasselte.

Soweit so gut. Als Kayneth mich jedoch gegen die Duschwand presste und jeden Zentimeter seines durchtrainierten Körpers gegen den meinen presste, fiel es mir zusehends schwerer mich zu konzentrieren.

Dabei würde mir der Körperkontakt durchaus dienlich sein. Wenn der Fluch bei ihm Wirkung zeigte, war er angreifbarer geworden, was Magie betraf. Wie bei einem geschwächten Immunsystem. Ich nutzte die Tatsache, dass sich meine Zunge gerade in seinem Mund befand und ließ meine Magie in ihn fließen und ihre Fühler ausstrecken. Wie ich gehofft hatte, prallte ich diesmal nicht ab. Ich durchleuchtete ihn und wurde schnell fündig.

Wären meine Lippen nicht noch immer mit Küssen beschäftigt, hätte ich lautstark geflucht.

Der Appetenz-Fluch war über oralem Weg in ihn gelangt. Ich vermutete durch Essen oder einen Drink. Und wie erwartet war er verdammt stark. Vor meinen geschlossenen Lidern leuchtete er auf wie eine große goldene Kugel, aus der sich eine ganze Reihe Adergeflechte durch Kayneth' Körper zogen.

Das würde ich nicht so einfach beheben können. Ich würde die Adern stutzen müssen, Stück für Stück, ohne bei ihm Schaden anzurichten und dann den Fluch entfernen, wenn nur noch die ursprüngliche Kugel übriggeblieben war. Das würde sich über ein paar Tage hinziehen, denn wenn ich ihm nicht schaden wollte, durfte ich nicht zu viel Magie auf einmal in ihn pumpen.

Ich konzentrierte meine Magie auf die Spitzen der Magieadern und verhinderte so erst mal, dass der Fluch sich noch weiter ausbreitete.

Ein Ratsch riss mich aus meiner Konzentration und brachte mich dazu, meine Magie wieder etwas zurückzuziehen und den Kuss zu lösen, um an mir herunterzusehen.

Das Wasser prasselte nun auf meine blanke Haut, weil Kayneth mein T-Shirt einfach zerrissen hatte. Was mich weniger irritierte als die sanfte Wärme, die nun über meine Brust streichelte und von den kleinen Flammen herrührte, die trotz des Wassers vor sich hin züngelten und meinen schwarzen BH zu Asche verbrannten.

»Hast du gerade meinen BH verbrannt?«, fragte ich fassungslos, als die letzten Aschespuren von meiner Haut gewaschen wurden.

»Ich kauf dir einen neuen«, antwortete er mit heißerer Stimme, während seine Augen auf meine Brust fixiert waren.

»Der war von Victoria's Secret. Der war echt teuer! Ich habe mir extra einen Zugang nach Bloomington gesucht, um ihn dort zu kaufen. Samt passendem Höschen. Ich habe nicht viel zusammenpassende Unterwäsche!«

Meine Entrüstung wurde im Keim erstickt, als Kayneth sich nach vorne beugte und eine meiner Brustwarzen in seinen Mund sog.

Ich biss mir auf die Lippe und unterdrückte ein Stöhnen. Er war definitiv geschickt mit der Zunge und der Gedanke, ihn einfach machen zu lassen, war sehr verführerisch.

Aber abgesehen davon, dass es moralisch höchst verwerflich wäre, die Situation auszunutzen, machte ich mir Sorgen, dass er meinem unerfahrenen Körper, so gut bestückt wie er war, ernsthaften Schaden zufügen würde. Vor allem, wenn er sich nicht im Griff hatte.

Ich umfasste sein Handgelenk, als er nach meiner Jeans griff, und verhinderte mit Magie, dass er mir diesen Stoff auch noch vom Körper riss.

»Ich mag meine Klamotten. Hör auf sie kaputt zu reißen«, sagte ich bestimmt, auch wenn mein Atem deutlich abgehackter geworden war.

Kayneth hob den Blick, löste seine Lippen langsam von meiner Haut und leckte dann noch mal provozierend langsam über meinen Nippel.

Dieser Anblick sorgte dafür, dass sich alles in mir zusammenzog. In seinem Gesicht spiegelte sich reines, ungefiltertes Verlangen und es war vollkommen auf mich gerichtet. Ich konnte mich nicht erinnern, jemals so ein Gefühl für meinen Körper gehabt zu haben. Mich je so ganz Frau gefühlt zu haben.

Es war eine ganz dumme Idee, ihn weitermachen zu lassen. Und ein paar Sekunden zuvor hatte ich auch noch gewusst, warum es eine dumme Idee war. Doch als sich seine Hand, deren Handgelenk ich noch immer umklammert hielt, ganz langsam zum Knopf meiner Jeans schob, diesen öffnete und gemächlich den Reißverschluss nach unten zog, wurde der Grund, ihn das nicht tun zu lassen, immer mehr aus meinem Gehirn verbannt.

Erneut strich diese sanfte Hitze über mich wie eine feurige Zunge. Diesmal über meine Mitte, als er unter dem Jeansstoff nun auch noch mein Höschen verbrannte. Ich wimmerte, als die Hitze über meine empfindliche Mitte streichelte, und versuchte automatisch, meine Beine zusammen zu pressen, was Kayneth' Hand verhinderte, die er in meine Jeans geschoben hatte.

»Du bist so wunderschön«, hauchte er und klang aufrichtig ehrfürchtig, als er anfing mich zu streicheln und jede meiner Regungen genau mit den Augen verfolgte. Er beugte sich wieder nach vorne und küsste meine nun leicht zitternden Lippen.

Ich schloss automatisch die Augen und sah wieder das goldene Licht. Fühlte den Fluch, der sich seiner bemächtigt hatte. Richtig! Da war noch was! Ich musste das jetzt ganz dringend beenden und dafür sorgen, dass er wieder einen klaren Kopf bekam.

Ich ließ meine Magie wieder von der Leine und zwang Kayneth, die Hand zwischen meinen Beinen wegzunehmen. Ich würde ihm gleich höchste sexuelle Lust verschaffen und für den Fall, dass sich in seiner Ekstase vielleicht Teile von ihm verwandelten, wollte ich keine klauenbesetzte Hand zwischen meinen Beinen haben.

Ich beendete unseren Kuss und brachte meine Lippen nah an sein Ohr.

»Es tut mir leid«, flüsterte ich. Dann jagte ich meine Magie in seinen Körper.

Ich nutzte den Umstand, dass ein Orgasmus das Resultat körperlicher Stimulation war und sorgte mit meiner Magie dafür, dass er im höchsten Maße stimuliert wurde.

Kayneth stieß ein Brüllen aus, als er augenblicklich einen Höhepunkt erreichte, den ich willentlich hinauszögerte und steigerte. Er musste den Höhepunkt seines Lebens erhalten, damit er sich trotz des Fluchs wieder entspannen konnte.

Kayneth schlug neben mir gegen die Wand und ich hörte die Fliesen splittern, während er immer noch lauthals stöhnte.

Ich presste mich an ihn, denn der Körperkontakt war wichtig, damit ich ihn mit meiner Magie dort halten und stimulieren konnte. Ich fühlte seine Hitze, sorgte dafür, dass er wirklich alles von sich hergab, ehe er in die Knie sank und ich nur mittels Magie dafür sorgen konnte, dass er nicht auf mich fiel.

Vorsichtig ging ich mit ihm auf die Knie und hob sein Gesicht an. Seine Augen waren geschlossen und er atmete ruhig und gleichmäßig. Ich hatte ihm einen Orgasmus beschert, der ihn in die Ohnmacht getrieben hatte, schoss es mir, etwas selbstzufrieden, durch den Kopf, während ich ihn vorsichtig auf dem Boden ablegte. Der arme Kerl musste unbedingt ins Bett und sich erholen.

Ich erhob mich, überprüfte, ob das Wasser alle verräterischen Spuren fortgespült hatte und verließ dann tropfnass die Dusche, um James zu holen.

Auf halbem Weg zur Tür stoppte ich und sah erneut an mir herunter. Auf meinen nackten, feucht glänzenden Oberkörper.

»Nein«, dachte ich laut, drehte mich um und suchte nach Kayneth' Kleiderschrank.

Ich wurde fündig, schnappte mir das erstbeste T-Shirt und zog es über.

»Besser«, sprach ich meinen Gedanken erneut laut aus und ging zur Tür.

»James!«, rief ich laut, was gar nicht nötig gewesen war, denn er befand sich nur ein Stück weit unten auf der Treppe.

»Was ist mit ihm?«, fragte er sofort, stand in Windeseile vor mir und betrachtete meine nassen Haare, das T-Shirt, das langsam ebenfalls durchnässte, und den Rest meiner tropfenden Gestalt mit einem Stirnrunzeln.

»Ihm geht es besser. Aber er sollte dringend in sein Bett und sich ausruhen«, antwortete ich.

James sah über meinen Kopf hinweg ins Zimmer.

»Aber er hat verboten ...«, begann er wieder, woraufhin ich genervt mit der Zunge schnalzte.

»Dann wird dein Alpha wohl auf dem Boden seiner Dusche ertrinken«, erwiderte ich.

Ich konnte gerade noch zur Seite treten, um James hindurchzulassen, der daraufhin zielstrebig zum Badezimmer ging.

KAPITEL 9
Bezahlt ist bezahlt

»Was heißt, er wurde verflucht?«, brauste James auf, nachdem er seinen Alpha abgetrocknet, in dessen Bett gehievt und wie ein kleines Kind zugedeckt hatte.

»Im Sinne von, dass man ihm sehr starke Magie injiziert hat«, antwortete ich und bereute, nicht auch meine Schuhe ausgezogen zu haben, ehe ich unter die Dusche gestiegen war.

Die nassen Socken wie auch der Rest fühlten sich inzwischen äußerst unangenehm an.

»Hast du ihn davon befreit?«

»Nicht ganz. Ich habe dafür gesorgt, dass der Fluch sich nicht weiter ausbreitet und ihn bereits etwas eingedämmt. Mit der richtigen Behandlung ist er in ein paar Tagen dann vollständig verschwunden.«

»Und was ist die richtige Behandlung?«

»Öhm …«, ich kaute unruhig auf meiner Unterlippe rum, während ich überlegte.

»Ich kann ihm einen Trank zusammenbrauen. Der wird helfen, dass sein Instinkt nicht übermächtig wird und bekämpft gleichzeitig den Fluch. Er sollte sich aber die nächsten Tage vorsorglich nachts in seinem Zimmer einschließen.«

Zwar wäre meine zuletzt angewandte Methode sehr viel wirkungsvoller und würde schneller zu dem gewünschten Ergebnis führen, aber ich wollte James nicht im Detail auf die Nase binden, was genau ich bei Kayneth getan hatte.

Wobei ich die Vorstellung, wie James seinem Boss erklärte, dass dieser sich in den kommenden paar Tagen einfach nur richtig gute Orgasmen verschaffen musste, während er noch etwas zu sich nahm, was den Fluch weiter eindämmte, durchaus witzig fand. Aber der Gedanke, dass er sich für seine Höhepunkte eine Gespielin in sein Bett holen würde, ging mir irgendwie gegen den Strich.

»Wann können wir den Trank haben?«, fragte James, während ich mein Telefon aus der Jackentasche zog.

»In ein, zwei Stunden bekommt ihr ihn gebracht«, erwiderte ich und schickte eine Nachricht an den Coven mit den entsprechenden Anweisungen.

»Was wird es kosten?«

Ich stopfte das Telefon zurück in die Tasche und legte mir die Jacke über den Arm.

»Nichts. Aber du kannst deinem Alpha sagen, dass damit mein Wetteinsatz beglichen ist.«

Er hatte seinen Zauber bekommen. Vielleicht nicht unbedingt wie er es gewollt hatte, aber das Leben war ja bekanntlich kein Wunschkonzert.

Mit der Magie, die aktuell noch als Nachwirkung durch Kayneth' Körper pulsierte, legte ich einen Schleier über seine Erinnerung, solange er dafür noch angreifbar war.

Er musste sich ja nicht unbedingt an jedes Detail erinnern, was unter der Dusche passiert war.

»Und vielleicht solltest du ihm, bevor er wieder aufwacht, etwas gegen Kopfschmerzen besorgen«, riet ich James, denn die würden meine kleine Manipulation auf jeden Fall verursachen.

James nickte mit steinerner Miene. Er war wirklich besorgt um das Wohlergehen seines Alphas.

»Wann hat das angefangen? Dass er so komisch wurde?«, fragte ich dann.

»Etwa eine Stunde, nachdem er von seiner Verabredung zurückkam. Meine Frau und ein paar andere des Rudels waren hier. Wir hatten eine Besprechung und plötzlich hat er nach dem Arm von Beth gegriffen, der Frau des Anführers der Wölfe. Es war keine normale freundschaftliche Berührung. Es war eine besitzergreifende Geste, die Kayneth unter normalen Umständen niemals getan hätte. Wölfe sind sehr fixiert auf ihre Partnerinnen und reagieren schnell eifersüchtig. Kayneth weiß das. Er hat sie auch fast sofort wieder losgelassen und ist von ihr weg, als hätte er sich verbrannt. Ich fragte, ob alles in Ordnung sei, aber er antwortete nicht. Er hat nur in die Runde gesehen, sein Blick blieb lange an meiner Frau hängen und ich wusste, da stimmt etwas ganz und gar nicht. Trish ist wie eine ältere Schwester für ihn. Schon immer gewesen. Aber als er sie so ansah, spürte ich, wie der Drache sich in ihm erhob. Es war nur für den Bruchteil einer Sekunde, aber ich spürte es. Dann machte er auf dem Absatz kehrt, sagte, er wolle unter keinen Umständen gestört werden und verschwand in seinen Gemächern.«

»Was war das für eine Verabredung, die er vorher hatte?«

»Er war frühstücken. Mit Marisya.«

»Marisya? Das unschuldige, wunderschöne Engelchen von den La Dame Blanche?«, fragte ich ungläubig.

»Ja, wieso?«

»Nur so. Aber jetzt wird es interessant.«

***

»Wo willst du hin?«

Ich fuhr vor Schreck beinahe in die Höhe und mein Haustürschlüssel fiel lautstark zu Boden.

»Verdammt noch mal, Tante Luvia! Erschein hier nicht einfach immer so ohne Vorwarnung!«, fauchte ich, während ich mich zu dem Astral-Ich meiner Tante umdrehte.

Mit verschränkten Armen musterte sie mich und trotz der durchscheinenden Gestalt konnte ich ihre missbilligende Miene nur allzu deutlich erkennen. Sie sah mich genauso an wie früher, wenn sie mit meiner Schul- oder Magieleistung nicht zufrieden war.

»Ich frage noch mal. Was hast du vor? Wo willst du hin?«

Soviel zum Thema, nur kurz nach Hause und trockene Klamotten anziehen. Mit einem Seufzen fischte ich meinen Schlüsselbund vom Boden.

»Ich habe eine Spur, der ich nachgehen will. Ich bin auf dem Weg zu den La Dame Blanche.«

»Was willst du denn bei diesen Nonnen? Die haben in ihrem ganzen Leben noch nichts Unrechtes getan«, erwiderte Tante Luvia spöttisch.

»Wir werden sehen«, entgegnete ich und öffnete die Tür.

Meiner Tante gefiel eindeutig nicht, dass ich ihr versuchte auszuweichen.

»Was wollte dieses Beast vorhin von dir? Was war das für ein Notfall?«

Mit einem Seufzen hielt ich inne.

»Den Alpha hat ein Fluch getroffen. Ich musste ihn davon befreien.«

»Was für ein Fluch?«, verlangte Luvia zu wissen.

»Klientengeheimnis«, erwiderte ich nur.

Meiner Tante würde ich als letztes auf die Nase binden, was ich mit Kayneth angestellt hatte.

Sie verzog kritisch das Gesicht und ich war wieder mal beeindruckt, wie gut sie ihre Astralerscheinung im Griff hatte, dass man es so detailreich erkennen konnte.

»Hast du dafür diesen Trank in Auftrag gegeben?«

»Schon möglich.«

Sie gab ein missbilligendes Schnauben von sich.

»Ich hoffe, du stellst dem Beast jegliche Dienste in Rechnung. Der Zirkel ist nicht die Wohlfahrt!«

»Nein. Das nicht. Ich musste ohnehin noch einen Wetteinsatz begleichen. Nur um meine Unterwäsche tut es mir echt leid. Die war so teuer.«

Die letzten beiden Sätze murmelte ich kaum hörbar, weswegen Luvia stirnrunzelnd ein »Was?« nachsetzte.

»Unwichtig. Vergiss es einfach und geh wieder in deinem eigenen Haus herumgeistern, Tante Luvia«, rief ich ihr noch zu, ehe ich die Tür öffnete und reinging, um mich umzuziehen.

***

Die La Dame Blanche waren keine wirklichen Nonnen. Wir bezeichneten sie nur gern so, weil sie so ähnlich lebten und aufgrund ihres Getues, als wären sie allesamt Heilige.

Ihr Hauptsitz erinnerte allerdings wirklich an ein mittelalterliches Kloster.

Keineswegs hässlich, aber trotz der satt grünen Wiesen und den schön gepflegten Kräutergärten wirkte alles etwas trostlos. Außerdem musste es dort drinnen arschkalt sein, dachte ich, während ich die ganzen fensterlosen Torbögen betrachtete.

Als Hexe war ich dort in keinster Weise gern gesehen, aber ich zählte auf die Höflichkeit der weißen Damen, als ich mich brav am Eingang anmeldete und nach Marisya fragte. Wie erwartet ließ sie sich nicht verleugnen und ich wurde in einen spartanisch eingerichteten Raum geführt.

Hier gab es nicht viel zu sehen. Der Raum hatte einen in die Wand eingelassenen Kamin, einen alten Holztisch, über den man Kräuter zum Trocknen aufgehängt hatte, und ein paar Holzstühle, die noch unbequemer aussahen als die Sitzgelegenheiten in der Villa meines Covens.

Es war angenehm kühl, aber wenn ich bedachte, dass draußen aktuell sommerliche Temperaturen herrschten, würde ich wohl recht damit behalten, dass man sich im Winter hier den Arsch abfrieren musste.

Die Tür in meinem Rücken schwang auf und Marisya schwebte, wie üblich eingehüllt in einem zarten, weißen Gewand, herein. Wunderschön und so unschuldig.

Mein Auftauchen verwunderte sie eindeutig, aber sie schenkte mir trotzdem ein höfliches Lächeln.

»Enju, richtig? Was kann ich für Euch tun?«

Ich ließ mich auf einen der Stühle sinken und schlug die Beine übereinander, während ich Marisya mit neugierigem Blick musterte.

»Ich hätte da nur ein, zwei Fragen zum Alpha der Beasts«, begann ich und ihre großen Augen wurden noch ein Stück größer.

Wow. Pokerface war für sie eindeutig ein Fremdwort.

»Kayneth? Was ist mit ihm?«, fragte sie und ihre Stimme klang eine Spur zu angespannt.

»Dem geht es soweit gut. Mich würde nur interessieren, von wem du den Appetenz-Fluch erhalten hast, den du ihm bei eurem Frühstück verabreicht hast.«

Ich machte mir keine Illusionen, dass sie den Fluch selbst zusammengestellt hatte. Dazu fehlte ihr das nötige Know-how. Das war Hexenwerk und das machte alles umso schlimmer, weil ich jetzt definitiv in meinen eigenen Reihen suchen musste.

Marisya wurde zusehends blasser.

»Ich habe nicht …«, begann sie mit zittriger Stimme und wich automatisch meinem Blick aus.

Sie konnte echt überhaupt nicht lügen. Ich schnalzte genervt mit der Zunge.

»Du hast! Also verschwende nicht unsere Zeit«, entgegnete ich unwirsch.

Sie sah betreten zu Boden, wie ein kleines Mädchen, das man ausgeschimpft hatte, und fing im nächsten Moment jämmerlich an zu weinen.

Sie schluchzte, vergrub ihr hübsches Gesicht in ihren Händen und sank dann noch theatralisch auf die Knie.

»Reg dich ab! Ich werde es ihm nicht verraten!«, rief ich laut, um ihre Heul-Arie zu übertönen.

»Ich wollte doch nur, dass er mich küsst!«, schluchzte sie.

»Was?«

»Einen Kuss! Meine Großmutter will diese Verbindung zu den Beasts. Und Kayneth … er ist wundervoll. Stark, höflich, zuvorkommend. Aber er versucht in keinster Weise mir näherzukommen. Wir hatten inzwischen drei Verabredungen, bei denen er nicht einmal meine Hand gehalten hat. Ich hatte die Befürchtung, dass er sich nur aus Höflichkeit mit mir trifft, um Großmutter und allgemein die La Dame Blanche nicht zu verärgern. Ich musste etwas unternehmen, bevor er sich bei Großmutter entschuldigt und – «

Erneut verfiel sie in einen Heulkrampf.

Ich wusste auch so, was sie meinte. Wir Hexen waren so ziemlich die Einzigen, die Heiratsgesuche von Leuten, die uns nicht passten, von vornerein kategorisch ablehnten.

Hatte ich schon erwähnt, dass uns das auch nicht gerade beliebter bei den anderen Rassen machte?

Der nicht ganz so unhöfliche andere Bevölkerungsteil in Lapislazuli handhabte das etwas anders. Wenn ein Verbindungsgesuch gestellt wurde, auf das man eigentlich keine Lust hatte, trafen sich die Parteien dennoch auf drei bis fünf Dates, bis man höflich bemerkte, dass es wohl einfach nicht gefunkt hatte und dann dankend ablehnte. So konnten alle Seiten ihr Gesicht wahren und weiterhin entspannt und friedliebend Seite an Seite weiter existieren.

Eine Verbindung zum Oberhaupt der Beasts war natürlich verlockend, daher konnte ich verstehen, dass Marisya es nicht auf Date fünf ankommen lassen wollte, um sich Kayneth zu sichern. Wenn sie allerdings wirklich davon ausgegangen war, dass der Appetenz-Fluch ihr nur einen Kuss eingebracht hätte, war sie entweder nicht die hellste Kerze auf der Torte oder hatte keinen Schimmer von Fluchmagie. Beides sprach nicht unbedingt für sie.

Die La Dame Blanche beschränkten sich zwar fast ausschließlich auf Heilmagie, aber sie hatten ein ähnliches Magiepotenzial wie wir Hexen. Es sollte daher eigentlich zu ihrer Grundausbildung gehören, sich mit allen anderen Arten von Zaubern und Flüchen auseinanderzusetzen, auch wenn sie diese Magie selbst nicht praktizierten. Ich kannte schließlich auch Heilmagie. Auch wenn ich zugegeben darin nicht wirklich gut war.

»Aber … er ist … nicht zu mir gekommen«, fuhr sie fort, als sie sich wieder ein wenig gesammelt hatte.

Armes Ding. Ob ich sie darauf hinweisen sollte, dass, wenn er trotz eines Verlangensfluchs nicht sie aufgesucht hatte, um Befriedigung zu finden, es kaum ein deutlicheres »Er steht einfach nicht auf dich« geben konnte?

Mmh … nein, vielleicht lieber nicht.

Ich erhob mich, überbrückte den Abstand zwischen uns und ging zu ihr auf die Knie.

»Der Grund interessiert mich eigentlich nicht. Ich will wissen, wer dir den Fluch gegeben hat«, sagte ich und legte einen bedrohlichen Unterton in meine Stimme.

Sie blickte mich mit wässrigen und verängstigten Augen an, dass ich schon fast ein schlechtes Gewissen bekam.

»Ich habe ihn von einer Hexe.«

Ach, ist nicht wahr?

»Kannst du das noch etwas eingrenzen?«, schnaubte ich genervt.

»Ich … ich kenne ihren Namen nicht. Aber sie war jung, hatte dunkle Haut und grüne Haare.«

Ach, verdammte Scheiße!

***

Natürlich hatte sie den Fluch von den verdammten Flusshexen bekommen. Von wem auch sonst?

Sie bildeten den kleinsten Coven und machten trotzdem am meisten Ärger. Die Flusshexen waren auch die, welche sich am längsten geweigert hatten, sich dem schwarzen Coven und der damaligen Hexenkönigin unterzuordnen. Dass sie den Fluch gesprochen hatten, verwunderte mich nicht wirklich. Dass sie laut Marisya jedoch keine Bezahlung von ihr gewollt hatten, schon.

Hexen waren keine Samariter. Bei uns gab es nie etwas ohne Gegenleistung!

Ich drückte das Gaspedal durch und fuhr in Richtung der Flusslande. Kein Teil von Lapislazuli, in dem ich mich gerne aufhielt.

Wir nannten die Gegend zwar allgemein die Flusslande, aber Sumpflande traf es eigentlich besser. Es war ein Bezirk in Lapislazuli, der eigentlich für unbewohnbar galt. Der Boden war zur Bebauung ungeeignet, es fehlte an anständiger Wasserversorgung und nicht wenige Bewohner der Stadt sahen die Flusslande einzig und allein als eine übergroße Müllkippe. Eine, in die man Menschen abschob.

Denn dort lebte ein bunt zusammengewürfelter Haufen von Leuten, die bei ihren eigenen Völkern nicht mehr willkommen waren.

Es war ein Ort ohne Hoffnung und nur die Flusshexen hatten ihn freiwillig als ihren Hauptsitz gewählt. Weil die Flusslande vergessen und außerhalb der Reichweite des Rates lagen. Niemand beanspruchte diesen Bezirk, weil er finanziell keinen Nutzen brachte. Weshalb hier auch niemand Miete oder ähnliches verlangte.

Ich stoppte den Wagen weit vor den Flusslanden und versah ihn mit einem einfachen Tarnzauber. Ich konnte darauf verzichten, dass man mir den Wagen stahl und noch weniger wollte ich ihn im Moor versinken sehen.

Also setzte ich den restlichen Weg zu Fuß fort und wendete nicht wenig Magie auf, um einen sicheren Pfad durch die Sümpfe zu finden. Denn einen gepflasterten Weg gab es nicht. Wenn man falsch trat, hatte man Pech. Dann war es das.

Den zunehmenden Gestank nach abgestandenem Wasser ignorierend steuerte ich das Haus der Flusshexen an.

Wobei Haus eindeutig zu viel gesagt war. Es war ein aus Holz und Blech gehaltenes Bauwerk, welches aufgrund der Form nur entfernt an ein Haus erinnerte. Es sah mehr wie das Werk eines Kleinkindes aus, dem man ein paar Bauklötzchen zum Spielen gegeben hatte, und das diese irgendwie aufeinandergestapelt hatte, ungeachtet dessen, ob es passte oder stabil war.

Dass sich die Behausung, die man auf Holzpfosten erbaut hatte, welche aus dem sumpfigen Wasser ragten, überhaupt hielt, war meiner Meinung nach reiner Magie geschuldet. Physik konnte es bei der Architektur nicht sein.

Ich hielt vor der wackligen Hängebrücke, die schräg nach oben zur Eingangstür führte, kurz inne und sammelte mich.

Die Flusshexen hatten Marisya den Fluch auf keinen Fall ohne Hintergedanken gegeben. Und die Stärke der Magie sagte mir, dass sie zumindest gewusst hatten, dass der Fluch für ein Beast bestimmt gewesen war.

Also was hatten sie damit bezwecken wollen? Und hatte es mit all den anderen Dingen zu tun, die hier aktuell vor sich gingen? War meine Schuldige eine der Flusshexen?

Denkbar wäre es. Sie waren mit der aktuellen Rangordnung des Zirkels bekanntlich nicht zufrieden.

Ich griff nach den Seilen, welche als Geländer dienten, und lief die wacklige Brücke nach oben. Bevor ich die Tür vollends erreichte, schwang diese bereits in meine Richtung auf.

Natürlich, sie hatten mich schon erwartet. Aber ich hatte mich schließlich auch nicht zu verbergen versucht.

Eine großgewachsene, schlanke, aber dennoch auffallend muskulöse Hexe trat heraus und stellte sich mir mit einem süffisanten Lächeln in den Weg.

»Enju. Wie kommen wir denn zu dieser seltenen Ehre?«

»Ich habe wenig Zeit, Naomi, also lass mich durch. Ich muss mit Sidibe reden«, gab ich unwirsch zurück.

Wobei es eigentlich Naomi war, die mich hierher geführt hatte. Denn abgesehen von ihrem schönen Gesicht, das aussah, als würde ihre Haut keinerlei Poren besitzen, waren an Naomi ihre hüftlangen, smaragdgrünen Dreadlocks am auffälligsten.

Es gab keine andere Hexe, auf die Marisyas Beschreibung zutraf. Also war klar, wer ihr den Fluch überlassen hatte.

Aber Naomi würde nichts tun, was nicht auf Geheiß Sidibes geschah. Also konnte ich auch direkt zur Chefin gehen.

»Vielleicht will sie aber nicht mit dir reden«, entgegnete Naomi und wie immer, wenn sie sprach, klang sie wie eine zischende Schlange.

»Da sie aber keine andere Wahl hat, können wir uns diese Diskussion auch sparen«, gab ich zurück und setzte bestimmt einen Schritt nach vorne, woraufhin Naomi widerwillig zur Seite trat.

Auf den Anblick, der mich drinnen erwartete, hätte ich allerdings gut und gerne verzichten können.

Von den verschiedenen Tierkadavern, Schädeln und sonstigen Knochen, die hier rumlagen oder hingen einmal abgesehen, war der tatsächlich unappetitlichste Anblick der von Sidibe in ihrer Badewanne.

Oder vielmehr die übergroße, zusammengezimmerte Blechtonne, die sie dazu umfunktioniert hatte.

Sidibe als kräftig zu bezeichnen, wäre im höchsten Maße untertrieben. Sie war eine hochgradig adipöse Hexe, deren Körper kaum von der Blechwanne aufgenommen werden konnte. Daher schaute auch ein Großteil ihres Körpers noch aus dem Wasser heraus und ich hatte einen guten Ausblick auf ihre intimsten Körperstellen.

»Du meine Güte, Sidibe. Wer stellt sich so die Badewanne hin? Stell doch wenigstens ein Warnschild auf oder so etwas.«

»Du hast deinen knochigen Arsch ohne Einladung hier reingeschleppt. Den Teufel muss ich tun, um dir gefällig zu sein, du Kind«, fauchte sie und ihre kleinen schwarzen Knopfaugen funkelten feindselig.

Es war kein Geheimnis, dass Sidibe mich nicht mochte. Eigentlich mochte sie gar keine Hexen der anderen Coven. Was allerdings auf Gegenseitigkeit beruhte, da ihr Hang zur Grausamkeit ein offenes Geheimnis war.

Sidibe hatte eine besonders ausgeprägte Affinität für Fluch- beziehungsweise dunklere Magie. Was in erster Linie nicht so schlimm war. Das Problem lag in ihren Lehrmethoden. Denn um diese Art der Magie den jüngeren Hexen ihres Covens zu vermitteln, richtete sie die Flüche nicht selten gegen eben jene Hexen.

Ich musterte die drei jungen Hexen, die sich ebenfalls im Raum befanden und mir fielen direkt deren gehetzte Blicke auf. Als würden sie jeden Moment mit einem Fluch rechnen, gegen den sie sich wappnen mussten.

Mir gefiel die Art, wie Sidibe ihren Coven führte, nicht, aber es war dem jeweiligen Oberhaupt nun einmal erlaubt, seinen Coven zu führen, wie es das für richtig hielt, solange es sich an die allgemeinen Gesetze hielt.

Dies war damals eine der Voraussetzungen gewesen, damit sich die einzelnen Coven der damaligen Hexenkönigin unterordneten. Und solange keine der Frauen eine offizielle Beschwerde einreichte, blieben mir die Hände gebunden. Auch war es einer Hexe erlaubt, ihren Coven zu wechseln. Die Mädchen konnten um Eintritt in den schwarzen Coven bitten. Solange sie es nicht taten …

Ich atmete tief durch und zwang meine Stimme zur Ruhe.

»Ihr habt einer La Dame Blanche einen Appetenz-Fluch überlassen. Zu welchem Zweck?«

»Was heißt zu welchem Zweck? Wir handeln mit Magie, wie jeder andere Coven. Der schwarze Scheißhaufen, den du Coven nennst, hat darauf kein Exklusivrecht!«

»Handeln bedeutet, man bekommt eine Gegenleistung. Ihr wolltet aber keine Gegenleistung. Warum?«

»Wer sagt, dass wir keine Gegenleistung erhalten haben?«, fragte Naomis zischende Stimme, während sie an mir vorbei glitt und sich neben der Wanne auf einen Hocker sinken ließ.

»Die La Dame Blanche. Ihr habt keine Bezahlung von ihr verlangt.«

»Weil jemand anders für sie bezahlt hat«, erwiderte Naomi ungerührt.

»Wer?«, fragte ich prompt.

»Das geht dich leider nichts an«, gab Naomi zuckersüß zurück und setzte wieder dieses süffisante Lächeln auf, was in mir immer den Wunsch weckte, ihr mitten ins Gesicht zu schlagen.

»Ihr werdet mir diese Frage beantworten! Sofort!«, knurrte ich und spürte, wie Magie sich in meinen Fingerspitzen sammelte.

»Das wird dich etwas kosten«, lachte Sidibe und das Wasser schwappte über den Boden, als sich ihr massiger Körper bewegte.

»Falls du darauf abzielst, dass ich dich an den Stellen schrubben soll, die du nur schwer erreichst, muss ich dich leider enttäuschen«, gab ich zurück, woraufhin sich ihr fülliges Gesicht zu einer wütenden Maske verzerrte.

»Arrogantes, überhebliches Miststück. Du bist genau wie der Rest deiner Familie. Ihr alle, die ihr euch für etwas Besseres haltet«, fauchte Sidibe und Speichel tropfte ihr vor Zorn aus dem Mund.

»Nicht ganz. Im Gegensatz zu meinen Tanten fehlt es mir an diplomatischem Geschick. Ich bin in so etwas ganz schlecht. Daher sehe ich auch ein, dass, wenn ich etwas von euch wissen möchte, ich mehr Entgegenkommen zeigen sollte.«

Ich schnippte mit den Fingern und ein Schwamm, den eines der Mädchen gehalten hatte, schoss aus ihren Fingern.

Sidibe stieß einen Schrei aus, aber da ließ ich den Schwamm schon über ihren Körper zischen.

Meine Art war wohl allerdings weniger sanft als sie es sonst gewohnt war. Dafür war ich gründlich und mittels Magie wurde Sidibe jetzt in ihrer Wanne herumgeschleudert wie in einer Waschmaschine. Das Wasser schwappte mehrmals über und die drei Mädchen traten mit erschrockenen Gesichtern von der Wanne zurück.

»Du wirst sie ertränken!«, rief Naomi, deren Hocker klappernd zu Boden fiel, als sie ebenfalls aufgesprungen war.

»Möglich. Du kannst mir aber auch einfach sagen, wer den Preis gezahlt hat, dann lasse ich sie in Ruhe«, erwiderte ich kalt.

»Wenn du eine Hexenschwester umbringst, landest du auf dem Scheiterhaufen!«

»Ich bekäme mildernde Umstände. Abgesehen davon bringe ich sie ja nicht um. Ich helfe ihr nur bei einer gründlichen Reinigung.«

Sidibe sah das sicher nicht so, denn mein aktueller Schleudergang ließ sie nicht gerade wenig Wasser schlucken. Ich hoffte, Naomi würde einbrechen, denn lange würde ich das nicht mehr fortführen können, wenn ich Sidibe wirklich nicht ertränken wollte.

»Arvid Falk! Er hat den Preis bezahlt!«, zischte Naomi dann endlich.

»Falk? Wozu? Was verspricht er sich davon?«, fragte ich misstrauisch.

»Wen interessiert das? Bezahlt ist bezahlt!«

Ich schnippte erneut mit den Fingern und Sidibe fiel röchelnd zurück in die Wanne. Zweifellos gründlich abgeschrubbt, wenn auch mit etwas wunder Haut.

Naomi eilte zu Sidibe, aber da machte ich auch schon auf dem Absatz kehrt und verließ das Gebäude.

Also blieb der gemeinsame Nenner weiterhin die Hexenmeister. Aber was nützte es ihnen Kayneth auszuschalten? Bei was stand er ihnen im Weg?

Kayneth hatte gesagt, er wolle sich etwas wegen Falk einfallen lassen. Hatte er es schon versucht?

Wie aufs Stichwort klingelte mein Telefon und ich erkannte James' Nummer auf dem Display.

»Ja«, meldete ich mich knapp.

»Kayneth ist aufgewacht«, sagte James mit angespannter Stimme als erwartete er, ich würde ihm gleich sagen, er solle seinen Alpha k.o. schlagen.

»Und? Wie geht es ihm?«

»Nun ... soweit gut. Er scheint nur höllische Kopfschmerzen zu haben«, erwiderte James vorsichtig.

Na sowas ...

»Den Trank hat man euch vorbeigebracht?«, fragte ich etwas abwesend, denn ich musste mich wieder darauf konzentrieren, wohin ich meine Füße setzte.

»Ja. Uns wurde ein großer Kessel voll gelbgrünem Zeug vorbeigebracht, das einfach widerlich riecht, Enju!«

Ein Kessel? Die Damen hatten es wohl etwas zu wörtlich genommen, als ich gesagt hatte, sie sollen großzügig mit dem Trank sein. Aber auch gut.

»Da müsst ihr jetzt durch. Gib ihm einfach eine Tasse von dem Trank. Sag ihm, er soll sich noch etwas ausruhen und sperrt heute Nacht am besten sein Zimmer ab. Ich denke, es ist sicherer, wenn er heute noch nicht draußen herumgeistert.«

KAPITEL 10

Die unhörbare Stimme

Als ich wieder zu Hause ankam, war ich nur dankbar, es einsam und verlassen vorzufinden. Ich hätte meinen Tanten wohl Bericht erstatten sollen, vor allem wegen des tätlichen Angriffs auf eine Hexe. Aber dazu war ich einfach zu müde. Ich raffte mich nicht mal mehr auf, um etwas zu essen, sondern gönnte mir nur eine heiße Dusche, ehe ich in mein Bett fiel und sofort wegdämmerte.

Ich erwachte mitten in der Nacht durch ein Geräusch.

Verschlafen blinzelte ich in die Dunkelheit und unterdrückte im letzten Moment einen erschrockenen Aufschrei, als ich in zwei Augen blickte, die in der Dunkelheit glühten und mich sofort hellwach werden ließen.

»Verdammte … Kayneth! Was zum Teufel tust du hier?«, fragte ich erschrocken, während mein Herz heftig gegen meine Brust hämmerte.

Seine Antwort bestand aus einem weiteren, intensiven Starren. Als wäre ich im Augenblick alles für ihn, was auf diesem Planeten zählte. War vielleicht auch so. Denn der Fluch war eindeutig wieder aktiv und der Drache war, wahrscheinlich auf der Suche nach einem willigen Weibchen, wieder an die Oberfläche gekommen.

Das verrieten nicht nur die Drachenaugen, die in der Schwärze meines Schlafzimmers leuchteten, sondern auch die Flügel, die, beschienen vom Mondlicht, aus seinem Rücken herausragten und mein gesamtes Bett überschatteten.

Wie schon in der Arena empfand ich ihren Anblick als wunderschön und jetzt konnte ich nicht widerstehen und streckte vorsichtig die Finger nach ihnen aus.

Kayneth gab ein leises Geräusch von sich, das entfernt an das Schnurren eines Katers erinnerte, als ich über die Flügel strich. Sie waren viel weicher als sie aussahen und ganz offensichtlich waren sie empfindsam. Interessant.

»Das mit dem Einsperren hat ja wirklich gut geklappt. Ob ich mir etwas darauf einbilden sollte, dass du zu mir geflogen bist?«, fragte ich ganz ruhig, während ich weiter über die Flügel strich und mich mit meiner Magie zaghaft vorantastete, um die Auswirkungen des Fluchs abzuschätzen.

Er war wie erwartet aktiv, aber bei weitem nicht mehr so schlimm wie unter der Dusche. Was wohl auch der Grund dafür war, warum Kayneth sich nicht wie ein Wilder auf mich gestürzt hatte. Vielmehr beugte er sich nun sanft nach vorne und drückte seine warmen Lippen auf meinen Hals.

Wenn man bedachte, dass er mitten in der Nacht durch mein Fenster bei mir eingebrochen und in mein Bett gestiegen war, war es schon ziemlich verquer, dass *ich* mich daran erinnern musste, die Situation nicht schamlos auszunutzen.

Dennoch, ein so von alter Magie erfülltes Wesen wie einen Drachen so nah vor der Nase zu haben, der so willig war, sich im magischen Sinne betatschen zu lassen ... Ich konnte einfach nicht widerstehen und ließ meine Magie ein wenig von der Leine, um ihn zu erforschen.

Wie jedes Beast besaß er seine ganz eigene Magie. Aber seine war einfach ungewöhnlich und ließ meine Fingerspitzen kribbeln, wo immer ich ihn berührte. Vereinzelt verpasste mir die Magie des Drachen Impulse, die wie kleine elektrische Entladungen durch meinen Körper zuckten.

Die Hexe in mir fühlte sich wie im Schlaraffenland. Die Frau jedoch wusste in dem Moment, als er mein Top über meinen Busen nach oben schob und den Ansatz meiner Brüste küsste, dass ich dringend aufhören musste, ihn gewähren zu lassen.

Dennoch schloss ich für einen Moment die Augen und gab ein leises Stöhnen von mir, als er einen meiner Nippel zwischen die Lippen sog und mit einer Hand meine andere Brust sanft knetete.

»Das ist falsch ... ganz falsch ...«, flüsterte ich, während meine Finger weiter über den muskulösen Rücken und die durchtrainierten Arme strichen.

Was sollte ich denn machen? Der Geist war willig, aber das Fleisch ...

Mit einem frustrierten Seufzen richtete ich mich auf und zwang Kayneth, der Bewegung zu folgen, bis ich ihn soweit hatte, dass er auf dem Rücken lag und ich rittlings über ihm. Mit einem köstlichen Druck presste sich die Beule in seiner Jeans gegen meine Mitte und ich musste mich zwingen, mich nicht an ihm zu reiben.

»Das ist echt Folter ...«, jammerte ich, während ich zu ihm herabsah.

Zu diesem wunderschönen Mann, der mich mit unglaublicher Leidenschaft im Blick ansah und dessen Hände jetzt wieder über meinen Körper glitten und erneut meine Brüste umfassten.

»Weißt du ... eigentlich wird Moral echt überbewertet ...«, keuchte ich, als er anfing mit meinen Brustwarzen zu spielen und leicht daran zog.

Dennoch beugte ich mich widerwillig nach vorne, küsste ihn und jagte ihm mit meiner Magie wieder eine reine sexuelle Stimulation durch den Körper, die ihn heftig gegen meinen Mund stöhnen ließ.

Während ich Kayneth höchste Befriedigung verschaffte, dämmte ich den Fluch erneut ein und schenkte seinem überreizten Hirn Linderung, indem ich ihn vergessen und ins Land der Träume sinken ließ.

Aufgeheizt und mit eindeutig wachsender sexueller Frustration stieg ich von ihm herunter und kuschelte mich wieder auf die freie Seite meines Bettes.

Natürlich war diese Art den Fluch zu kurieren eindeutig angenehmer für ihn, als den unappetitlichen Zaubertrank zu trinken, aber wenn das so weiterging, würde ich als sexuell frustriertes Nervenbündel am Ende noch Amok laufen.

***

Obwohl ich durchaus fand, in der Nacht selbstlos und zuvorkommend gehandelt zu haben, war meine Belohnung ein unsanftes Wecken, als mir jemand heftig in die Wange kniff.

Einen gequälten Laut ausstoßend öffnete ich die Augen und hielt mir die schmerzende Wange.

»Aua! Was soll denn das?«, fauchte ich und warf einen Blick über die Schulter.

Kayneth lag noch immer nur in Jeans bekleidet neben mir im Bett, den Kopf auf einen Arm abgestützt und musterte mich neugierig. Die Flügel waren verschwunden und seine Augen wieder normal. Dennoch fühlte ich mich augenblicklich nervöser als ein paar Stunden zuvor, als der Drachen-Kayneth über mir aufgeragt hatte.

»Mich würde brennend interessieren, Prinzessin, wie ich in dein Bett gekommen bin«, fragte er ausgesprochen ruhig.

»Die Frage ist eher, warum du immer noch in meinem Bett bist«, antwortete ich.

Er überlegte einen Moment und sein Blick glitt wie eine sanfte Berührung über meinen Körper.

»Nein. Ich finde meine Frage besser. Was mache ich hier?«

»Was weiß ich denn?«, wich ich aus und drehte mich, um aus dem Bett zu krabbeln.

»Du bist hier mitten in der Nacht aufgetaucht und zu mir ins Bett gekrochen. Offensichtlich fehlt es dir zu Hause an Kuscheleinheiten. Ich empfehle dir den Kauf eines Teddybären.«

Ich gab einen erschrockenen Laut von mir, als sich sein Arm um meine Mitte schlang und er mich zurück aufs Bett und unter sich schob. Sein Körper presste sich an meinen Rücken, während er seine Lippen ganz nah an mein Ohr brachte. Ich wusste ganz genau, wogegen ich meinen Hintern pressen würde, wenn ich ihn jetzt nur noch ein klein wenig nach rechts drehen würde.

»James konnte mir nicht so ganz erklären, was mit mir los ist. Aber ich bezweifle, dass ich mich wegen ein paar fehlender Kuscheleinheiten in meine Gemächer hätte einschließen sollen. Also, was genau ist das für ein Zauber, gegen den ich diesen widerwärtigen Trank zu mir nehmen soll, der offensichtlich nicht funktioniert?«

»Hey! Mit dem Trank ist alles in bester Ordnung!«, verteidigte ich unsere Arbeit und drehte das Gesicht in seine Richtung, auch wenn das schon wieder viel zu nah war.

»Du bist schließlich im Wachzustand im Vollbesitz deiner geistigen Kräfte.«

Und das ohne, dass er sich alle paar Minuten einen runterholen musste, um klar denken zu können. Er sollte jetzt also bloß nicht noch frech werden.

»Wenn ihr nicht auf mich hört und du dich nicht einschließt, damit du nicht schlafwandelnd irgendetwas Dummes tust, ist das nicht meine Schuld!«

»Ich war eingesperrt. Wir haben wohl nur nicht bedacht, dass der Zauber mich dazu bringen würde, aus dem Fenster zu türmen ...«, antwortete Kayneth und deutete mit einem Kopfnicken zu meinem Telefon.

Offensichtlich hatte er sich also mit seinen Leuten ausgetauscht. Die jetzt wussten, dass Kayneth mich, nachdem er getürmt war, schnurstracks aufgesucht hatte, um sich die Befriedigung zu holen, die er brauchte.

Wunderbar! Ganz, ganz wunderbar!

Ich vergrub mein Gesicht in meinem Kissen. Ich würde James eine ganze Weile nicht mehr unter die Augen treten können, wenn er das erfuhr.

»Also? Was ist das für ein Zauber, der mich zu dir treibt?«, fragte Kayneth und erinnerte mich wieder daran, dass er mir noch immer am Rücken klebte.

»Ein Fluch ... kein Zauber. Das ist ein Unterschied«, erwiderte ich erstickt ins Kissen.

»Der Fluch macht dich, lapidar ausgedrückt, geil. Du willst Befriedigung«, gestand ich, das Gesicht weiter in meinem Kissen vergraben. Aus der Sache würde ich nicht einfach rauskommen. Also konnte ich ihm auch grob sagen, was los war.

»Verstehe ...«, antwortete er langsam und ich konnte richtiggehend hören, wie es in seinem Hirn ratterte.

»Und hatten wir ... Sex?«, fragte er dann.

»Nein!«, gab ich sofort zurück.

»Was ist dann der Sinn des Fluchs?«, fragte er und es dauerte einen Moment, bis ich die Bedeutung seiner Frage verstand. Mit einer wütenden Bewegung drehte ich mich um die eigene Achse, wodurch ich nun von Angesicht zu Angesicht unter ihm lag. Denn natürlich sah er gar nicht ein, wieder etwas von mir abzurücken.

»*Ich* habe dich nicht verflucht!«, fuhr ich ihn an.

»Nein? Dabei wollte ich schon sagen, dass es gar nicht nötig gewesen wäre. Du hättest nur lieb fragen müssen, ob ich mit dir schlafen will.«

Wie konnte jemand nur so unfassbar viel Arroganz in zwei Sätze legen?

»Du blöder, arroganter …«

Ich versuchte unter ihm wegzukommen, aber seine Finger umschlossen meine Handgelenke und pinnten sie nun über meinen Kopf auf die Matratze, während er seinen Körper auf meinen sinken ließ und mich mit seinem Gewicht an Ort und Stelle hielt. Sein Lächeln verriet, dass ihn die Situation im höchsten Maße amüsierte.

»Na schön. Der Fluch war nicht von dir. Aber irgendetwas hast du gemacht, damit es besser geworden ist«, fuhr er fort und musterte jeden Millimeter meines Gesichts wieder mit wachsender Neugier.

»Du glaubst doch nicht ernsthaft, dass ich dir das verrate!«, gab ich zurück, was ihn dazu veranlasste, sich leicht zu bewegen und seine Mitte zwischen meine Beine zu drücken.

»Doch, das glaube ich. Denn obwohl ich mich nicht erinnere, scheine ich deinen Körper schon etwas zu kennen. Und du reagierst auf mich …«, entgegnete er zufrieden.

Die feineren Sinne der Beasts waren eindeutig unfaire Hilfsmittel!

»Na schön!«, gab ich zurück und atmete erleichtert aus, als er aufhörte die Hüfte zu bewegen. Die Reibung des Stoffes vernebelte mir zusehends den Verstand.

»Ich habe dir nur mittels Magie etwas Erleichterung verschafft. Das war alles.«

Beschämt wich ich seinem Blick aus, versuchte aber meine Stimme völlig teilnahmslos klingen zu lassen. Als wäre wirklich nicht das Geringste dabei.

»Mit Magie? Das klingt irgendwie nicht nach Spaß«, überlegte er, woraufhin ich ihm wieder das Gesicht zuwandte.

»Es ging ja auch nicht um Spaß!«

»Mmh … okay. Stellt sich jetzt nur die Frage …«, begann er und seine Stimme hatte wieder diesen Tonfall, der mir Gänsehaut über den Körper jagte.

Er löste eine Hand von meinem Handgelenk und strich damit sanft über meine Wange, meinen Hals, zwischen meine Brüste, immer weiter nach unten, bis er am Bund meiner Stoffhose stoppte und dort aufreizend langsam oberhalb des Hosenbunds über die Haut streichelte.

»... soll ich mich revanchieren? Auf die Art, die auch Spaß macht?« Er fixierte mein Gesicht und achtete auf jede meiner Regungen.

Das war doch sicher nicht sein Ernst? Das würde ich auf keinen Fall erlauben. Mit einem Kayneth, dessen Sinne verwirrt waren, kam ich zurecht. Da konnte ich mich rausreden, dass ich alles nur zuließ, weil er gerade nicht wusste, was er tat und ich ihm helfen musste. Aber dieser Kayneth hier war voll und ganz bei Sinnen. Würde ich jetzt »Ja« sagen, hätte ich keine Ausrede mehr. Wir würden beide ganz bewusst den nächsten Schritt gehen.

Das würde also ganz sicher nicht passieren, egal wie sehr mein Körper es aktuell auch wollte. Das würde nicht passieren. Das ... hatte ich gerade genickt?

Mein Hirn versuchte noch die Reaktion meines Körpers zu verarbeiten, als sich Kayneth' Hand schon unter den Bund meiner Hose und meiner Unterwäsche schob.

Ich hatte also ganz offensichtlich den Verstand verloren und hatte auch nicht vor ihn wiederzufinden, als ich die Augen schloss und die Beine etwas weiter öffnete, um seinen Fingern besseren Zugang zu gewähren.

***

Mir war offensichtlich kein Höhepunkt vergönnt, denn als Kayneth mich mit seinen Fingern fast soweit hatte, klingelte mein Telefon. Ich versuchte mein Bestes, aber das Klingeln konnte ich nicht ausblenden, und so griff ich frustriert danach.

Der Name Luvia leuchtete auf dem Display und ich verwarf den Gedanken, den Anruf einfach wegzudrücken. Wenn ich etwas zum jetzigen Zeitpunkt nicht gebrauchen konnte, dann dass meine Tante in ihrer Astralerscheinung in meinem Schlafzimmer erschien.

»Ja?«, keuchte ich atemloser als beabsichtigt.

»Kannst du mir mal erklären, warum du versucht hast, Sidibe zu ertränken?«, fauchte meine Tante wütend.

»Ich habe sie nicht versucht zu ertränken. Ich habe ihr, hilfsbereit wie ich bin, bei der Körperpflege geholfen.«

»Lass diese Haarspalterei, Enju! Ich habe einen Haufen wütender Flusshexen, die auf Wiedergutmachung bestehen! Ich hoffe, du hattest gute Gründe für dein Handeln!«

»Hatte ich. Erkläre ich dir später!«, gab ich zurück und legte auf, bevor Luvia noch etwas erwidern konnte.

»Spinnst du?«, fragte ich Kayneth, schwer atmend, denn er hatte einfach wieder angefangen seine Finger zu bewegen.

»Ich dachte, es wäre ein dezenter Hinweis notwendig, das Gespräch zu beenden«, gab er entspannt zurück.

»Vielleicht war es wichtig?«

Kayneth stoppte erneut und sah mich abwartend an.

»Ich bin ganz Ohr.«

Genervt biss ich mir auf die Lippen. In Wahrheit war für mich gerade nichts so wichtig wie der Wunsch, dass er weitermachte.

»Du wolltest dir doch was wegen Arvid Falk einfallen lassen. Hast du das schon?«, entgegnete ich dennoch.

»Ja, habe ich. Besitzt du Abendgarderobe?«

»Was?«

»Ein Kleid?«

»Ich weiß, was Abendgarderobe ist. Wozu brauche ich ein Kleid?«

Statt mir zu antworten griff Kayneth nach meiner Hose und zog sie mir samt Unterwäsche nun vollkommen vom Körper.

»Kayneth?«, fragte ich leicht panisch, denn jetzt nutzte er seine Hände, um meine Schenkel zu spreizen und soweit nach unten zu rutschen, bis sein Gesicht vor meiner Mitte schwebte.

»Entspann dich. Vor heute Abend passiert ohnehin nichts und bis dahin haben wir noch viel Zeit«, erwiderte er leise und sein Atem kitzelte meine feuchte Haut.

Ich spürte, wie mir die Röte in die Wangen schoss, als Kayneth sich ausgiebig Zeit nahm, um sich mit seiner Zunge bei mir zu revanchieren.

***

»Also? Besitzt du ein Kleid?«

Völlig ermattet hob ich meinen Kopf etwas vom Kissen, um Kayneth ansehen zu können, der nur mit einem Handtuch um die Hüfte geschlungen aus dem Badezimmer trat.

So sehr mir der Anblick seines halbnackten, noch leicht feucht glänzenden Körpers gefiel, brachte mich der Gedanke, er könne zu einer weiteren Runde ansetzen wollen dazu, meine Beine fest zu schließen. Dazu wäre ich jetzt definitiv nicht in der Lage.

Wenn man bedachte, dass er nur seine Zunge und Finger bei mir zum Einsatz gebracht hatte und wir noch nicht mal bis zum Äußersten gegangen waren, fühlte ich mich fix und fertig. Vollauf befriedigt. Aber fertig.

»Ich kann mir kurzfristig eines besorgen. Warum?«, erwiderte ich, setzte mich im Bett auf und drückte mir die Decke gegen meinen Körper. Eine Geste, die Kayneth mit einer spöttisch hochgezogenen Augenbraue erwiderte.

Ja, mir war klar, dass er von mir inzwischen alles gesehen, gespürt und auch geschmeckt hatte, aber nachdem die Erregung abgeklungen war, fühlte ich leichte Scham dabei, nackt seinen Blicken ausgesetzt zu sein.

»Lady Anansi veranstaltet heute Abend wieder ihre jährliche Festlichkeit zu Ehren des bevorstehenden Red Moon. Die letzten Jahre habe ich mich davor gedrückt, aber da Falk hundertprozentig daran teilnehmen wird, dachte ich, dass ich dieses Jahr doch mal wieder hingehen werde. Mit dir als meine Begleitung, versteht sich.«

»Nein!«, antwortete ich prompt, was ihn eindeutig verwunderte.

»Nein?«

»Nein.«

»Darf ich fragen warum nicht? Es ist perfekt, um an Falk ranzukommen und das Anwesen von Anansi ist kein neutraler Ort. Ich kann Falk in meiner

Funktion als Ratsmitglied verhaften. Ich kann es sogar in meiner Funktion als Alpha. Lady Anansi ist ein Beast. Sie gehört zu meinen Leuten.«

»Ja, aber …«, ich biss mir auf die Unterlippe und versuchte seinem Blick auszuweichen.

Ich spürte, wie die Scham mein Gesicht heiß werden ließ, ehe ich kleinlaut fortfuhr:

»… aber sie ist ein Spinnenbeast.«

»Na und?«

Na und! Ich kam schon mit meiner irrationalen Angst vor normalen Spinnen nur schwer zurecht.

Lady Anansi war eine alte Frau, die vor einigen Jahren in ihrer Zwischenform hängen geblieben war. Oder vielleicht auch nur beschlossen hatte, nicht mehr ihre normale Menschenform anzunehmen. Irrelevant. Fakt war, dass sie inzwischen eine riesige Spinne mit dem Oberkörper einer alten Frau war.

Ich hatte sie nur ein einziges Mal ganz kurz gesehen und nur bei der Erinnerung daran wurde ich von einer Gänsehaut überzogen.

»Ich mag Spinnen nicht sonderlich«, gestand ich dann widerwillig.

Kayneth' verwunderte Miene wich erneut einem amüsierten Grinsen, dann kam er zu mir und küsste mich mit einer Selbstverständlichkeit, die mich überraschte.

»Keine Sorge. Ich werde dich vor der großen, bösen Spinne beschützen«, flüsterte er belustigt zwischen zwei Küssen.

Ich wollte schon sagen, dass ich mich auch alleine verarschen konnte, aber da drückte er mich schon zurück ins Kissen und ließ den Kuss leidenschaftlicher werden.

***

»Du siehst … mmh … wenn es nicht so unwahrscheinlich wäre, würde ich glatt behaupten … durchgevögelt aus«, kommentierte Thea mein Erscheinungsbild vor den Toren Walhallas.

»Danke. Aber das trifft nicht zu. Kann ich reinkommen?«

Thea versperrte mir weiter den Weg und musterte mich nochmals eingehend mit vor der Brust verschränkten Armen. Wie ein zu kurz geratener Türsteher.

Wobei lustigerweise in ihrer kleinen Gestalt mehr Kraft steckte, als bei drei Männern der Fall sein würde, die diesen Beruf ausübten.

»Warum siehst du dann aber so aus?«

Mit einem lauten Seufzen verdrehte ich die Augen.

»Ich hatte keinen Sex im eigentlichen Sinne. Aber ich habe mich auf mehrere Runden Oralsex mit dem Alpha der Beasts eingelassen. Jetzt zufrieden?«

Theas Gesicht wurde augenblicklich von einem strahlenden Lächeln eingenommen und sie öffnete weit die Flügeltür zu beiden Seiten.

»Willkommen in Walhalla. Tritt ein und sprich weiter. Ich will Details!«

»Ja, später. Vorher muss ich mir eins deiner todschicken Kleider ausleihen.«

»Du verabscheust doch Kleider. Warum brauchst du ...? Oh! Will er mit dir schick essen gehen?«

»Nein. Ich muss mit ihm zu diesem Fest, das Lady Anansi jedes Jahr vor dem Red Moon veranstaltet«, murrte ich und ging mit ihr die Treppe nach oben bis zu Theas Zimmer.

»Lady Anansi? Du weißt schon, was sie ist, oder?«, fragte Thea skeptisch.

»Ja«, entgegnete ich und konnte den jammernden Tonfall nicht unterdrücken.

»Na denn. Schauen wir mal, was mein Kleiderschrank so hergibt«, fuhr Thea fort und öffnete die Schranktüren, während ich mich auf dem Rand ihres Bettes niederließ.

»Du brauchst nicht ewig zu suchen. Ich brauche nur irgendein halbwegs schickes Kleid ...«

»Bist du verrückt? Bei Lady Anansi taucht jeder auf, der wichtig ist oder sich für wichtig genug hält. Du musst es da richtig bringen. Allein schon, wenn du als Begleitung von Kayneth Ainsworth dort auftauchst!«

Ich vergrub bei ihren Worten das Gesicht in meinen Händen.

»Oh, sag das nicht so. Ich will nicht darüber nachdenken, ob ich irgendwelche Gerüchte anheize, wenn ich mit ihm dort auftauche. Selbst Tante Luvia meidet seit Jahren dieses Fest, weil sie sagt, dass es nur ein Aufeinandertreffen der größten Tratschtanten von Lapislazuli sei. Ich will nicht irgendwas unnötig kompliziert machen wegen dem bisschen Rumgemache.«

»So wie du aussiehst war es eindeutig was Intensiveres. Sag mal, Enju, kann es zufällig sein, dass du dich etwas verknallt hast?«

Ich begegnete Thea mit einem »Ich bitte dich!«-Blick, den sie richtig zu deuten verstand.

»Verstehe. Einfach nur sexuelle Anziehung. Kann man dir bei dem Aussehen aber auch nicht übelnehmen. Aber ich würde auch nicht wollen, dass mehr hineininterpretiert wird als es ist. Dein Vorteil ist jedoch, dass die meisten der Obrigkeit gar nicht wirklich wissen, wer du bist. Oder wer du früher oder später unter den Hexen noch sein wirst. Sie werden dich wahrscheinlich nur für die aktuelle Bettgespielin des Alphas halten. Was aber trotzdem bedeutet, dass du einfach fantastisch aussehen solltest. Und ich denke, ich habe da was«, sagte Thea und zog ein Kleid aus ihrem Kleiderschrank.

Es war ein bodenlanges Abendkleid, welches als Meerjungfrau-Kleid bezeichnet wurde, weil es bis zu den Knien eng am Körper anlag und der Saum dann etwas ausgestellt war.

Das Kleid selbst war tiefschwarz, war aber über und über mit smaragdgrünen Pailletten bestickt, die aufwendige und wunderschöne Muster auf den Stoff zauberten.

Ich hatte es schon mal an Thea gesehen und wusste, dass es jede Kurve des Körpers betonte.

»Ist das nicht dieses Kleid, bei dem du dich so beschwert hast, weil man keine Unterwäsche drunter ziehen kann, da diese sich abzeichnet?«, fragte ich.

Thea sah zum Kleid, dann zu mir und wieder zurück zum Kleid.

»Richtig. Also dann ... mach dich mal nackig!«

***

»O Mann. Ich werde mich darin kaum bewegen können, geschweige denn sitzen oder auch nur atmen«, kommentierte ich am Abend mein Spiegelbild.

Ich wusste nicht, warum ich mich von Thea hatte überzeugen lassen, dieses Kleid anzuziehen.

Doch, eigentlich wusste ich es schon. Ich sah, ohne selbstverliebt klingen zu wollen, in diesem Kleid verboten sexy aus. Es lag an mir wie eine zweite Haut und brachte meinen Körper sehr gut zur Geltung.

Nur leider war es nicht sonderlich bequem dadurch, dass es so eng war und ich war nicht so begeistert von der Tatsache, heute ohne Unterwäsche das Haus verlassen zu müssen.

Aber gut. Einen Abend würde ich schon durchstehen.

Ich betrachtete noch einmal mein dunkelrotes Haar, welches perfekt mit den Farben des Kleids harmonierte und das ich mir heute zu einer aufwendigen Frisur hochgesteckt hatte, dann den Schmuck und das Make-up, das ich aufgelegt hatte.

Ich sah auf jeden Fall gut aus, was mir zu etwas mehr Selbstsicherheit für den heutigen Abend verhalf.

Es klingelte an meiner Haustür und mit einer letzten Drehung vor dem Spiegel ging ich nach unten.

Kayneth lehnte in einem schicken Anzug an einem noch schickeren Auto und für einen kurzen Moment weiteten sich seine Augen überrascht, als er mich sah. Ich konnte die Anerkennung in seinem Blick sehen und dass ihm eindeutig gefiel, was er sah.

Ich beschleunigte meine Schritte so gut es in dem Kleid eben ging, als ich erkannte, wie sich seine Augen anfingen zu verfärben.

»Nein, nein, nein. Den Fluch können wir jetzt gar nicht gebrauchen«, sagte ich zu dem Drachen gewandt und nahm sein Gesicht in meine Hände, um die Auswirkungen mit meiner Magie sofort wieder einzudämmen.

Ich tastete mich voran, aber zu meiner Verwunderung konnte ich gar keinen Fluch spüren. Nichts war aktiv geworden.

Kayneth lachte leise, ergriff meine Hände und zog sie von seinen Wangen, um seine Lippen nahe an mein Ohr zu bringen.

»Weißt du, Prinzessin, ich kann auch ganz ohne Fluch scharf werden, wenn du in der Nähe bist.«

Ich öffnete den Mund, schloss ihn dann aber wieder und versuchte die Wirkung, die seine Worte so nah an meinem Ohr gehaucht auslösten, zu ignorieren.

»Aber leider haben wir dazu jetzt keine Zeit«, fuhr Kayneth gut gelaunt fort, ehe er zur Seite trat und mir die Tür öffnete, damit ich einsteigen konnte.

»Also, wie ist denn unser Plan?«, fragte ich Kayneth, als er auf dem Fahrersitz Platz nahm und den Wagen startete.

»Wir gehen auf diese Party, mischen uns etwas unter die Leute und suchen Falk. Sobald wir ihn haben, setzt du deine Magie ein, damit wir erfahren, was wir wissen müssen«, antwortete Kayneth und lenkte den Wagen auf die Straße.

»Nur damit das klar ist: Ich bin eine Hexe, kein verdammter Jedi. Ich kann nicht einfach mit der Hand vor seinem Gesicht rumwedeln und schon gibt er seine tiefsten Geheimnisse preis. Ich werde Zeit brauchen, um in seinen Kopf zu kommen.«

»Dann verschaffe ich dir Zeit«, gab er entschlossen zurück.

***

Kayneth stoppte den Wagen vor der Villa von Lady Anansi.

Mit einem Stirnrunzeln betrachtete ich das von mehreren Scheinwerfern erleuchtete dreistöckige Gebäude.

An und für sich war es ein wirklich schönes Gebäude, mit seiner symmetrischen Form, den zwei runden Ecktürmen und einem quadratischen Hauptturm. Doch leider waren in dem Teil der Außenfassade, der nicht mit Efeu bedeckt war, sehr realistisch wirkende Spinnen in den Stein gehauen, wodurch die Villa wirkte, als würden abertausende Spinnentiere darauf herumkrabbeln.

»Hey!«

Ich hörte, wie Kayneth sich abschnallte und als ich mein Gesicht wieder in seine Richtung drehte, presste er seine Lippen auf meine. Etwas überrascht erwiderte ich nach kurzem Zögern den Kuss.

»Mach das nicht einfach so ...«, sagte ich dennoch, deutlich schwerer atmend, als sich Kayneth wieder zurückzog.

»Was soll ich nicht machen?«

»Mich so küssen. Eigentlich kenne ich dich überhaupt nicht und ich habe mich noch nicht entschieden, ob ...«

»Ob du was?«, fragte er, als ich nicht fortfuhr.

Er wirkte keineswegs verärgert oder schien sich angegriffen zu fühlen. Seine Augen blitzten mich nur amüsiert und neugierig an. Ein neugieriger Drache, der genau wusste, dass er letztendlich bekommen würde, was er wollte, aber beschlossen hatte, mit seiner Beute noch etwas Katz und Maus zu spielen.

»Ob ich mich auf dieses Spiel mit dir einlassen möchte.«

»Ach, Prinzessin. Ich wollte nur, dass du nicht mehr so angespannt bist. Ich brauche dich da drin voll einsatzfähig. Wenn ich beschließe mit dir zu spielen, wirst du es merken«, antwortete er mit einem tiefen Lachen, das mir einen angenehmen Schauer über den Körper jagte, als er die Fahrertür öffnete und ausstieg.

Er umrundete den Wagen, öffnete meine Tür und hielt mir seine Hand entgegen, welche ich ergriff, ehe ich mich bei ihm einhakte und wir gemeinsam zur Villa schritten.

***

»Er scheint gar nicht da zu sein«, flüsterte ich etwa eine halbe Stunde später, als ich an dem fruchtigen Champagner nippte, den mir einer der Kellner auf einem Tablett gereicht hatte.

Eigentlich machte ich mir nichts aus irgendwelchem überteuerten Alkohol, aber dieser schmeckte wirklich gut.

»Der Abend fängt grade erst an. Warten wir es ab«, antwortete Kayneth auf meine Feststellung hin.

Ich sah mich weiter verstohlen um. Dabei war es gar nicht nötig, denn tatsächlich achtete kaum einer der Gäste wirklich auf mich. Seit unserem Eintreten lag die Aufmerksamkeit der anderen auf Kayneth. Mich hatten sie nur kurz eines Blickes gewürdigt, ehe ich als Kayneth' hübsches neues Anhängsel abgetan wurde.

Unbekanntheit hatte eindeutig Vorteile. Dieser Gedanke bestätigte sich nur, während ich Kayneth' genervte Miene betrachtete, als er erneut von Leuten umringt wurde, die unbedingt mit ihm ins Gespräch kommen wollten.

»Die Hexe vom Friedhof, Enju, wenn ich mich recht erinnere? Ich hätte Euch fast nicht erkannt«, ertönte eine Stimme direkt hinter mir.

Als ich mich ihr zuwandte, erkannte ich den jungen Nekromanten wieder, der ebenfalls auf dem Friedhof gewesen war.

»Styx, richtig?«

Er nickte.

»Ihr seht heute sehr hübsch aus«, sagte er.

Er sagte das ganz nüchtern. Keine Anmache. Nur eine Feststellung. Als wäre er über diese Tatsache etwas überrascht.

»Danke«, gab ich knapp zurück.

»Bist du zu deinem Vergnügen hier oder um gesehen zu werden?«, fragte ich.

Seine Lippen verzogen sich zu einem anziehenden Lächeln.

»Hier ist niemand zum Vergnügen. Jeder ist hier, um gesehen zu werden.«

»Klingt ziemlich anstrengend«, erwiderte ich.

Ich wusste schon, warum ich dieser Art von Festlichkeit in Lapislazuli sonst aus dem Weg ging.

»Einen Abend voller Belanglosigkeiten – nervig, aber es ist auszuhalten. Manchmal lassen sich sogar wertvolle Kontakte knüpfen oder man erfährt ein paar wichtige Informationen.«

»Verstehe. Bist du jedes Jahr hier?«

»Ich teile mir diese Aufgabe mit Orpheus.«

Jetzt musterte ich ihn noch etwas interessierter.

Wenn er für die Nekromanten in Vertretung für Orpheus hier war, musste er in deren Hierarchie ziemlich weit oben stehen.

»Seid ihr schon weitergekommen nach der Sache mit dem Friedhof?«, fragte ich.

»Dazu darf ich Euch leider nichts sagen. Auch wenn der Alpha der Beasts in Eurem Namen berechtigte Zweifel vor dem Rat geäußert hat, seid Ihr immer noch eine Verdächtige.«

»Er hat was?«, gab ich überrascht zurück.

»Wusstet Ihr das nicht?«, fragte Styx nun ebenfalls überrascht.

Ich schüttelte den Kopf.

Ein Todesurteil musste einstimmig vom Rat beschlossen werden. Äußerte ein Mitglied des Rats berechtigte Zweifel an der Sache, würde es zu keinem einstimmigen Ergebnis kommen und somit konnten mich diese Idioten nicht einfach auf den Scheiterhaufen verfrachten.

»Wann hat er das denn gemacht?«

»Ich glaube, vor etwa zwei Tagen«, gab der Nekromant nach kurzer Überlegung zurück.

Als wir im Theater der Schatten gekämpft und Kayneth gesagt hatte, er würde mich nicht brennen lassen. Das hatte er anscheinend wirklich ernst gemeint.

Obwohl die Fenster allesamt geschlossen waren, wehte plötzlich ein kühler Lufthauch durch den Saal und automatisch drückte ich mein Kleid etwas nach unten.

Wirklich frisch, so ohne Unterwäsche.

Mein Blick folgte der Bewegung, die ich zuerst nur aus den Augenwinkeln wahrgenommen hatte und beobachtete die alte Dame, die einer Nymphe gleich in einem cremefarbenen Gewand in der Nähe von uns aus dem Nichts erschienen war.

Ihr Haar war schlohweiß und ihr Gesicht war mit einigen Falten überzogen. Sie grüßte herzlich das Mädchen, neben dem sie erschienen war und bei dem ich mich augenblicklich fragte, ob es überhaupt schon alt genug war, abends allein das Haus zu verlassen. Sie wirkte kaum älter als dreizehn, hatte schulterlanges, blauschwarzes Haar und scheu umherblickende, tiefblaue Augen.

»Das sind ...«

»Zwei der Elementals. Der Wind Aeris und das Wasser Cendra«, erklärte Styx.

Dafür, dass die Elementals allgemein hin als scheu galten und eher zurückgezogen lebten, überraschte es mich, gleich zwei von ihnen hier vorzufinden.

Als hätten sie uns gehört, wandten die beiden zeitgleich ihre Gesichter in unsere Richtung und traten auf uns zu. Wobei Aeris vielmehr schwebte. Sie schien gar keine richtige Gestalt zu haben.

»Sieh mal einer an. Luvia lässt wirklich zu, dass sich ihr wertvollster Schatz ins Netz der Spinne begibt!«, eröffnete Aeris und musterte mich aus ihren dunklen Augen und mit amüsierter Miene.

Obwohl sie mich zu kennen schien, konnte ich mich nicht erinnern, der Elemental vorher schon einmal begegnet zu sein.

»Enju ist heute in Begleitung des Alphas hier. Weniger als Repräsentantin für die Hexen«, erläuterte Styx.

»Ich verstehe. Deswegen hat Orphelia also so schlechte Laune«, entgegnete Aeris und ich folgte ihrem Kopfnicken mit dem Blick.

Etwas abseits stand das Oberhaupt der La Dame Blanche mit ihrer Enkelin und wenn Blicke töten könnten, wäre ich bereits tief unter der Erde.

Marisya stand, strahlend schön wie immer, neben ihr und wechselte zwischen betreten zu Boden schauen und Kayneth verstohlene Blicke zuwerfen hin und her. Sie sah trotz ihrer Schönheit aus wie ein geprügelter Hund und irgendwie tat sie mir leid.

Daher und obwohl ich keinerlei Lust dazu verspürte, entschuldigte ich mich bei den anderen und ging auf Marisya und Orphelia zu. Beide wirkten überrascht, aber das wurde bei der Jüngeren schnell wieder von Unsicherheit und bei der Älteren von Verärgerung abgelöst.

»Sieh mal an, die Hexe. Du hast dich ganz schön gemacht seit unserem letzten Zusammentreffen. Vielleicht hättest du dich jedoch darauf konzentrieren sollen, dem Rat einen Schuldigen zu liefern, statt den Alpha zu bezirzen. Denn sobald er das Interesse an dir verliert, wartet der Scheiterhaufen auf dich!«, zischte Orphelia voller Bosheit.

Wow. Das war ja mal eine liebreizende Begrüßung. Die Alte war ja echt angepisst.

»Großmutter!«, warf Marisya erschrocken und eindeutig peinlich berührt ein, aber die Alte ignorierte sie.

»Danke. Ich nehme es zur Kenntnis«, erwiderte ich kühl, was Orphelia offensichtlich noch mehr verärgerte.

»Es ist wirklich eine Schande! Welche dunklen Mächte du auch beschworen hast, um seine Majestät dazu zu bringen, sich für dich zu interessieren, es wird dir auf Dauer nichts nützen!«

»Was ich beschworen habe?«, begann ich, führte den Satz aber nicht weiter aus, als ich die Angst in Marisyas Augen erkannte.

Es musste sehr schwer sein, dem Verhaltenskodex der La Dame Blanche immer Folge zu leisten, um quasi rund um die Uhr für eine Heilige gehalten zu werden.

»Wie auch immer. Darf ich Ihnen kurz Ihre liebreizende Enkelin entführen?«, wechselte ich das Thema und griff nach Marisyas Ellenbogen, ohne auf die Proteste ihrer Großmutter zu achten.

»Es tut mir so leid!«, flüsterte sie, als wir uns ein paar Schritte entfernt hatten.

»Großmutter wollte die Verbindung zu den Beasts so sehr und jetzt ist sie wütend, weil ich versagt habe.«

»Weil du versagt hast?«, fragte ich skeptisch.

»Ich konnte ihn nicht einmal mit Magie dazu bringen, mich zu wollen. Und heute früh wurde Großmutter höflich mitgeteilt, dass Kayneth sich nicht weiter mit mir treffen möchte, weil er nicht das Gefühl hat, dass es zu etwas führen wird.«

Sie wirkte den Tränen nahe. Sie hielt es wirklich für ihr persönliches Versagen, dass Kayneth sich nicht auf den ersten Blick in sie verliebt hatte.

»Ist es dir nicht lieber, jemanden zu heiraten, den du liebst und der dich ebenfalls aufrichtig liebt?«, konnte ich mir nicht verkneifen zu fragen.

Sie straffte ihre Schultern und sah mich mit solchem Stolz in ihren Augen an, den ich ihr nicht zugetraut hätte.

»Das ist etwas, das ihr Hexen euch vielleicht rausnehmen könnt. Jedes Volk will eine Verbindung zu euch. Wir können den anderen nicht so viel bieten oder sind ihnen so von Nutzen, dass Bewerber bei uns Schlange stehen.«

Aha. Vielleicht war die zölibatäre Lebensweise bei den La Dame Blanche gar nicht so freiwillig, wie ich immer gedacht hatte.

»Großmutter ... Sie hat Angst, dass unser Einfluss schwinden wird, wenn wir keine neuen Verbindungen mit anderen, vorzugsweise einflussreichen Völkern eingehen. Sie hat so viel Hoffnung auf mich gesetzt und ich ...«

Wieder sackten ihre Schultern nach unten und das bisschen Rückgrat, was sie gerade noch gezeigt hatte, verpuffte einfach.

Genervt verdrehte ich die Augen. Warum auch immer, ein winziger Teil von mir mochte diese junge Frau. Hatte sogar ein wenig Respekt vor ihr.

Ich konnte mir nicht vorstellen, zum Wohle der Hexen einen Typen zu heiraten, für den ich nicht wenigstens so etwas Annäherndes wie Liebe empfand. Was wiedermal bewies, dass ich als Königin nicht geeignet war. Warum nur hatte man mich für diese Position ausgewählt?

»Warte kurz hier«, sagte ich zu Marisya und ging raschen Schrittes zu Styx und den beiden Elementals zurück.

»Ihr habt es in einem Stück von Orphelia zurückgeschafft«, bemerkte Styx lächelnd.

Ich musterte ihn einmal von oben bis unten.

»Bist du schwul?«, fragte ich dann direkt, was ihn überrascht in sein Glas husten lies, das er gerade an seine Lippen geführt hatte.

»Was? Nein«, antwortete er und sah mich jetzt an, als hätte ich nicht mehr alle Tassen im Schrank. Ein Blick, an den ich gewöhnt war und der mir etwa zweimal pro Woche begegnete.

»Gut. Verheiratet oder sonstig liiert?«

»Nein. Ich bin Single. Aber so schmeichelhaft es auch für mich ist, Enju ... Ihr seid leider nicht mein Typ. Ich bevorzuge es etwas ... sanfter.«

Und was war ich? Eine Kratzbürste? Nun gut, ich ließ das erst einmal so stehen.

»Wie gut, dass ich dir ein sehr zart besaitetes Pflänzchen vorstellen möchte«, erwiderte ich mit Absicht sehr kratzbürstig und ergriff seinen Arm.

Ich zerrte Styx hinter mir her und stoppte vor Marisya.

»Marisya, das ist Styx. Ein sehr hohes Tier unter den Nekromanten.« Nahm ich zumindest an.

»Styx, wenn ich vorstellen darf, Orphelias Enkelin. Das Goldstück der La Dame Blanche. Marisya.«

Styx wirkte im ersten Moment sichtlich verwundert, aber ein genauerer Blick auf Marisya erhellte seine Miene zu einem charmanten Lächeln. Ich hätte darauf wetten sollen, dass sie ihm gefiel. Er ergriff ihre zarte Hand und hauchte tatsächlich einen Handkuss auf ihre Fingerknöchel.

»Sehr erfreut.«

Marisya senkte ihr Gesicht, aber ich konnte erkennen, dass ihre Wangen von einer leichten Röte überzogen waren.

»Ebenfalls«, gab sie leise zurück, klang aber aufrichtig.

»Ja ... na denn. Ich bin dann mal ...«

Ich deutete an zu gehen, aber ich hätte auch einen Stepptanz aufführen können, es wäre gleich gewesen. Styx' Augen blieben fasziniert an Marisyas Gesicht hängen und als sie sich traute, ihn ebenfalls richtig anzusehen, konnte sie ein ehrliches Lächeln nicht weiter unterdrücken.

Ja, der Schönling war auch ihr Typ. Jetzt hatte ich mich doch tatsächlich dazu hinreißen lassen, Amor zu spielen. Ich musste wirklich dringend hier raus.

Ich wandte mich ab und versuchte mich wieder etwas unter die Leute zu mischen, um Falk zu finden, als mich eine Bewegung an der Treppe zur Salzsäule erstarren ließ.

Da war sie. Lady Anansi. Ich wurde von einer Gänsehaut des Ekels überzogen.

Ihr Oberkörper war schick bekleidet, um die Handgelenke trug sie eine Anzahl dünner silberner Armreife, die im Licht der Lampen funkelten, und ihr grau-weißes Haar war zu einem eleganten Knoten gebunden. Ganz eine Lady aus früheren Zeiten. Aber der Rest ihres Körpers war der einer riesigen schwarzen Spinne.

Mit einem erhabenen Lächeln grüßte sie ihre Gäste, dann setzte sie ihren achtbeinigen Körper in Bewegung. Es war genau das, was mich beim Anblick von Spinnen so schaudern ließ: die Art, wie sie sich bewegten.

Automatisch machte ich einen Schritt zurück und spannte mich an, bereit aus dem Saal zu flüchten.

Eine warme Hand legte sich von hinten um meine Taille.

»Ganz ruhig. Entspann dich«, flüsterte mir Kayneth ins Ohr.

»Ich bin ganz ruhig«, log ich, was ihm ein leises Lachen entlockte und mir einen sanften Kuss auf meine Schulter bescherte.

»Komm«, flüsterte Kayneth, ergriff meine Hand und zog mich mit sich, bis wir uns plötzlich auf der Tanzfläche befanden.

»Du willst tanzen?«, fragte ich fassungslos, als er mir mein Glas entwand und es dem nächstbesten Kellner auf das Tablett stellte.

»Warum nicht?«, fragte er gelassen und zog mich an sich.

Es war ein langsames Stück und so musste ich nicht viel tun, außer mich von Kayneth führen zu lassen, während wir uns zu der Musik im Kreis drehten.

»Was soll denn das? Wir sind doch nicht zum Spaß hier«, sagte ich und legte den Kopf leicht in den Nacken, um Kayneth ins Gesicht blicken zu können.

»Du meintest doch, ich solle etwas mit dir spielen«, gab er lächelnd zurück.

»Das habe ich so ganz sicher nicht gesagt«, entgegnete ich und verengte bei meinen Worten leicht meine Augen.

»Okay«, antwortete Kayneth mit einem leichten Lachen, während er mich einmal um meine Achse drehte.

»Aber weißt du, Prinzessin? Dir würde es gefallen, wenn ich mit dir spiele.« Den letzten Satz hauchte er mir wieder ins Ohr und er schien sämtlichen Sexappeal, den er besaß, in diese Worte zu legen.

Ich hatte das Gefühl, meine Knie würden weich und meiner Meinung nach verdiente ich einen Oscar dafür, dass ich eine absolut ausdruckslose Miene beibehielt, statt das »O ja, bitte« zu hauchen, welches mir eigentlich auf der Zunge lag. Ein Mann durfte nicht so sexy sein. Das war einfach nicht richtig.

»Ich ...«, begann ich, stoppte aber, als ich hinter Kayneth die Gestalt von dem Hexenmeister erkannte, der bei Severin gewesen war. Titus, wenn ich mich recht erinnerte.

Was mich jedoch noch mehr aus dem Konzept brachte, war, dass neben ihm Naomi stand und die beiden sich angeregt unterhielten. Das war ganz sicher kein Zufall. Dieses verräterische Miststück.

Ich machte Anstalten, mich von Kayneth zu lösen, um mir Naomi vorzunehmen, aber der Griff seiner Hand verstärkte sich und er behielt mich bei sich.

»Da ist Falk«, lenkte plötzlich Kayneth meine Aufmerksamkeit auf das Geschehen in meinem Rücken.

Ich drehte automatisch meinen Kopf und musterte das Oberhaupt der Hexenmeister.

Arvid Falk war schätzungsweise um die sechzig und von schlanker Gestalt. Hatte längeres weißes Haar, welches noch vereinzelt von dunklen Strähnen durchzogen war und das er zu einem kleinen Pferdeschwanz gebunden hatte. Sein Gesicht war nicht unattraktiv, aber die Spuren seines Alters waren ihm doch deutlich anzusehen.

Was ungewöhnlich für einen Hexenmeister war. Sollte der Merlin der Einzige von ihnen sein, der die Dienste der Nymphen nicht in Anspruch nahm? Oder war sein Körper in letzter Zeit so stark durch Magie beansprucht worden, dass selbst die Magie der Nymphen sein Alter nicht mehr kaschieren konnte? Seine hellblauen Augen blickten irgendwie wässrig über die Umstehenden hinweg, aber er wirkte allgemein entspannt und gutgelaunt.

»Gut ...«, sagte ich langsam.

Obwohl es mir schwerfiel, versuchte ich mich auf Falk zu konzentrieren statt auf Naomi. Wir mussten jetzt nur noch überlegen, wie wir ihn von der Herde trennten. Vielleicht würde es schon reichen, wenn ich ihn zum Tanzen aufforderte? In erster Linie benötigte ich ja nur etwas Körperkontakt.

Wobei, wenn sein Verstand doch widererwartend mittels Magie verschlossen worden war, würde ich doch sofort zu stärkeren Maßnahmen greifen müssen. Was dazu führen würde, dass er sich wahrscheinlich auf dem Boden vor Schmerzen windet. Damit würden wir aber definitiv die Aufmerksamkeit der anderen auf uns ziehen. Und dann musste ich mich wegen des Angriffs auf das Oberhaupt eines anderen Clans verantworten.

Nein, lieber nicht. Er musste mit mir aus dem Saal kommen. Weg von den neugierigen Blicken der anderen Gäste.

»Ich weiß noch nicht, wie wir ihn am besten von den anderen isolieren können. Er scheint ja ziemlich beliebt zu sein«, fuhr ich ehrlich verwundert fort.

Falk stand in der Mitte einer kleinen Menschentraube, schien irgendwelche Scherze zum Besten zu geben und erntete dafür tatsächlich aufrichtig klingendes Gelächter.

»Er ist ein Schwätzer. Er redet gern«, gab Kayneth zurück.

»Du magst ihn nicht?«, fragte ich, mein Gesicht wieder in seine Richtung gewandt.

»Kann man so nicht sagen. Bis zu dieser ganzen Sache hatte ich eigentlich keinerlei Interesse an ihm. Er war mir egal.«

»Und das war ihm nicht egal?«, fragte ich und entlockte ihm damit wieder dieses Lächeln, das inzwischen ein seltsames Ziehen in meinem Unterleib auslöste.

»Ob du es glaubst oder nicht, Prinzessin. Abgesehen von dir haben so ziemlich alle großes Interesse daran, meine Aufmerksamkeit zu bekommen«, gab er, ganz königlich arrogant, zurück.

»Normalerweise würde ich das nicht unkommentiert lassen, aber tatsächlich könnte uns das jetzt von Vorteil sein. Du könntest ihn doch um eine Unterredung unter vier Augen bitten.«

Kayneth drehte mich noch einmal, ehe er meine Hand an seine Lippen hob und mir tatsächlich einen Handkuss gab.

»Dein Wunsch sei mir Befehl, Prinzessin«, sagte er, zwinkerte mir kurz zu und drehte sich dann um.

Keine Ahnung, was Lady Anansi in ihre Drinks mischen ließ, aber Kayneth hatte eindeutig einen zu viel davon.

Vielleicht kam ich auch einfach nicht damit klar, dass der Drache sich heute wie ein Gentleman verhielt. Das irritierte mich.

Mein Blick heftete sich auf Kayneth' breite Schultern und verwundert nahm ich zur Kenntnis, dass er gar nicht Arvid Falk ansteuerte. Er trat auf einen Herrn mittleren Alters zu und sagte etwas sehr leise zu ihm, woraufhin dieser nickte.

Das Gesicht des Mannes kam mir vage bekannt vor. Ich musste kurz überlegen, aber dann erinnerte ich mich an Kayneth' Leute, die den Altar nach dem Theater der Schatten auf einen Wagen geladen hatten. Er war einer von ihnen gewesen.

Na klar. Seine Majestät konnte natürlich nicht selbst zu Falk gehen und ihn um ein Gespräch bitten. Wäre ja unter seiner Würde. Er musste natürlich jemanden von seinen Leuten schicken. Was gaben die Herrschaften nicht alles dafür, um den Schein zu wahren?

Auch einer der Gründe, warum ich keine Königin sein wollte. Ich bevorzugte es einfach direkt zur Sache zu gehen.

Der ältere Herr, der in seinem Smoking aussah wie ein Butler, bewegte sich in einer erstaunlichen Leichtigkeit durch den Raum auf Arvid zu. Dieser lachte gerade schallend über etwas, das eine Frau neben ihm gesagt hatte und genehmigte sich dann einen Schluck seines Drinks.

Kayneth' Mann hatte ihn fast erreicht, als Falk sich wieder der Dame neben sich zuwandte, ansetzte etwas zu sagen und stockte.

Sein Gesicht verzog sich, sein Glas glitt ihm aus den Fingern und fiel klirrend zu Boden, wo es zerbrach.

Falk hatte dafür keinen Blick. Mit beiden Händen umklammerte er seine Kehle und beugte sich unter plötzlichen Schmerzen nach vorne. Ohne darüber nachzudenken setzte ich mich in Bewegung und lief auf den Merlin zu. Dieser krümmte sich mit jeder weiteren Sekunde, die verstrich, mehr vor Schmerzen, aber mehr als ein Röcheln war nicht von ihm zu hören.

Stimmengewirr wurde laut und als Falks Körper auf den Boden aufschlug, schrien einige Personen erschrocken auf.

Ich kämpfte mich durch die zunehmende Menschentraube, die sich um ihn gesammelt hatte, und ließ mich dann neben Falk zu Boden sinken.

Er wand sich unter Schmerzen und lief blau an.

Allerdings nicht auf die Art, die ersticken vorherging, sondern seine Haut wurde tief dunkelblau und überzog sich mit hellen Adern. Wie ein Gewitterhimmel bei Mitternacht.

Ich streckte kurz meine Hand aus und zuckte heftig zurück, als mich ein Schlag der dunkelsten Magie traf. Die gleiche Magie, die von den Übeln ausging.

Falk riss die Augen auf und starrte mich voller Panik an. Wobei ich nicht sicher war, ob er wirklich mich sah.

Trotzdem schnellte sein Arm nach vorne und er umgriff meinen Unterarm, was mich aufgrund der schwarzen Magie, die in ihm tobte, vor Schmerz aufschrien ließ.

Er öffnete den Mund, um etwas zu sagen, aber kein laut kam über seine Lippen. Er versuchte es erneut, bewegte unablässig seinen Mund, aber obwohl ich die Zähne zusammenbiss und mich etwas näher zu ihm beugte, konnte ich seine Stimme nicht hören.

Eine andere Hand griff nach Falk und ich erkannte mir gegenüber Kayneth, der mit routinierten Griffen versuchte, die Fliege und das Hemd von Falk zu öffnen, damit dieser besser Luft bekommen konnte.

Doch sein Versuch, Erste Hilfe zu leisten, war vergebens, denn nur Sekunden später rollten Falks Augen nach hinten, bis nur noch das Weiße zu sehen war und sein zuckender Körper erschlaffte. Falks Hand ließ mich los.

Kayneth legte den Kopf des Merlins nach hinten und machte sich daran, zu einer Mund-zu-Mund-Beatmung überzugehen, als Falks Körper erneut zu zucken begann. Jedoch viel heftiger und unkontrollierter als vorher.

Falks Gesicht blieb noch immer völlig leblos, aber sein Körper erzitterte heftig.

Nekromantie? Ich riss den Kopf nach oben, um nach Styx Ausschau zu halten, als ein widerwärtiges Reißen und Knacken zu hören war. Es klang so schauerlich, dass sich alles in mir zusammenzog.

Ich sah nach unten und erkannte nur noch, dass etwas Arvid Falks Körper von innen zerrissen hatte, ehe eine Druckwelle mich und auch die anderen Gäste, die um uns herumgestanden hatten, nach hinten schleuderte.

Mein Körper machte unsanft Bekanntschaft mit dem Fußboden und der Schmerz trieb mir kurzzeitig die Luft aus den Lungen. Keuchend richtete ich mich auf und schüttelte den Kopf, um die Benommenheit loszuwerden.

Plötzlich war die Luft erfüllt von Geschrei. Ich hob den Blick und schluckte schwer.

Auf Arvid Falks zerrissenem Körper stand ein Ungetüm, das ganz entfernt an einen Hund erinnerte. Doch hatte es weder Augen noch Ohren, dafür aber ein viel zu großes Gebiss mit einer ganzen Reihe messerscharfer Zähne. Ebenso scharf und gefährlich schienen seine Klauen zu sein, wie auch die spitzen Stacheln, die aus seinem Rücken wuchsen.

Das wenige, was bei seinem Körper einem Fell ähnelte, war schwarz, jedoch komplett durchzogen mit tiefroten Mustern. Es sah aus, als würden sich blutrote Knochen durch die Haut nach oben drücken und sich auf dem dünnen Fell abzeichnen.

Sein Schwanz war geformt wie das Hinterteil einer Assel und alles an seinem Anblick ließ mich erschaudern.

Das Ungetüm knurrte und im nächsten Moment sprang es mit einer unglaublichen Geschwindigkeit einen Mann an, dem es am nächsten war, und biss ihm mit einer einzigen Bewegung die Kehle durch.

Das Schreien der Anwesenden wurde lauter und die Gäste begannen panisch zu fliehen.

Ich hatte Mühe, wieder auf die Beine zu kommen und mit Entsetzen sah ich zwei weitere dieser Viecher aus dem zerstörten Leichnam Falks herausspringen. Sie stürzten sich auf die Flüchtenden und rissen wahllos einen nach dem anderen zu Boden. Die Magie, die von ihnen ausging, war tiefste Dunkelheit und nahm mir beinah die Luft zum Atmen.

Zwei weitere Ungetüme sprangen aus Falks Leichnam heraus wie bei einem Zauberer, der immer mehr Kaninchen aus dem Hut zog, und eines davon fixierte Marisya, die vor Angst erstarrt und mit panisch geöffnetem Mund ihren zittrigen Körper gegen die Wand presste.

Ohne bewusstes Zutun leuchtete mein Arm blau auf und nach einem kleinen, schmerzhaften Stich hielt ich Nemesis in meiner Hand. Mein Kleid bot mir nicht die beste Bewegungsfreiheit, aber es reichte aus, um schnell die Distanz zu Marisya zu überbrücken und mit einem gezielten Schlag das Ungeheuer zu enthaupten, welches sich in diesem Moment auf sie stürzen wollte.

»Alles okay?«, schrie ich gegen die Lautstärke im Saal an und obwohl ich nicht sicher war, ob sie mich verstanden hatte, nickte sie.

Ich blickte mich fieberhaft nach dem nächsten Ausgang um, um Marisya rauszuschaffen, als ein weiteres Vieh auf uns zuhielt. Ich hob Nemesis, aber noch bevor es mich erreichte, wurde es gepackt und mit einer unfassbaren Geschwindigkeit in die Luft gehoben.

Es war eindeutig eine dieser Situationen, die man sich nicht ansehen wollte, aber unfähig war den Blick abzuwenden.

Lady Anansi hatte sich nun vollkommen zu ihrer Beastform gewandelt. Das helle Haar hing ihr wirr am Kopf herab. Ihre Augen waren vollkommen schwarz – zumindest die Augen, die ihrem eigentlichen menschlichen Gesicht angehörten. Denn auf ihrer Stirn hatten sich nun zwei weitere Augenpaare gebildet, die rot glühten. Ihr Mund war viel breiter geworden, was ihr Gesicht unförmig hatte werden lassen, und kräftige Beißzangen wuchsen daraus hervor.

Sie packte das Ungetüm mit ihren Armen und Beinen – wobei inzwischen schwer zu identifizieren war, was davon was war –, hob es in ihrer Raserei in die Höhe und biss ihm den Kopf ab. Das Geräusch und das dunkle Blut, das überall hin spritzte, ließen mich würgen.

Achtlos ließ die Spinne die Überreste zu Boden fallen und krabbelte mit einem wütenden Fauchen weiter durch den Saal, um sich auf den nächsten dieser Hunde zu stürzen. Offensichtlich schätzte es Lady Anansi überhaupt nicht, wenn jemand ihre Party crashte.

»Was stehst du da wie angewurzelt rum?«, drang Kayneth' Stimme an mein Ohr und seine warme Hand umfasste meinen Ellenbogen.

»Die hat ihm den Kopf abgebissen«, antwortete ich und meine Stimme klang seltsam entfernt.

Kayneth folgte meinem Blick zu dem kopflosen Ungeheuer auf dem Boden und sah dann zu Lady Anansi.

»Und? Besser als wenn es dich erwischt hätte!«

»Du hörst nicht zu! Sie hat den Kopf ab-ge-bis-sen!«

Ich erzitterte vor Ekel, als ich vor meinem inneren Auge die Szene noch einmal abspielte. Wie sie zugebissen hatte, das Geräusch, das Blut, das spritzte, wie sich der achtbeinige Körper bewegt hatte. Mein Magen rebellierte.

Kayneth riss mich zur Seite und schubste mich hinter sich Richtung Marisya. Styx war ebenfalls aufgetaucht und half der jungen Frau inzwischen auf die Beine.

Ich sah wieder zu Kayneth, dessen Hand sich verformt hatte. Mit den gleichen scharfen Klauen, die mich bei unserem ersten Zusammentreffen durchbohrt hatten, hielt er nun die Kehle eines dieser Hunde gepackt. Ich sah leichte Schuppen schimmern, wo vormals makellose Haut gewesen war, und seine Augen glühten reptilienhaft verwandelt. Die Muskeln in Kayneth' Arm spannten sich an und ich erwartete schon das Reißen von Stoff zu hören, aber was folgte war ein unschönes Knacken, als er dem Vieh das Genick brach. Achtlos ließ er den Leichnam fallen und drehte sich zu mir um.

»Ja, ich verstehe. Du magst keine Spinnen. Jetzt reiß dich zusammen!«, fauchte er und seine schroffen Worte halfen mir tatsächlich wieder einen klaren Kopf zu bekommen.

Ich sah mich um. Ein Großteil der Gäste war geflohen, aber noch immer hielten sich zu viele Leute hier auf.

Einige von ihnen waren Beasts, die gegen die Ungeheuer kämpften, aber viele andere schienen nicht so kampferprobt zu sein. Sie saßen angsterfüllt in den Ecken und trauten sich nicht vom Fleck, kauerten neben Verletzten oder weinten über leblosen Körpern.

Die Anzahl der Ungeheuer schien auch eher zu- als abzunehmen und ich sah zurück zu Falk, aus dessen Leib geradewegs ein neues Vieh heraussprang. Sein Leichnam bildete eine Art Portal. Wenn das nicht geschlossen wurde, würde es überhaupt nicht mehr enden und diese Monster würden die Stadt überschwemmen.

Ich beugte mich nach vorne, schnitt mit Nemesis' Spitze in den Stoff meines Kleids und zerriss den Rock bis zu meinem Oberschenkel. So ließ es sich definitiv besser laufen.

»Die Leute müssen hier raus!«, rief ich zu Kayneth, der zustimmend nickte.

Ich achtete nicht weiter darauf, was er nun tat, sondern steuerte zielgerichtet Falks Überreste an.

Wieder versuchte eines der hundeähnlichen Wesen mich anzuspringen, aber ich riss ihn mit meiner Magie in die Luft, bis er über mir war, und teilte ihn mit Nemesis' scharfer Klinge einmal in der Mitte entzwei.

Als ich Falk erreichte, starrte ich verwundert in dessen offenen Brustkorb. Ich sah seine nach außen gespreizten Rippenknochen, das Blut und auch vereinzelte Organe, die es nach draußen geschleudert hatte. Doch an der Stelle, an dem sich normalerweise sein Herz hätte befinden sollen, drehte sich ein blau-schwarzer Wirbel. Es sah aus wie ein endloser Abgrund und hatte etwas Hypnotisches.

Ich hatte mir das mit diesen Altären ganz anders vorgestellt, aber jemand hatte ihn tatsächlich als direktes Opfer genommen und in ihm ein Portal zur dunkelsten Seite der Magie geschaffen. Diese Wesen kamen von einem Ort, der so finster war, dass kein Licht ihn je erreichte.

Ich hob die Hand, der rote Nebel meiner Magie umspielte meine Finger, breitete sich aus und legte sich wie ein Schleier über den dunklen Wirbel.

»Ich würde das nicht tun«, erklang eine Stimme direkt neben mir.

Ich riss den Kopf zur Seite und der schwarze Nebel, der aus den Überresten des Merlins und von den hundeähnlichen Monstern ausging, sammelte sich zu einer Säule, aus der eine Frau trat.

Sie wirkte älter als meine Tanten, aber ihr fehlte jeglicher Haarwuchs. Nicht einmal Augenbrauen konnte ich erkennen. Ihre Haut war bleich und mit den dunkelroten Augen sah sie aus wie ein Albino. Was durch den schwarzen Mantel, der sie von Kopf bis Fuß einhüllte, noch verstärkt wurde.

»Noch ein Übel ...«, erwiderte ich.

»Ponos, die Mühsal«, stellte sie sich vor.

Meine Augen huschten zwischen dem Übel und Falk hin und her. Ich musste dieses Portal unbedingt schließen. Aber wenn ich mich zuerst diesem Übel stellen musste, würde das mich wieder meine Magiereserven kosten.

»Oh, keine Sorge. Ich habe nicht vor dich anzugreifen. Ich gebe dir nur den Rat, es sein zu lassen. Es wird dich nämlich höchstwahrscheinlich umbringen, wenn du versuchst es zu schließen«, sagte Ponos leichthin, die meinen Gedankengang erraten hatte.

Sie wollte mich nicht angreifen?

»Warum sollte ich dir glauben?«, fragte ich.

»Weil diese Welt bereits dem Untergang geweiht ist. Nur acht von uns mussten fallen, um ihr den Weg zu ebnen. Ich bin die Achte, die herbeigerufen wurde. Wir haben damit jedes der Tore geöffnet. Jetzt kann sie erscheinen, sobald die Magie ihren höchsten Punkt erreicht hat«, sagte sie und klang dabei völlig teilnahmslos. Als wäre ihr alles egal, was passieren würde.

»Zwei von euch wurden bereits vernichtet!«, entgegnete ich.

»Ja, der Mord und das Gemetzel. Ist mir nicht entgangen. Aber das ist bedeutungslos und bringt euch keinen Vorteil. Um das Tor zu öffnen, ist es nur notwendig, dass acht von uns erscheinen und die Siegel der Eckpfeiler damit brechen. Ob wir danach noch länger in dieser Welt verweilen, hat auf ihr Erscheinen keinerlei Einfluss.«

Das klang ganz und gar nicht gut. Aber ich würde sicher nicht einfach aufgeben und den Kopf in den Sand stecken.

»Ich werde nicht zulassen, dass ihr diese Welt zerstört!«, erwiderte ich mit fester Stimme.

Daraufhin schlich sich erstmals so etwas wie Interesse in ihr Gesicht. Ihre Augen musterten meine Erscheinung eingehend und blieben dann an Nemesis hängen. Wie bei den anderen schien vor allem das Schwert ihr Interesse zu wecken.

»Interessant. Du hast dir die Rache zu eigen gemacht. Das ist kein schlechter Trumpf bei dem, was euch nun bevorsteht. Da ich eigentlich kein besonderes Interesse daran habe, diese Welt zu vernichten, lass mich dir etwas verraten: Wenn du Discordia zurück in das Chaos schicken willst, aus dem sie stammt, musst du ihre eigene Macht gegen sie wenden. Alles andere wird ihr nicht schaden.«

»Was?«, begann ich, aber da war Ponos schon wieder verschwunden.

Ich spürte im gleichen Moment wieder die schwarze Magie pulsieren und wusste, wenn ich nicht endlich etwas unternahm, würden weitere Monster durch das Portal brechen.

Meine Magie flammte erneut auf und ich griff nach den Enden der dunklen Magie, welche das Portal offenhielt. Versuchte es zuzuziehen, aber der Rückstoß dieser schwarzen Magie schleuderte meine Hand nach hinten, bis es in meiner Schulter knackte und ich qualvoll aufschrie.

Nicht wegen der plötzlichen, ruppigen Bewegung, sondern wegen dem Schmerz, der meine Hand bis hinauf zum Ellenbogen durchfuhr. Panisch starrte ich auf meine Hand, die sich rasend schnell pechschwarz verfärbte und regelrecht zu vertrocknen schien. Nein, mumifizierte.

Ich wimmerte und versuchte die Tränen zurückzuhalten, als ich meinen Arm betrachtete. Diese Magie war schlimm und es fühlte sich an wie das pure Böse.

Ich biss wortwörtlich die Zähne zusammen und drückte meinen zerstörten Unterarm vorsichtig gegen meinen Körper, um ihn etwas zu schützen.

Ich brauchte einen Plan B. Wenn noch mehr dieser Hunde aus dem Portal emporstiegen, wäre ich geliefert. Das Portal musste weg.

Ich überlegte und versuchte die Schmerzen auszublenden. Ich starrte auf das Schwert in meiner gesunden Hand.

Was hatte Ponos gesagt? Ich hatte mir die Rache zu eigen gemacht? Nemesis war die Rache? War das Schwert nicht einfach nur verflucht, sondern auch ein Übel? Laut den Legenden war Nemesis ein Teil einer viel größeren Klinge gewesen, welche einer Göttin gehört hatte. War diese Göttin Discordia? Meinte Ponos genau das damit, wenn sie sagte, ich müsse Discordia mit ihrer eigenen Macht angreifen? Dass ich das Schwert benutzen musste?

Zumindest hatte Nemesis bis jetzt jedem Übel, gegen das ich gekämpft hatte, Schaden zufügen können. Vielleicht würde das Schwert auch der Schlüssel sein, um das Portal zu schließen.

Ich hob Nemesis mit meiner gesunden Hand in die Höhe und ließ die Schwertklinge in den leblosen Körper unter mir fahren.

Obwohl ich spürte, wie die finstere Magie sofort nach mir schlug, erreichte sie mich diesmal nicht. Nemesis erwies sich tatsächlich als ein Schutzschild für mich.

Ich sammelte meine Magie und schickte sie durch das Schwert hindurch. Sofort ging Arvid Falks Leichnam in Flammen auf.

So gut es ging verstärkte ich meine Pyromagie, um das Verbrennen zu beschleunigen. Als die Flammen den Brustkorb erreichten, verstärkte sich der Wirbel. Ich spürte, wie die dunkle Magie sich wand, wehrte und versuchte, sich vor mir zu verschließen, aber Nemesis verhinderte das. Letztendlich ging auch der Rest des Körpers inklusive des Portals in Flammen auf. Ich ließ erst nach, als nichts mehr außer einem Häuflein Asche übriggeblieben war.

Erst dann sackte ich erschöpft auf die Knie.

KAPITEL 11

Entfesselte Magie

Keine Ahnung, wann ich das Bewusstsein verloren hatte, aber als ich aufwachte, starrte ich an die Decke meines Schlafzimmers. Mein Arm kribbelte unangenehm, als wäre er eingeschlafen, und ich spürte eine seltsame Hitze in mir, als würde flüssiges Feuer unter meiner Haut entlangfließen.

So etwas Ähnliches hatte ich bisher nur einmal gespürt. Als Kayneth meine Unterwäsche verbrannt hatte. Und doch war es eine andere, sehr seltsame Form der Magie, die mich dort berührte. Uralt und mächtig.

Ich drehte den Kopf und sah auf zwei Hände, die mein überraschenderweise nicht mehr völlig schwarzes Handgelenk hielten.

Kayneth streichelte mit den Fingern über meine zerstörte Haut und mit jeder kreisenden Bewegung seiner Finger löste sich das Schwarz und brachte gesunde Haut zum Vorschein.

Ich spürte ganz deutlich, dass es nicht einfach nur die Magie war, die den Beasts zu eigen war, sondern dass diese Magie nur zu Kayneth gehörte. Dem Drachen gehörte.

Sie war einzigartig und fühlte sich unfassbar intim an. Als würde er mir einen Teil seiner Seele offenbaren und gleichzeitig ganz nackt auf mir liegen, sodass ich jedes noch so kleine Detail seines Körpers erfühlen konnte.

»Was?«, setzte ich leise an, aber Kayneth hob nur kurz sein Gesicht und der Drache sah mich an. Diese Augen, die wirkten, als hätten sie schon Jahrhunderte überdauert.

Er machte weiter und ich verlor sämtliches Zeitgefühl, bis ich auf einen komplett geheilten Arm blicken konnte. Wahnsinn. Diese Magie, die meine Hand und meinen Arm angegriffen hatte, hatte sich angefühlt wie reine Dunkelheit.

Ich war sicher gewesen, dass weder Luvia noch eine der La Dame Blanche, selbst mit der stärksten Heilmagie dieses Körperteil von mir hätte retten können.

»Danke«, sagte ich, noch immer überwältigt, und setzte mich auf. Kayneth hatte mir seine ganz persönliche Magie offenbart. Nichts, was Drachen oder Beasts im Allgemeinen sonst taten. Gerade Drachen nicht, die wegen ihrer Magie in alter Zeit ständig gejagt worden waren, bis es kaum noch welche von ihnen gab.

»Gern geschehen«, erwiderte Kayneth.

Ich erkannte in seinem Blick noch etwas Unausgesprochenes: Er bat mich still darum, seine persönliche Macht als Geheimnis für mich zu behalten. Ich nickte sachte und gab ihm zu verstehen, dass ich nichts darüber erzählen würde.

Mit einem Lächeln stand Kayneth auf, woraufhin meine Hand nach vorne schnellte und seinen Hemdärmel zu fassen bekam. Er sah zu mir herunter, wartete darauf, dass ich etwas sagte.

Kayneth' Anzug war an mehreren Stellen zerknittert, fleckig und teilweise zerrissen. Er sah absolut fertig aus. Ich hatte mich zwar selbst noch nicht betrachtet, aber ich ging davon aus, dass ich nicht besser aussah. Eine Dusche würde mir sicher guttun.

Ich wollte eigentlich erfahren, was noch in Lady Anansis Anwesen vorgefallen war, wie viele Opfer es gegeben hatte. Und wir mussten unbedingt die Lage besprechen. Ich musste ihm von Ponos erzählen und was sie gesagt hatte.

Wenn jetzt wirklich alle Zugänge geöffnet waren, um der Göttin der Zerstörung den Weg in unsere Welt zu ebnen ... Was hatte das Übel noch gesagt? »Wenn die Magie am höchsten stand.« Das wäre genau am Red Moon. Dann blieben uns keine zwei Tage mehr.

Es gab so viel Wichtiges zu tun. Aber bei dem Gedanken daran, was jetzt noch auf uns zukommen würde, für was es vielleicht später keine Gelegenheit mehr geben würde, hatte ich nur eine Frage an Kayneth:

»Willst du jetzt spielen?«

Kayneth wirkte perplex, was ich ihm nicht verübeln konnte. Ich musste mit dem Kopf wohl stärker aufgeschlagen sein, als ich gedacht hatte. Aber in dem ganzen Chaos war das Einzige, woran ich in diesem Moment denken konnte, dass ich Sex mit ihm haben wollte. Ich wollte Sex, weil ein Teil von mir die Befürchtung hatte, sonst nicht mehr die Chance dazu zu bekommen.

Kayneth öffnete den Mund und ich ging davon aus, dass er jetzt die Stimme der Vernunft sein würde. Mir sagte, dass wir dafür keine Zeit hatten. Dass es Wichtigeres gab. Und er hätte damit vollkommen recht. Dennoch hoffte der Großteil von mir, dass er genau das nicht tun würde. Dass er nicht vernünftig war. Ich wollte nicht von ihm abgewiesen werden.

»Was willst du spielen?«, fragte er und seine Stimme klang eine Nuance tiefer.

»Das Endspiel?«, entgegnete ich und wusste, dass ich im Moment sicher alles andere als verführerisch aussah.

»Ganz sicher?«, fragte er und beugte sich leicht zu mir nach vorne.

Ich blickte in sein schönes Gesicht, dann auf seinen Körper, der mich so anmachte, und dachte an die Dinge, die er bereits mit mir angestellt hatte und die sich so gut angefühlt hatten.

Ich hatte zwar keine Ahnung, was dieses Herzbeben bedeutete, das einsetzte, sobald er mich so ansah wie jetzt. Aber die körperliche Anziehung zwischen uns konnte ich nicht leugnen. Die war eindeutig da und Thea hatte recht: Kayneth war mir von Anfang an unter die Haut gegangen.

»Ganz, ganz sicher«, antwortete ich heiser und leckte mir unbewusst über die Lippen.

Kayneth folgte der Bewegung voller Aufmerksamkeit, ehe er sich weiter zu mir beugte und endlich seine Lippen auf meine presste. Ich spürte erst in dem Moment, wie angespannt ich gewesen war, als ich erleichtert seufzte und seiner Zunge bereitwillig Zugang zu meinem Mund gewährte.

Es war alles andere als perfekt oder gar romantisch. Meine helle Bettwäsche war durch Asche und anderen Schmutz total eingesaut und der Dreck auf unserer Kleidung machte es nicht besser. Meine Haut war ebenfalls nicht sauber, genauso wenig wie die von Kayneth, und meine Haare waren verklebt und strubbelig. Aber das alles war mir vollkommen egal.

Scheiß auf perfekt und romantisch. Ich brauchte kein Kerzenlicht, Rosenblätter auf dem Bett oder Musik. Solange er sich nicht in seine Drachen-Beast-Form verwandelte, war ich zufrieden. Wobei ich seine Flügel definitiv heiß fand.

Ich zerrte an Kayneth' Hemd, als er zu mir aufs Bett stieg, und er half mir es auszuziehen.

Während meine Hände tiefer rutschten, um seiner Hose dasselbe Schicksal ereilen zu lassen, strich er mit seinen Fingern sanft über meine Arme, meinen Rücken und öffnete dann den Reißverschluss meines Kleides.

Ich musste mich etwas mehr aufrichten, damit er mir das Kleid abstreifen konnte. Als der Stoff auf Höhe meiner Oberschenkel hing, gab er mir einen leichten Schubs, sodass ich mit dem Rücken zurück aufs Bett fiel und er mir das Kleid komplett ausziehen konnte.

Während sein Blick wie eine Liebkosung über meinen Körper glitt, tat ich dasselbe bei ihm. Ich genoss den Anblick seiner breiten Brust, seiner schmalen Taille und der ausgeprägten Bauchmuskeln und musste lächeln, als ich hinunter zu seiner Hose sah, die ihm, nachdem ich sie geöffnet hatte, nun bis zu den Oberschenkeln runtergerutscht war.

Als mein Blick zwischen seinen Beinen hängen blieb, fragte ich mich für einen Moment, ob ich mir da nicht doch etwas zu viel zugemutet hatte. Technisch gesehen war ich keine Jungfrau mehr. Dennoch war mein Körper in den Jahren nach meinem ersten katastrophalen Mal ja trotzdem nicht mit Sex vertraut gemacht worden.

Allerdings war ich eine Hexe. Ich konnte mich auch selbst magisch stimulieren, damit es ... na ja ... einfacher ging mit dem Rein und Raus.

»Willst du doch nicht?«, fragte Kayneth und erst jetzt ging mir auf, dass ich unverwandt auf sein bestes Stück gestarrt hatte, während ich nachgedacht hatte.

Ich sah ihm wieder ins Gesicht und er sah aus, als würde es ihn auf der Stelle umbringen, wenn ich jetzt sagte, dass ich doch nicht mehr wollte.

Ein wenig musste ich bei diesem Anblick lächeln.

Ich sah vielleicht aus wie … nun ja … als hätte ich schon bessere Tage gesehen, aber Kayneth begehrte mich. Mich.

Ich konnte es in seinem Blick erkennen.

»Doch! Ich will genau das. Ich überlege nur …«, gab ich zurück und ließ meinen Blick wieder nach unten gleiten. Meine nachdenkliche Miene schien ihn zu amüsieren, denn er stieß ein tiefes, aber angenehm klingendes Lachen aus.

»Darf ich solange weitermachen? Oder muss ich warten, bis du zu einem Ergebnis gekommen bist?«

Er klang locker, aber ich sah die Anspannung in seinem Körper und wie die Spitze seines Glieds anfing zu glänzen. Es machte ihn an, wie ich ihn anstarrte, was wiederum in meinem Unterleib ein angenehmes Ziehen verursachte.

»Kannst du denn warten?«, fragte ich und sah ihm wieder ins Gesicht.

Sein Atem ging deutlich schwerer, als er seinen Blick von meinem Gesicht nach unten schweifen ließ, bis zwischen meine Beine und wieder zurück.

»Nein«, gab er dann zurück und dieses Wort klang fast wie ein Knurren.

Er beugte sich vor, streifte sich seine Hose komplett ab und zauberte aus einer der Taschen noch ein Kondom hervor, ehe er seine Hose vom Bett warf. Daran hatte ich gar nicht gedacht und war daher umso dankbarer, dass er mitdachte.

Er streifte es über und im nächsten Moment war er über mir.

Er küsste mich mit einer unglaublichen Intensität, während seine Hände über meinen Körper streichelten und er anfing, meine Brüste zu kneten. Ich streichelte seinen Rücken und seine Oberarme, genoss seine angespannten Muskeln und ließ ihn nur widerwillig den Kuss unterbrechen.

Seine Lippen waren unglaublich weich, sein Mund so heiß, dass ich beinah protestiert hätte. Ich wollte nicht aufhören ihn zu küssen. Allerdings brachte er gleich darauf seine Lippen an anderer Stelle zum Einsatz.

Er vergrub sein Gesicht zwischen meinen Brüsten und ich wölbte mich seinem Mund entgegen, als er eine meiner Brustwarzen zwischen die Lippen nahm und mit der Zunge über den empfindlichen Nippel fuhr.

Als er mit einem Stöhnen daran saugte und seine Hand nach unten zwischen meine Beine gleiten ließ, entwich mir ein kleiner Schrei.

Okay. Eventuell war Magie überhaupt nicht notwendig. Kayneth schien inzwischen schon zu wissen, welche Knöpfe er bei mir drücken musste. Er streichelte mich so gekonnt, dass schon nach kurzer Zeit erst ein, dann zwei Finger mühelos in mich rein- und rausglitten.

Mein Atem ging immer flacher und als er den Daumen gegen meine Klit presste und sie mit langsamen Kreisen rieb, explodierte etwas in mir. Ich erzitterte, warf den Kopf zurück und gab ein lautes Stöhnen von mir.

Kayneth gab mir ein wenig Zeit mich zu beruhigen, ehe er mit seiner Eichel zwischen meine Beine fuhr und dann gegen meine sensible Öffnung drückte.

Ich war zwar nass für ihn, aber als er mich dehnte, konnte ich erst ein Wimmern und dann einen Aufschrei nicht unterdrücken, als er sich bis zum Anschlag in mir versenkte.

»Au! Stopp! Stopp! Stopp!«, rief ich panisch.

Kayneth sah aus, als würde es ihm Höllenqualen verursachen, aber er hielt inne und bewegte sich keinen Millimeter.

Verwirrt starrte er auf mich hinab.

»Stopp? Ist das … dein erstes Mal?«, fragte er und wirkte etwas schockiert. So viel zu dem Thema Drachen und Jungfrauen.

»Das nicht … aber ich bin … etwas ungeübt«, wich ich seiner Frage aus.

»Gib mir ein bisschen Zeit, mich an dich zu gewöhnen.«

Wieder wirkte seine Miene, als würde es ihm körperliche Schmerzen verursachen, sich nicht bewegen zu dürfen, aber er nickte.

Ganz vorsichtig beugte Kayneth sich wieder nach unten und küsste sanft mein Schlüsselbein, leckte über meine Haut und streichelte meine Hüften, bis ich mich zusehends wieder entspannte. Langsam begann ich meine Hüften zu bewegen und mit jeder Bewegung wurde es besser.

Ich legte meine Hände um Kayneth' Gesicht und wies ihn an den Kopf zu heben. Unsere Lippen verschmolzen erneut in einem innigen und intensiven Kuss und als Kayneth dann begann, seine Hüften zu bewegen und in mich zu stoßen, war der Schmerz vollends verschwunden und purer Lust und Glückseligkeit gewichen.

***

Irgendetwas war seltsam. Nicht, dass ich richtigen Sex gehabt hatte. Dieser war nicht seltsam, sondern wundervoll gewesen. Und nachdem ich mich an Kayneth gewöhnt hatte, war es auch nicht bei einer Runde geblieben. Jetzt fühlte ich mich etwas wund, aber herrlich befriedigt.

Das war also nicht das Problem.

Es war eher das Gefühl, etwas vergessen zu haben. Das Wissen war da, aber ich konnte es nicht greifen.

Ich legte den Kopf in den Nacken und genoss das heiße Wasser, das auf mein Gesicht niederprasselte.

So gern ich es noch länger vor mir herschieben wollte, musste ich meine Gedanken wieder auf das aktuelle Geschehen konzentrieren.

Nach dem Aufwachen hatte ich Kayneth soweit alles erzählt, was Ponos gesagt hatte. Er hatte gesagt, er müsse den Rat informieren und dass wir uns eine Strategie zurechtlegen mussten. Dagegen konnte ich nichts einwenden.

Zwar befand sich der Altar zu Discordia selbst noch in unserem Besitz, aber ich spürte dennoch, wie sich die Dunkelheit über uns zusammenbraute. Die Stadt selbst litt unter dieser dunklen Magie und wenn wir nichts unternahmen, würde Chaos über uns hereinbrechen, ganz ohne das Auftauchen der Göttin.

Ich stellte das Wasser ab und überlegte mir meine nächsten Schritte. Arvid Falk war tot. Er hatte also doch nicht zu den Drahtziehern hinter all dem gehört. Oder doch? Aber dann war sein Tod sicher nicht beabsichtigt gewesen. Vielleicht war der Zauber schief gegangen? Er hatte bestimmt nicht gewollt, selbst zur Opfergabe zu werden.

Der Anblick von Titus und Naomi tauchte wieder vor meinem inneren Auge auf und brachte mein Blut zum Kochen.

Das war das Erste, was ich tun würde. Mir diese Hexe vornehmen und zum Reden zwingen.

Ich stieg aus der Dusche, trocknete mich ab und ging dann, nur mit einem Handtuch umwickelt, zurück ins Schlafzimmer.

Kayneth, der vor mir geduscht hatte, hatte sich zwischenzeitlich seine Hose übergezogen, stand aber ansonsten noch immer halbnackt und mit feucht schimmernder Haut und nassen Haaren im Zimmer und starrte stirnrunzelnd auf sein Telefon.

Ich wollte aufgrund seiner Miene schon fragen, ob alles in Ordnung war, als es mir wie Schuppen von den Augen fiel, was mir seltsam vorgekommen war.

»Der Fluch …«, sagte ich, woraufhin sich Kayneth verwundert zu mir drehte.

»… er war gestern nicht mehr da. Es hätte noch ein Rest, der Ursprung, da sein müssen. Aber er war bereits weg.«

»Ich habe ja auch von diesem widerlichen Trank getrunken, den du mir verordnet hast«, antwortete er.

Aber dieser hätte den Fluch nicht so schnell vollkommen aufgehoben. Der Sex ja, aber … Ich überlegte. Da war der Fluch schon nicht mehr aktiv gewesen. Trotz größter Leidenschaft war der Drache nicht an die Oberfläche getreten.

Ein Fluch hob sich auch auf, wenn er seinen Zweck erfüllt hatte. Hatte ich etwas übersehen?

Der Appetenz-Fluch sollte Verlangen auslösen oder doch noch etwas anderes? Hatten die Flusshexen den Fluch noch für andere Zwecke verwendet? Naomi hatte ihn Marisya gegeben. Wenn Arvid Falk vielleicht doch nichts damit zu tun gehabt hatte und Naomi die Drahtzieherin war …

Ich ließ meinen Blick an Kayneth auf- und abwandern. Er war ein Gestaltwandler. Ein Beast. Ein Drache. Was genau hatte der Fluch bei ihm bewirkt?

Er hatte den Drachen an die Oberfläche gezerrt. Dafür gesorgt, dass die Triebhaftigkeit verstärkt wurde und …

»Du bist für Magie empfänglich geworden«, sagte ich langsam.

»Ich konnte dir mit Magie beikommen, weil deine Schutzschilde runtergefahren waren. Du warst die letzten Tage nicht mehr wirklich resistent.«

»Was heißt das?«, fragte Kayneth und ich sah an seiner Miene deutlich, dass ihm nicht gefiel, was ich festgestellt hatte.

»Das bedeutet, dass vielleicht auch andere Magie in dir gewirkt hat, die du gar nicht bemerkt hast. Die ich nicht bemerkt habe. Ich habe mich ja nur auf das Offensichtliche konzentriert.« Ich begann auf und ab zu laufen und dachte nach.

»Aber der Fluch hat dich ja mehr oder minder auch Schlafwandeln lassen und dein Bewusstsein vernebelt. Er sorgte dafür, dass du Dinge getan hast, die du in wachem Zustand nicht getan hättest. Ich habe darüber nie nachgedacht, aber wenn man es geschickt anstellt, könnte man auch versuchen, dich mittels Magie zu steuern.«

Ich blieb stehen und schaute wieder zu Kayneth, der mich mit finsterer Miene anstarrte.

»Ich habe dich nicht manipuliert! Also außer deine Sinne etwas stimuliert«, fühlte ich mich veranlasst klarzustellen, als er mich weiter böse ansah.

»Habe ich auch nicht behauptet. Das ist es nicht, worüber ich nachdenke«, sagte er finster. Er sah aus, als wäre er gedanklich nun schon einige Schritt weiter als ich.

Kayneth hob sein Telefon und begann zu wählen. Während er es sich ans Ohr hielt, blieben seine Augen auf mich fixiert. Er war total angespannt und ich wusste, was auch immer ihm gerade durch den Kopf ging, würde mir nicht gefallen.

»James«, begann er, als am anderen Ende abgehoben wurde.

»Geh zur Höhle. Du musst nachsehen, ob ich sie in den letzten beiden Tagen geöffnet habe.«

Ich wusste nicht, ob James es tat ohne Fragen zu stellen, aber Kayneth sagte kein weiteres Wort, während die Minuten dahinzogen. Irgendwann ergriff Kayneth wieder das Wort.

»Bist du sicher?«

Seine Miene wurde noch finsterer und mit einem »Scheiße!« legte er auf. In seiner Miene spiegelte sich Wut, aber sie schien nicht auf mich gerichtet zu sein.

»Der Altar aus dem Theater der Schatten ist weg«, informierte er mich.

»Was? Wie?«, fragte ich, obwohl ich mir schon denken konnte, wie.

»Ich scheine in der Nacht, bevor ich hier bei dir aufgetaucht bin, bei der Höhle gewesen zu sein. Sie ist ein Teil des Schlosses, in der wir unsere wichtigsten Gegenstände, Unterlagen und alles andere aufbewahren. Nur ich und einige wenige Vertraute haben Zugang. Der Eingang war, seit wir den Altar dort zur Verwahrung hingebracht haben, durch meine Macht versiegelt. Ich muss sie geöffnet haben und …« Ja, den Rest konnte ich mir denken.

Ich fand den Gedanken, dass Kayneth tatsächlich eine Drachenhöhle besaß, in der er seine Schätze aufbewahrte, zwar witzig, aber das behielt ich für mich. Denn mit jedem Wort schien er wütender auf sich selbst zu werden.

Außerdem hatten wir damit den einzigen Vorteil verloren, den wir besessen hatten.

»Verfluchte Scheiße!«, schimpfte er, wand sich um, ergriff ein Glas Wasser, welches er sich wohl aus der Küche geholt hatte, und schleuderte es vor Wut gegen die Wand, wo es zerbrach. Ich zuckte nicht mal mit der Wimper, als sich die Scherben über den Boden verteilten. Ich konnte ihn nur zu gut verstehen.

Alle acht Sterne waren gefallen, die Prophezeiung hatte sich erfüllt. Und jetzt hatten sie auch noch den letzten Schlüssel, um die Göttin der Zerstörung in unsere Welt zu rufen. Wir waren so was von am Arsch!

Die Frage war jetzt nur, wo würde das letzte Ritual stattfinden? Der Zeitpunkt war nicht schwer zu erraten.

Aber wo? Wenn wir sie vorher erwischen könnten, bevor sie das letzte Ritual vollführten, dann könnten wir vielleicht verhindern, dass Discordia in dieser Welt erschien.

Ich betrachtete das zerbrochene Glas, die einzelnen Scherben, die feucht glänzten. Sie hatten vorher ein Gesamtes ergeben.

»Das Symbol«, entfuhr es mir dann laut.

»Was?«, fragte Kayneth verständnislos.

»Dieses Zeichen, das ich im Nekromanten-Club an der Wand gesehen habe«, fuhr ich fort und rannte die Treppe nach unten.

Kayneth folgte mir.

Ich eilte zu einer Schublade in der Küche, von der ich wusste, dass Celenike dort eine Karte der Stadt verwahrte. Sie nutzte sie, wenn sie mittels eines Ortungszaubers jemanden oder etwas aufspüren wollte.

Ich breitete die Karte auf dem Küchentisch aus und griff nach einem Stift. Daraufhin malte ich einen Kreis dorthin, wo sich der Club befand und ließ mir dann von Kayneth alle Orte sagen, an denen es Opfer gegeben hatte und markierte diese ebenfalls.

Je mehr Orte ich mittels Linien miteinander verband, desto sicherer wurde ich und setzte ein großes Kreuz direkt in die Mitte aller Punkte. Würde ich aus dem Kreuz jetzt noch einen Kreis malen, würde ich genau das Symbol erhalten, welches die Körperteile an der Wand im Club gebildet und mir Machiavelli in dem Buch gezeigt hatte.

»Hier wird es stattfinden. Irgendwo genau im Zentrum von Lapislazuli. Diese ganzen anderen Punkte, an denen die Übel erschienen sind, waren nicht willkürlich gewählt. Sie bilden genau einen Kreis um das Zentrum und ergeben so ein Ganzes«, erklärte ich.

»Bist du dir da sicher?«, fragte Kayneth, den Blick unverwandt auf die Karte gerichtet.

Ich nickte und er griff erneut nach seinem Telefon. Ich hörte, wie er etwas bezüglich Evakuierung sagte und Durchsuchungen, aber ich konnte nicht richtig zuhören, denn plötzliche Übelkeit zwang mich über unsere Küchenspüle.

Ich erbrach mich und mein Körper begann haltlos zu zittern.

»Enju?«, hörte ich Kayneth' besorgte Stimme wie aus weiter Ferne, dabei war er direkt neben mir und versuchte mich aufrecht zu halten. Doch ich sackte in die Knie und spürte, wie mein Geist aus meinem Körper gerissen wurde.

Eine Astralprojektion zu erschaffen gehörte nicht zu meinen Vorlieben und ich war nicht mal halbwegs so geschickt darin wie Tante Luvia. Schon gar nicht, wenn es unterbewusst passierte. Irgendetwas hatte mich aus meinem Körper gerissen, ohne dass ich dazu bereit gewesen war.

Diese plötzliche Übelkeit hatte mir Schmerzen verursacht und ich spürte eine Erschütterung der Magie, die nichts mit Lapislazuli oder den Übeln zu tun hatte.

Irgendetwas war im Zirkel passiert.

Ich öffnete die Augen und versuchte mich auf einen bestimmten Punkt zu fokussieren. In astralem Zustand war es mir schon immer schwer gefallen, einen klaren Blick für die neue Umgebung zu bekommen. Es kostete mich einiges an Konzentration, aber langsam konnte ich mehr und mehr erkennen.

Es hatte mich zum Sitz der Flusshexen gerissen.

Ich konzentrierte mich weiter, versuchte weitere Dinge ausfindig zu machen, und als es mir endlich gelang, stieß ich einen gequälten Schrei aus. Überall im Raum lagen die leblosen Körper von Hexen. Es musste der ganze Coven der Flusshexen sein.

In mir sammelte sich Trauer und ich wollte in Tränen ausbrechen, doch in meiner Astralerscheinung konnte ich das nicht. Ich sah auf die jungen Mädchen, die ich noch vor kurzem bei Sidibe gesehen hatte. Jede von ihnen starrte blicklos ins Leere. Die Münder leicht geöffnet und die Haut bleich.

Ich fühlte mich, als würde etwas in mir zerreißen. Sie waren unschuldig gewesen. Fast noch Kinder.

Ich sah mich weiter um, aber nirgends konnte ich Naomi oder Sidibe ausmachen. Konnte es wirklich sein, dass sie nun auch ihre eigenen Hexenschwestern geopfert hatten?

Etwas riss an mir und ich hörte, wie jemand unablässig meinen Namen rief. Ich folgte der Stimme und mein Geist fuhr zurück in meinen Körper.

KAPITEL 12
Red Moon

»Enju!«

Ich blinzelte zweimal, dann erkannte ich das Gesicht meiner Tante Celenike über mir.

Ihr Gesicht war angespannt und sie wirkte um Jahre gealtert.

»Die Flusshexen ...«, begann ich, woraufhin Celenike traurig den Kopf schüttelte.

»Wir haben es alle gespürt. Die Macht des Zirkels wurde schwer erschüttert.«

»Ich muss ...«, begann ich und versuchte mich aufzurichten. Zu meiner Überraschung lag ich wieder in meinem Bett.

»Du musst dich noch etwas ausruhen«, entgegnete meine Tante und drückte mich zurück auf die Matratze.

»Der Tod unserer Hexenschwestern hat in dir als Oberhaupt den stärksten Nachhall verursacht. Du warst beinah den ganzen Tag weggetreten.«

»Was?«, fragte ich entsetzt.

Ich hatte mich doch nur ein paar Minuten zu meiner Astralerscheinung gewandelt. Wie konnte mir jetzt ein ganzer Tag fehlen?

»Ich war einen gesamten Tag k.o.? Aber das bedeutet ...«

»Morgen beginnt der Red Moon, ja. Aber sei unbesorgt. Luvia hat die übrigen Coven zum Hauptsitz beordert. Die Hexen sind dort sicher. Wir mögen angeschlagen sein, aber der Zirkel ist immer noch mächtig genug, um zu kämpfen.«

»Hat Kayneth ...«

Tante Celenike nickte.

»Ja. Der Alpha hat uns informiert wie auch den Rest des Rates. Sie haben das Zentrum der Stadt evakuiert und machen ihre Leute für einen Kampf bereit.«

»Naomi und Sidibe. Die Hexenmeister …«

»Wir haben bereits versucht sie aufzuspüren. Es ist uns selbst mit dem übrigen Zirkel nicht gelungen. Caer Myrddin ist verweist. Kein Hexenmeister weit und breit. Ich befürchte, die Flusshexen wurden getötet, damit Naomi und Sidibe ihre Macht stärken konnten. Um sich mit einem Tarnzauber zu belegen, durch den wir sie nicht aufspüren können.«

Also waren wir gezwungen zu warten, bis sie den letzten Schritt taten? Das war doch scheiße. Ich starrte lange schweigend an meine Zimmerdecke.

»Ich werde kämpfen müssen, Tante Celenike«, sagte ich dann.

Sie nickte.

»Sicher. Wir Hexen werden …«

»Nein! *Ich* werde kämpfen. Ich will nicht, dass noch irgendeine andere Hexe des Zirkels ihr Leben lassen muss.«

»Aber …«

»Keine Hexe. Auch Tante Luvia nicht!«, fuhr ich fort, was Celenike aufhorchen ließ.

»Was sollen wir tun?«, fragte sie dann.

»Bittet Thea und die Walküren, den Coven gegen Angreifer zu schützen. Dann sammelt mit allen Hexen des Zirkels so viel Magie wie ihr aufbringen könnt, ohne dass eine Hexe Schaden nimmt. Aber ich brauche Macht, auf die ich zurückgreifen, die ich anzapfen kann. Der Zirkel muss mir diese Magie verschaffen.«

Celenike nickte mit ernster Miene.

»Das wird er. Ich kümmere mich darum. Aber jetzt ruh dich noch etwas aus.«

Damit beugte sie sich nach vorne und drückte mir einen sanften Kuss auf die Stirn.

***

Ich schaffte es nicht wieder einzuschlafen. Dazu fühlte ich mich zu unruhig. Dennoch verharrte ich noch eine Weile im Bett und sammelte meine Kräfte.

Der Tod meiner Hexenschwestern fühlte sich an, als müsste sich mein Körper von einer schlimmen Lebensmittelvergiftung erholen.

Mein Bauch schmerzte, mir war schlecht und ich fühlte mich so ausgelaugt, als hätte ich tagelang im Fieber gelegen.

»Du siehst nicht so aus, als würde es dir besser gehen.«

Überrascht schaute ich zu Kayneth, der in meiner Schlafzimmertür stand.

»Wie bist du reingekommen?«, fragte ich, denn ich war sicher, kein Klingeln gehört zu haben.

»Deine Tante hat mir einen Schlüssel zu deiner Wohnung überlassen«, antwortete er, was ich mit einem großen Fragezeichen quittierte, welches sich auf meinem Gesicht widerspiegeln musste.

»Als es dir auf einmal so schlecht ging, wusste ich nicht, was ich machen soll. Doch kurz darauf erschien deine Tante hier und meinte, sie kümmert sich um dich. Ich musste den Rat informieren, aber offen gestanden wollte ich dich nicht allein lassen. Das hat deine Tante wohl gemerkt und mir den Schlüssel gegeben, damit ich jederzeit nach dir sehen kann«, erklärte er und kam dabei näher, ehe er sich wie selbstverständlich neben mich ins Bett legte.

»Ähm … das klingt ja echt süß. Aber den Schlüssel gibst du schon wieder zurück, oder?«

»Dir behagt es wohl nicht, wenn ich bei dir ein- und ausgehen kann, wie ich will?«, fragte er amüsiert.

»Soll das eine ernstgemeinte Frage sein? Natürlich tut es das nicht.«

Kayneth lächelte weiterhin und zu meiner Verwunderung schlang er dann einfach die Arme um meinen Körper und zog mich an sich.

»Ich gebe dir den Schlüssel zurück. Keine Sorge«, sagte er dann. Sein Tonfall war ganz normal. Es hatte ihn nicht verärgert oder sonst etwas.

Ich brauchte noch einen Moment, aber dann kuschelte ich mich an ihn und schmiegte meinen Kopf an seine Brust. Sein regelmäßiger Herzschlag beruhigte mich und ich fühlte mich seltsam geerdet.

»Das mit den Hexen tut mir leid«, sagte er und ich spürte, wie seine Fingerspitzen beruhigend durch meine Haare strichen und versuchten, mir Trost zu spenden.

»Danke. Ich werde sie dafür brennen lassen«, antwortete ich.

Ich spürte, dass er nickte.

»Verstehe. Aber irgendwie wäre es mir lieber, du würdest dich aus dem bevorstehenden Kampf heraushalten.«

Ich hob ruckartig den Kopf, um ihn anzusehen.

»Wieso?«

Kayneth sah mir lange in die Augen und ich fing an zu befürchten, dass er mir nicht antworten würde, doch dann öffnete er den Mund.

»Weil ich noch nicht fertig mit dir bin, Prinzessin, und ich es äußerst bedauerlich fände, wenn du stirbst.«

»Bedauerlich?«, fragte ich spöttisch.

Sein Blick wurde nochmals intensiver, während er über mein Gesicht glitt, als wollte er sich jeden Millimeter genau einprägen.

»Es würde mir wirklich etwas ausmachen, wenn du stirbst und ich weiß nicht, ob ich dich beschützen kann.«

»Brauchst du nicht. Ich kann auf mich selbst aufpassen. Und ich habe nicht vor zu sterben. Außerdem ...«

Ich legte mein Gesicht erneut auf seiner Brust ab und genoss die sanften Streicheleinheiten, die er wieder aufgenommen hatte.

»... habe ich mir auch noch nicht überlegt, ob ich schon mit dir fertig bin. Also sieh lieber zu, dass *du* nicht stirbst.«

Das entlockte ihm ein leises Lachen, welches mich mit einer wohligen Wärme erfüllte.

So blieben wir noch eine ganze Weile liegen und genossen die Ruhe vor dem Sturm.

***

Das Zentrum der Stadt war wie leergefegt.

Kein Zivilist weit und breit. Aber egal wie gründlich wir auch nach Naomi,

Sidibe und den Hexenmeistern suchten, die einzigen Lebewesen, denen ich begegnete, waren die Leute, mit denen ich die Gegend absuchte.

Wo steckten sie bloß? Ich war sicher, dass wir richtig waren. Es passte alles viel zu gut, als dass sie das Zentrum nicht als Ort nutzen würden, um das letzte Ritual durchzuführen.

Ich trat aus dem Gebäude, das ich mit James abgesucht hatte, und starrte zur Bibliothek, die sich in einigen Metern Entfernung zu uns befand.

Eigentlich wäre die Bibliothek der perfekte Ort, denn sie bildete den exakten Mittelpunkt der Stadt.

Aber man hatte sie bereits durchsucht, als man Machiavelli evakuiert hatte, und nichts gefunden. Außerdem hatte man die Bibliothek vor Ewigkeiten mit einem Bann belegt, der jegliche Magie fernhielt. Eben damit dieser Ort neutral blieb und eine Zuflucht sein konnte.

Dennoch hatte ich ein ungutes Gefühl, während ich das weiße Gebäude betrachtete, das langsam eine blassrosa Färbung annahm. Der Mond ging auf und verfärbte sich zusehends blutrot.

Die Härchen auf meinen Armen stellten sich auf und ich spürte, wie sich die Magie der Stadt wand und verzog. Als würde die Stadt zusehends von schrecklichen Schmerzen gequält. Ganz anders als sonst beim Red Moon.

Normalerweise pulsierte Lapislazuli und die Magie durchfuhr und erfüllte alles und jeden, wie Musik, bei der man es einfach nicht schaffte, still sitzen zu bleiben, sondern sich im Takt der Klänge bewegen musste.

»James, Machiavellis Bibliothek habt ihr doch durchsucht, oder?«, fragte ich, als das ungute Gefühl nicht von mir abließ.

»Gleich als Erstes. Abgesehen davon, dass Machiavelli sich weigern wollte, das Gebäude zu verlassen – er war der festen Überzeugung, er müsse dort bleiben wie ein Kapitän, der mit seinem Schiff unterging, sodass wir ihn raustragen mussten –, war dort nichts Ungewöhnliches.«

Wie aus dem Nichts schoss direkt neben uns eine Wassersäule aus dem Boden und Cendra, die Elemental des Wassers, entstieg ihr.

»Der Alpha der Beasts ruft alle zusammen. Er will die Lage besprechen«, sagte sie ruhig.

James nickte und pfiff nach den anderen, die mit uns diesen Teil des Zentrums abgesucht hatten, während Cendra mit einer kurzen Handbewegung das Wasser dazu brachte, in einem Kreis zu wirbeln und so ein Tor zu bilden, durch das wir auf direktem Weg zu Kayneth und den anderen gelangen konnten.

»Geht schon mal vor. Ich komme gleich nach«, sagte ich nach kurzer Überlegung.

James wandte sich mir wieder zu und seine Miene zeigte, dass er damit ganz und gar nicht einverstanden war.

»Kayneth sagte *keine Alleingänge!*«

Ich rollte genervt mit den Augen.

»Ich kann mich irgendwie nicht daran erinnern, zugestimmt zu haben, jetzt nur noch das zu tun, was dein Boss erlaubt hat. Außerdem will ich nur noch mal kurz in die Bibliothek. Ich komme gleich nach.«

»Soll ich hier warten und das Portal für dich offenlassen?«, fragte Cendra, aber ich winkte ab.

»Nicht nötig. Ich kann mich teleportieren, wenn ich es will.«

Damit ließ ich einen schlechtgelaunten James zurück und überquerte die Straße zur Bibliothek.

Eigentlich konnte sie es nicht sein. Auch wenn der Standort passte. Keinerlei Magie ging von der Bibliothek aus. Dennoch trieb mich mein Instinkt dazu, noch einmal im Inneren des Gebäudes nachzusehen.

Ich nahm zwei Stufen der Treppe auf einmal und betrat dann das unverschlossene Gebäude. Alles fühlte sich normal an. Keine Magie. Es roch wie immer und sah auch so aus. Alles war an seinem Platz. Nichts wirkte ungewöhnlich.

Trotzdem nahm ich die erste Treppe nach unten, bis ich an den Tischen stand, auf denen ich mich vor ein paar Tagen noch niedergelassen hatte, um Machiavelli wegen der Zeichnung auszufragen. Ich sah nach oben, dann drehte ich mich einmal um die eigene Achse und schaute in alle Richtungen.

Nichts. Alles wie immer, aber genau das gab mir das Gefühl, dass etwas nicht stimmte.

Ich hob meine Hand und bewegte leicht die Finger. Magie ließ meine Fingerspitzen kribbeln.

Die Bibliothek war von außen vor Magie geschützt. Aber galt es auch noch von Innen?

Normalerweise schon. Aber die Magie der Stadt war gestört worden. Wer sagte, dass es hier nicht auch der Fall war?

Ich wog das Risiko ab. Wenn ich jetzt eine kleine Flamme mittels Magie erschuf, würde mir der Rückstoß heftigste Kopfschmerzen bescheren, mich aufs Kreuz legen und meine Magie sofort im Keim ersticken. Theoretisch. Aber praktisch ...

Ich ließ eine Flamme über meinen Fingern entstehen und mir passierte ... nichts.

»Verflucht!«, entfuhr es mir lautstark.

Wenn das Gebäude im Inneren nicht mehr geschützt war, reichte schon ein ganz einfacher Tarnzauber.

Ich löschte die Flammen und hob beide Hände mit den Handflächen nach außen in die Luft. Der rote Nebel meiner Magie umwaberte meine Finger und ich schob meine Hände nach vorne, als würde ich etwas von mir wegdrücken wollen.

Wie ich befürchtet hatte, stieß ich auf Widerstand, der sofort brach, als ich die Magie etwas verstärkte.

Das Geräusch von zersplitterndem Glas erfüllte den Raum, als wären um mich herum tausende Spiegel auf einmal zerbrochen.

Ein Spiegelzauber, um Normalität vorzugaukeln. So einfach und doch so effektiv.

Das Bild der Bibliothek, wie ich sie kannte, verblasste und wurde ersetzt durch ein Bild der Verwüstung. Die Tische waren teilweise zerstört, umgeworfen oder in eine der Ecken geschoben worden und überall lagen verstreute Bücher herum.

Nur einige Meter vor mir stand der Altar. Um ihn herum lagen die Knochen, die man von dem Friedhof entwendet und nun zu einem magischen Zirkel gelegt hatte.

Mit wachsendem Entsetzen sah ich die toten Körper von unzähligen Männern, denen man die Kehlen durchgeschnitten hatte und die ebenfalls verstreut herumlagen. Ihr Blut färbte den Boden tiefrot.

Die Hexenmeister. Man hatte sie ausbluten lassen.

Mein Blick glitt zurück zum blutgefüllten Altar und zu der Person, die darin stand. Vollkommen nackt und von Kopf bis Fuß in Blut getränkt stand Naomi.

Über ihrem Kopf hing Sidibe in der Luft. Sie war ebenfalls nackt und blutbesudelt, aber im Gegensatz zu Naomi ging ich davon aus, dass es sich bei Sidibe um deren eigenes Blut handelte.

Man hatte ihr vom Hals abwärts einen tiefen Schnitt verpasst und ihren Rumpf wie eine Flügeltür auseinandergezogen. Ihre Organe hingen heraus und ihr Blut regnete auf Naomi herunter wie eine rote Dusche.

»Das ist … so eklig«, entfuhr es mir und ich hatte Schwierigkeiten, meinen Mageninhalt bei mir zu behalten.

Meine Worte zogen Naomis Aufmerksamkeit auf mich. Sie lächelte und ihre weißen Zähne in ihrer ganzen blutigen Erscheinung wirkten einfach nur grotesk.

»Enju. Sieh an. Bist du hier, um Zeugin meiner Wiedergeburt zu werden?«

»Wiedergeburt?«

»Ich werde aufsteigen, Enju. Die Göttin der Zerstörung, Discordia, braucht einen Körper, um in dieser Welt zu existieren. Ich werde mich mit ihr vereinen und wenn ich erst über die Macht der Göttin verfüge, kann mich nichts mehr aufhalten. Ich werde herrschen. Über alles und jeden.«

»Klingt ambitioniert«, entgegnete ich gelassener, als ich mich fühlte.

Ich kannte Naomis Kräfte. Sie war eine talentierte Hexe, aber nicht einmal ansatzweise so stark wie meine Tanten oder ich. Aber die Magie, die jetzt von ihr ausging … Es war, als hätte man ihr ein tausendfaches Upgrade verpasst.

»Was weißt du schon?«, zischte sie.

»Du hast die Macht über die Hexen bekommen und willst sie nicht mal! Geschweige denn, dass du in der Lage bist, sie zu nutzen. Du bist als Königin absolut unfähig!«

Mein Blick wanderte erneut durch die Bibliothek. Außer mir und Naomi schien hier niemand mehr am Leben zu sein.

Mit einer Handbewegung deutete ich auf die Toten.

»Warum hast du das getan, Naomi? Sie haben doch mit dir zusammengearbeitet.«

»Sie waren allesamt Idioten. Ein Mittel zum Zweck. Nicht meine Schuld, wenn sie zu dumm waren, es zu begreifen. Selbst Sidibe. Sie dachte wirklich, wir tun das alles, damit *sie* aufsteigen kann. Als ob die fette, alte Wachtel auch nur ansatzweise würdig gewesen wäre, zu einer Göttin zu werden.«

Damit hob Naomi ihre Arme und ich spürte, wie die Magie noch mehr zunahm.

Sie öffnete den Mund und begann mit einem Singsang aus Worten, die ich noch nie zuvor gehört hatte.

»Naomi«, rief ich und trat nach vorne, doch als ich versuchte über die Knochen zu steigen, traf mich ein leuchtend roter Blitz und schleuderte mich in hohem Bogen nach hinten.

Gib es auf, Enju. Du kannst nicht gewinnen und helfen kann dir auch niemand. Meine Übel sind bereits frei und bringen die Zerstörung über die Stadt.

Die Stimme in meinem Kopf gehörte zweifellos Naomi, aber sie hatte ihren Singsang keine Sekunde unterbrochen.

Ich versuchte auf die Beine zu kommen, als ein Windstoß innerhalb der Bibliothek anschwoll wie ein Wirbelsturm und mich wieder von den Füßen riss. Es gab ein lautes Krachen und das Dach sowie die Wände der Bibliothek wurden weggerissen.

Ich sah nach oben zum Himmel. Von dem roten Vollmond war nur noch ein roter Kreis übrig, der sich unablässig um ein tiefschwarzes Loch drehte. Wie ein Blitz schoss Dunkelheit vom Himmel und durchfuhr Naomi.

Die schwarze Magie, die sich daraufhin wie eine Druckwelle in ihr entlud, ließ mich noch mal ein paar Meter zurückschlittern und mein Rücken machte unsanft Bekanntschaft mit einem Überbleibsel der Außenfassade.

Meine Schmerzen ignorierend richtete ich mich auf und konnte gerade noch meinen Arm hochreißen, um mit meiner Magie einen Gebäudebrocken aufzuhalten, der mich zu zerquetschen drohte.

Ich schleuderte das Gestein zur Seite und erblickte mit Entsetzen den Kampf, der um mich herum tobte.

Ich erkannte Ponos, Algea und noch vier weitere Übel, die mit ihrer Magie eine endlose Welle an Kreaturen heraufbeschworen, wie sie uns in der Villa von Lady Anansi angegriffen hatten.

Ihnen stellte sich eine ganze Reihe Gestaltwandler in ihrer Beastform entgegen. Ganz in meiner Nähe preschte ein Minotaurus an mir vorbei und zerriss zwei der Monster direkt in der Luft. Die Farbe seines Fells war ungewöhnlich. So hell und rötlich und ich spürte etwas Vertrautes bei diesem Beast. Es war James! James war also ein Minotaurus.

Die Beasts waren nicht die Einzigen, die kämpften.

Horngebläse ließ mich den Kopf heben und beeindruckt sah ich zu einer ganzen Reihe geflügelter Pferde, die aussahen, als hätte man sie aus silbernem Drahtgeflecht gesponnen. Auf ihren Rücken trugen sie die Walküren mit gezogenen Schwertern. Ganz vorne erkannte ich Thea und Hild.

Fauchen und Knurren drangen an mein Ohr, während sich die Raubtiere der Plus-Anima auf die dunklen Kreaturen der Übel stürzten und sich in ihnen verbissen. Ich sah, wie eines dieser widerwärtigen Geschöpfe von einer ganzen Armee Spinnen überrannt wurde, die es in ihre Netze einsponnen, bis es sich keinen Zentimeter mehr rühren konnte.

Das Übel Algea schrie plötzlich auf, als sich mehrere Menschen, von denen ich sicher war, dass sie schon eine Weile nicht mehr unter den Lebenden weilten, auf es stürzten. Die Puppen der Nekromanten.

Ein weiteres der personifizierten Übel versuchte sich gegen die Elemental zur Wehr zu setzen, aber gegen alle vier auf einmal konnte es auch mit seiner schwarzen Magie nicht bestehen.

Ich sah zu einem weiteren Übel, dessen Erscheinung immer mehr von der dunklen Magie vereinnahmt wurde, bis nichts mehr außer tiefschwarzem Nebel zu sehen war.

Es erklang ein Brüllen und plötzlich hob sich aus dem schwarzen Nebel eine riesige Kreatur mit Flügeln und Hörnern. Es ähnelte einem Teufel.

»Ach du scheiße«, entfuhr es mir, als es sein Maul öffnete und es aussah, als blicke man in das Innere eines Vulkans.

Nicht nur ich spürte die Gefahr, die von diesem verwandelten Übel ausging. Sowohl unsere Kämpfer als auch die Kreaturen stoben auseinander und versuchten Platz zwischen sich und dem Ungetüm zu schaffen.

Doch im gleichen Moment donnerte etwas Großes über meinen Kopf hinweg und stürzte sich darauf.

Mit großen Augen starrte ich auf mir wohlbekannte Flügel. Jedoch trugen diese nun einen vollständig gewandelten Drachen. Keine Beastform. Keine Mischung aus Mensch und Tier. Sondern ein richtiger, smaragdgrün schimmernder Drache. Kayneth hatte offensichtlich noch einige Überraschungen mehr auf Lager.

Der Drache stürzte sich auf den Teufel und während sie kämpften, regnete es Feuer vom Himmel.

Ich konzentrierte mich wieder auf Naomi.

Ihre Gestalt war noch immer blutverschmiert, aber jetzt schien ihre Erscheinung zu flackern. Als hätte man einen unscharfen Filter über sie gelegt, der bei jeder Bewegung flimmerte.

Sie hob ihre Hände vor ihr Gesicht und betrachtete sie.

»Diese Macht! Wie sie mich durchströmt!«

Ihre Stimme hallte seltsam wider. Wie ein Echo. Das Blut löste sich von ihrer Haut und zerstob zu einem dünnen roten Nebel. Der Blutnebel wurde immer dichter, bis ich Naomis ohnehin schon flackernde Gestalt fast gar nicht mehr erkennen konnte.

Ich spürte, wie sich die Magie verstärkte und sah, wie der Nebel von einem schwarzen Adergeflecht durchzogen wurde. Jetzt hüllte er Naomi nicht mehr gänzlich ein, sondern verformte sich und umwirbelte sie spiralförmig. Der Wirbel zog sich höher und im nächsten Moment nahm er gänzlich die Form einer Schlange an. Sie riss ihr Maul auf und schoss auf mich zu.

Ich hob beide Arme schützend vor mich und spürte, wie meine Magie meine Finger kalt werden ließ.

Blaues Licht flackerte um meine Hände und ich griff mit meiner Hexenkunst nach dem nebeligen Körper der riesigen Schlange. Ich zwang ihren Leib zum Stillstand. Die Zauberkraft überzog ihr nebliges Äußeres, wurde fester und ließ sie zu Eis werden. Ich riss meine Arme zur Seite und es fühlte sich an, als würde ich versuchen, ein Telefonbuch mit bloßen Händen zu zerfetzen. Die Magie kostete mich Kraft. Ich biss die Zähne zusammen, aber schließlich zersplitterte die zu Eis gewordene Schlange.

Ich konnte nur kurz durchatmen, ehe Naomi mit unbeeindruckter Miene die Hand hob und eine kleine kreisende Bewegung ausführte. Sie öffnete ihren Mund, aber ich verstand die Worte nicht.

Die Realität um mich herum bekam Risse und kleine Kreaturen sprangen aus ihnen hervor, deren pechschwarze Haut von leuchtend violetten Blitzen überzogen war.

Von der Größe und dem Körperbau erinnerten sie an Windhunde, schienen aber keinen Hals zu besitzen. Eher ging der muränenartige Kopf direkt in den Körper über.

Sie setzten auf mich zu und sie waren schnell. Aber das Gefühl von nur schwacher Magie, welches von ihnen ausging, bestätigte sich, als ich meine Hand ausstreckte, einen magischen Zirkel davor erscheinen ließ und schwarze Blitze auf die Kreaturen schleuderte. Sie zerfielen beim ersten Treffer.

Seltsam. Sie waren schwach und griffen noch nicht einmal alle zur selben Zeit an. Ich konnte sie fast schon bequem nacheinander abschießen. Was bezweckte Naomi damit? Wollte sie mich müde machen?

Gut möglich. Denn der Strom der Kreaturen riss nicht ab und auch wenn ich mich hierfür kaum anstrengen musste, würde es doch auf Dauer meine Magiereserven leeren.

Wirksamer wäre ein großer, gezielter Angriff, bei dem ich alle auf einmal vernichten konnte. Wie ich es bei dem Golem getan hatte. Aber das war auch etwas, das Naomi wusste. Dennoch musste ich meine Strategie ändern.

Ich hob den Zirkel über den Kopf und die Magie verfärbte die Linien grün.

Ich griff auf mehr Macht zurück und der Zirkel schob sich nach oben, bis er ein Dach über den Kreaturen bildete. Dann ließ ich flammenartigen Regen auf uns herniederschießen, der jedes der Wesen zu Asche verbrannte.

Die Anzahl ebbte trotzdem kaum ab, weil immer neue Kreaturen erschienen, aber ich traf mehrere von ihnen gleichzeitig.

Ich spürte, wie die Aufrechterhaltung des Zaubers mich langsam auslaugte, aber ich war sicher, dass Naomi noch etwas Größeres in petto hatte und ich musste sie zwingen, schneller darauf zurückzugreifen.

Als jedes Wesen, welches neu aus den Rissen auftauchte, fast sofort wieder Asche verbrannte, wurde ihre Miene zusehends wütender. Sie erhob erneut beide Arme und beschwor einen größeren Riss in der Realität. Direkt über ihrem Kopf.

»Oh, das soll doch wohl ein Scherz sein«, keuchte ich.

Das Wesen, was jetzt erschien, sah genauso aus wie die anderen, hatte aber etwa die Größe eines Blauwals. Wenn es das Maul aufriss, würde es mich mit einem Happs verschlingen können.

Ich hob zwei Finger und zog einen goldenen, sichelförmigen Halbkreis. Das würde mich fast alles an Magie kosten, welche ich alleine in der Lage war aufzubringen. Aber wenn ich nicht falsch lag, nahm Naomis magische Energie mit jeder Kreatur, welche sie beschworen hatte, ebenfalls ab. Und sie hatte einige beschworen.

Um mich herum wurde alles in goldenes Licht getaucht. Die Magie schwoll an und ich schloss die Augen, um mich zu sammeln. Mit Nemesis würde es leichter gehen, aber das Schwert war mein letzter Trumpf.

Ich hörte das Wesen über mir zischen und schleuderte ihm sämtliche Magie entgegen, ehe es mich erreicht hatte. Die Magie entlud sich wie eine goldene Atombombe und riss sämtliche Finsternis in unserer unmittelbaren Umgebung mit sich.

Mit einem Keuchen ging ich in die Knie. Ich fühlte mich, als hätte ich einen Triathlon hinter mir.

Der Angriff ebbte ab und auch der magische Zirkel löste sich auf. Meine Magie war aufgebraucht.

Naomi stand noch, wirkte aber ebenfalls deutlich erschöpfter. Also hatte auch die Magie, derer sie sich bediente, ihre Grenzen. Es fehlte nicht mehr viel, bis diese erreicht waren.

Ich raffte mich wieder auf und beschwor endlich Nemesis.

»Du unbedeutender Mensch wagst es, meine eigene Waffe gegen mich zu ziehen?«, zischte Naomi, als das Schwert seine Form annahm.

Wieder dieses Echo. Aber jetzt klang Naomis Stimme nicht mehr nach ihr, sondern so, als würde jemand anderes sprechen. Discordia.

»Willst du es wiederhaben?«, fragte ich und hielt das Schwert kampfbereit. »Kannst du haben.«

Meine Beine zitterten und es kostete mich alle Kraft, das Schwert zu halten, aber ich blieb entschlossen.

Discordia in Naomis Körper hob beide Arme und die schwarze Magie schoss auf mich zu, bis ich nichts mehr ausmachen konnte, außer völliger Schwärze.

Ich hob meine Hand und Flammen loderten auf, bildeten einen Schutzwall vor mir. Ihre Magie traf auf meine Flammenwand und ein lautes Zischen erfüllte die Luft. Ich verstärkte meine Magie, holte das letzte Fünkchen aus mir heraus, woraufhin sich der rote Magienebel mit dem Feuer mischte. Er verformte es und einem Phönix gleich breiteten sich die Flammen zu Flügeln aus, die die schwarze Magie zurückzudrängen versuchten.

Jetzt erkannte ich dahinter auch wieder Naomi, die mit ihrer schwarzen Magie gegen mich hielt.

»Warum wehrst du dich gegen mich? Gib auf! Die Zerstörung ist bereits über eure Welt gekommen. Du kannst gegen die Macht einer Göttin nicht bestehen. Ich bin dir weit überlegen!«

»Mir vielleicht. Aber der Zirkel besteht nicht aus der Macht einer Einzelnen«, erwiderte ich. Ich schloss die Augen und ließ Nemesis aus meinen Fingern zu Boden gleiten.

Das Schwert fiel aber nicht zu Boden, sondern durch ihn hindurch – durch den Wirbel eines kleinen Portals, welches ich errichtet hatte. Ich öffnete meine Sinne, spürte die Macht des Zirkels, die Macht jeder einzelnen Hexe, und griff danach. Verband mich mit ihrer Zauberkraft und verstärkte meine Kräfte, bis es nicht mehr ging.

Ich spürte, wie mir Blut aus der Nase floss, weil die Macht meinen Körper zu stark beanspruchte. Aber ich durfte jetzt nicht nachlassen. Es war nur noch ein kleines bisschen nötig.

Ich hielt mit meiner Magie gegen Discordias Angriff, während ich mich gleichzeitig darauf konzentrierte, hinter ihr ein weiteres Portal zu öffnen. Dann ließ ich Nemesis einem Pfeil gleich daraus hervorschießen.

Discordias schmerzerfüllter Schrei drang an mein Ohr, als sich Nemesis' Klinge durch ihren Rücken bohrte. Ich öffnete die Augen und sah die Spitze des Schwertes zwischen ihren Brüsten hervorragen.

Im gleichen Moment nutzte ich wieder die gesamte Kraft des Zirkels und ließ meine Magie nach vorne schnellen. Flammen rissen den dunklen Nebel entzwei und ein Inferno aus roten und schwarzen Flammen fegte über Discordia hinweg.

Ich hörte ihren langen, durchdringenden Schrei und spürte die schwarze Energie um sich schlagen. Aber gegen die geballte Macht des Zirkels und Nemesis, das immer noch in ihrem Rücken steckte und sie zusätzlich schwächte, kam sie nicht an.

Es dauerte unendliche Augenblicke, aber letztendlich verstummte ihr Schrei. Und als sich das Feuer legte und ich erschöpft in die Knie sank, blieben nur noch Nemesis und verbrannte Erde übrig.

EPILOG

»Das kann doch nicht dein Ernst sein«, beschwerte ich mich eine Woche später bei James, als wir die endlosen Treppen zu Kayneth' Gemächern hinaufgingen.

Nachdem ich Naomi beziehungsweise Discordia hatte brennen lassen, waren auch die übrigen Übel und deren Kreaturen zu Asche zerfallen.

Wir hatten den Kampf nicht ganz ohne Verluste überstanden, aber zum Glück hatte es sich auf unserer Seite in Grenzen gehalten. Wobei Machiavelli da anderer Meinung war.

Er konnte mir einfach nicht vergeben, dass von seiner Bibliothek und den Büchern nicht mehr als ein Häuflein Asche übriggeblieben war. Die Stadt würde eine neue bauen und der Rat setzte alles daran, einen Großteil der Bücher wieder zu ersetzen. Schließlich hatte die Bibliothek nicht ausschließlich aus Einzelstücken bestanden.

Auch wenn ich den Verlust des Wissens nachvollziehen konnte, fand ich es nicht gerade fair, dass Machiavelli mir die alleinige Schuld dafür gab. Aber ich wusste auch, dass sein Zorn nicht von Dauer sein würde, also sah ich darüber hinweg.

Die Stadt erholte sich zusehends. Nicht nur, was den Wiederaufbau des Zentrums betraf. Die Magie kam wieder ins Gleichgewicht. Das war eines der ersten Dinge, die ich gespürt hatte. Neben vielem anderen, was die Magie betraf.

Irgendwie schienen sich meine Sinne verfeinert zu haben und ich ging nicht davon aus, dass es nur daran lag, dass ich nun offiziell den Rang der Hexenkönigin angenommen hatte, mit Luvia als meine Regentin.

Vielmehr schien es an der Verbindung zu liegen, die ich mit dem Zirkel beim Kampf gegen Discordia geschlossen hatte. Ich konnte jetzt jede Hexe viel stärker wahrnehmen. Was den Verlust der Flusshexen zwar noch mal verstärkt, aber den überraschenden Nebeneffekt hatte, dass meine Tante keine Energie mehr einbüßte, wenn ich mich in ihrer Nähe aufhielt.

Zwar übertrug sich die Magie der letzten Königin noch immer auf mich, aber der Verlust wurde bei Luvia nun durch den gesamten Hexenzirkel ausgeglichen. Die Verbindung der Coven war jetzt stärker und mir würde ein Verrat wie von Naomi und Sidibe nie wieder entgehen.

Nachdem der Rat mich auch offiziell von allen Punkten der Anklage freigesprochen hatte, war ich zu dem Schluss gekommen, dass es an der Zeit war, den Blutzauber mit Kayneth zu lösen.

Zwar hatte ich nicht vor zu ignorieren, dass ich inzwischen ein aufgeregtes, ja schon freudiges Kribbeln verspürte, wenn ich daran dachte ihn zu treffen. Aber um diesen Gefühlen nachzugehen, musste er ja nicht rund um die Uhr wissen, wo ich mich gerade aufhielt. Ich dachte eher daran, es erst mal mit einem richtigen Date zu versuchen.

»Was ist denn daran so schlimm? Er ist der Alpha und hat das Recht zu erfahren, was alles vorgefallen ist, während er nicht bei Sinnen war.«

»Du hast ihm doch schon gesagt, dass ich da war, um ihm wegen des Appetenz-Fluchs zu helfen. Warum willst du ihm jetzt noch im Detail erklären, dass du dich einem direkten Befehl von ihm widersetzt hast? Ich meine, er wollte in Ruhe gelassen werden und niemanden sehen. Du hast mich geholt, mich ohne Erlaubnis in seine privaten Gemächer gelassen und ihn dann nackt und ohnmächtig aus seiner Dusche gezogen, weil ich ihn ausgeknockt habe. In welchem Szenario denkst du, geht das gut für dich aus?«

Es war nicht nur so, dass ich meinem Freund unnötigen Ärger ersparen wollte. Ich hatte auch so gar keine Lust, Kayneth noch mal im Detail wissen zu lassen, was ich alles angestellt hatte, während er nicht ganz bei Sinnen gewesen war.

James überlegte und kam dann wohl ebenfalls zu dem Schluss, dass diese Offenbarung nicht gut für ihn ausgehen würde.

»Du hast recht. Vielleicht sollte das doch lieber unter uns bleiben.«

»Sehe ich auch so. Es ging alles gut aus, er hat keine bleibenden Schäden. Wir werden kein Wort mehr darüber verlieren.«

Wir klopften an und traten nach seinem »Herein« ein.

Kayneth saß in seinem Wohnzimmersessel und starrte argwöhnisch auf ein Blatt Papier.

»James, kannst du mir erklären, warum die Hexen mir eine Rechnung ausstellen für verbrannte *Victoria's Secret*-Unterwäsche?«

Verdammt!

DANKSAGUNG

Der größte Dank bei The Witch Queen gebührt eindeutig meiner Lektorin Wencke Woitzik.

Danke, dass du Enju die Chance gegeben hast, bei Impress ein Zuhause zu finden.

Danke, dass du die Geschichte so mochtest, dass du das Lektorat keinem anderen überlassen wolltest, sondern es selbst übernommen hast.

Auch wenn es ein klein wenig Frust meinerseits gab, aufgrund des *Weichspülers* ;-), bin ich trotzdem mehr als glücklich, dass ich mit dir als Lektorin an diesem Buch arbeiten durfte.

Du hast so wunderbare Arbeit geleistet.

Wirklich vielen, vielen Dank dafür.

Ein weiteres großes Dankeschön geht an die wundervolle Cover-Queen Emily Bähr, die dieses fantastische Cover gezaubert hat.

Der nächste Dank geht an meine liebste #GoNetzstrümpfe–Fraktion. Danke Nicole, Annie und Isabell.

Danke für eure Unterstützung, Witz und aufbauenden Worte.

Auch wenn ich immer noch hoffe, dass sie dieses Buch nicht in ihre Hände bekommt – zumindest nicht, bevor ich gewisse Stellen mit Edding zensiert habe –, geht ein weiteres großes Dankeschön an meine Mutter.

Danke, dass es dich gibt und danke für alles, was du tust.

Obwohl ich bereits die Kommentare aufgrund der Namenswahl meiner Charaktere erahnen kann, danke ich auch meiner Familie für deren Rückhalt und Unterstützung, die nicht selbstverständlich ist.

Last but not least danke ich jedem Leser, der The Witch Queen eine Chance gegeben hat, und ich hoffe, euch hat die Geschichte von Enju gefallen und konnte euch vielleicht ab und an auch mal zum Schmunzeln bringen.

DIE MACHT DER GEFÜHLE
TAUCH EIN IN ROMANTISCH-FANTASTISCHE GESCHICHTEN.
IM PRESS
#IMPRESSBOOKS
ALLES VON IMPRESS HIER:
IMPRESSBOOKS.DE

ATEMRAUBENDE DRACHEN-FANTASY

Solvig Schneeberg
THE DRAGON CHRONICLES 1: A DRAGON'S LOVE
ISBN 978-3-551-30215-1
Softcover
Auch als E-Book erhältlich

Raven kehrt nach Jahren in ihre Geburtsstadt zurück. Hier hofft sie das Zuhause zu finden, das sie immer vermisst hat. Aber stattdessen muss sie erkennen, dass Chris, ihr Vertrauter und bester Freund, sie jahrelang belogen hat. Bei einer Party verliert Raven die Kontrolle über ihren Körper, ungeahnte Kräfte steigen in ihr empor – und Chris scheint besser zu wissen, was mit ihr geschieht, als sie selbst.

Annika Hanke
DIE DRACHENWANDLER 1: FIRE IN YOUR EYES
ISBN 978-3-551-30270-0
Softcover
Auch als E-Book erhältlich

Eigentlich wollte Romy nur mit ihren besten Freunden für ihre Abschlussprüfungen lernen. Als jedoch zahllose Meteoriten vom Himmel fallen und die Welt im Chaos versinkt, sind Schulnoten das Letzte, woran sie noch denkt. Die vermeintlichen Meteoriten sind nämlich nichts Geringeres als Drachen, die die Erde überfallen. Und Romy verspürt eine merkwürdige Sehnsucht nach einem der flammenden Wesen …

WWW.IMPRESSBOOKS.DE

Impress
Die Macht der Gefühle

Impress
Ein Imprint der CARLSEN Verlag GmbH
Oktober 2020

Lektorat: Wencke Woitzik
Umschlagbild: shutterstock.com / © Sofi photo / © NiglayNik / freepik.com / © bycgzr / © jenteva / pixabay.com / © SharonMcCutcheon
Umschlaggestaltung: formlabor, Emily Baehr
Satz und Umsetzung: readbox publishing, Dortmund
Druck und Bindung: CPI Books GmbH, Birkach
ISBN 978-3-551-30311-0
Printed in Germany
www.carlsen.de/impress

Alle Bücher im Internet: www.carlsen.de